CHOIX

DE NOUVELLES

CAUSES CÉLEBRES,

AVEC LES JUGEMENS

QUI LES ONT DÉCIDÉES.

CHOIX

DE NOUVELLES

CAUSES CÉLEBRES,

AVEC LES JUGEMENS

QUI LES ONT DÉCIDÉES,

*Extraites du Journal des Causes célebres,
depuis son origine jusques & compris
l'année 1782.*

Par M. DES ESSARTS,

Avocat, Membre de plusieurs Académies.

TOME CINQUIEME.

A PARIS,

Chez MOUTARD, Imprimeur-Libraire de la
REINE, de MADAME, & de Madame Comtesse
d'ARTOIS, rue des Mathurins, Hôtel de Cluni.

M. DCC. LXXXV.

Avec Approbation, & Privilége du Roi.

AVERTISSEMENT
DU LIBRAIRE.

*L*ES *Collections du Journal des Caufes célebres étant épuifées, les Volumes de ce Choix les remplaceront. Au lieu de faire une réimpreſſion diſpendieuſe, on a préféré de donner un extrait : ainfi, en joignant à ce Recueil les années qui ónt paru depuis* 1782, *& qu'on trouvera au Bureau du Journal des Caufes célebres, chez M. des Eſſarts, rue Dauphine, Hôtel de Moui, on aura l'avantage de réunir ce qu'il y a de plus intéreſſant dans les cent douze Volumes qui ont été publiés avant cette époque, avec la ſuite de cet Ouvrage périodique.*

CHOIX
DE CAUSES
CÉLEBRES.

AFFAIRE du Marquis de Brunoy.

UN Citoyen connu par l'immensité
de ses richesses, plus riche encore par
la faveur de son Roi, par l'estime de
sa Nation, que lui avoit acquise le
noble emploi de son or, rassasié de
biens & d'honneurs, n'avoit pu jouir
encore du plaisir d'être pere, & de
montrer à son fils l'héritage qu'il lui
destinoit. Après un mariage stérile, il
trouva enfin, dans une seconde alliance, l'illustration & la fécondité ; il
obtint ce fils tant désiré : mais ce fils

Tome V.   A

parut enfuite à une partie de la famille,
le malheur unique de ce pere fi for-
tuné.

Le pere mourut en 1766, & fa
veuve, avec un frere, furent chargés
de la tutelle de cet enfant mineur,
& de préfider, avec un Confeil, à
l'adminiftration de la maffe énorme de
fes biens.

On prétend que l'enfance du Marquis de Brunoy annonça les préfages
de fa vie; que la démence naquit,
pour ainfi dire, & grandit avec lui.
Les cérémonies facrées de l'Eglife,
l'appareil éclatant du culte extérieur
frappent ordinairement les premiers regards de notre enfance, les attirent
par leur éclat, leur pompe & leur nouveauté, & infpirent à cet âge imita-
teur l'idée de les répéter dans fes jeux,
jufqu'à ce que la raifon venant à s'é-
tendre & à diftinguer les objets, fépare le facré du profane, réferve les
rits de la Religion pour notre refpect,
& porte ailleurs le choix de nos amufe-
mens. Cette révolution n'eut point lieu
dans le Marquis de Brunoy. Ce goût de
l'enfance, au lieu de finir avec elle,
devint dans fa jeuneffe une paffion auffi

forte que finguliere, qui fe manifefta avec tout l'appareil que pouvoit lui prêter fa fortune, attira l'attention du Public, exerça l'opinion, & fournit matiere aux propos de la Renommée.

On crut que le mariage rappelleroit à la Société cette jeune ame égarée de la fphere ordinaire des paffions; que le titre & les devoirs d'époux, joints à l'attrait de la nature & de la beauté, arracheroient enfin de fon cœur les goûts funebres & étrangers à fa vocation. Il reçut de la demoifelle D.... en 1767, un nom illuftre. L'époufe ne fut point affociée à la communauté de fes biens; mais les avantages ftipulés en fa faveur fuffifoient pour l'enrichir, & rien ne manquoit à fon bonheur, fi le cœur de fon époux fe fût donné.

On prétend qu'il refta pour elle plein d'indifférence; que le jour même de fes noces la condamna au célibat, & que fix mois de féjour paffés à la campagne, dans cette douce folitude qui rapproche les époux les plus infenfibles, ne purent vaincre les bizarres penchans de ce jeune mari, & lui en infpirer de plus doux & de plus naturels.

Une divifion paffagere éclata entre

la mere & le fils : l'oncle , homme
vertueux dans l'opulence , & plein de
tendreffe pour fon neveu , conçut ou
reçut des inquiétudes fur l'avenir de fon
fort , & fur l'état de fa raifon : ces
alarmes fe répandirent ou fe commu-
niquerent de proche en proche dans la
famille : on fongea dès-lors à interdire
le Marquis de Brunoy. Au moment
que l'orage fe formoit contre lui , la
mere changea tout à coup de fentiment , & revint prêter à fon fils fon
appui maternel. Elle ne l'abandonna
plus , & elle combattit pour fa liberté
contre la foule des autres parens réunis.

Il faut placer ici une lettre du neveu
à fon oncle, & voir comment ce jeune
homme, qui va être accufé de démence,
fait faire ufage de fa raifon quand il
écrit.

„ M O N C H E R O N C L E ,

» (a) J'ai l'honneur de vous ap-
» prendre que je fuis rentré chez ma
» mere. Les mauvais confeils , dont
» vous avez été témoin , étoient la

_____

(1) Cette lettre eft du 9 Décembre 1767.

» feule caufe d'un parti auffi oppofé
» aux fentimens de tendreffe qu'un fils
» doit à fa mere, qu'étoit celui auquel
» je m'étois d'abord déterminé. Bientôt
» mon cœur, & de meilleurs confeils,
» m'ont rappelé au feul avis qui pût
» réparer le tort que je m'étois fait dans
» le Public. Ma mere a la bonté de per-
» mettre que je vive avec elle comme
» auparavant. Je crois, mon cher on-
» cle, d'après les bontés que vous m'a-
» vez toujours témoignées, qu'une ré-
» folution qui intéreffe autant mon
» honneur & ma réputation, ne fau-
» roit manquer de vous être agréable;
» fi des circonftances, qui ne vous font
» pas inconnues, ne m'empêchoient pas
» d'avoir l'honneur de vous voir, j'au-
» rois eu celui de vous en faire part
» avec la plus grande fatisfaction.

» *Signé,* P.... DE M.... «

Tandis que cette lettre, fes fentimens & fon ftyle offrent au Lecteur une
raifon faine & un cœur capable de vertu,
le fpectacle ou les récits de fa conduite
offroient à fes parens les fymptômes
affligeans d'un cœur & d'un efprit également dépravés. Ils le voyoient retiré

dans une de ſes terres , à quelques
lieues de Paris, profanant, avec une
aſſiduité journaliere , le lieu ſaint ,
par le contraſte de ſes actes religieux
& de ſes folies ſcandaleuſes , propor-
tionnant la ſolennité de ſa démence
& de ſes extravagantes pratiques à la
ſolennité de la Fête ; offrant à ſes vaſ-
ſaux un objet de ridicule & de mépris ; aux honnêtes gens un objet de
douleur & de pitié , traînant ſur ſes
pas , dans les rues de ſon village , les
enfans attroupés pour le huer ; renou-
velant les bacchanales des Païens dans
l'enceinte de ſon château , au milieu
d'une troupe d'Abbés ou d'Artiſans de
ſon âge , qui profitoient de ſes richeſ-
ſes , ſe divertiſſoient de ſa folie ; &
pour plaire à l'idole imbécille qui les
nourriſſoit , empruntoient de l'ivreſſe
le pouvoir de l'égaler dans ſes fureurs.
Les fils d'un Paveur , d'un Menuiſier ,
d'un Charon , d'un Bourrelier de village ; telle étoit la ſociété choiſie de
ce Marquis millionnaire , tandis que
ſa jeune épouſe vivoit éloignée & ſeule.

    La Renommée s'étoit-elle fait un jeu
de charger le tableau , ou la mere étoit-
elle avuglée par l'excès de ſa ten-

dreſſe ? Elle ſeule reſtoit fidele à ſon
fils, & défendoit ſa raiſon & ſa liberté.

Cependant, ſur l'avis de quelques
Juriſconſultes qui avoient cru l'interdiction motivée, les parens s'aſſem-
blent le 22 Août 1769, après la formalité ordinaire. La mere ſe préſenta pour
écarter l'oncle : deux Sentences inter-
vinrent au Châtelet : appel de ſa part
au Parlement où elle déclara ſon oppoſition formelle à l'interdiction : Arrêt
proviſoire qui ordonne l'aſſemblée des
parens pour donner leur avis, à la requête du Miniſtere public.

Le Marquis qui avoit eu en effet à
ſe reprocher de folles dépenſes, &
qui ne pouvoit guere ſe ſauver du reproche de diſſiper que par l'immenſité
de ſa fortune, craignit les ſuites de
ces démarches combinées & qui devenoient de plus en plus ſérieuſes : il
ſe hâta de conjurer l'orage, & de
faire le ſacrifice volontaire d'une partie de ſa liberté pour conſerver l'autre. Il offrit de ſe choiſir des Conſeils, de ne plus contracter ſans leur
aveu, d'abandonner à ſes créanciers
ameutés tous ſes revenus juſqu'à l'extinction de ſes dettes, à l'exception

de fa terre de B.... féjour qui lui étoit cher, & à réformer les dépenfes de fa maifon. Les parens affemblés furent divifés d'opinion : les paternels opinoient à l'interdiction judiciaire : les maternels préféroient la volontaire, qu'offroit le mineur. Ce dernier avis fut adopté par la Juftice, homologué, & fignifié aux Notaires.

L'oncle, cet homme eftimable, à qui on n'eût pu reprocher fes démarches pour l'interdiction de fon neveu, quand elle n'auroit pas été fondée, par la pureté des intentions qui en étoient le principe, décéda dans l'intervalle. Le vœu de ce vieillard refpectable fut toujours oppofé dans la balance comme un poids confidérable ; & fon neveu ne pouvoit le taxer que d'une prévention innocente & étrangere.

Cependant, depuis l'Arrêt de 1770, foit que ce jeune homme fe jouât du naufrage le moment d'après qu'il venoit d'y échapper, foit que fa foibleffe & fa démence fuffent en effet la maladie incurable de fon ame, foit que fes ennemis, comme il le prétendoit, foulevaffent contre lui fes créanciers pour prêter à fa fortune l'air d'un défordre apparent & d'une ruine prochaine ; en moins de deux mois les Tribunaux retentirent d'une foule de condamnations contre lui. Tous fes biens furent faifis & arrêtés, & l'incendie allumé de toutes parts dans fes poffeffions, fembloit menacer de dévorer rapidement cet immenfe héritage. Le Marquis, tandis qu'il rejetoit tout ce défordre fur la négligence & la mauvaife foi de certains Intendans, de certains Caiffiers qui ne comptoient point de leurs dettes, & qui ne payoient point les fiennes, follicitoit en même temps un Arrêt de furféance. Il eût été bien étrange en effet, qu'à l'âge de vingt-deux ans il eût englouti vingt-cinq millions, dont l'opinion fe plaifoit à l'enrichir.

Il obtint l'Arrêt de furféance le 3 Juillet 1772, aux conditions qui fuivent.

1°. Qu'il feroit fait un état de fes dettes devant M. le Lieutenant de Police.

2°. Que l'ordre des payemens feroit fixé par les Confeils.

3°. Qu'on préleveroit foixante mille livres par an pour fa maifon, dont fix

A v

mille feulement feroient touchées par le mineur pour fes menus plaifirs.

4°. Pareille fomme pour la maifon de fa femme, & frais d'adminiftration.

5°. L'exécution de l'Arrêt du 3 Juillet 1770, qui demeureroit irrévocable jufqu'à l'extinction de toutes les dettes.

Tandis que la fageffe & la bonté du Roi s'occupoient à former ces chaînes bienfaifantes & que le Marquis fembloit avoir demandées lui-même contre les erreurs de fa folle jeuneffe, fes parens paternels l'accufoient d'infulter à fes fages précautions par de nouvelles extravagances ; ou plutôt, le regardant comme un homme en démence & qui méritoit moins les reproches que la pitié & les remedes de l'art, ils en citoient pour preuves différens traits fucceffivement arrivés.

Cette Proceffion fameufe du mois de Juin 1772, dont il fut tant parlé dans la Capitale, & qui attira tant de curieux au village de B....

Son voyage en Angleterre, où il court fans permiffion du Roi, fans paffe-port, fe fait l'objet de la dérifion d'une Nation étrangere comme il l'étoit de la fienne, commande pour

quelques mois les préparatifs nécessaires,
pour le plus grand état de maison ; une
livrée brillante galonnée sur toutes les
tailles ; achete huit chevaux, prend un
Hôtel à bail, s'endette d'une somme
de soixante mille livres, que l'Ambaſ-
ſadeur fit réduire à trente quatre mille.

Son retour dans ſa patrie, où il met
ſur ſon paſſage les Fermiers de ſes terres à contribution, de gré ou de force,
diſtribue des ordres de toutes parts pour
la dépenſe, commande qu'on lui en-
voye promptement à ſa terre de Vil-
liers, où il ne devoit pas reſter, toute
ſa vaiſſelle d'argent du poids de cinq
cents marcs, *ſous peine d'encourir ſon
indignation.* Son retour ſubit à ſon
château de B.... où il ſignale ſon entrée
par ſon inconſéquence, & par mille
preuves que ſa tête eſt incapable de
ſuivre les plans qu'il a lui-même formés. On avoit, ſur les ordres envoyés
de Londres, purgé ſon château de cent
cinquante perſonnes inutiles qui le déſ-
honoroient ou le pilloient, réformé
vingt-ſept domeſtiques d'anti-chambre,
de cuiſine & d'écurie, licencié ſeize
chantres, dix-huit enfans de chœur,
quatre clercs, & vendu les chevaux,

A vj

ne confervant que feize domeftiques.
A peine eft-il rentré, qu'il rouvre les
portes à toute cette populace ; tous fes
domeftiques reviennent en triomphe :
des orgies célebrent leur retour ; le
Maître joyeux boit, & s'enivre avec
eux.

Et une foule d'autres traits dont on
verra le détail par la fuite.

Ce fut fur le bruit ou l'éclat de ces
nouveaux faits, que les parens paternels
recommencerent leurs pourfuites, &
réfolurent de donner enfin des liens de
fer à cette volonté qu'ils jugerent abandonnée fans reffource aux extravagances.

On fit propofer au Miniftre un projet
d'Arrêt d'interdiction : il ne fut point
adopté, & le Roi laiffa aux Loix & à
fes Juges à prononcer.

Nouvelle demande en interdiction,
formée au Châtelet par un des parens
paternels, le premier Septembre 1772.
Affemblée des parens le 4 : leurs avis
font partagés.

Les paternels veulent une interdiction judiciaire fans aucune reftriction.

Les maternels s'y oppofent, & fe
contentent de l'interdiction volontaire
où étoit déjà le Marquis, & des diffé-

rens liens qui gênoient la liberté de son administration.

Dans l'intervalle de la procédure, le mineur, car le Marquis de Brunoy l'étoit encore, subit un long & pénible interrogatoire, dont toutes les réponses annoncent la raison & la mémoire les plus saines & les mieux organisées.

Nouvelle assemblée de parens le 24: les paternels persistent dans leur premier & ancien avis.

La jeune femme fait la seule déclaration qui lui convenoit, qu'elle n'estime pas qu'il y ait lieu à l'interdiction de son mari.

Des parens maternels, partie s'oppose avec force à l'interdiction, partie s'en rapporte à la Justice. Le 13 Novembre, Sentence rendue au Châtelet, par laquelle le Marquis de Brunoy est interdit de la gestion & administration de sa personne & biens.

Appel par l'Interdit au Parlement.

Tout paroissoit étrange & bizarre dans cette Cause, & sembloit emprunter de la singularité de l'homme qui en étoit l'objet. La nouveauté des faits, de l'espece de folie même qu'on lui reprochoit, de ses goûts opposés à tous

les goûts dominans du siecle, aux penchans ordinaires de la jeunesse, le contraste étonnant de ses discours avec sa
conduite, & de la partie de son ame
qui pense & raisonne, avec celle qui
veut & agit; la division de sentimens
entre deux familles, la même contra-
riété dans les jugemens du Public, les
uns le regardant comme un fou, &
taxant ses actions de folie, les autres
ne voyant en lui qu'un jeune homme
étourdi par la fougue de l'âge, né, si
l'on veut, avec un caractere singulier
& original, qui ne ressemble qu'à lui-
même, mais qui n'en jouit pas moins de
toutes les facultés de son entendement &
de sa volonté. On eût dit que ce caractere problématique fût destiné à mettre la sagesse des Loix mêmes en défaut, en leur enlevant un des moyens
qu'elles aient établis pour s'assurer de
l'état des insensés & des furieux. En
effet, il paroît difficile qu'un homme
dont la raison est égarée & sujette à
se troubler, puisse représenter un sage
en présence du Juge qui l'interroge sans
préparation, & exerce sur l'état de son
entendement une sorte d'inquisition
insidieuse, qui pourroit embarrasser

l'homme même qui jouit de toute fa
raifon, s'il lui falloit, fur le champ,
rendre un compte fatisfaifant de fa
conduite & de la moralité de fes actions. C'eft fur ce fondement, que les
Loix ordonnent de faire fubir un interrogatoire à l'imbécille ou au furieux
dont on pourfuit l'interdiction, & attachent à cette épreuve un des grands
moyens qui doivent les éclairer & les
déterminer.

On tenta de prévenir les Juges contre
la foibleffe de ce moyen dans l'efpece
particuliere. » L'homme que vous avez
à apprécier, leur difoit-on, eft lui-même
d'une nature fi équivoque, & d'une fingularité fi nouvelle, qu'il faut, pour
le pénétrer, s'écarter des regles ordinaires, oubliant la fageffe de fes réponfes, ne confidérer que l'extravagance de fes actions, quand il s'abandonne librement à lui-même. En vain
les Juges ont fous la main la perfonne
dont l'état intérieur eft contefté, & qui
peut juftifier fa raifon accufée, ou donner lui-même des preuves de fa démence, & les aider à décider d'une
qualité invifible par les images vivantes

& fenfibles que cette qualité doit produire au dehors «.

D'un côté, on peignit le Marquis de Brunoy comme un compofé de contradictions choquantes dans fes vices & fes défauts mêmes : avare à la fois & prodigue, hautain & rampant jufqu'à la baffeffe, mêlant l'affiduité religieufe d'un Saint à l'irrévérence fcandaleufe d'un impie : fon cœur eft dépravé comme fon efprit ; ingrat envers fes parens qui l'ont chéri, infenfible & fans larmes à la mort d'un pere le plus refpectable, de la mere la plus tendre. Il n'aima d'eux que leur tombeau ; qu'il eût creufé lui-même avec l'indifférence dont il remuoit leurs cendres pour les tranfporter d'un côté de l'églife à l'autre.

Ni l'attrait le plus puiffant de la Nature, ni les charmes d'une jeune époufe ne l'ont pas trouvé plus fenfible ; c'eft pour la fuir qu'il l'époufe ; & quelle eft la fociété qu'il lui préfere ? Ses amis font fes laquais, & des mercenaires fes convives.

Tout en lui contredit la Nature ; il manque même de cet inftinct univerfel qui avertit tous les êtres fenfibles de prendre foin de leur exiftence & de leur confervation. L'héritier du riche M..... n'eft pas même vêtu comme l'ouvrier à qui fa prodigue avarice re-fufe le falaire de fon travail. Sa fanté eft dans un état auffi délabré que fon extérieur, & il a voulu donner la mort à ceux qui ne vouloient que prolonger fa vie : en un mot, c'eft un être tout nouveau, vraiment indéfiniffable ; & il faut s'écarter des regles ordinaires pour le concevoir & le juger.

Dans le récit de cette Caufe très-étendue, nous préfenterons d'abord la fuite des différens traits dont on com-pofa le tableau de la vie & des actions du Marquis de Brunoy, & fur lefquelles on établiffoit la néceffité & la juftice de fon interdiction. Nous donnerons enfuite la fubftance des principes de la matiere & des regles fur lefquelles on peut juger de l'état de la raifon hu-maine & des caracteres de démence. Nous finirons par l'abrégé des moyens & des réponfes que le Défenfeur (a) de

---

(a) M. Caillard & M. Carré, qui écrivirent pour lui.

l'Interdit employa pour prouver l'exagération ou la fausseté des faits, & l'inutilité d'ajouter l'interdiction judiciaire aux liens moins odieux dont le mineur s'étoit volontairement enchaîné lui-même.

Faits avancés comme moyens tendans à justifier l'interdiction du Marquis de Brunoy, par l'exposé de ses goûts bizarres, de ses folles dépenses, de ses actes de démence & de fureur.

Depuis la mort de son pere, le Marquis de Brunoy s'est éloigné de sa mere, & s'est entièrement séparé d'elle.

Il s'est marié, mais c'est pour ne pas vivre avec sa femme; il la fuit depuis près de six ans de mariage.

Dans les trois familles, pas un seul parent qu'il ait voulu voir, & dont il ait cultivé l'amitié; le Marquis de Brunoy est le seul qui soit excepté: enfin pas un ami de son pere ne lui a paru digne de devenir le sien. A ces sociétés,

---

M. Gerbier plaida pour les collatéraux, & M. Aved de Loiserolles écrivit pour eux.

à ces liaisons qu'il auroit dû chérir & cultiver avec empressement, il a substitué des liaisons plus assorties à la singularité de son caractere.

On est le maître, sans doute, de choisir sa société. Qu'un homme renonce à quelques-uns de ses parens ; qu'après avoir eu des amis il en ait d'autres, c'est l'effet de l'inconstance de l'esprit humain ; mais qu'un homme en possession de la plus haute fortune, fils d'un pere distingué dans l'Etat, allié par sa mere & par sa femme aux premieres Maisons du Royaume, descende de ce rang élevé pour ne vivre qu'avec les derniers habitans de son village, avec de vils manouvriers, avec ses valets, avec ceux des autres ; c'est un dérangement dans l'ordre moral, qui suppose un état de folie & de démence, qui ne se peut faire sans troubler la tranquillité publique, sans renverser les rangs marqués pour l'harmonie de la Société.

C'est ici qu'on peut appliquer ce passage tiré du Plaidoyer de M. le Chancelier d'Aguesseau, dans la Cause de M. l'Abbé d'Orléans.

" Avec qui fait-il ses promenades ?

S'il souffre quelque compagnie, c'est tantôt celle d'un Apothicaire qu'il choisit, tantôt celle de quelques garçons Tailleurs ou Chirurgiens, & jamais il ne témoigne plus de joie que quand il dit qu'il a fait la vie avec ses bons amis les Fraters «.

Il n'y a pas une seule action du Marquis de Brunoy qui soit marquée au coin de la raison ; il n'a même aucune des passions ordinaires aux autres hommes ; les plaisirs de la volupté n'ont aucun empire sur lui ; il n'est point dominé par le goût du luxe, des bâtimens, des riches voitures ; il n'a point la passion des chevaux, des équipages de chasse ; il n'a point le goût de la magnificence; on ne le voit ni aux fêtes publiques, ni aux spectacles ; il ne cultive point les Sciences ; il n'a nulle curiosité pour les Arts; on ne le voit point fréquenter les ateliers des Artistes, s'occuper à former une bibliothèque, à rassembler des collections rares & curieuses d'antiques, de tableaux, de morceaux d'Histoire Naturelle, &c.

Que fait-il donc ? qu'aime-t-il ? quels sont ses goûts ?

Depuis sa plus tendre enfance jusqu'à

préfent, il a eu un goût dominant pour les cérémonies de l'Églife, non ce goût que la Religion infpire, qui eft le fruit d'une piété tendre que produit le zele & le refpect dus à la majefté de l'Etre fuprême ; fon goût ne porte fur aucun de ces motifs, & n'a peut-être jamais eu d'exemple.

Depuis la mort de fon pere, il eft conftant qu'on ne l'a vu manquer à aucun Office, à aucune cérémonie, de quelque nature qu'elle foit, dans les Paroiffes qu'il a habitées, & principalement à Saint-Roch, Conflans & Brunoy ; baptêmes, mariages, fiançailles, enterremens, fervices, il ne manque à aucune de ces cérémonies : s'il ne s'en fait pas dans fa Paroiffe, il en va chercher dans les Paroiffes voifines ; il fait deux, trois, quatre lieues à pied pour affifter à un enterrement : c'eft la cérémonie qu'il affectionne le plus. Comment s'y comporte-t-il ? prie-t-il avec ardeur ? fe tient-il dans le lieu faint avec le recueillement & la modeftie, qui font les feules marques de la véritable piété ? Il eft dans l'églife comme un imbécille ; il fait de tous côtés, & à tout moment, des génuflexions : on le voit courir du lutrin à la facriftie, de la facriftie à l'autel, de l'autel aux cloches, &c.

Il manquera fon rendez-vous à un bal pour le plaifir d'un enterrement : on diroit qu'une épidémie feroit pour lui la fource d'une fuite de fêtes & de plaifirs ; mais il ne fe contente pas du rôle de fpectateur, il aime à être lui-même acteur dans cette trifte cérémonie.

Il s'empreffe auprès des malades ; mais ce n'eft pas pour les fecourir ; il preffe de fes vœux leurs derniers foupirs ; comme le vautour, il attend le cadavre : dès que le malade expire, il court, il vole chercher les cierges, la croix, & fouvent même la biere. Le 9 de ce mois de Mars, du mois où l'on agite fon fort, où il fait qu'on donne fa démence & fa conduite en fpectacle aux audiences, le 9 de ce mois, une femme meurt au village de Baufferons ; c'eft lui qui a été chercher le cercueil chez le Menuifier, qui l'a porté lui-même près du corps, qui l'y a placé de fes mains, l'a conduit à l'églife, & a fait chanter trois Grand'Meffes, où il a fait à la fois l'office de Bedeau & de Chantre.

Enfin, peut-on croire que son empreffement pour enterrer va jufqu'à
quereller fon Curé de ce qu'il n'abrege
pas le court intervalle qu'on laiffe écouler entre la mort & le tombeau, intervalle que la prudence des Loix a pref-
crit, & que plus d'un événement finif-
tre leur confeille d'alonger encore ?

Mais dira-t-on que cette paffion fé-
pulcrale n'a chez lui que des inftans
rares, que des fantaifies paffageres, qui
n'ont produit qu'un ou deux faits affez
bizarres pour être remarqués, trop rares
pour être érigés en preuves de démence,
dont il aura rougi lui-même, & dont il
fe fera corrigé ?

Mais comment le croire ? comment
penfer fi favorablement, lorfqu'on demande à prouver que le mois dernier
(renchériffant de plus en plus fur ce
goût), il a fait faire exprès une longue
robe noir, deftinée à ce trifte emploi,
& dont il a fait le premier effai à la
mort d'un nommé Grand-Jean, qu'il a
lui-même coufu dans fon linceuil ?

Ce n'eft pas là le figne du retour de
fa raifon, dans le moment du péril ;
dans l'inftant où tout l'avertit d'oppofer une fageffe préfente à fa folie

paſſée, & de convaincre ſes Juges &
le Public, que s'il s'eſt égaré, il ſait
du moins, quand il a un intérêt preſ-
ſant, contenir & modérer ſes égaremens.

Il eſt inutile d'ajouter ici le fait de
l'appareil ſomptueux dont il a décoré
les funérailles de la mere de ſon ami,
de la femme Maréchal, de répéter le
récit à peu près ſemblable de l'enterrement de la fille d'un Tonnelier. Quelles bizarreries doivent étonner dans un
fils qu'on a peint inſenſible à la mort
de ſon pere, & travaillant de ſang froid
& avec indifférence à la tenture de ſes
appartemens, lui qu'on a montré, quelque temps après, exhumant ſes cendres, & confondu avec les mercenaires
chargés de cette lugubre tâche, ſans
qu'on pût le diſtinguer aux marques de
ſa douleur !

Comment donc concilier une ſemblable manie avec la piété ou avec la
raiſon ? Non, ni ſa vie, ni ſa conduite,
ni les excès qu'on lui reproche, ne
nous mettent en droit de préſumer que,
rempli des grandes deſtinées d'un Chrétien, de la briéveté de ſa vie paſſagere,
il cherche, dans ſes triſtes exercices, à
　　　　　　　　　　　　　　ſe

fe familiarifer avec l'idée de la mort, à fe dégoûter de ce monde, & à nous retracer, au milieu du Siecle, l'image de ces Solitaires qui creufent chaque jour leur tombeau.

Seroit-ce en lui l'effet d'une philofophie profane, qui, pour mieux jouir de la vie, veut dans un cœur blafé ranimer le fentiment de fes plaifirs par le fpectacle des infirmités humaines, & détruire dans fon ame ces terreurs de la mort, qui portent le trouble dans la jouiffance de la volupté?

Ces fuppofitions feroient toutes gratuites, & démenties par le tableau de fes actions & de fa conduite, qui n'annoncent qu'une raifon aliénée & une tête qui extravague.

Pour mieux juger de fon goût pour les cérémonies de l'Eglife, il faut le fuivre dans une action toute entiere. En eft-il une plus comique que la fameufe proceffion de l'année derniere?

Le Marquis de Brunoy avoit raffemblé des Artiftes célebres & les Décorateurs de l'Opéra pour orner tout fon village, & principalement le château & l'églife.

Tome V.   **B**

Les rues bordées de chaumieres furent changées en allées ombragées d'arbres touffus & de charmilles épaisses.

Des perspectives exécutées avec art offroient à la vue les objets les plus variés & les plus agréables.

On voyoit briller sur-tout dix Reposoirs merveilleusement distribués ; les uns entiérement formés de fleurs naturelles, les autres ornés des plus riches tapisseries ; d'autres décorés de mousselines brodées sur des fonds couleur de rose, d'autres enfin en rocailles.

Après avoir parcouru ces lieux enchantés, le spectateur arrive au château de Brunoy. Il y trouve le Marquis de Brunoy vêtu d'un habit de deuil, dont la saleté fait douter s'il est noir : ses cheveux épars flottoient sur ce vêtement, & étaloient sa mal propreté habituelle. Il étoit au millieu de trois cents paysans destinés à former son respectable Clergé, & à porter chape,

Mille soins l'occupoient tour à tour.

Il conduisoit les uns à des Perruquiers qu'il avoit rassemblés en grand nombre, pour les faire raser & friser ;

il exerçoit les autres à porter les cor-
beilles, les encenfoirs; il effayoit fur
les autres les foutanes, les porte-
collets, les ceintures, les bonnets-
carrés.

Après les avoir exercés & fatigués,
il leur verfoit à boire, & buvoit avec
eux.

L'heure arrive; le Marquis de Brunoy eft averti que le Prêtre eft à l'Autel, & que l'augufte cérémonie va
commencer. Il donne un fignal, &
toute fa troupe fe raffemble avec des
mouvemens auffi peu réguliers que
ceux du chef. Il range fes porte-chapes
fur deux lignes; il proportionne les
tailles, il fymétrife les couleurs, en
criant, *à moi les rougets*, *à moi les*
jaunets; la foule qui l'entoure ne peut
fe contenir, elle traverfe les rangs.
Le Marquis de Brunoy fe met à la
tête des Suiffes & veut rétablir l'ordre;
il frappe ceux qu'il lui réfiftent, il menace ceux qu'il n'ofe frapper, il infulte
des Militaires affez fages pour méprifer
fes outrages.

Un fecond fignal avertit toute cette
troupe de fe mettre en marche: d'a-
bord le Marquis de Brunoy qui y pré-

B ij

fide, la conduit ; mais tout à coup il la
quitte brufquement pour courir à l'é-
glife ; il vole aux cloches, les met en
branle, & promet du vin aux fonneurs
s'ils rempliffent bien leur devoir. De
là, il court avec précipitation à la Sacriftie pour donner d'autres ordres ; il
en fort pour entonner ce qu'on va
chanter, fait des génuflexions chance-
lantes, prend un des cordons du dais,
& fait partir la Proceffion.

Quels hommages vont être offerts à
l'Etre Suprême ! Tout éloigne le cœur
& l'efprit de celui auquel l'Eglife dé-
cerne en ce jour les adorations les
plus folennelles, & la curiofité fixe
tous les regards fur la perfonne du
Marquis de Brunoy.

On le voit s'amufer à défiler le
cordon du dais qu'il tient à la main,
battre de la tête & des pieds la mefure, comme pour diriger fes Muficiens ; chanceler de temps en temps, &
exciter le mépris & la rifée par fon
maintien auffi ridicule que fes actions.

On arrive au Repofoir du château :
il avoit placé fur les toits une rangée
d'hommes munis chacun d'arrofoirs pour
inonder ceux qui s'approcheroient de

trop près d'un superbe amphithéâtre de
fleurs qui bordoit la façade du château.
L'affluence étoit si grande, que nombre
de personnes furent poussées malgré
elles au delà des bornes marquées : aussi-
tôt cette pluie artificielle tombe avec la
plus vive abondance. Le tumulte augmente, les cris, les juremens se font
entendre de toutes parts, & se confondent avec les prieres que chantent les
coopérateurs de cette fête indécente.

De retour de la procession, & rentré
dans l'église, le Marquis de Brunoy
reprend les fonctions ordinaires de
Maître des Cérémonies, de Sacristain,
de Chantre ; il s'occupe de tout, excepté
du lieu saint où il est ; il voit tout, excepté qu'il excite une dérision générale.

Il revient enfin au château avec toute
sa cohorte. Là, des tables abondamment
servies l'attendent : l'une est la table
d'honneur, composée de soixante couverts; il s'y asseoit avec l'élite de ses Musiciens, de ses enfans de chœur, & de
ses Chevaliers d'arquebuse : les autres
sont ouvertes à tout le monde.

Le repas fut suivi de mille scenes trop
longues à raconter.

Le château tout entier ressemble à

B iij

une maison abandonnée au plus affreux pillage. On ne cesse d'y boire, on s'y bat, on brise, on casse tous les meubles.

Les honnêtes gens se retirent dans le jardin. Un Officier y est insulté par le Suisse de la porte ; un autre est frappé par le Marquis de Brunoy qui veut le chasser de son parc ; on ne voit que des gens ivres, on n'entend plus que le bruit le plus affreux.

Cependant le temple se rouvre, & cette multitude y rentre pour en achever la profanation.

Des Chantres pleins de vin y balbutient le chant des Vêpres. Les Musiciens se prennent de querelle, les enfans de chœur s'endorment.

Tout à coup un mouvement plus universel se fait dans l'église ; c'est l'arrivée du Marquis de Brunoy qui l'excite ; sa démarche est celle d'un homme pris de vin : il veut faire une génuflexion, & peu s'en faut qu'il ne se renverse par terre. Il parle à tout le monde, salue à droite & à gauche, monte dans une stalle, en redescend aussi tôt ; va à la Sacristie, ferme la porte sur lui, l'ouvre ensuite vingt fois pour

appeler tantôt une personne , tantôt
une autre. Chaque fois qu'il entr'ouvre
cette porte & qu'il passe la tête , on
entend crier à haute voix , *le voilà*, *le*
voilà.

Les Complies finissoient , lorsqu'un
jeune Abbé de sa société intime vient
le trouver au milieu du Sanctuaire , le
prend par la main, lui parle à l'oreille ,
& on les voit au même moment sortir
tous deux de l'église appuyés l'un sur
l'autre.

Un événement extraordinaire occa-
sionne cette scene nouvelle.

Un paysan de Brunoy venoit de voler
une vache, & il s'agissoit de prononcer
sur le sort de ce voleur.

L'instruction & le jugement marche-
rent du même pas. Le jour, la Fête ,
le Salut qui étoit suspendu jusqu'au retour du Marquis de Brunoy, tout con-
courut à déterminer le genre de peine :
il résolut d'amener lui-même le voleur
aux pieds de l'Autel , la corde au cou ,
une torche au poing, pour y faire amende
honorable. Rien ne lui paroissoit plus
digne de la solennité du jour, qu'un
tel spectacle ; mais malheureusement
pour le Marquis de Brunoy, un Exempt

B iv

de la Maréchauffée furvint, qui crut
qu'il étoit de fon devoir d'arrêter le coupable, & de prévenir un nouveau fcandale. Il arracha au Marquis de Brunoy
fa victime. Enfin le Salut va fe célébrer.
Pourquoi, par quel ménagement en
fupprimeroit-on les détails, lorfque des
milliers de perfonnes en ont été les
triftes fpectateurs ?

Le Marquis de Brunoy revient au
chœur avec fon cortége. Il falue comme
de coutume à droite & à gauche, fait des
génuflexions, va à la Sacriftie, revêt
lui-même les Chantres de leurs chapes,
dont il ne veut confier la diftribution
& le choix à perfonne. Le chant de
l'Eglife commence : le Marquis de Brunoy ne ceffe d'aller & venir; il s'agite,
fe porte çà & là, porte les feuilles de
Mufique aux Muficiens, les verfets
aux enfans de chœur ; il allume les
flambeaux, les diftribue ; il va parler au
Célébrant, lui dit qu'il faut chanter
le *Te Deum* : on le chante, enfin la
bénédiction va fe donner.

A ce moment, peut-être pour la
premiere fois de la journée, il donnera
l'exemple du recueillement & du refpect dû à la Divinité. Non, il va pren-

dre la fonnette, & il ne la quitte
que lorfque la bénédiction eft donnée.

Auffi-tôt il fe rend à la Sacriftie,
y prend une grande croix d'argent,
l'éleve en l'air, la porte à pas comptés,
monte à l'Autel, & fa place lui-même
à l'endroit où étoit pofé le Saint-
Sacrement.

Il prend enfuite fur cet Autel la
bourfe dans laquelle on vient de ref-
ferrer le corporal ; il fe l'applique fur
la poitrine, va au millieu du Sanctuaire,
s'arrête fur la premiere marche, fait une
révérence à tous les fpectateurs, & termine ainfi une journée trop pleine de
folies & de fcandales.

Il annonçoit dès fa plus tendre enfance un goût décidé pour le vin &
pour les liqueurs fortes : pendant la vie
de fon pere, il trompoit déjà fa vigilance & buvoit avec excès.

En un mot (qui le croiroit !), l'excès de la crapule paroît avoir rappelé
dans fa maifon l'égalité originelle de
l'âge d'or, ou, pour mieux dire, le
château de Brunoy préfente le fpectacle d'éternelles Saturnales. Tout eft confondu : les Cuifiniers, les Marmitons,
les Laquais mangent avec le Marquis.

B v

Cet état perpétuel d'ivreſſe le rend inſenſible au froid comme à la chaleur.
Il s'endort ſur le pavé en plein air ;
on l'a ſouvent trouvé endormi dans un
foſſé.

Quel nom donner à cette aſſem-
blage de goûts honteux ? s'ils ne for-
moient pas la plus inſigne folie , ce
ſeroit le comble de la perverſité & de
l'infamie.

Sa vie morale & ſon caractere pré-
ſentent les mêmes réſultats, & ne donnent pas de lui une idée plus avanta-
geuſe.

Il n'eſt point d'être raiſonnable qui
ne montre une ſuite d'idées , d'actions , un caractere enfin bon ou
mauvais.

L'un naît avec un caractere doux &
ſenſible ; l'autre avec un caractere vif &
emporté.

Chaque homme a ſon penchant , ſon
attrait, ſon goût dominant qui l'entraîne :
trahit ſuam quemque voluptas.

Le Marquis de Brunoy n'a aucune
politeſſe pour les perſonnes que leur
naiſſance & leur dignité ont placées
au deſſus de lui , & il porte au dernier excès la familiarité avec ſes infé-
rieurs.

Sa vie eſt un tableau, une ſcène mouvante, remplie d'action qui n'ont aucune ſuite, aucune liaiſon entre elles, ſouvent ſans objets, & dans leſquelles on remarque preſque toujours des contradictions & des inconſéquences.

Il a la conception la plus facile, beaucoup d'idées, une mémoire très-heureuſe, de l'aptitude aux ſciences les plus abſtraites : il a même des connoiſſances, parce qu'il n'a rien oublié de ce que les maîtres qu'il a eus juſqu'à dix-neuf ans lui ont appris.

Mais avec toutes ces heureuſes diſpoſitions, il eſt impoſſible de lui voir faire le moindre uſage de ſa raiſon.

Nulle liaiſon dans ſes idées, des diſparates continuelles, une inconſéquence éternelle.

Le Marquis de Brunoy eſt foible lorſqu'on lui réſiſte. Rien ne lui coute lorſqu'il s'agit de répandre l'argent ſur les têtes chéries qui l'environnent, & qui méritent ſi peu ſes faveurs ; & il a l'ame aſſez dure pour laiſſer mourir de faim de malheureux ouvriers qu'il fait travailler & qu'il ne paye point.

Il eſt vêtu comme un mendiant;
ſes habits ſont ſouvent déchirés; ſes
bas tombent ſur ſes ſouliers; ſes cheveux toujours épars, mal-propres, rarement peignés. Son linge eſt toujours
le plus ſale; il porte ſouvent la même
chemiſe pendant trois ſemaines; & il
habille avec une magnificence ridicule
ſes jardiniers & ſes payſans; il leur fait
porter des habits galonnés. Il n'a jamais connu le charme de ce ſexe vers
lequel un attrait puiſſant nous entraîne,
& il loge dans ſon château des femmes
& des filles qui y tiennent publiquement la conduite la plus déréglée. Ses
parens, ſes amis, ſes conſeils, ſes gens
d'affaires n'ont aucun empire ſur lui,
& le payſan le plus vil le fait mou-
voir à ſon gré : en un mot, pas l'ombre
de liaiſon dans ſes idées, dans ſes actions. Sa tête, toujours égarée, n'a jamais porté ſur un point d'appui fixe.
On ne voit dans ſon caractere que foibleſſe, agitation, légéreté, inconſtance.
Il en eſt de même des affections de
ſon ame. L'égarement de ſon eſprit a
paſſé dans ſon cœur; pour s'en convaincre, qu'on examine le Marquis de
Brunoy ſous les différens rapports de

fa vie ; qu'on le confidere d'abord
comme fils , il n'a jamais eu ni
tendreffe ni égards pour le fieur de
M.....

On ne rappellera point fon infen-
fibilité à l'inftant de fa mort ; il
abrege fon deuil, & peu après il
préfide à la cérémonie de fon exhu-
mation.

Comment s'eft-il conduit avec fa
mere ?

La Dame de M... n'a vécu que pour
couvrir , par une tendreffe aveugle,
fes vices , fes ridicules , fes extravagances. Il fe permet de l'accufer d'un
crime atroce , s'en fépare & la perd
fans douleur.

Comment le Marquis de Brunoy
s'eft-il conduit à l'égard de fa femme ? avec l'indifférence la plus marquée.

Cependant , que n'a pas fait , que
n'a pas tenté cette femme honnête &
vertueufe , pour lui infpirer les fentimens que fa vue feule auroit dû faire
naître.

Elle a tenté mille fois de s'en rapprocher ; mille fois elle s'eft préfen-
tée à Brunoy. Honteufe d'y trouver tou-

jours la société la plus vile, elle a sacrifié ses justes répugnances à son devoir, à son attachement, au désir de ramener son mari.

Quel a été le fruit de ses sacrifices?

Même conduite de son mari, même éloignement pour sa femme, même goût pour la société crapuleuse.

Autant de fois qu'elle a voulu se montrer auprès de lui, elle en a été repoussée par le spectacle humiliant de sa conduite. Cependant, *prima societas in ipso conjugio est*, dit l'Orateur Romain.

Encore, *s'il s'aimoit lui-même* !

Mais non. Sa maniere d'être annonce un abandon total. Aucun soin de sa santé ; sa mal-propreté est extrême, & il augmente encore son goût naturel pour le vin par des ragoûts épicés, dont l'usage continuel est si pernicieux. Aussi il est couvert de pustules, de boutons; il est pâle & défait, & ses jambes souvent sont enflées. Ces symptômes indiquent un sang appauvri & dissous; cependant il ne veut faire aucun remede.

A la mort de son pere, son oncle le

fit vifiter par un Médecin & un Chirurgien célebres. Ils le jugerent dès-lors
attaqué du fcorbut, dont on craignoit
les fuites d'après le genre de vie qu'il
avoit adopté.

De là les projets de l'oncle, de lui
donner un beau-pere pour le contenir; de là le foin pris par fa mere, de
placer près de lui des furveillans falu-
taires.

Il écrit à fon Médecin, que s'il veut
venir le voir comme fon ami, il le
recevra; mais qu'il ne le recevra
point comme fon Médecin. Le Médecin le voit, il lui preferit un régime.

J'exécuterai votre ordonnance, lui
dit-il, avec cinq ou fix bouteilles de
vin par jour, & quelques verres de
liqueur.

Son Chirurgien le détermine un jour
à prendre de l'émétique; il le lave avec
du vin de Champagne au lieu d'eau
tiede. La raifon n'a donc pas plus
d'empire fur fon ame que fur fon
efprit? L'égarement continuel qui le
trouble & l'agite, ne lui a jamais
permis de s'ouvrir à aucun fentiment
honnête.

Quel étrange fort ! quelle inconcevable deftinée ! Le Marquis de Brunoy n'eft pas même capable de ces fenfations qu'éprouve tout ce qui refpire. La nature a donné, même aux animaux, des fignes d'affection, d'union, de tendreffe, de reconnoiffance ; elle a tout refufé au Marquis de Brunoy. Qu'eft-il donc, s'il n'eft pas en démence ?

Qu'on l'examine dans fes dépenfes particulieres, fa prodigalité démontre encore fa folie.

Le Marquis de Brunoy, fans état, fans maifon, encore en minorité, & lié par différens Arrêts, a dépenfé chaque année la totalité de fon revenu, & doit encore aujourd'hui près de deux millions. C'eft une prodigalité fans doute de dépenfer au delà de fon revenu fans néceffité, c'eft un abus d'adminiftration ; faire des dépenfes auffi confidérables dans un âge & dans une pofition où rien ne juftifie cette diffipation, annonce évidemment l'incapacité de fe gouverner. On eft bien plus prodigue quand on dépenfe plus du double d'un revenu immenfe, que quand on excede les bornes d'un revenu modique : d'ailleurs

d'où provient cette dilapidation ? Le
Marquis de Brunoy en a fait lui-même
l'aveu dans l'acte du mois de Décembre 1770, & dans la Requête présentée
au Roi en 1772 : facilité, foiblesse,
entours dangereux. Il est donc ridicule
de dire, pour sa défense, qu'il est riche,
& qu'il est encore bien éloigné d'avoir
consommé ses fonds? Un homme qui
donne en un instant 600,000 liv. à une
Fabrique, peut donner, dans un autre
moment, six millions ; mais on l'a déjà
annoncé., sa prodigalité ne ressemble
pas à celle des autres hommes, c'est
celle d'un homme en démence.

Qu'on se rappelle le principe de d'Ar-
gentré : *In hac dijudicatione non tam
sumptuum magnitudo, quàm causæ
tractandæ sunt.* Dans cette matiere,
ce font moins les dépenses en elles-
mêmes, & la grandeur de ces dépenses,
qu'il faut considérer, que leurs causes
& leur qualité. C'est à ces caracteres
que Cicéron reconnoissoit un prodigue :
*Prodigi sunt qui apparatas pecunias
profundunt in eas res quarum memo-
riam, aut brevem, aut nullam, sunt
relicturi.*

Qu'on parcoure toutes ses dépenses,

on n'en trouvera pas une qui foit marquée au coin ordinaire ; elles portent
toutes l'empreinte de la fingularité &
de la foiblelle de fon efprit.

En 1768, le Marquis de Brunoy,
qui n'alloit point à la Cour, fait pour
fes gens, à l'occafion du deuil de la
Reine, des dépenfes qui montent à
plus de 50000 livres.

Dans fa maifon de Paris, il imagine,
auffi tôt après la mort de fon pere,
de faire faire, dans le fecond étage,
un appartement pour lui, fuivant fon
goût & fes idées ; il y fait travailler jour
& nuit ; il y dépenfe plus de 50000 liv.
en meubles, & pareille fomme en conf-
tructions. Pendant les travaux, fon empreffement l'a pouffé jufqu'à y coucher
fur un fimple lit de fangle, au milieu
des gravois. Cependant, le jour où il
étoit en état de s'y loger, quand tout
étoit difpofé, il quitte Paris pour fe
fixer à Brunoy, en forte qu'il n'a jamais joui de cette dépenfe, & qu'il
n'a jamais couché depuis dans cet appartement.

En 1769, l'ancien Confeil de tutelle
s'étant fait rendre compte des dépenfes
de la régie de B....., juge qu'elles font

excessives; il en délibere avec la mere &
le Marquis de Brunoy lui-même. Délibération unanime, en vertu de laquelle
on afferme; six mois après, il résilie le
bail de sa seule autorité, sans en référer
ni à sa mere ni à ses Conseils; il s'engage à payer une indemnité de 10000 l.
au Fermier, & à lui payer en outre le
prix des bestiaux, des labours & se-
mences, objet de plus de 60000 liv.
dont la majeure partie est encore due
aujourd'hui.

Dans le même temps, il forme le
projet d'avoir à Brunoy une sonnerie
pareille à celle de Saint-Roch; il fait
faire deux cloches énormes. Son Architecte lui représente que les murs ne
pourront pas les supporter: les Parois-
siens s'alarment du danger; il leur promet, pour les rassurer, de faire faire
un service magnifique à ceux que le
clocher écraseroit.

Il a été ensuite obligé de faire bâtir
un autre clocher, dans lequel il a fait
poser huit cloches, ce qui lui a occa-
sionné une dépense de 42000 liv.

Tandis qu'il se néglige lui-même au
point de n'être pas vêtu, il fait pour
ses gens & pour ses paysans des dé-

penfes d'habits incroyables. Les mémoires de fes deux Tailleurs montent,
depuis quatre ans & demi, à 538,176 l.
11 f. 10 d.

Il fait faire dans fon jardin des travaux immenfes : pendant la durée de
ces travaux, on le voyoit tantôt dans
le tombereau, tantôt piochant la terre,
& défiant fes camarades de s'efcrimer
aufli bien que lui; défi de travail fuivi
de défi de vin : on le voyoit tantôt
attelant les chevaux, tantôt roulant les
brouettes, fe rendre fans ceffe l'objet
du mépris & de la rifée de la populace.

En 1770, il marie la fille de fon
Paveur; il lui conftitue en dot vingt
mille livres; il lui donne un trouffeau
de pareille valeur.

Il habille magnifiquement toute la
famille, fait fabler les rues par où
elle doit paffer, donne pendant huit
jours des fêtes & des repas où affif-
toient journellement cent vingt perfonnes.

L'année fuivante, il marie la fœur
d'un autre payfan de fes amis; il lui
donne, tant en argent qu'en billets,
une fomme de 24000 livres, fans y

comprendre les robes & les bijoux ; & ce mariage a donné également lieu à des fêtes & à des orgies dignes des gens de sa société.

La mere de cet illuftre marié meurt ; il dépenfe, pour fes funérailles, une fomme de 30000 liv., porte fon deuil, & le fait porter à toute fa maifon ; il honore encore fa mémoire d'un fervice au bout de l'an, qui l'engage dans de nouvelles dépenfes.

Il étoit Colonel de l'Arquebufe de Brie ; de trente Chevaliers dont la Compagnie étoit compofée, il en porte le nombre à cent dix, fait changer à fes frais l'uniforme, qu'il fait galonner en or ; il multiplie les affemblées & les repas.

Il fait faire chaque année des proceffions ; la derniere, dont on a déjà parlé, & qui a furpaffé toutes les autres, lui a couté près de 200000 liv.

La dépenfe de bouche eft incroyable.

Il a confommé, dans l'année 1771, plus de mille fepriers de blé ; il avoit fait, avec un Marchand de vin, un marché montant à 72000 livres, pour fa provifion des années 1771 & 1772.

On voit, fur le regiftre de fon Caiffier, des mois de boucherie qui montent à près de 6000 livres ; & il se plaint qu'on le laisse manquer du nécessaire !

Le Marquis de Brunoy passe en Angleterre, n'y reste que vingt-neuf jours, pendant lesquels il fait plus de 60000 l. de dettes, réduites, par l'entremise de M. l'Ambassadeur de France, à 34443 l. 7 sous.

De retour à Brunoy, au lieu de profiter des réformes faites & d'en faire encore de nouvelles, il reprend tout son monde, & fait rentrer tous ceux que son Conseil avoit renvoyés.

Le Marquis de Brunoy, malgré l'Arrêt du Conseil du 3 Juillet dernier, qui le restreint à une somme de 60000 liv., s'empare des revenus de Varize en Beauce, de partie de ceux de Villers en Normandie, & conserve ceux de Brunoy, fait un marché avec son Curé, de 12000 liv. par an, pour avoir un Office canonial ; commande, pour les Chevaliers de l'Arquebuse, de nouveaux habits plus riches que les autres ; reprend tout son Clergé, donne des ordres pour une nouvelle procession, casse une adjudication de fruits faite par son Conseil,

& continue ses dépenses ordinaires en baptêmes, services & enterremens.

Actes de fureur.

On a vu, par les détails dans lesquels on est entré, la folie & la démence du Marquis de Brunoy se montrer à découvert dans les actions les plus ordinaires de sa vie. Cette privation de la raison, qui se manifeste sans cesse dans ses goûts, dans sa conduite, est son état habituel. Mais ce délire s'enflamme & l'entraîne souvent à des actes de fureur & d'emportement. On en a articulé plus de vingt faits, caractérisés dans la requête par laquelle on demande subsidiairement à en faire preuve.

Le Conseil de tutelle du Marquis de Brunoy lui fait faire l'acquisition de la terre de Varize, en 1767, & en laisse la régie à un homme honnête & intelligent, qui, depuis trente-six ans, l'avoit administrée pour le vendeur.

On célebre tous les ans à Varize, le lendemain de l'octave de la Fête-Dieu, celle du Sacré Cœur de Jésus. Ce fut pour présider à cette Fête, que le Marquis de Brunoy partit en diligence, après

ſa proceſſion , accompagné de ſon cortége ordinaire.

Il célebre la Fête de la Paroiſſe de
Varize, comme il avoit célébré la Fête-
Dieu à Brunoy ; il donne à tous les habitans de ce village, & à ceux des villages voiſins, le ſpectacle de ſon ivro-
gnerie habituelle, & de ſes indécentes
familiarités avec ſes amis.

Le Régiſſeur de la terre, âgé de plus
de ſoixante ans, accoutumé à reſpecter
les Seigneurs, & à les faire reſpecter,
vit avec douleur juſqu'à quel point le
Marquis de Brunoy s'aviliſſoit ; il refuſa
conſtamment de participer aux excès
qui ſe renouveloient chaque jour. C'en
fut aſſez pour lui attirer l'indignation
de ſon nouveau Maître, & la haine de
ſes compagnons.

Ils ſe livrerent à mille excès contre
lui & contre ſa femme. Le Marquis de
Brunoy envoie chercher la Maréchauſ-
ſée. Suivi de cette eſcorte & de trois
Gardes armés, il entre dans l'appatte-
ment du Régiſſeur, lui fait ouvrir ſes
tiroirs, ſes armoires, s'empare de ſon
argent, de ſes papiers, de ſes comptes ;
il le tint enſuite, ainſi que ſa femme,
pendant cinq jours, en chartre privée,

&

& les fit garder à vue dans une chambre du château. La femme y fut entraînée sans qu'on lui donnât même le temps de s'habiller. Ils n'en sont sortis l'un & l'autre qu'après avoir signé la démission d'un Office de Greffier, l'abandon & la jouissance des terres qu'il affermoit ; qu'après s'être obligés à replanter une vigne qui n'avoit été arrachée que de l'autorité du Conseil, & qu'après avoir souscrit la promesse de payer une somme de 1341 liv.

Des violences d'une nature aussi odieuse ont donné matière à une plainte qui a été suivie d'une information & d'une Sentence du Bailliage de Chartres. Si l'on en croit le bruit public, les témoins ont dû déposer des faits qui caractérisoient à la fois tous les genres d'extravagance du Marquis de Brunoy ; ils l'ont vu couché sur l'herbe avec ses domestiques, sans habits, sans chapeau, ses bas sur ses souliers, & très-mal peigné ; dire à son Procureur-Fiscal : *Une fois les procès-verbaux faits, je veux qu'on les suive, bons ou mauvais ; c'est mon affaire ; je le veux absolument ; forcer tout le monde à boire avec excès ;*

Tome V.   C

mêler ensemble les liqueurs les plus
fortes, pour en faire une qu'on appeloit
du *sacré-chien tout pur*, & en servir de
pleines tasses à tous les convives; prendre le chapeau du Curé, & le jeter
dans les fossés; prendre la cuiller à po-
tage, & en donner des coups sur la
main d'un de ses paysans, qui lui
arrache cette cuiller & lui en porte
à son tour plusieurs coups sur le bras;
leur jeter de l'eau, & s'en laisser jeter
à son tour; souffrir que ses camarades
insultent, avec la derniere indécence,
la servante de son Régisseur, &, sur
les plaintes que ce Régisseur en fait,
exiger de lui qu'il mette ses servantes
à la porte, sans quoi, menaces de le
faire mettre en prison; insulter lui-
même ce malheureux & sa femme;
vouloir, au milieu de leur douleur, les
forcer à boire & à manger, & jeter un
verre d'eau au nez de cet ancien ser-
viteur; tirer sans cesse des coups de
fusil sur les pigeons, sur les statues,
dans les vitres du château; prendre le
Régisseur à la gorge, & lui dire : *Je
vous ferai mettre une petite étole étroite
au cou ;* se saisir ensuite de la femme,
& lui dire, avec un rire imbécille : *Je*

vous aime tant , qu'il faut que je
vous fouille par-tout.

De là il s'embarque pour l'Angleterre , fans permiſſion du Roi , fans
avoir demandé un paſſe-port au Miniſtre des Affaires étrangeres. Il arrive
à Londres avec ſa ſociété : ce n'étoit
point pour ſe ſouſtraire, comme on l'a
dit, aux perſécutions de ſa famille ;
ſa lettre écrite de cette ville à M. l'Abbé
G... prouve le contraire : elle eſt du
22 Juillet, & mérite la plus grande attention , parce qu'elle prouve que le
déſordre de ſa tête l'a toujours empêché
de réaliſer dans ſa conduite le plan
qu'il s'étoit obligé de ſuivre : en voici
un extrait.

» Deux raiſons m'engagent à voyager
» pendant quelque temps. La premiere
» eſt de connoître les mœurs & les uſa-
» ges des Nations que je vais parcou-
» rir ; la ſeconde , de faire ſur mes re-
» venus une épargne plus conſidérable,
» pour faire plus tôt honneur à mes af-
» faires. En effet, ſi je reſtois à Bru-
» noy , je n'aurois jamais la force de
» prendre ſur moi une réforme que je
» crois pourtant néceſſaire «.

C ij

Rien ne paroît plus fenfé que ce projet ; s'inftruire des mœurs & des ufages des Nations ; diminuer fa dépenfe ; réformer les abus, on ne peut qu'applaudir à la fageffe de fes vûes.

Mais que fa conduite s'accordoit peu avec ces fpéculations ! Il fe rend à Londres, comme à Paris, l'objet de la dérifion publique ; il y paffe fa vie dans les tavernes ; il s'y fait des querelles : l'entremife du Miniftre devient néceffaire pour les appaifer. Il fe difpofe à prendre le plus grand état de maifon ; commande une livrée brillante, galonnée fur toutes les tailles ; achete huit chevaux ; prend un hôtel à bail ; s'endette de plus de foixante mille livres pendant un féjour de peu de durée. Cette fomme a été réduite, par les foins de l'Ambaffadeur, à trente-quatre mille livres.

Il repaffe bientôt dans le Royaume, s'arrête à fa Terre de Villers en Normandie. Il y met à contribution fes Fermiers, les force à payer ; il renvoie à Brunoy l'Abbé B...., avec des ordres écrits de fa main, qu'on ait à lui envoyer promptement, *& fous peine d'encourir fon indignation*, toute fa vaiffelle d'argent, du poids de cinq cents marcs, & fes habits.

Qu'on ne s'étonne point ni de fes folies, ni de fes fureurs; fon enfance en annonçoit déjà les préfages. *Egratigner*, pincer, mordre toutes fortes de perfonnes, étoient les jeux de fes premieres années, en attendant que l'âge vînt armer fon individu de forces plus dangereufes.

Son adolefcence fut marquée par un goût pour la deftruction des objets inanimés & de la matiere impaffible; la fcene qui fe paffa à Gaillon, chez M. l'Archevêque de Rouen, en eft la preuve, ainfi que de fa démence. Son Gouverneur, fon Chirurgien, fes domeftiques, en ont été tour à tour les victimes, & avoient befoin de toute leur adreffe pour fe fouftraire à fes coups homicides : on cite trois ou quatre domeftiques qu'il a maltraités à coups de pied, à coups de pierres.

Un Lieutenant de Maréchauffée à qui il a porté un coup de couteau; fa plainte attefte le fait.

Un cuifinier, à qui il a lancé fon hachoir à la tête; un autre, à qui il a fait une plaie, dont il a été malade un mois; un autre qu'il a mis en sang dans un accès de fureur.

Un enfant qu'il saisit à la gorge dans une allée de son parc, & qu'il auroit peut-être étranglé, si on ne le lui eût arraché. La mere du Curé qu'il a maltraitée, & à qui il a donné trois mille livres de dédommagement.

Dira-t-on que ce sont les excès d'un jeune libertin, les violences d'un brutal, d'un homme méchant? Non, on ne peut en faire un crime à sa volonté; il n'est pas libre alors, c'est l'abandon de sa raison qui produit ces emportemens. Le caractere de la démence est peint sur les accès de sa fureur. Peut-on accuser de raison & de liberté un homme qui crie en furieux à son Curé, sortant de la Sacristie, le calice à la main : *Vous êtes damné, & vous allez dire la Messe ?*

Un homme, qui dans la nuit du Mardi-Gras, court chez un Aubergiste & de là chez un Epicier, fouille toute la maison, s'emporte contre un gigot qu'il trouve, & demande des liqueurs & de l'eau-de-vie, dont il est déjà rempli ! *Un homme,* qui, sur la figure d'un étranger, l'arrête, le met en chartre privée dans fon château , lui fait fubir interrogatoire ; qui chaffe un Jardinier , depuis long-temps attaché à fa maifon , jette fes meubles par la fenêtre , & traîne fon enfant dans la rue !

Mais veut-on encore un dernier trait , qui annonce l'opinion qu'en ont ceux qui ont le malheur d'être les voifins d'un homme fi dangereux? Ce coup de fufil qu'on étoit dans l'ufage de tirer à l'heure où cet ennemi du genre humain paffoit du fommeil de la nature au réveil de la fureur, pour avertir au loin de fuir fa préfence. Cette précaution , ce coup de fufil , laiffent-ils des doutes fur l'état de ce malheureux jeune homme , & fur l'aliénation de fes facultés? Quelle preuve chercher encore après ce fignal de terreur & de confternation générale !

Mais ce n'eft pas tout ; fuivons un moment les procédés de ce furieux, & voyons comment cet homme qui refpecte fi peu la tranquillité & la vie des autres , traite lui-même fon propre individu. L'amour de notre confervation eft inhérente à notre nature : les animaux partagent avec l'homme cet

C iv

ſtinct invincible : c'eſt donc le der-
ier degré de démence que d'être inſenſible à cet inſtinct de tous les êtres
qui ſentent la douleur & abhorrent
leur deſtruction ; & il faut un étrange
déſordre dans toutes les facultés pen-
ſantes ou ſenſibles, pour y détruire ce
ſentiment naturel.

Laiſſons l'affreux déſordre où l'on
nous peint tout l'extérieur de la perſonne du Marquis de Brunoy comme
un ſymptôme de folie & d'imbécillité
dans un ſiecle de luxe , dans un âge
avide de plaire & de paroître, dans un
homme qui doit être embarraſſé de l'u-
ſage de ſes tréſors : nous parlons ici d'un
objet plus ſérieux ; il s'agit de fureur &
de démence.

Epuiſé de ſes excès , un ſang appauvri & enflammé demande depuis long-
temps un régime doux , & preſſe les
remedes. Que repond-il aux tendres
ſoins de ſa famille alarmée ſur ſon
état , aux inſtances des Médecins
qu'elle ne ceſſoit de lui envoyer, pour
ſaiſir auprès de lui un inſtant favorable & prévenir ſa deſtruction ? Toujours rebelle à leurs ſages ſollicitations,
à leurs ſecours éclairés , il répondoit

qu'il ne connoiſſoit d'autre tiſane que
l'*eau clairette*. Si on l'a déterminé une
fois à prendre l'émétique qu'on jugeoit
néceſſaire, il dit à ſon Médecin qu'il
le lavera avec des liqueurs ou du vin
de Champagne.

Le mal s'accroît de jour en jour ;
déjà il s'eſt déclaré ſur une jambe &
montre tous les caracteres d'un ſcor-
but invétéré, qui le menera rapidement au tombeau, dès que la force de
l'âge ſera ſurmontée par celle du mal.
L'inſenſé, au lieu de ſonger à ſes
jours, & d'arrêter les progrès de cet
ennemi intérieur, rit de ſon mal, lui
donne des dénominations auſſi dégoû-
tantes que ridicules, & permet à ſes
Payſans d'en faire une raillerie journaliere.

Faut-il donc être auſſi inſenſible que
lui-même, & l'abandonner à ſa funeſte
liberté, puiſqu'il manque de la raiſon
qui lui en conſeilleroit un uſage ſalutaire, & qu'il la tourne contre lui-même
par un abus journalier, par des excès
fréquens de boiſſon, tant de vin que de
liqueurs, qui le menacent d'une mort
inévitable & prochaine ?

Après tant de faits d'une nature ſi

C v

propre à caractériser la fureur, l'imbécillité, la prodigalité, peut-on regarder
le Marquis de Brunoy comme raisonnable dans les actions les plus simples
& les plus communes de la vie civile?
Quand on examinera ses égaremens
généraux & particuliers, les indécences
qu'il commet dans les Temples, l'indignité de son extérieur, la bassesse
des compagnies qu'il fréquente, les
aventures tristes, ridicules & humi-
liantes qui lui arrivent, son intempé-
rance pour le boire & pour le manger...
quand on joindra à tout cela l'opinion
des Etrangers, les discours des Domestiques, & sur-tout le suffrage unanime
de tous ceux qui l'environnoient;
enfin le jugement & la conduite de
sa famille : pourra-t-il encore rester
quelque doute raisonnable dans l'esprit?
Se persuadera-t-on qu'un homme en
cet état ait pu être mis au nombre
des personnes sages & raisonnables?
Dira-t-on qu'il peut remplir cette médiocrité de devoirs, de bienséances,
d'offices, qui est le dernier degré de la
sagesse? Et ne voit-on pas au contraire
que tous les devoirs les plus communs
étoient effacés de son esprit, toutes les

bienféances oubliées, tout les offices de la vie civile entiérement violés? Di- fons plus : ces devoirs, ces bienféances, ces offices croiffent & s'augmentent à proportion du degré de grandeur & d'élévation de la perfonne qui doit les remplir : fouvent même ce qui ne pafferoit pas pour un figne de démence dans un homme d'une condition obf- cure, devient une preuve convaincante d'égarement d'efprit dans une perfonne d'une naiffance diftinguée ; & fi l'on juge par cette regle que perfonne ne fçauroit condamner, vous trouverez qu'il n'y a prefque aucune des actions de fa vie qui ne foit un argument fenfible du dérangement de fon ef- prit, puifqu'il n'y en a prefque point où il n'ait manqué à ce qu'il devoit au Public, à fa famille, à lui-même, où il n'ait déshonoré fon nom.... & , pour tout dire en un mot, où il n'ait marqué une extinction entiere du fen- timent, un oubli profond de lui- même, une ftupidité & une infenfi- bilité animale, qui eft un des princi- paux caracteres de la démence.

Que peut-on ajouter au trifte récit que l'on a fait ? Il n'eft que trop vrai

C vj

de dire que toutes les caufes d'interdiction concourent : fureur, démence,
prodigalité, & qu'il ne refte plus que
ce frein pour contenir le Marquis de
Brunoy.

Après le récit des faits, les parens
qui pourfuivoient l'interdiction, s'at-
tachetent à écarter l'odieux de leur
pourfuite, & à fe juftifier du reproche
qu'on leur avoit fait, de n'être animés que par un vil & fordide intérêt. Que leurs vûes, difoient-ils, font
éloignées des motifs qu'on a l'indécence
de leur fuppofer ! Cette même interdiction qu'ils pourfuivent aujourd'hui,
fut depuis long-temps le vœu d'une
mere tendre, d'un oncle refpectable,
de tous les parens paternels & maternels du fieur de Brunoy. Ce fut, on
peut le dire, le vœu de tous les honnêtes gens. Ils n'ont ceffé de reprocher
à la famille, l'inaction à laquelle elle
fembloit fe condamner.

C'eft l'intérêt même du Marquis de
Brunoy qui exige fon interdiction.
Mais tel eft le fort ordinaire de cette
efpece d'action. La Loi en fait un devoir aux parens : s'ils négligent de la
former, elles les punit en les déclarant

incapables & indignes de recueillir la
fucceſſion du parent infortuné qu'ils
ont abandonné à ſa folie & à ſes
fuites funeſtes ; & quand ils inten-
tent cette action , une pitié inſenſée
& barbare oſe condamner leur courage.

On accuſoit la famille entiere ;
chacun s'écrioit : voilà les mœurs de ce
ſiecle , l'opulence a étouffé juſqu'au
ſentiment de la vertu. Parce que le
Marquis de Brunoy a vingt millions
de bien, il lui eſt permis d'offenſer la
Nature , d'outrager la Religion , de
troubler le bon ordre ; de ne connoître
ni loix, ni regles, ni frein ni uſage :
il n'y a pas un an que Paris retentiſſoit
encore de ces plaintes.

Cependant il ſemble qu'il ſe forme aujourd'hui un parti pour défendre, excuſer, juſtifier ce même homme
qui étoit il y a ſi peu de temps l'objet
du mépris public.

Enſuite ils établirent les principes
qu'ils puiſerent en partie dans les plaidoyers de M. d'Agueſſeau.

La dépravation des mœurs dénature
inſenſiblement tous les principes ; on
les méconnoîtroit bientôt , ſans l'utile

fecours des Loix. On ne voit dans l'efpece humaine que trois claffes différentes : la premiere eft celle des vrais
fages, dont le nombre eft fi petit ; la
feconde eft celle des hommes entiérement privés de l'ufage de la raifon ; & la
troifieme, qui eft la plus confidérable,
eft celle des hommes qui en abufent.
Dans ces deux dernieres claffes, les
uns marchent fans guide, les autres
en ont un qu'ils ne fuivent pas. Voilà
le fort de l'humanité ; combien n'influe-
t-il pas fur les opinions ?

Si une famille forme une demande
en interdiction contre un parent privé
de l'ufage de la raifon, auffi-tôt on
voit voler à fon fecours cette foule
d'autres hommes égarés par leurs paffions, qui, fans être dépourvus de raifon, ont dédaigné de marcher à la
lueur de fon flambeau falutaire. On
cherche mille excufes pour pallier le
défordre & pour déguifer les fignes
de la folie ; on ne craint pas même de
prêter les motifs les plus odieux à une
famille qui ne parle que lorfque le
danger imminent ne lui permet pas
de fe taire ; on lui impute une avidité criminelle ; on lui reproche un

vil & fordide intérêt : voilà la marche des mœurs corrompues du Siecle ; mais voici celle des Loix.

Dans leur langage, l'interdiction, foit pour caufe de prodigalité, foit pour caufe de démence, eft un fecours que l'humanité, que la piété naturelle exigent, que les hommes, & fur-tout les parens, fe rendent mutuellement. La prodigalité, comme la démence, font des maladies de l'ame qui ont befoin de remedes, de foins & de prévoyance ; & c'eft à ceux-là fur-tout à adminiftrer les remedes, à qui les liens du fang impofent plus de devoirs. Le fils fera nommé curateur à fon pere ou à fa mere en démence, pour avoir foin de la conduite de leurs perfonnes & de leurs biens, dont cette infirmité de l'ame les a rendus incapables.

Ainfi, dans le premier âge de l'homme, la Loi l'affujettit à fes parens, à fes tuteurs & curateurs, & lui interdit toute difpofition, dans la crainte que fa foibleffe & fon défaut d'expérience ne le précipitent dans des malheurs dont il ne pourroit jamais fe retirer. Dans un âge plus avancé, la Loi ne le perd pas encore de vue ; & en même

temps qu'elle femble ne point mettre
de bornes à fa liberté, elle obferve
cependant l'ufage qu'il en fait faire;
& fi elle le voit s'écarter, foit par foibleffe d'efprit, ou par la violence de
fes paffions, des routes que la fageffe
la plus commune femble tracer à tous
les hommes, alors elle reprend fon
premier empire, elle le retient par de
nouveaux nœuds, ou, fans le dépouiller
entiérement de fa liberté, au moins elle
empêche qu'il n'en abufe jufqu'à un
excès qui lui deviendroit funefte.

» Qu'eft-ce donc, difoit M. d'Aguef-
feau, s'il eft poffible de le définir, que
cet état d'incapacité qui retranche un
teftateur du nombre des citoyens, &
qui l'efface prefque de celui des hommes? Ne nous adreffons point aux anciens Philofophes pour réfoudre cette
queftion: ils nous répondront peut-
être, que tous les hommes font dans
une démence actuelle & perpétuelle,
fi l'on en excepte ce Sage que chaque Secte fe vante de pofféder, &
qu'aucune néanmoins ne fauroit montrer aux autres. Ils mettroient, fans
héfiter, au nombre des infenfés, tous
ceux qui font ou agités par leurs pro-

pres paffions, ou efclaves de celles des autres; &, changeant les idées communes des hommes, ils rendroient la fageffe plus difficile à prouver que la démence. Confultons plutôt ceux qui ont tempéré l'excès de la Philofophie par l'ufage des affaires du monde, ou par les principes de la Jurifprudence «.

Que nous dit fur ce fujet ce grand homme, qui étoit en même temps Orateur, Philofophe, Jurifconfulte (& pour dire quelque chofe encore de plus que tout cela), que nous apprend Cicéron fur cette matiere ?

» Deux états différens partagent tous les hommes, fi l'on en excepte les vrais fages. Les uns font entiérement privés de l'ufage de la raifon, les autres en font un mauvais ufage, mais qui ne fuffit pas pour les déclarer foux : les uns n'ont plus de lumiere, les autres ont une foible lueur qui les conduit au précipice. Les premiers font morts, & les derniers font malades : ceux-ci confervent encore une image & une ombre de fageffe, qui fuffit pour remplir médiocrement les devoirs communs de la fociété. Ils font dans un état privé de la véritable santé de l'esprit, mais dans lequel on peut néanmoins mener une vie commune & ordinaire ; les autres ont perdu même ce sentiment naturel qui lie les hommes entre eux par l'accomplissement réciproque de certains devoirs. Attachons-nous à ce dernier caractere, qui est en même temps & le plus sensible de tous, & celui dont l'application est plus facile.

 » Un sage, dans le sens des Loix & des Jurisconsultes, est celui qui peut mener une vie commune & ordinaire : un insensé est celui qui ne peut pas même atteindre jusqu'à la médiocrité des devoirs généraux. *Mediocritatem officiorum tueri, & vitæ cultum communem & usitatum.*

 » Mais, parmi ceux que leur foiblesse met au dessous du dernier degré des hommes du commun, les Jurisconsultes en distinguent deux sortes.

 » Les uns ne souffrent qu'une simple privation de raison : la foiblesse de leurs organes, l'agitation, la légéreté, l'inconstance presque continuelle de leur esprit met leur raison dans une espece de suspension & d'interdiction perpétuelle, qui leur fait donner le nom de *mente capti* dans les Loix & dans les Ecrits des Jurisconsultes.

» Dans les autres, l'aliénation d'esprit est moins une foibleſſe naturelle qu'une véritable maladie, souvent obscure dans sa cause, mais violente dans ses effets, & qui, semblable à une bête féroce, cherche continuellement à s'échapper des chaînes qui la retiennent; & c'est cette maladie qui porte proprement le nom de fureur.

» Les premiers, dit Balde, ont une fureur obscure & cachée; les derniers ont une démence éclatante & mani-feste.

» Ceux-ci sont dans un état d'ivreſſe, de transport, de frénésie; ceux-là approchent plus de l'état de l'enfance ou de l'extrême décrépitude : leur raison, semblable à celle d'un enfant ou d'un vieil-lard, est ou imparfaite, ou usée; mais les uns & les autres, c'est-à-dire, les furieux & les foibles d'esprit, sont également incapables de faire un testament, parce que, dans les uns, la raison est presque éteinte, & que, dans les autres, elle est comme liée & enchaînée par la violence du mal. Qui pourroit marquer précisément les frontieres, les limites presque imperceptibles qui séparent la démence de la sagesse? Qui pourroit enfin compter les degrés par lesquels la raison tombe dans le précipice, & tombe, pour ainsi dire, dans le néant? Tous les hommes naissent sages, c'est le vœu commun de la Nature: la raison est le partage de l'homme; elle le distingue de tout le reste des animaux. Un homme sans raison n'est presque plus qu'un corps organisé, qui ne conserve que l'ombre & la figure d'un homme; son état est une espece de prodige & de monstre dans la Nature.

» Non seulement la démence ou la sagesse est un fait, mais encore un fait habituel, une disposition, une affection permanente de l'ame; & comme les habitudes ne s'acquierent que par les actes réitérés, elles ne se prouvent presque jamais que par une longue suite, une continuité, une multiplicité d'actions dont il est impossible d'avoir la preuve par une autre voie que par le témoignage de ceux qui ont été spectateurs assidus de ces actions.

» Une seule action peut quelquefois suffire pour faire une preuve parfaite de folie, parce qu'il y a des actions qui portent un caractere si sensible d'illusion, de déréglement, d'aliénation d'esprit, qu'il est impossible qu'un homme sage les commette. Telle est la malheureuse condition des hommes, qu'ils peuvent à tout moment donner des preuves convaincantes de leur folie, & qu'à peine toute la suite de la vie peut suffire pour établir une opinion ferme, certaine & constante de leur sagesse : en un mot, un insensé peut faire une action de sagesse ; un sage ne peut faire une action éclatante & marquée de folie : donc une action de folie exclut absolument la présomption de sagesse.

» Quand même les interrogatoires que l'on feroit subir en ce cas à M. l'Abbé d'Orléans, seroient sages & pleins d'une raison apparente, pourroient ils jamais effacer cette multitude prodigieuse de faits qui forment une image si vive du caractere de son esprit ? & ne vous souvenez-vous pas..... de ce qui s'est passé l'année derniere dans une Cause assez célebre qui fut par-devant vous, au sujet d'un nommé Buissonnier, dont on vouloit faire lever l'interdiction ?

Il avoit fubi trois interrogatoires en différens temps, tous pleins de raifon & de fageffe : il n'y en avoit qu'un feul où il étoit convenu d'une action peu fenfée, qu'il avoit faite, difoit il, par pénitence ; cependant, malgré la fageffe de fes réponfes, vous avez confirmé fon interdiction, & cela, fur des faits contenus dans fes lettres, que fes interrogatoires n'avoient pu détruire. Il eft vrai qu'à la fin il confentit lui-même à être interdit ; mais indépendamment de ce confentement, qui n'étoit pas d'un grand poids en cette occafion, vous n'auriez pas laiffé de prononcer l'interdiction. Rien n'eft plus commun que de voir des infenfés faire des actions fages, fur-tout lorfqu'ils font poffédés de quelque paffion particuliere pour un genre d'action, parce que la même folie qui leur infpire le deffein général de faire cette action, leur donne auffi l'idée de la faire dans toute fon intégrité extérieure, & fans y omettre aucune des circonftances qu'ils croient eux-mêmes néceffaires pour la perfection de l'action.

» Une action peut être fage en appa-rence, fans que celui qui en eft l'auteur soit sage en effet. Mais l'intervalle ne peut être parfait sans pouvoir en conclure la sagesse de celui qui s'y trouve. L'action n'est qu'un effet rapide & momentané de l'ame ; l'intervalle dure & se soutient. L'action ne marque qu'un seul acte ; l'intervalle est un état composé d'une suite d'actions ; & pour en avoir une preuve sensible, examinons l'exemple de ceux qui ne sont frappés que sur un ou deux points principaux : l'un croit voir toujours des précipices ; l'autre s'imagine qu'on veut l'arrêter. Celui-ci se transforme en bête ; l'autre, dans une folie encore plus outrée, croit être Dieu même. Qu'on ne les interroge pas sur ces matieres, dans tout le reste ils paroîtront sages : mettez-les sur ces points, aussi-tôt ils découvriront leurs foiblesses. Ce fou, qui croyoit que toutes les marchandises qui entroient dans le port de Pirée étoient à lui, ne laissoit pas de juger sainement de l'état de la mer, des orages, des signes qui pouvoient faire espérer l'heureuse arrivée des vaisseaux, ou craindre leur perte. Celui dont Horace nous a fait une peinture si ingénieuse, qui croyoit toujours assister à un spectacle,

& qui, fuivi d'une troupe de Comé-
diens imaginaires, étoit devenu à lui-
même un théatre dans lequel il étoit
en même temps & l'Auteur & le Spectateur, obfervoit d'ailleurs tous les
devoirs de la vie civile «.

Ainfi M. le Chancelier d'Aguef-
feau offre dans ce favant Plaidoyer trois
réflexions principales, bien importantes
à faifir, pour répandre le plus grand
jour fur cette matiere. La premiere,
c'eft que l'homme en démence eft celui
qui ne remplit pas les devoirs les plus
ordinaires de la vie civile. La feconde,
c'eft qu'un feul acte de fageffe ne prouve
point qu'on foit fage, au lieu qu'un
feul acte de folie prouve qu'on eft fou.
La troifieme enfin, c'eft qu'on ne peut
rien conclure des paroles aux actions.

Ofera-t-on joindre quelques idées
à celles de ce grand Magiftrat ? S'é-
carter de la raifon fans le favoir, parce
qu'on eft privé d'idées, c'eft être imbécille : s'écarter de la raifon, le fa-
chant, mais à regret, parce qu'on eft
efclave d'une paffion violente, c'eft être
foible ; mais s'en écarter avec confiance,
voilà ce qu'on appelle être fou. On
n'entreprendra point d'expliquer ici les
différentes

différentes caufes & les différentes na-
tures de folie , ce feroit fe jeter
inutilement dans un détail innombra-
ble ; mais fans approfondir fa caufe ou
fes caracteres, il femble qu'on peut
déterminer d'une maniere générale en
quoi elle confifte.

L'homme a une deftination qui eft
réglée par la Nature , par les Loix de
la Société & par celles de la Religion ;
il doit travailler à fe rendre heureux
par les moyens que la Nature lui fournit ;
il naît pour contribuer au bonheur des
autres hommes qui l'environnent, qui le
foutiennent, qui le fervent ; il naît pour
fe foumettre à l'ordre de la Société &
aux Loix du Gouvernement qui le protege ; enfin, il naît pour remercier, pour
adorer l'Etre fuprême dont il eft l'ouvrage. Voilà la deftination humaine.

L'inftinct éclaire l'homme fur ce
qui eft néceffaire à fon bonheur ; la
morale l'éclaire fur ce qui eft néceffaire
au bonheur des autres ; les loix l'éclai-
rent fur l'ordre & fur la foumiffion
civile ; la Religion l'éclaire enfin fur
l'idée & fur le culte de la Divinité.
La réunion de toutes ces lumieres différentes forme ce qu'on appelle raifon,

Tome V.   D

cette faculté précieuse dont l'Etre suprême a pourvu les hommes pour connoître la vérité. La raison, prise dans un sens contraire à la folie, n'est donc autre chose que la connoissance du vrai; non de ce vrai que l'Auteur de la Nature a réservé pour lui seul, qu'il a mis loin de la portée de l'esprit humain, ou dont la connoissance exige des combinaisons multipliées ; mais de ce vrai sensible, de ce vrai qui est à la portée de tous les hommes, & qu'ils ont la faculté de connoître, parce qu'il leur est nécessaire, soit pour la conservation de leur être, soit pour leur bonheur particulier, soit pour le bien général de la société.

Qu'est-ce donc qu'un fou ? c'est celui qui ne peut pas remplir la destination humaine. Celui-là est un sage parfait, qui la remplit entiérement. Celui-là est moins sage, qui la remplit moins parfaitement ; mais celui-là est constamment un fou, un insensé, qui ne la remplit en aucune maniere, qui ne fait ni suivre l'instinct de la Nature, ni se soumettre aux loix de la Société, de la Morale & de la Religion.

Il ne suffit pas même de connoître

ces loix & ces regles, d'en parler avec
esprit, avec discernement ; il faut,
pour mériter le titre d'homme raisonnable, les suivre dans sa conduite :
quiconque s'en écarte sans cesse dans
ses actions est un fou. Il n'est que trop
ordinaire de voir des hommes sages
dans leurs paroles, être des foux dans
leurs actions ; c'est l'espece de folie la
plus étonnante, parce qu'elle offre sans
cesse le spectacle d'un contraste le plus
frappant dans la sagesse de leurs discours & dans l'extravagance de leur
conduite ; leur tête même produit
souvent des combinaisons justes : mais
que la moindre passion s'éleve, qu'un
nouvel objet se présente, leur intelligence s'obscurcit, cette lueur qui paroissoit l'animer s'éteint.

Les hôpitaux, ces asiles de la foiblesse
humaine, sont remplis d'insensés de
cette espece. On passeroit un temps
considérable, une semaine, quelquefois
un mois avec plusieurs d'entre eux, sans
s'appercevoir de la moindre folie ; ils
parlent, ils raisonnent sensément dans
leurs intervalles lucides. Il y en a encore
un dans la maison de Charenton qui
fut interdit il y a cinq ans par Sentence

du Bailliage de Caën. M. d'Argouges, Conseiller d'Etat, alors Lieutenant-Civil, à qui le Lieutenant-Général de Caën avoit adressé une commission pour l'interroger, lui fit subir trois interrogatoires; toutes ses réponses étoient sensées; cependant l'interdiction a été prononcée, parce que la folie fut prouvée par une enquête.

Après ces idées générales sur l'interdiction, & sur les causes qui y donnent matiere, il s'agit d'examiner quelles personnes peuvent la provoquer. Le Marquis de Brunoy oppose aux parens paternels une fin de non-recevoir; il prétend que les collatéraux, qui ne peuvent intenter la querelle d'inofficiosité contre le testament d'un défunt, sont non-recevables à provoquer l'interdiction d'un parent. Il a cité l'autorité de Legrand, sur l'article 95 de la Coutume de Troyes, & un Arrêt du 2 Août 1600, rapporté par ce Commentateur.

Mais cet Auteur dit que les collatéraux qui reprochoient à la dame de Monbrun de s'être gouvernée impudiquement, d'avoir dissipé une grande partie de son bien, n'étoient pas parens au sixieme degré, & qu'ils n'avoient

jamais reconnu la dame de Monbrun
pour parente, sinon depuis l'ouverture
d'une succession ; dans cette espece,
indépendamment des moyens de droit,
les collatéraux, parens éloignés, & si
long-temps injustes envers la dame de
Monbrun, étoient trop défavorables
pour être écoutés.

D'ailleurs on voit par le témoignage
des Auteurs, que cette ancienne Jurisprudence qui refusoit aux collatéraux
le droit de provoquer l'interdiction pour
cause de prodigalité, n'est plus ob-
servée. C'est ce qu'atteste le Brun,
dans son Traité des Successions, liv.
2, c. 3, §. 2, nomb. 26 ; & Rousseau
de Lacombe, au mot *Interdiction*, dans
son Recueil de Jurisprudence, nomb.
3. Cet usage ne s'accordoit point avec
la disposition de plusieurs Coutumes qui
y ont statué sur cet objet. L'une de
ces Coutumes est celle de Bretagne,
art. 519, qui formoit l'article 491 de
l'ancienne, conçu en ces termes : » Nul
» ne peut être déclaré prodigue, & ne
» peut-on interdire l'administration de
» ses biens, fors comme à l'instance,
» & à la requête de sa femme, de

D iij

» ſes enfans, ou autres prochains héri-
» tiers préſomptifs «.

La Coutume de Normandie, nommée la ſage Coutume par excellence,
contient auſſi des diſpoſitions ſur cette
matiere dans les articles 150 & 151.
» Les parens doivent être ſoigneux de
» faire mettre en ſûre garde ceux qui
» ſont troublés d'entendement ; pour
» éviter qu'ils ne faſſent dommage à
» aucun, & où il n'y auroit parens,
» les voiſins ſeront tenus les dénommer
» en Juſtice, & cependant les garder ;
» & à faute de ce faire, les uns &
» les autres ſeront tenus civilement aux
» dommages & intérêts qui en pour-
» roient avenir «. On voit que cette
Coutume renchérit encore ſur celle de
Bretagne, en admettant, en obligeant
même les voiſins à cette dénonciation.
Baſnage obſerve ſur l'article 150, » que
cet article ne parle que de ceux qui
ſont troublés d'entendement ; mais la
loi fait une autre eſpece de fureur &
de maladie d'eſprit, quand l'homme
eſt de ſi mauvaiſe conduite, qu'il diſ-
ſipe toute ſa ſubſtance ; que ſi l'on ne
renferme pas le corps de ceux-ci, au
moins il eſt néceſſaire de donner, s'il

faut ainſi dire, des gardes à leur eſprit,
& de borner la liberté de leurs actions «.

La Juriſprudence actuelle s'eſt tellement rapprochée de la diſpoſition de
ces deux Coutumes, qu'un Arrêt de
la Cour du 3 Septembre 1763 confirma
une Sentence du Châtelet, qui inter-
diſoit une femme ſéparée de biens, ſur
la pourſuite d'un étranger. M. Seguier,
Avocat-Général, ſur les concluſions
duquel cet Arrêt fut rendu, obſerva
que dans la regle, les ſeuls parens pouvoient provoquer l'interdiction de quelqu'un, & que des amis pouvoient ſeulement avertir le Miniſtere Public de l'état
de ceux qui ſont dans le cas d'être
interdits; il conſidéra en conſéquence
la demande de cet étranger comme une
dénonciation; & pour citer encore un
Arrêt récent, ce fut à la ſeule requête
de M. le Procureur-Général, que la
Princeſſe de Naſſau fut interdite par
Arrêt de la troiſieme Chambre des
Enquêtes.

Ce principe eſt tellement conſtant,
que l'interdiction peut être demandée
par les héritiers préſomptifs; que c'eſt
ſur le fondement du droit qui réſide
dans leurs mains, qu'on les déclare

D iv

non-recevables à attaquer le teſtament inofficieux de lèur parent qui eſt mort ſans avoir été interdit ; quand un homme eſt mort en poſſeſſion de ſon état, la preuve de la démence ne s'admet qu'avec beaucoup de difficulté, on préſume toujours en faveur de l'état. Il eſt d'un ſi grand intérêt pour une famille, d'ôter la faculté de diſpoſer à celui qui, par l'égarement de ſon eſprit, ne peut qu'en abuſer, qu'on regarde comme un témoignage non ſuſpect de l'intégrité de ſes facultés intellectuelles, le ſilence de tous ſes parens qui l'ont laiſſé en poſſeſſion de ſon état : on leur oppoſe avec avantage, lorſqu'ils veulent faire anéantir les dernieres volontés du défunt qui leur ſont défavorables, cette fin de non-recevoir inſurmontable : *Sèro accuſas cujus mores probaſti ;* c'eſt ce qui a été jugé l'année derniere dans la Cauſe de Vogué, par rapport au teſtament de M. Quarré de Quintin, Procureur-Général du Parlement de Bourgogne.

Auſſi paroît-il qu'on a réduit dans la défenſe du Marquis de Brunoy la fin de non-recevoir au ſeul cas de la prodigalité ; & l'on eſt convenu que dans le cas de démence ou de fureur, tout parent avoit droit de provoquer l'interdiction. D'ailleurs, à quoi serviroit cette fin de non-recevoir ? Ce n'est point une accusation, ni une injure : la démence, l'imbécillité est une affliction, une infirmité qui ne déshonore point ; l'interdiction n'est point une peine, c'est un remede auquel la nécessité oblige de recourir, qui ne dure qu'autant qu'il est jugé nécessaire ; & comme la perte de la raison en est le motif, le Magistrat, quand le retour de la raison est bien constaté, rétablit l'interdit dans la possession de la liberté civile & de l'administration de ses biens, dont il a été de la prudence de le priver pendant un temps où il ne pouvoit en faire un usage légitime. La famille étant intéressée à faire cesser des désordres dont la publicité & la gravité peuvent compromettre son honneur, comment seroit-il possible de douter qu'elle eût une action ? La Société entiere a intérêt que l'on oppose une digue à des excès qui peuvent en troubler l'harmonie.

La Novelle 115 de Justinien, ch. 3, §. 12, & ch. 4, §. 6, où cet Empereur

D v

fait l'énumération des différentes caufes
d'exhérédation des enfans par les peres,
& des peres par les enfans, décide
que fi les héritiers préfomptifs d'un
furieux, même fes enfans, ont négligé
de lui faire nommer un curateur, & de
pourvoir à la confervation de fa perfonne
& à celle de fes biens, ils font déclarés indignes de fa fucceffion, & que
le bénéfice de cette fucceffion paffera
à l'étranger qui aura pris foin du furieux & qui l'aura tenu fous fa garde,
après avoir fommé les enfans d'y pourvoir. M. Cujas remarque, fur cette
Loi, que l'héritier préfomptif eft privé
de la fucceffion non feulement du furieux, mais même du malade quelconque, pour caufe d'indignité, toutes
les fois qu'il néglige de le fecourir.

Tel eft le tableau de la défenfe &
des principaux moyens des parens qui
demandoient l'interdiction du Marquis
de Brunoy.

Le Défenfeur du Marquis de Brunoy fuivit dans fa défenfe l'ordre qu'on
lui avoit tracé dans l'attaque. Il par-
courut les faits de prodigalité, de démence & de fureur, qu'il réfuta tantôt
par des réflexions générales, tantôt en

montrant leur fauſſeté ou leur exagération, tantôt en accuſant leur inſuf-
fiſance pour attirer la peine de l'interdiction.

» Quel motif, diſoit-il, quel intérêt
portent donc les parens paternels à
demander avec tant de chaleur l'interdiction du Marquis de Brunoy?

» Eſt-il en démence? Qu'on en juge
par ſes écrits & par ſes paroles, par le
long & pénible interrogatoire ſur-tout
que le premier Juge lui a fait ſubir.
On doute que le plus ſage de ſes accuſateurs ſoutînt avec le même ſuccès
une pareille épreuve.

» Le Marquis de Brunoy eſt-il prodigue, près de tomber dans cet état
d'indigence qui autoriſe des collatéraux
à ſolliciter pour leur parent le triſte,
mais inévitable ſecours de l'interdiction? Le Marquis de Brunoy a vingt-
cinq millions de bien; il doit: mais
ſes revenus échus, & qui ſont entre
les mains de ſes débiteurs ou de ſes
comptables, une épargne, en tout cas,
de trois ou quatre années ſur ſes revenus
à écheoir, ſatisfait à tout; & déjà les
plus ſages meſures ont été priſes pour
procurer cette prompte extinction de

ſes dettes , & en rendre de nouvelles
impoſſibles.

» Que veulent donc, encore une fois,
ces parens, ſi animés contre ſon honneur , & le reſte de liberté qu'il con-
ſerve ? Et puiſque le Marquis de Brunoy
eſt auſſi loin de la démence que de
la miſere , quel fruit ont-ils eſpéré de
ſon interdiction ?

» Ne diſſimulons point une vérité
trop ſenſible, & dont on eſpere que bientôt le Public entier ſera convaincu. Le
Marquis de Brunoy a un tort , ſans
doute , & un tort impardonnable auprès
de ceux qui l'accuſent & qui le pou-
ſuivent , celui d'être né.

» De là , cette mort prématurée à laquelle on veut que la Juſtice le condamne. Il conſervera, puiſqu'il le faut,
l'exiſtence naturelle & phyſique cet héritier d'un patrimoine immenſe , né
pour tromper l'eſpoir d'une famille ,
dont les calculs contraires étoient déjà
faits ; mais au moins ces tréſors qu'il
a recueillis , il n'en jouira point , il n'en
pourra diſpoſer ; ſes parens paternels
ſeuls , ſaiſis de tout pendant ſa vie, ſous
le titre d'Adminiſtrateurs , ſeront encore à ſa mort ſes héritiers néceſſaires.

» Tel eft le nœud fatal de l'intrigue, & le trifte myftere de toute cette affaire. Sous le nom d'interdiction, c'eft l'équivalent de la mort du Marquis de Brunoy, c'eft fa fucceffion anticipée qu'on demande.

» Ce n'eft pas, au refte, qu'en repouffant les attaques injuftes de M. de M.... & Conforts, on entende juftifier toutes les actions de la vie du Marquis de Brunoy; il s'agit feulement de les apprécier, de favoir fi, parce qu'il aura eu deux ou trois traits de vivacité à vingt ans; qu'avec une fortune immenfe, dont il fe fera trouvé trop tôt maître, il n'aura pas renfermé dans de juftes bornes certaines dépenfes; enfin, fi parce que quelques-unes de ces actions tiendront de cette fingularité de caractere qu'on lui prête, fur la quelle l'opinion publique, non le Magiftrat, a des droits qui ne bleffent & n'offenfent perfonne.

» Que trouve-t-on dans la conduite & dans les faits préfentés contre lui ? D'abord une foule de faits minutieux & indifférens, & qu'on pourroit raffembler dans la jeuneffe de l'homme qui a montré enfuite la raifon la plus fage

& la plus mesurée; ensuite une classe
d'autres faits où l'exagération & l'in-
vraisemblance percent d'elles-mêmes ,
quelques-uns graves & constatés, mais
qui n'appartiennent pas plus à la fureur
qu'à toute autre cause : il voit des
violences, des insultes , mais qui peuvent être également l'effet ou de l'i-
vresse , ou de la licence , ou de la
fougue d'un caractere brutal , que les
Loix répriment par d'autres voies que
l'interdiction «.

Passe-t-il à l'examen des preuves
écrites des imputations consignées dans
les lettres qui ont excité l'oncle contre
le neveu , & qui ont pu animer les
démarches & fonder les alarmes de la
famille ? il y découvre encore une prévention frappante , une contradiction
visible ; & le même Historien , qui ac-
cuse le Marquis de Brunoy d'être un
fléau du Ciel dans le village de Brunoy,
l'appelle dans une autre lettre le bienfaiteur de ce village & de ses habitans , qui lui sont tous attachés. Cette
contradiction choquante, soutenue des
moyens qui précedent , jointe à une
foule de désaveux qui annoncent une
multitude de voix prêtes à rendre hom-

mage à la raifon de l'homme accufé de démence, lui défend de livrer fa croyance & le fort d'un mineur à l'inquifition odieufe d'une enquête non recevable. Il la rejette d'autant plus, que repaffant dans fa mémoire la foule de faits qu'on a articulés, elle lui fait foupçonner une furveillance trop inquiete & trop affidue fur la conduite du Marquis de Brunoy.

Lorfqu'enfuite on raffemble l'in-fuffifance de ces faits, l'équivoque de leur caractere, l'infidélité de leurs pein-tures, la contradiction de leurs circonf-tances, la jeuneffe enfin du fujet qu'on le preffe d'interdire & qui n'étoit pas encore majeur, ni mûri par l'ex-périence des années, on reftoit con-vaincu que la demande en interdiction étoit prématurée ; que l'interdiction volontaire & les liens précédens des Arrêts du Parlement & du Confeil étoient fuffifans. C'eft le jugement que porta le Parlement dans cette Caufe fameufe, & qui attira pendant fa durée l'attention & l'intérêt de la Ca-pitale.

La Cour reçut les Parties de MM. Racine & de Nolleau, Parties inter-

venantes ; faifant droit fur l'appel interjeté par la Partie de Me. Caillard (a),
a mis l'appellation & ce au néant,
émendant ; fans s'arrêter ni avoir égard,
quant à préfent, aux requêtes & demandes des Parties de Me. Gerbier (b),
a déchargé la Partie de Me. Caillard
de l'interdiction contre elle prononcée ;
a ordonné cependant, fuivant les offres
de ladite Partie de Me. Caillard, que
l'Arrêt de la Cour du 5 Décembre
1770, & celui portant furféance du
3 Juillet dernier, feront exécutés felon
leur forme & teneur ; fur les inventions
& demandes des Parties, les a mis hors
de Cour.

(a) Le Marquis de Brunoy.

(b) Les Collatéraux.

UNE femme peut-elle demander sa séparation de corps & d'habitation, sur le motif que son mari a été condamné aux galeres ?

CETTE question intéresse par sa nouveauté.

En 1761, la demoiselle Marie-Thérese de L..., fille du Procureur du Roi à l'Election des Sables d'Olonne, fut mariée au sieur J. L., fils du Greffier en chef de la Chambre des Comptes de Nantes.

Peu de jours après la célébration, son mari ayant appris que les biens qu'elle lui avoit apportés en dot, étoient chargés de quelques rentes modiques, il s'emporta contre elle au point de l'outrager par les insultes les plus graves : le même prétexte la rendit souvent victime de ses fureurs.

En 1764, les persécutions furent suspendues.

Le sieur de la C.... venoit d'intenter un procès criminel au sieur de L....,

qu'il accuſoit d'avoir rempli des blancs
ſeings pour s'emparer de trois terres.
Le ſieur de L.... fut décrété d'ajournement perſonnel par le Lieutenant-Criminel de Fontenay-le-Comte ; il interjeta appel de ce décret au Parlement
de Paris , & vint à Paris avec ſon
épouſe.

A peine fut-il arrivé , que M. le
Duc de la Trémouille lui retira les
proviſions de Sénéchal de ſa Princi-
pauté ; & pour comble d'humiliation, il
fut renvoyé en état de décret de
priſe de corps devant les premiers
Juges.

Il ne voulut point alors que ſon
épouſe l'accompagnât ; il prétexta une
légere indiſpoſition pour l'empêcher de
le ſuivre : il ne lui avoit jamais parlé de
cette affaire , parce qu'il craignoit les
reproches.

Il partit & laiſſa ſon épouſe à Paris.
Il ſe rendit en priſon ; mais il avoit
eu auparavant la précaution d'envoyer
à ſon pere , à ſa mere & à ſes amis,
des projets de dépoſitions.

Cette intrigue fut découverte ; le
pere & les amis furent décrétés de
priſe de corps , & le ſieur de L.... fut

de nouveau décrété, comme accufé d'un vol fait avec effraction.

La dame L..... apprit toutes ces nouvelles en même temps ; elle fe retira dans la communauté de Sainte Aure.

Six femaines après, fon mari fut condamné aux galeres perpétuelles, comme convaincu d'avoir fabriqué des actes de vente à fon profit, d'avoir tenté de corrompre & de fuborner des témoins, & il fut violemment fufpecté d'avoir commis le vol : fon beau-pere fut condamné aux galeres pour cinq ans, comme convaincu d'avoir voulu, par un faux témoignage, fubornation de témoins & lettres anonymes, charger du vol plufieurs particuliers.

Quelle foule de malheurs pour la dame L.... ! Elle fentit que malgré fon innocence, l'opprobre dont fon mari venoit d'être couvert, rejailliffoit fur elle, & que fi cette nouvelle perçoit dans la maifon de Sainte Aure, elle en feroit chaffée avec ignominie. Pour éviter cette humiliation, elle en fortit & fe retira dans une penfion de Dames, avec la précaution de ne s'y faire

connoître que fous le nom de fa famille.

Les deux criminels ayant été tranf-
férés à la Conciergerie, fon mari fut
mis au fecret, & fon beau-pere eut la
liberté du préau. Elle vole auffi-tôt à
la prifon ; elle trouve fon beau-pere
dans une chambre ; elle veut parler à
fon mari ; elle monte fur une pierre,
au deffus de laquelle fon affreufe demeure recevoit un petit jour , & de là
cette femme défolée lui fait paffer des
confolations.

Ses affiduités à la prifon , fon attachement & fa douleur devoient faire
rougir fon mari de fes outrages paffés;
mais une nouvelle épreuve de fon caractere lui affura bientôt qu'elle n'a-
voit rien à en efpérer. Un jour qu'elle
n'avoit pu le venir voir qu'à cinq
heures , au lieu de l'accueil favorable
qu'elle avoit lieu d'attendre de lui, il
ne la reçut qu'avec les injures les plus
atroces , & lui fit craindre qu'il ne fût
en liberté. Elle ne fe rebuta pas ; fon
mari ayant trouvé le moyen de fe faire
ouvrir fon fecret & de la voir feule ,
elle oublia tout pour fe rendre à fes
empreffemens ; & le temps qu'elle ne

paſſoit pas à la priſon, elle l'employoit à ſolliciter pour lui.

Ce fut alors que des révélations ſur un aſſaſſinat porterent le Miniſtere public à rendre une nouvelle plainte qui fut jointe au procès, & que la mere de ſon mari fut décrétée de priſe de corps.

Ce dernier coup ébranla le courage de la dame de L.... ; mais ſon devoir lui donna de nouvelles forces. Après beaucoup de démarches, long-temps inutiles, elle obtint pour ſon mari la liberté du préau. Cette facilité de ſe voir rendit le ſieur L.... plus éloquent. Il parvint à lui perſuader qu'il étoit réellement innocent des crimes dont on l'accuſoit, & qu'il ne pouvoit manquer d'être entiérement juſtifié. On croit aiſément ce qu'on déſire. Elle vit dans ſon mari un homme accablé par le malheur, & qui méritoit à ce titre tous ſes égards. La confiance & l'intimité régnerent entre eux pendant quelques jours. Enfin elle devint enceinte & annonça cet événement à ſon mari, qui ſe contenta de lui répondre : *Tant pis, Madame, j'en ſuis fâché.*

Elle demeuroit alors rue des Poſtes ;

il voulut la rapprocher de fa prifon ;
& il l'engagea à louer une chambre dans
la Cour du Palais. La chambre fut
louée ; mais un événement dont nous
allons rendre compte empêcha la dame
de L.... de l'occuper.

Le fieur de L.... & fon Avocat eurent
enfemble un démêlé qui détermina cet
Avocat à ne plus fe charger de fa défenfe. Le fieur de L.... lui avoit écrit de
fa prifon des lettres dont on pouvoit
faire ufage contre lui. Il chargea fon
époufe de les demander ; l'Avocat refufa
de les remettre. La dame de L.... fit
annoncer cette nouvelle à fon mari ; &
celui-ci prétendant qu'elle étoit la caufe
de ce refus, lui donna plufieurs coups
de pied dans les jambes, lui arracha
fa montre & fon collier : quelqu'un
vint heureufement arrêter fes emportemens.

Tant d'outrages lafferent la patience
de la dame de L.... ; la Marquife de la
Luzerne l'emmena avec elle dans une de
fes terres en Normandie.

Alors le pere & le fils, pour fe
venger, livrerent cette femme à la diffamation la plus outrée ; ils publierent
& firent annoncer par-tout qu'elle s'é-

toit fait enlever, & qu'elle alloit cacher sa grossesse; ils eurent des espions pour savoir ce qu'elle étoit devenue, & finirent par présenter un Mémoire à M. le Lieutenant de Police & au Bâtonnier des Avocats, dans lequel ils annonçoient que c'étoit l'Avocat qui avoit été leur Conseil, qui étoit l'auteur de cette fuite. Ces Mémoires n'eurent aucun effet.

La dame L.... revint trois mois après, & son mari se fit un prétexte des calomnies qu'il avoit lui-même répandues, pour lui refuser le nécessaire; alors dénuée de tout secours, sans ressource pour sa subsistance & pour celle de l'enfant conçu dans la prison, elle forma sa demande en séparation, qui fut ordonnée, quant aux biens, par un jugement provisoire.

A cette époque, tout est resté suspendu : le jour du jugement criminel approchoit ; la dame L.... oubliant ses intérêts personnels, ne s'occupe plus que du devoir d'épouse : on la vit se présenter chez tous les Juges, qui la plaignoient & l'admiroient de solliciter pour son persécuteur.

Enfin, le 3 Mars 1769, autre Arrêt

qui, pour les cas résultans du procès ; condamna le sieur L.... fils aux galeres pour cinq ans, préalablement flétri d'un fer chaud en forme des lettres G. A. L., son pere & sa mere au blâme ; tous les trois en 6000 livres de réparations civiles, & en 10 livres d'amende envers le Roi, & sur les faits de vol & d'assassinat, mit les Parties hors de Cour.

Le sieur L.... fils fut conduit à Brest, pour y subir la peine portée par son Arrêt. Là, il cherche à outrager son épouse par un crime nouveau, au risque de s'en voir punir. Il fait venir une femme, qui d'abord passe pour femme de chambre ; mais ensuite il lui donne la qualité d'épouse ; elle passe pour telle dans la ville, & étant venue à décéder, il l'a fait inhumer avec ce titre & à ses frais.

Le 20 Juin 1770, la dame de L..... obtint une Sentence, qui lui permit de faire preuve des faits portés dans sa plainte.

L'enquête fut faite, & sur les conclusions du Ministere public, il intervint Sentence, qui déclara la dame de L.....

L.... non-recevable dans fa demande. Appel au Parlement.

La femme fondoit fa demande en féparation fur quatre moyens. 1°. Sur les peines encourues par fon mari ; il avoit été condamné aux galeres. Pouvoit-on renvoyer entre les bras d'un Galérien, une femme qui avoit eu de l'éducation & des mœurs ? 2°. Sur la nature des crimes qui y avoient donné lieu, & le danger d'habiter avec un pareil homme. C'eft un criminel qui a tout franchi, dont le cœur avare a commis le faux pour effayer de s'enrichir ; qui a entraîné dans fa chute fon pere, fa mere & fon coufin. L'éloignement l'a fauvée : mais à quoi ne feroitelle pas expofée avec lui ? 3°. Sur l'abandon formel prouvé par un crime nouveau, qui compromettoit l'exiftence de fa femme. C'eft un fauffaire décidé, qui a commis le faux jufqu'aux galeres même, qui a fait enterrer fa concubine fous le nom de fa femme, & qui conféquemment, par cette mort anticipée, a ordonné lui-même fa féparation. 4°. Enfin, fur les mauvais traitemens dont elle a été la victime, & fur la diffamation outrée à laquelle il

s'eft livré. C'eft un mari brutal, qui
n'a pas ménagé fon époufe lors même
qu'il la favoit groffe, & qui a levé le
couteau fur elle; qui, au lieu de protéger l'honneur de fa femme, l'avoit an-
noncée au Public, aux premiers Magiftrats & aux Corps des Avocats, comme
une adultere qui s'étoit fait enlever
après lui avoir extorqué de l'argent:
c'étoit d'un tel homme qu'elle demandoit d'être féparée. Née d'une famille
diftinguée dans la Province, alliée à
toute la Nobleffe & à la Magiftrature,
pouvoit-on la forcer à paffer fa vie avec
un homme qui raffemble tous les vices,
qui ne refpecte rien, qui enfin, couvert d'opprobre & d'infamie, la feroit
partager à fa femme?

Le mari foutenoit que les mauvais traitemens dont fa femme fe plai-
gnoit, étoient imaginaires; que fi les
galeres à perpétuité emportent la mort
civile, il n'en eft pas de même des
galeres à temps. Un homme qui a
fubi fa punition, rentre au même inftant
dans la fociété avec tous les droits de
citoyen. Il peut acquérir, hériter, tef-
ter, remplir en un mot tous les droits
des autres hommes. Pourquoi donc per-

droit-il l'autorité que le mariage lui donne sur la femme ?

Cette position malheureuse d'une épouse n'est pas un phénomene inoui dans la société. Ce cas a dû arriver plus d'une fois, & cependant la Jurisprudence n'offre point de traces, qu'une femme ait prétendu s'autoriser de ce moyen, pour rompre les liens du mariage. Comment exiger d'une épouse honnête qu'elle continue la plus intime des sociétés avec le malheureux que les Loix ont retranché de la société civile, & flétri d'ignominie ? Est-il d'existence plus cruelle & plus douloureuse qu'un pareil sort, pour une femme qui n'a jamais manqué au devoir de citoyen ? La Loi qui commanderoit cette société forcée, cet esclavage honteux ne puniroit-elle pas l'innocente d'une peine plus rigoureuse que le criminel même ? N'agiroit-elle pas même contre son propre but, qui est de prévenir la contagion du crime par l'exemple de sa punition ? Ne doit-elle pas craindre que la femme qui vit avec le coupable dans l'union la plus étroite, lasse enfin des principes d'honneur & de probité, vaincue d'ailleurs par l'ascendant

E ij

d'un mari vicieux & déshonoré, ne
se corrompe avec lui, ne se plonge
dans l'infamie dont elle est si voisine,
& ne finisse par ressembler à celui qu'on
la force de garder pour compagnon insé-
parable de ses jours ?

Cependant, lorsqu'on consulte moins
cette vivacité du sentiment d'honneur
qui souleve l'ame honnête contre tout
ce qui a l'apparence de le blesser, &
qu'on vient à examiner les Loix, on ne
trouve point que ce cas ait été prévu
par elles ; jamais cette cause n'a été
mise au rang des causes de séparation :
pourquoi ce silence ? est-ce oubli de leur
part ? non, sans doute.

Des raisons plus solides attachent l'é-
pouse malheureuse au mari qui a encouru
la peine des Loix.

On distingue deux cas ; ou la mort
civile du mari doit durer toute sa vie,
ou elle n'est que passagere & pour un
temps.

Si elle égale la durée de sa vie, &
qu'elle entraîne la mort physique, alors
plus de question. La femme est séparée
de fait & de droit pour toujours ; ou
cette peine ne va pas à la mort, & se
réduit au bannissement, aux galeres per-

pétuelles. Dans ce cas, la féparation de fait eft laiffé à la volonté de l'époufe; elle n'eft pas obligée par la Loi de fuivre l'exil de fon mari, ou d'aller l'accompagner fur les lieux où s'opere l'expiation de fon crime : rien ne l'empêche, fi c'eft fon choix, de refter dans la fociété d'où fon mari eft banni, & d'y continuer l'éducation de fes enfans, fi elle eft mere; ainfi, dans ces deux cas, elle n'a point à fe plaindre de la rigueur des Loix; elles ne l'affocient point à la honte ni au fort du mari; c'eft par attachement & par un choix de fa liberté, fi elle fe détermine à quitter avec lui fa patrie, & à adoucir la mifere de fon exiftence.

Les liens du mariage font pour le moins auffi forts, auffi indiffolubles que les liens qui attachent l'homme à la fociété : or, une peine paffagere qui retranche un criminel pour quelque temps des droits de citoyen, ne l'empêche pas d'y rentrer & de jouir de ces mêmes droits lorfque ce temps eft paffé; il feroit donc abfurde que cette même peine rompît pour jamais les nœuds beaucoup plus facrés encore de l'union conjugale. L'homme une fois coupable

& puni d'une peine flétriſſante, con-
ſerve encore, il eſt vrai, aux yeux de
l'honneur & de l'opinion publique, des
traces d'ignominie & de honte; mais
c'eſt un préjugé ſalutaire qui acheve
de lui faire expier ſon crime, qui ſert
ſouvent à le prévenir dans les autres,
qui eſt étranger aux Loix, & que les
Loix ſe garderoient bien de détruire,
quand elles en auroient le pouvoir. A
l'égard de la femme, ſi ces regards
accablans de l'opinion publique la confondent quelquefois avec ſon mari, &
lui font reſſentir une honte qu'elle n'a
pas méritée, c'eſt un malheur ſans doute
pour elle, mais qu'elle eſt obligée de
ſupporter, dont ſa propre innocence
doit la conſoler, & qui n'eſt pas aſſez
grave pour trancher les liens de ſon
union, & enlever une mere honnête
à des enfans qui ont beſoin de ſon ſecours & de ſes conſeils.

Mais d'ailleurs la diffamation étoit
prouvée dans cette Cauſe, ainſi que la
conduite que le mari avoit tenue à
Breſt, dans le lieu même où il expioit
ſon crime & ſubiſſoit la peine des
Loix.

Cet abandon ſcandaleux & public

de fa légitime époufe, pour en tranfmettre la qualité à une concubine adultere, étoit de fa part la rupture la plus
formelle des nœuds qui l'attachoient à
fon époufe. Il avoit fuppofé fa mort ;
il avoit laiffé fubfifter cette erreur publique, pour l'outrager & l'abandonner
impunément. C'étoit le comble de la
diffamation & du mépris.

Ces deux moyens, joints aux autres
confidérations, parurent décififs en faveur de la femme, & l'Arrêt ordonna
la féparation.

E iv

QUESTION D'ÉTAT *sur les Juifs de Metz.*

LE Roi, par son Edit du mois de Mars 1767, a offert à tous les sujets qui se destinent aux diverses professions, des brevets qui les dispensent des frais d'apprentissage, de ceux de réception ; qui enfin investissent les pourvus, sans autres formalités, de tous les droits qu'ils ont acquis.

Le Législateur a fait plus ; pour mettre ces brevets à la portée de tous ceux à qui ils pourroient convenir, il a permis de les lever tout à la fois aux nationaux & aux étrangers.

Pour fixer ceux-ci dans ses Etats, à ce premier avantage il en a encore joint d'autres non moins précieux. En un mot, en étendant l'Edit qu'il venoit de publier, il a voulu, par des Lettres patentes subséquentes :

Premiérement, que, sur la représentation même du brevet ou de la quittance qui en tient lieu, le sujet pourvu fût installé, sans autre cérémonie, par le Juge ordinaire.

Secondement , qu'il lui fût permis d'élever boutique , d'établir un commerce public , de jouir de tous les privileges & de toutes les diftinctions du Corps auquel il s'eft fait agréger.

Troifiémement , que l'étranger poffeffeur d'un tel brevet fût , par cela même , affranchi du droit d'aubaine ; qu'il pût en fûreté acquérir , hériter & tranfmettre.

L'intention de ces Loix eft claire & évidente. Le Roi a voulu augmenter le nombre des Artiftes & des Marchands, & rendre les étrangers mêmes participans de cette faveur.

Soit que l'on confidere les Juifs comme regnicoles ou comme étrangers , ils ont également la liberté de lever les nouveaux brevets.

Deux Juifs qui avoient levé des brevets de maîtrife pour la ville de Thionville , réclamoient la faveur de cette Loi.

» Ce ne feroit que comme Juifs , difoit leur éloquent Défenfeur (a) , en haine de leur Nation, de leur Religion, qu'ils feroient rejetés.

_____

(a) M. de la Cretelle , Avocat.

E v

» Or, je demande, difoit M. la Cretelle, ce que font les Juifs relativement
à nous ? car il faut qu'ils foient quelque
chofe; il faut qu'ils tiennent à nous par
quelques rapports ; à moins qu'on ne les
ravale au deffous de l'humanité, qu'on
n'en faffe des êtres qui n'ont pas même
le nom générique commun avec les autres peuples.

» J'ofe foutenir qu'ils peuvent s'ho-
norer du titre de François, de regnicoles.

» Il n'y a aucune de nos provinces
où ils n'ayent des établiffemens. Ils
font, à la vérité, exclus de tous les
autres lieux. Mais là où on leur a ouvert un afile, ils font habitans; ils font
fujets du Roi ; ils vivent foumis à nos
Loix, protégés par elles ; ils promettent
fidélité au Gouvernement; ils lui payent
des impôts ; ils n'ont aucun des caracteres dont l'on a marqué les étrangers
parmi nous ; ils fuccedent les uns aux
autres ; le Fifc n'a aucune prife fur eux,
que dans le cas de mort civile ; ils con-
teftent devant nos Tribunaux, fans être
obligés de donner caution pour leur fol-
vabilité.

» Ils font, fi l'on veut, une nation

à part, une nation dégénérée, à qui la gloire, ni l'honneur, ni rien de tout ce qui flatte le cœur de l'homme ne peut appartenir.

» Nous les reléguons souvent dans un espace séparé ; nous leur laissons leurs mœurs ; mais nous en craignons la contagion. Nous leur avons ôté toute influence sur la terre même qu'ils habitent ; nous semblons nous être réservé le pouvoir de les en détacher à chaque instant, pour les rendre à leur profond abandon. .

» Mais ce n'est-là qu'une maniere d'exister moins solide, moins douce, moins honorable que la nôtre. Elle n'est point une ligne de séparation, une barriere qui les retranche du nombre de ceux que nos Souverains gouvernent & protegent.

» Encore une fois, ils font pour l'Etat tout ce que nous faisons nous-mêmes. Obéissance, Loix, impositions, tout cela les concerne comme nous, quoique d'une maniere différente.

» Ils font donc des sujets du Roi.

» Nous ne connoissons pas de Loix existantes qui rejettent les Juifs de l'enceinte de nos contrées.

E vj

» On les a vus pourfuivis tour à tour par la calomnie, par la haine, & par ce fanatifme, le plus affreux délire de la nature humaine, qui les a fi bien punis de la rage qu'il leur a infpirée.

» Des Loix infenfées ont voulu les priver de l'eau & du feu dans des temps barbares ; d'autres, d'une injuftice moins abfurde, les ont bannis ; d'autres encore, d'une cruauté perfide, les laiffoient s'enrichir, pour les dépouiller enfuite.

» Mais elles ont toujours cédé à l'or, à l'intrigue, qui favoient les combattre ; quelquefois même elles ont été effacées par les larmes de ce Peuple, qui femble né pour l'aviliffement, l'infortune & l'adreffe.

» Il s'eft perpétué fous l'abri même de cette Légiflation qui le déteftoit.

» De forte que l'on peut dire que ces différentes Loix fous lefquelles on a voulu l'accabler, font oubliées & anéanties par leur inexécution même ; elles ne font donc plus, contre lui, que des armes déjà émouffées par le temps, & dont la raifon interdit l'ufage.

» C'eft finguliérement dans la Province de Lorraine qu'ils ont une protection plus fignalée à réclamer.

» Les Juifs étoient établis dans le pays Meſſin, avant qu'il paſsât ſous la domination Françoiſe. Depuis, ils s'y ſont toujours maintenus, ils s'y ſont toujours regardés comme citoyens; ils ont donné des preuves honorables de leur fidélité au Prince.

» La ville de Thionville même les a reçus.

» Mais on prétend qu'ils vont infecter toute la ville de leurs vices; on tremble pour le commerce, d'où ils vont enlever la bonne foi; on tremble pour la tranquillité des citoyens, qu'ils vont ſéduire & ruiner par des offres déſaſtreuſes; on tremble pour la jeuneſſe, qu'ils conduiront à la perte des mœurs par celle de la fortune.

» Il ſiéroit mal d'inſulter à ces craintes; elles ſont fondées.

» Mais le mal n'eſt rien, quand on peut le prévenir. N'y a-t-il donc pas ici de réglement à faire, de précautions à prendre?

» On ſait que ce Peuple, répandu & proſcrit dans toute la terre, le même par-tout, le même depuis qu'il eſt déchu de ſa paſſagere grandeur, toujours menacé & toujours ſubſiſtant, ne fait que porter des fers & braver le mépris. ——

» Ménagé par l'avarice, plutôt que par la politique ou par l'humanité, toujours foible au milieu même des richesses, se rendant quelquefois nécessaire & rarement utile ; tels sont les traits sous lesquels on le reconnoît dans tous les pays.

» En France, on lui fait un honneur qu'il ne reçoit presque nulle part, c'est de le haïr & de le craindre.

» On le croit dangereux pour les mœurs, pour le commerce ; on souffre impatiemment ses superstitions, sa persévérance dans ses erreurs, dans ses usages ; on lui fait un reproche même de sa soumission, que nous nommons lâcheté.

» On observe effectivement que, familiarisé avec le mépris, il fait de la bassesse la voie de sa fortune.

» Incapable de tout ce qui demande de l'énergie, on le trouve rarement dans le crime ; on le surprend sans cesse dans la friponnerie.

» Séparé de toutes les propriétés, l'or, qui les représente, fait sa passion unique.

» Barbare par défiance, il facrifieroit une réputation, une fortune entiere, pour s'aflurer la plus chétive fomme.

» Sans autre reffource que la rufe, il fe fait une étude de l'art de tromper.

» L'ufure, ce monftre qui ouvre les mains de l'avarice même, pour l'affouvir davantage; qui, dans le filence, dans l'ombre, fe déguifant fous mille formes, calculant fans ceffe les heures, les minutes d'un gain affreux, va partout épiant la foibleffe, le malheur, pour leur porter fes perfides fecours; ce monftre paroît l'avoir choifi pour fon agent.

» Voilà tout ce que l'inquifition la plus rigoureufe pourra recueillir contre le Peuple Juif; & il y a de quoi être effrayé du portrait, s'il eft fidele.

» Mais eft-ce-là le tort de l'homme? Eft-ce feulement celui de fa fituation? C'eft ce que notre légéreté ne nous a pas encore permis d'approfondir.

» Ce n'eft pas devant des Magiftrats qu'il faut réfuter cette opinion barbare & infenfée, qui fait croire à quelques efprits qui fe plaifent dans le foupçon du mal, que ces vices tiennent à la na-

ture même des Juifs ; qu'ils sont insé-
parables de leurs mœurs, de leurs idées,
de leur Religion même.

» L'Histoire, il est vrai, nous montre
les Juifs toujours dans les mêmes oc-
cupations, dans le même caractere,
dans le même état depuis leur déca-
dence.

» Mais leur Histoire n'est autre chose
qu'un enchaînement de disgraces & de
malheurs.

» Si nous les considérons aussi dans
la Hollande, dans quelques parties de
l'Allemagne, dans les Colonies Angloises
sur-tout, dans tous les pays où le commerce les a un peu rapprochés de la
condition ordinaire des hommes, nous
les trouverons plus honnêtes, plus fideles dans leurs traités, sensibles à l'honneur, & lui sacrifiant quelquefois la ri-
chesse.

» Aujourd'hui même, un des Princes
qui regne en Europe, se félicite d'avoir
secouru l'humanité & le malheur ; il
trouve dans les Juifs des talens qui
pourront l'aider à s'élever autant par le
commerce que par la guerre.

» Il les a même vus s'appliquer aux

Sciences, & prétendre à la diftinction du génie. Dédaignant le préjugé, il n'a pas craint de confacrer une ftatue, d'élever un monument durable de fon admiration & de fa reconnoiffance pour un homme de cette Nation (a), qui a fait un Livre immortel fur l'immortalité de l'ame.

» Qu'on les traite donc humainement ; qu'on effaye fur eux le pouvoir des bienfaits ; qu'on les appelle à la vertu par l'attrait commun, par l'efpérance des récompenfes. Qu'on ceffe au moins de leur reprocher des qualités odieufes, dont ils font obligés de fe charger pour foutenir une exiftence trifte & honteufe.

» Nourri fouvent du pain de l'indigence, accablé fous l'opprobre, toujours tremblant que fes chaînes ne s'appefantiffent encore, le Juif n'ofe les brifer par la force, mais il cherche à les foulever par l'artifice.

» Ne recueillant par-tout que des affronts, que des dédains, fon ame fe

_____

(a) Moïfe Mendelffohn.

rebute, & tombe du défefpoir dans l'aviliffement.

» Honteux de lui-même, & toujours ramené fur lui par le befoin, par fes craintes, par fon malheur, il fe concentre dans l'amour de l'or.

» Sa fagacité qui croît, devient fatale à fes oppreffeurs ; il les trompe avec avidité, parce qu'il y eft pouffé par la néceffité de vivre ; il les trompe avec joie, parce que c'eft le feul avantage qu'il obtient fur eux.

» Quel eft l'homme d'une autre Nation qui réfifteroit à cette épreuve ? qui s'enflammeroit pour l'honneur dans le fein de l'opprobre ? qui écouteroit la voix de la pitié au milieu de la tyrannie ? qui feroit confiant, jufte & généreux, tandis qu'on lui fait tout craindre, qu'on l'inquiete dans ce qu'il a de plus cher, tandis qu'il ne peut voir dans tous les événemens, quels qu'ils foient, qu'un nouveau genre d'oppreffion ?

» Ne peut-on pas auffi leur trouver quelques vertus ? N'y a-t-il pas de compenfation à faire ?

» Qui ne connoît pas les heureufes

qualités qu'ils apportent dans le commerce ? une fagacité peu commune, une intelligence unique dans les petits détails, le don vraiment précieux de vaincre les obftacles, de n'être jamais furpris par l'événement, d'attendre l'occafion fans la brufquer.

» On leur doit des découvertes, dont tous les Siecles les remercieront.

» Leur fidélité s'eft rarement démentie.

» Leur foumiffion pour les Puiffances paroît chez eux un fentiment, un précepte de Religion. Auffi eft-elle une douce habitude, un véritable amour de la paix, une noble réfignation aux décrets éternels.

» Artifans continuels de notre luxe, ils favent s'en garantir.

» Leurs mœurs font pures & religieufes. La Nature, qui a tous fes droits fur eux, leur fait fentir auffi toutes fes douces impreffions. Ils trouvent, dans l'union intéreffante de leurs familles, une forte d'adouciffement à leurs maux.

» Bienfaifans entre eux, rigides obfervateurs d'une Loi à laquelle leur infortune les attache davantage, ils s'aident dans toutes leurs peines, ils se punissent dans toutes leurs fautes.

» Rebutés & insultés par-tout, ils n'opposent que la patience à l'outrage.

» Enfin, capables de reconnoissance, ils n'ont jamais méconnu leurs protecteurs. On les a vus quelquefois déployer une constance généreuse pour les victimes du crédit ou de la fortune, & nous donner en cela un exemple humiliant.

» Ils ont donc des vertus ainsi que des vices. Qui nous répondra qu'il ne tient pas à nous d'extirper les uns, d'augmenter les autres?

» Ouvrons-leur nos villes; laissons-les se répandre dans nos campagnes; recevons-les, sinon comme des compatriotes, au moins comme des hommes.

» Laissons-leur entrevoir que nous les croyons dignes de nous aimer & de nous servir; qu'ils connoissent l'*honneur*; qu'ils deviennent véritablement François.

» Mais aussi entourons-les de la vigilance de nos Loix; forçons-les à changer, ainsi que leur condition; que notre rigueur, dans ce point, ne le cede pas à notre bonté dans l'autre.

» Qu'ils levent ces têtes, que tant de siecles de honte avoient penchées vers la terre ; qu'ils se dépouillent de cet extérieur de la bassesse & de l'hypocrisie ; qu'ils ne nous approchent plus sans nous montrer des êtres faits pour la confiance, faits pour l'estime.

» Que cette basse âpreté du gain, cette lâche insensibilité, cette défiance cruelle, cette noire habitude de la fourberie & de l'usure sortent de leur cœur.

» Nous les verrons bien-tôt bénir, dans leur reconnoissance, un événement qui les aura doublement transformés ; glorieux de nos bienfaits, sortir de leur obscurité même pour les mériter ; adopter nos mœurs & nos Loix, se précipiter avec joie sous leur aimable joug, peut-être même envisager dans la justice que nous leur aurons enfin rendue, l'accomplissement des espérances qui les séparent encore de notre culte ; & nous aurons enfin servi notre Religion par les armes qui lui plaisent «.

Malgré les considérations qui se réunissoient en faveur des Juifs, la réclamation des Officiers Municipaux de
Thionville l'emporta,

APPEL comme d'abus d'un mariage contracté par un mari, pendant la vie de sa premiere femme, qu'il avoit fait condamner comme adultere, par contumace.

CETTE Cause renferme une de ces destinées extraordinaires, qui semblent un jeu bizarre de la fortune. Une femme est citée au tribunal de la Justice, comme coupable d'adultere : les apparences sont contre elle, elle est condamnée aux peines de la Loi ; mais la Sentence n'est point exécutée contre elle. Son mari obtient un ordre du Roi : elle est renfermée dans une de ces prisons, où la Société se débarrasse de ce qui la déshonore & la corrompt. Au bout de deux ans, elle parvient à recouvrer sa liberté, & l'usage qu'elle en fait est on ne peut pas plus noble : elle est présentée à des personnes de distinction ; elle en est accueillie, & sa destinée l'appelant dans un pays

étranger, elle s'y voit chargée de l'é-
ducation de deux Princeffes de la plus
haute confidération. Mais perfécutée
par les événemens, elle repaffa en
France. Qu'apprend-t-elle en arrivant ?
que l'époux qui a obtenu contre elle
une condamnation infamante, eft mort;
mais qu'il s'étoit remarié. Elle trouve
une rivale en poffeffion de fes biens.
Le bruit de fon trépas s'eft fi bien ac-
crédité, que lorfqu'elle fe repréfente
pour réclamer fes effets & fon nom,
on lui foutient qu'elle ne doit plus
exifter, qu'elle eft morte, & qu'elle
n'eft pas elle-même.

Marguerite le G.... époufa le fieur
de Boshamard. Leur union fut fuivie
de la plus grande diffipation de la part
du mari. Le mari fe difculpe du reproche qu'on lui fait, & accufe à fon
tour fa femme d'inconduite. Quoi qu'il
en foit, il furvient bien-tôt une rupture
violente entre les époux, & voici ce
qui y donna lieu.

» Un foir, difoit le fieur de Boshamard, que je revenois de Chambrois, à
une heure après minuit, je frappe ; une
fervante vint m'ouvrir avec de la lumiere.
Je

Je monte dans sa chambre, & reconnoîs d'abord à une voix étrangere, que ma femme, qui étoit couchée, n'est pas seule ; je regarde & j'apperçois dans la ruelle de son lit un nommé D...., son valet de harnois, nu, ou plutôt n'ayant que la chemise. Saifi de rage à la vue de mon opprobre, je tire mon épée, je m'élance sur l'auteur de mon déshonneur, je le pourfuis & l'atteins dans la cour de deux coups d'épée. Tous les autres domestiques se précipitent au bruit, dans l'appartement de leur Maîtresse. Les habillemens de D.... sont reconnus pour être ceux du valet, par sa sœur même. Je rentre, je menace ma femme de la punir, & je fuis au même instant loin d'elle comme d'une furie ».

Cependant la femme, revenue de son trouble, donne ses premiers soins à son complice, le fait chercher, & écrit, dit-on, une lettre, dans laquelle elle demande pardon à son mari & avoue son crime. Mais pendant ce temps, le mari ne songeoit qu'à venger son honneur outragé. Il rend plainte devant le Bailli de Chambrois, contre D.... & contre sa femme.

Tome V. F

La dame de Boshamard offre cette scene scandaleuse sous un aspect un peu différent. Elle représente d'abord son mari vivant publiquement avec une de ses servantes ; de là naît le complot d'écarter une femme dont la présence les gênoit ; on s'associe deux autres domestiques qu'on admettoit aux orgies qui se faisoient ; & comme le nommé D...., avoit paru le plus sensible aux désagrémens de la dame Boshamard, ce fut lui qu'on choisit pour être victime, avec sa Maîtresse, de la haine qu'on portoit à celle-ci. Tous les jours le sieur Boshamard, continuoit-on, étoit dans l'habitude de ne revenir que fort avant dans la nuit ; il falloit lui garder du feu, de la lumiere, & lui tenir la porte ouverte ; il étoit convenu que les domestiques veilleroient chacun à leur tour ; c'étoit celui de D.... ; le mari rentre à son heure accoutumée, il étoit ivre : une épée étinceloit dans ses mains & la rage dans ses yeux. Il faut qu'on sache que dans les Provinces, il y a moins de vingt ans, on avoit le plus communément pour cuisine & pour chambre à coucher une

falle baffe ; c'étoit dans cette piece qu'é-
toit couchée la femme, & c'étoit dans
la même que le domestique attendoit son Maître. Le valet raccom-
modoit, dit-on, une veste ; le sieur
Boshamard, qui n'auroit pas dû remarquer que ce valet étoit auprès de sa
femme, puisqu'il étoit d'usage que ceux
qui veilloient, restoient dans cette
même salle, jette des cris effrayans,
tombe sur le malheureux, & sa fuite
précipitée ne le sauve pas de deux
coups d'épée que lui porta cet homme
furieux.

Il est bien vrai, ajoute la dame,
qu'elle avoit écrit une lettre où elle s'a-
voue coupable ; mais il est également vrai
que le mari rentrant la força de l'écrire,
l'épée sur la gorge ; cependant les Défenseurs du sieur Boshamard (a) affu-
roient qu'il devoit résulter de l'information, que la lettre avoit été écrite
après la disparution du mari, & par
conséquent ne contenoit que des aveux
volontaires, & que l'aiguillon du
crime avoit arraché à sa conscience.

_____

(a) MM. Ferey & Belot.

F ij

La dame de Boshamard, après cette
scene, s'étoit retirée chez sa mere; mais
sur l'information, ayant été décrétée d'a-
journement personnel, & son complice
de prise de corps, & n'ayant pas comparu, elle fut également décrétée de
prise de corps. Appel au Parlement
de Rouen de ce nouveau décret. Il est
confirmé; mais la dame n'ayant point
été arrêtée, non plus que son prétendu complice, & n'ayant comparu ni
l'un ni l'autre, il intervint une Sentence
par contumace, qui condamna la dame
de Boshamard aux peines portées par
l'*authentique*, & D..... à être
pendu.

La dame de Boshamard ne poursuivit point son appel, ce qui en au-
torisa la confirmation; mais elle ne
le poursuivit point, parce qu'elle étoit
dénuée de tout secours, sans conseil,
sans protection : ne sachant pas ce
qu'étoit devenu son prétendu complice,
sa justification lui devenoit impossible;
mais son mari, ajoute-t-on, malgré
l'emportement de sa haine, n'osa pas
la faire arrêter, quoiqu'elle résidât publiquement chez sa mere. La contradiction alors seroit devenue inévitable,

& c'étoit ce qu'il redoutoit. S'il eut assez de puissance pour faire rendre une Sentence, il n'eut pas assez de hardiesse pour la faire exécuter ; elle ne fut pas même signifiée.

Trois ans après, la dame est enlevée de la maison de sa mere. Ce ne fut point en vertu de la Sentence portée contre elle ; mais son mari avoit surpris un ordre du Roi , & sur cet ordre elle fut conduite à la Salpétriere.

Elle demeure huit ans dans cette maison , confondue avec les filles de débauche ; mais s'étant à la longue fait distinguer de ses compagnes , elle recouvre sa liberté par la protection même de la Supérieure.

Elle est présentée à la Marquise de F.... , qui la fait passer en Saxe ; elle plaît à la feue Reine de Pologne ; elle se trouve chargée de l'éducation de la Palatine Podlachy , & des Princesses Joblonouski.

La perte & les malheurs de la guerre la font repasser en France ; elle trouve une rivale en possession de ses biens & de ses droits.

Son époux, croyant en effet, ou affectant de croire que sa femme n'existoit plus, & qu'elle avoit terminé sa carriere par une fin malheureuse, s'étoit remarié. Il avoit épousé une demoiselle L....; on avoit publié trois bans; tous les proches du sieur Boshamard avoient assisté à la célébration ; il ne fut fait aucune sorte de réclamation.

C'est à cette rivale que la dame Boshamard, après une absence de plus de quarante ans, vient redemander des avantages usurpés sur une qualité qui n'a jamais pu lui appartenir tant que la dame de Boshamard a vécu.

On lui opposoit la Sentence qui l'avoit condamnée, la confiscation prononcée pour sa dot, le laps du temps sans qu'elle se fût représentée, après une absence de quarante-trois ans sans avoir donné de ses nouvelles, on lui contestoit son identité.

» La Nature, dit M. d'Aguesseau, a tracé sur chaque homme en particulier des caractères différens qui le distinguent de tous les autres. La parole, l'air du visage, l'écriture, font comme trois portraits également inimitables,

dans lesquels nous nous peignons nous-
mêmes naturellement ".

Voilà par combien d'épreuves la
vérité doit passer avant d'acquérir le
degré d'évidence capable de subjuguer
& de faire disparoître tous les doutes.

On avoit encore une déclaration
faite par quatre inconnus, par-devant
Michelin & Brelut de la Grange, Notaires à Paris, le 4 Septembre 1743,
portant » que Marguerite-Françoise le
Guay de Saint-Denis, femme du sieur
de Boshamard, a été du nombre de ceux
qui ont eu le malheur d'être noyés
lors du naufrage du coche de Nogent,
arrivé le 17 Décembre 1738, que son
cadavre n'a jamais été retiré de l'eau,
quelques perquisitions que l'on ait
faites ".

Cette dénonciation étoit annullée par
la représentation de la femme dans les
lieux mêmes où elle avoit le plus vécu.
Une foule de témoins attestoient qu'ils
la reconnoissoient pour être la véritable
dame de Boshamard.

Il fut prouvé d'ailleurs que c'étoit le
mari qui, ne pouvant écarter sa femme,
sollicita l'ordre du Roi & la retint pen-

F iv

dant huit ans dans un lieu d'horreur; lui qui, après l'avoir réduite à la nécessité de chercher un asile dans les pays étrangers, se remaria en 1744, quoiqu'il ne fût pas dégagé de ses premiers liens; lui enfin, qui s'étoit rendu coupable du crime de bigamie. Aussi toutes ses demandes & ses reprises matrimoniales lui furent accordées par l'Arrêt de..... 1774.

LA ROSIERE DE SALANCY.

C'EST à l'inftitution qu'on va lire, que les habitans d'un petit village doivent le bonheur d'avoir, au milieu de la dépravation des mœurs, confervé leur innocence. L'union, l'amitié, l'équité & l'amour de la paix font les feuls arbitres qui reglent, chez eux, ces intérêts qui, par-tout ailleurs, font tant de ravages. Il eft fans exemple qu'une feule de leurs difcuffions ait été portée devant les Tribunaux. Contens de leur médiocrité, dont ils goûtent le bonheur, il eft inoui qu'aucun crime, aucune condamnation ait épouvanté ni déshonoré cette terre. Les vertus propres à chacun des deux fexes, & pratiquées par tous les individus, forment, fous d'humbles toits, un tableau charmant, dont malheureufement le trait le plus touchant & le plus doux eft dans le contrafte des mœurs publiques avec cette vie patriarcale.

F v

(a) A une demi-lieue de Noyon, eſt un petit bourg, que l'on nomme *Salancy*. Saint Médard, Evêque de Noyon, & Seigneur de ce bourg, qui vivoit du temps de Clovis, voulut que, tous les ans, on donnât un chapeau de roſes & une ſomme de vingt-cinq livres à celle des filles de ſa terre qui ſeroit reconnue par les habitans pour être la plus vertueuſe : il détacha de ſes domaines pluſieurs arpens de terre, qui forment aujourd'hui ce que l'on nomme *le Fief de la Roſe*, & en affecta le revenu au payement des vingt-cinq livres, & aux frais du couronnement.

Ce ſaint Prélat eut le bonheur d'entendre la voix publique proclamer *Roſiere* l'une de ſes ſœurs, & de lui donner lui-même le prix glorieux de la ſageſſe. On voit encore un tableau placé au deſſus de l'autel de la chapelle de Saint Médard, où cet Evêque eſt repréſenté en habits pontificaux, poſant la couronne de roſes ſur la tête de ſa ſœur, qui eſt à genoux & coiffée en cheveux.

Depuis ce temps, la couronne de

_____

(a) L'hiſtorique eſt tiré d'un Mémoire de M. Delacroix.

rofes a toujours été la récompenfe de la plus fage Salancienne ; toutes ont afpiré à l'honneur de la recevoir.

Outre l'avantage qu'elles retirent d'un témoignage fi public de leur vertu, elles ont encore celui de trouver prefque toujours un époux dans l'année de leur couronnement.

Mais il ne fuffit pas, pour obtenir le prix, d'avoir les qualités perfonnelles qui doivent le mériter ; on exige encore que la famille de celle qui y afpire foit fans reproche ; de forte que la Rofiere, en obtenant le prix de fa vertu, reçoit celui de l'honnêteté de tous fes parens. C'eft toute une famille qui eft couronnée fur la tête d'un de fes jeunes rejetons.

Un mois avant le jour de la cérémonie, les habitans de Salancy doivent s'affembler, pour nommer, en préfence des Officiers de la Juftice, trois filles dignes de la rofe, & vont enfuite les préfenter au Seigneur, qui choifit celle des trois qu'il lui plaît de faire couronner. Le Dimanche fuivant, le Curé annonce à tous fes Paroiffiens quelle eft la fille qui a été nommée *Rofiere*.

Le jour de Saint Médard, l'après-

F vj

midi, la Rosiere, dans les habillemens de l'innocence, les cheveux flottans en longues boucles, s'avance, au son des instrumens, vers le château; elle est suivie de douze jeunes filles, vêtues de blanc comme elle, & menées par douze Salanciens. Le Seigneur la reçoit dans son château.

Lorsque les Vêpres commencent à sonner, le Seigneur donne la main à la Rosiere, & la conduit à l'église avec son cortége, jusqu'à un prié-dieu placé au milieu du chœur pour la recevoir. Les jeunes filles & les garçons se rangent à ses côtés, & entendent l'Office. Après les Vêpres, le Clergé se rend en procession à la chapelle de Saint Médard; la Rosiere le suit, menée par le Seigneur, & marchant toujours dans le même ordre; l'Officiant, après quelques prieres, fait sur l'autel la bénédiction du chapeau de roses, qui est garni d'un large ruban bleu à bouts flottans, & orné d'un anneau d'argent. Cet ornement accompagne la couronne, depuis que Louis XIII daigna, à la priere de M. de Belloy, Seigneur de Salancy, la faire donner à la Rosiere, en son nom : ce fut M. le Marquis de

Gordes, son Premier Capitaine des Gardes, qui apporta à la sage Salancienne, de la part de Sa Majesté, un cordon bleu & une bague d'argent.

Le Curé, ou celui qui officie pour lui, avant de placer la couronne sur la tête de la jeune fille, adresse ordinairement un discours à l'assemblée.

Après l'Office, la Rosiere est conduite sur *une piece de terre*, où les Vassaux lui offrent des présens champêtres. Les dons sont simples ; mais leur simplicité même annonce bien l'antiquité de cette fête, & l'innocence des temps où elle a été instituée. Ce sont un bouquet de fleurs, une fleche, deux balles de battoir, un sifflet de corne, une table, &c.

Une collation, les rubans que la Rosiere fournit aux garçons & aux filles, un écu qu'elle donne à ceux qui plantent un mai à sa porte, le salaire des instrumens, un dîner le lendemain aux Officiers de Justice, sont les frais de la cérémonie, & les vingt-cinq livres du Seigneur sont employées à cet usage.

En 1766, M. Pelletier de Morfontaine, Intendant de Soissons, s'arrêta, en parcourant sa Généralité, à Salancy.

Le Bailli, à la réquifition des habitans, le pria de vouloir donner le chapeau de rofes à la fille choifie par le Seigneur. Cet Intendant fe fit non feulement un plaifir de conduire la vertueufe Salancienne à l'autel, il eut encore la générofité de la doter de quarante écus de rente, réverfible, après fa mort, en faveur *de toutes les Rofieres*, qui en jouiront chacune pendant une année.

En 1773, un Seigneur de Salancy s'arrogea le droit de faire feul l'élection de la Rofiere, troubla les ufages de cette fête, & éleva plufieurs prétentions nouvelles, qui donnerent lieu à un réglement où l'on fixa la forme d'élection des Rofieres, & où l'on détermina les droits du Seigneur, ceux des habitans, & les cérémonies qui feroient obfervées à l'avenir.

AFFAIRE du fieur HOSBROUCK, Maître de harpe.

» JE n'ai ni à vanter (difoit le fieur Hosbrouck) , ni à diffimuler mon origine ; elle n'a rien d'illuftre ni rien d'aviliffant. Je fuis le fils d'un Mécanicien affez fameux , qui étoit en même temps Maître de harpe , & Tonavers en Baviere eft ma patrie.

» Il eft dans la deftinée des Muficiens, comme dans celle des Peintres & des Poëtes , & en général de tous ceux qui pratiquent les Arts de pur agrément , de n'être pas riches. Mon pere en étoit un exemple : fa fortune étoit médiocre, & fa famille nombreufe (a).

» La Nature forme nos penchans , & le hafard les développe. Élevé dans un magafin où tout refpiroit l'harmonie, je me fentis de bonne heure un attrait invincible pour elle. A mefure que

_____

(a) Il eft mort à cent trois ans , après avoir eu trente-fept enfans de deux femmes. Je fuis du fecond lit.

j'avançois en âge, je montrois des talens : mon pere prit foin de les cultiver,
& *fon inftrument favori devint bientôt
le mien. Je n'avois pas encore dix-huit
ans, que je pinçois affez paffablement
de la harpe. Ce n'eft pas à moi de
dire fi j'excelle aujourd'hui dans cet
Art ; je ne veux ni ne dois m'apprécier.
Tout ce que je me permettrai de dire,
c'eft que par-tout où j'ai paffé depuis,
mon nom a eu quelque célébrité, &
j'y ai été recherché avec empreffement
par tous les amateurs.

» Quoi qu'il en foit, je ne fus pas
plus tôt en état de tirer parti de mes
talens, que je me hâtai de quitter le
lieu de ma naiffance. Les grandes villes,
les capitales, font le vrai théatre des
Arts agréables : c'eft là que le goût,
l'opulence & la volupté s'empreffent.
de les accueillir. Je me rendis à Vienne
en Autriche en 1753.

» Il n'y avoit pas long-temps que j'é-
tois dans cette ville, lorfque le Prince
Jerôme de Radziwil, un des plus grands
Seigneurs de la Pologne, défirant d'a-
voir auprès de lui une troupe de Muficiens & d'autres gens à talens, envoya
à Vienne pour en faire une recrue. Je

fus du nombre de ceux qui s'engagerent à fon fervice. Cet engagement n'étoit que pour trois ans. Il y avoit auſſi des femmes dans cette troupe, & entre autres Marie-Anne Zollerine, fille du ſieur Zoller, Auditeur ou Prévôt d'un Régiment de l'Impératrice-Reine. Nous fûmes d'abord conduits à Piala.

» Je ne vis pas impunément Marie-Anne Zollerine. Pourquoi craindrois-je de l'avouer ? Elle me plut ; mes ſentimens furent écoutés, & nous convînmes de nous marier ; mais nous étions tous les deux mineurs. J'avois alors vingt-un ans : elle en avoit quinze à ſeize : il nous falloit le conſentement de nos parens. Notre éloignement d'eux ne nous permettoit pas de l'avoir de ſi-tôt. Le Prince Radziwil nous diſpenſa de cette formalité. Son autorité parla, & nous nous mariâmes.

» Ce Prince ſe rendit bientôt après à Scheluek : nous l'y ſuivîmes l'un & l'autre, ainſi que le reſte de la troupe. Cependant mes trois années d'engagement étant expirées, je ſongeai à quitter ſon ſervice. Mon épouſe fut la premiere à m'y engager. Pluſieurs autres de mes camarades formerent la même réſolu-

tion. Ce fut en vain. Le Prince nous
força de refter, & nous fit propofer de
confentir un fecond engagement pour
dix ans, mais avec moitié des appointemens de l'ancien. Ce n'étoit pas notre
compte. Nous rejetâmes une offre auffi
infuffifante.

» Ce refus nous couta cher. Le Prince
étoit abfolu dans fes volontés, & il étoit
dangereux de lui réfifter. Il nous fit
mettre en prifon, & nous y tint pendant
trois mois, au pain & à l'eau. On nous
donna encore un autre témoignage de
fa bienveillance, ce fut de nous em-
barraffer les pieds & les mains avec
de groffes bûches, fuivant l'ufage du
pays.

» Un pareil traitement nous fit à la
fin changer de projet ; nous acceptâmes
l'engagement qui nous avoit été propofé, & la liberté nous fut rendue.

» Ce n'étoit pas affez. Nous ne voulions
pas refter au fervice du Prince. Plufieurs
d'entre nous épierent l'occafion de s'é-
vader, & ils y réuffirent. Le fieur K...,
qui eft affez connu dans Paris par fes
talens, fut du nombre des fugitifs.
J'en étois auffi ; mais Marie-Anne Zollerine refta à Scheluek : il lui eût été

auſſi impoſſible de me ſuivre, qu'à moi de l'emmener. Le Prince Radziwil s'étoit fait une loi, non ſeulement de ne point donner de paſſeports, mais encore d'interdire ſévérement toute ſortie de ſes Etats. D'ailleurs il n'y a en Lithuanie, ni poſte, ni voitures publiques. Enfin la crainte d'être arrêtés nous obligea de nous jeter dans des bois affreux, où, pendant quinze jours, nous n'eûmes d'autre ſociété que celle des ours & des autres bêtes féroces qui les habitent, & pour toute nourriture, qu'un peu de pain & d'eau-de-vie, dont nous avions eu ſoin de faire une petite proviſion. Nous ne marchions que pendant la nuit, au milieu de l'horreur & des ténebres. C'eſt ainſi que nous avons fait un trajet de deux cents lieues. Comment Marie-Anne Zollerine auroitelle pu réſiſter à tant de fatigues ? Nous arrivâmes à Varſovie.

» Après y avoir ſejourné quelque temps, nous revînmes à Vienne. Le Prince Radziwil ne nous avoit pas payé entiérement nos appointemens : il avoit des domaines & des créanciers dans les Etats de l'Impératrice-Reine. Ces créanciers obtinrent la permiſſion de les faire ſaiſir ;

& , fur la vente judiciaire qui en fut faite, mes camarades & moi nous fûmes payés.

» En arrivant à Vienne, je fus voir le fieur Zoller mon beau-pere; je l'inftruifis de tout. Il fentit l'impoſſibilité de revoir fa fille de fi-tôt. Mais le Prince Radziwil étant mort en 1761, & tous ceux qu'il retenoit dans une efpece de captivité ayant eu la liberté de fe retirer à leur gré, Marie-Anne Zollerine fe rendit à Varſovie, où elle tomba malade, & mourut le 20 Mai 1762.

» Dans ces entrefaites, j'avois quitté Vienne. L'occafion s'étant offerte de paſſer, en qualité de Muſicien, au fervice du Prince Louis de Rohan, j'étois venu en France : c'eſt là qu'ayant appris la mort du Prince Radziwil, j'écrivis auſſi-tôt à Varſovie pour avoir des nouvelles de mon époufe; mais je ne reçus que celle de fa mort.

» Je fixai mon féjour à Paris, où j'ai paſſé de beaux momens. Je m'y fuis vu recherché par ce qu'il y a de plus illuſtre. A peine y connoiſſoit-on la harpe avant moi; je l'ai mife à la mode.

»Mais, au milieu des applaudissemens que j'ai reçus, & des progrès que fai-soit, par mes soins, l'Art que j'exer-ce, devois-je m'attendre au chagrin que j'éprouve? Qui peut prévoir sa destinée? Faut-il que, né dans un Cercle d'Al-lemagne, & sachant à peine la Langue Françoise, je donne dans Paris le spec-tacle d'un mari qui se défend contre une demande en séparation de corps & de biens? Telle est cependant ma position. Il est temps de parler de mon second mariage.

»Ce fut à la fin du mois de Décembre 1766, que je commençai à connoître Marguerite Fitz-Patrich; elle étoit veuve d'un sieur Meunier, Marchand Fri-pier, qu'elle avoit épousé en 1756, & faisoit elle-même un commerce de fri-perie. Notre contrat de mariage fut passé dès le 11 Janvier 1767. La dame Meunier m'apporta en dot une somme de 6000 liv., tant en deniers comptans qu'en habits, linges & hardes.

»La communauté fut stipulée, entre nous, aux termes de la Coutume de Paris. Il fut, de plus, convenu que nos dettes respectives, antérieures à notre mariage, seroient payées par celui où

celle qui les auroit contractées. Notre
mariage fut célébré le lendemain, à
Saint-Merry. Deux sœurs qu'avoit ma
femme, se marierent aussi le même
jour; tant la singularité présidoit à l'alliance que je formois.

» Je ne tardai pas à me savoir bon
gré d'avoir stipulé la derniere convention. Dès le 20 du même mois, un sieur
Deschamps nous fit assigner aux Con-
suls, en condamnation d'une somme
de 2197 livres, pour marchandises
fournies à ma femme pendant son veu-
vage.

» Il falloit payer; j'étois alors sans argent. La dot qu'elle m'avoit apportée
n'avoit pas, à beaucoup près, rendu
les 6000 livres que j'avois reconnues.

» Je me donnai tous les mouvemens
possibles pour en trouver. Ma femme
ne jugea pas à propos d'attendre l'effet
de ma bonne volonté; j'étois allé à
Torcy, dans la belle maison de madame de Gaze, pour y jouer de la
harpe : elle rassemble les effets qui étoient
dans notre maison, & en remet au sieur
Deschamps pour le montant de sa
créance, ou à peu près.

» Tels furent les premiers déplaisirs

que j'eus à essuyer immédiatement après mon mariage ; mais ce n'étoient que des roses. Avec une femme comme la mienne, il n'y a ni traverses, ni tourmens auxquels on ne doive s'attendre.

» Elle se mit bientôt sur le pied de s'absenter à son gré ; elle alloit à Vincennes à mon insçu ; elle s'arrogeoit le droit de disposer de tout ; elle mettoit en gage tantôt un effet, & tantôt un autre ; elle les vendoit le plus souvent ; elle avoit sa bourse particuliere, dont la hausse ou la baisse étoit le thermometre de sa conduite ; & elle me demandoit à chaque instant de l'argent, quoique j'eusse soin de lui en donner, & de pourvoir d'ailleurs, de moi-même, aux besoins du ménage.

» Sur le refus que je lui en fis un jour, épuisé par les dépenses qu'elle m'avoit occasionnées, elle se crut fondée à rendre une plainte contre moi : ce fut le 12 Mars 1768. Le prétendu manque d'argent où je la laissois, fut le principal grief qu'elle y consigna. Elle m'y accusa en outre de lui avoir donné quelques soufflets & coups de poings.

» Ce mois de Mars fut extrêmement orageux. Ma femme étoit une véritable tempête dans notre ménage. Ne pouvant plus tenir contre la bourrafque, je pris le parti de faire une abfence de quelques jours. J'emportai à cet effet le linge & les habits dont je pouvois avoir befoin pour mon ufage perfonnel. Mon état & la pofition où je me trouvois, exigeoient auffi que j'emportaffe mes inftrumens & ma mufique ; mon état, pour pouvoir continuer mes leçons à mes écoliers ; ma pofition, pour charmer mes ennuis : du refte, je ne touchai à aucun des meubles de notre appartement, & je me retirai en chambre garnie.

» Cette retraite, que m'infpiroit la prudence, fournit à ma femme le prétexte d'une feconde plainte : elle n'y articula contre moi que des faits vagues de fureur ; elle m'y fit l'honneur de me fuppofer en démence, & finit par y déclarer, qu'à mon exemple, elle alloit quitter la maifon, & emporter les habits & hardes à fon ufage

» J'arrive, j'apprends & je vois que ma femme avoit enlevé tous les effets qui étoient dans notre maifon. Je m'informe de ce qu'elle eft devenue ; point de nouvelle ;

nouvelle ; je crois alors devoir rendre plainte à mon tour.

„ Ma femme revint, & me fit les plus belles promeſſes : ſon repentir apparent me fit tout oublier. Mais j'étois deſtiné à n'avoir ni paix ni treve avec elle. Ses frénéſies ordinaires la reprirent bientôt. Mon état me mettoit quelquefois dans la néceſſité de rentrer tard. On croiroit peut-être que , n'ayant pas des jours tranquilles , je devois au moins avoir des nuits paiſibles : on s'imagineroit que , pendant un temps conſacré au ſommeil , ma femme me donnoit quelque répit; on ſe tromperoit: elle différoit de ſe coucher , exprès pour me quereller.

„ Fatigué de mener une vie auſſi orageuſe , j'eus recours à un Commiſſaire , pour conſigner dans un dépôt public mes malheurs & les emportemens de ma femme.

„ Tandis que le Commiſſaire étoit occupé à rédiger ma déclaration , ma femme , qui m'avoit apparemment fait épier lorſque j'étois ſorti , & qui me ſoupçonna d'être allé rendre plainte contre elle , arrive tout à coup : elle étoit furieuſe. Quoique je n'aye pas les

talens d'Orphée, peu s'en fallut que je
n'en éprouvasse le sort. Elle débuta par
l'invective, & finit par me donner un
soufflet des plus rudes. Ce fait est con-
signé dans l'acte, comme s'étant passé
dans l'étude & sous les yeux du Commissaire.

» Je vis bien qu'il falloit me soumettre
à l'ascendant impérieux de ma destinée.
Je me reposai sur le temps, du soin
d'amortir la bouillante effervescence de
ma femme, & de mettre un frein à
son humeur irascible. Ce fut avec de
pareils sentimens que je supportai les
nouvelles scenes qu'elle joua depuis le
jour du soufflet.

» Sa conduite fut toujours la même;
mais une idée bizarre, s'il en fut jamais, qu'elle conçut fortement, ce fut
de me faire recevoir Marchand Fripier,
Un Maître de harpe, qui jouit de quelque réputation, Marchand Fripier ! Ma
femme m'en fit sérieusement la proposition; elle insista, revint chaque jour
à la charge, me persécuta, me fit des
menaces, se porta à des violences, tantôt contre elle-même, & tantôt contre
moi; mais ce fut en vain.

» Dépitée de mes refus, ma femme

fît ce qu'elle avoit déjà fait tant de fois.

» Le 16 Février 1773, il lui prit un accès plus violent que les autres. Je ne me souviens pas précisément si je me contins dans les bornes de la patience, ou si, ayant voulu maintenir les droits trop méprisés de mon autorité maritale, j'y mis un peu de chaleur. Quoi qu'il en soit, ma femme se transporta le même jour chez le Commissaire : c'étoit sa cinquieme plainte ; elle y renouvela toutes ses précédentes imputations.

» Ces demandes en séparation, d'abord de biens, & ensuite de corps & d'habitation, furent portées à l'Audience. Ma femme y fit plaider contre moi les faits de diffamation les plus révoltans ; elle m'y imputa des crimes affreux ; elle supposa qu'à l'époque où je l'avois épousée, ma premiere femme vivoit encore : mais le trait le plus odieux de sa part, fut de vouloir exciter la sévérité de la Justice contre moi, au sujet d'un faux qu'elle prétendit que j'avois commis dans un extrait baptistaire. Voici ce dont il s'agit.

» Le 7 Septembre 1772, je me rendis en l'église de Saint-Eustache, pour y

G ij

affister à la cérémonie d'un baptême.
Le Prêtre me demanda fi j'étois marié ;
je lui répondis qu'oui : il augura de là
que la mere de l'enfant qu'on préfen-
toit fur les fonts, étoit ma femme. Ce
fut d'après cette opinion erronée, qu'il
rédigea l'extrait baptistaire : on me fit
entendre enfuite qu'il falloit que je
fignaffe, ce que je fis fans prendre
lecture de l'extrait. Le parrain & la
marraine en firent autant, quoiqu'ils
connuffent particuliérement ma femme.
C'eft ainfi que fut baptifé, comme
mon fils, Jean-Gabriel, né de Barbe
Limoufin de la Mouilly, à laquelle on
donna, dans l'extrait, la qualité de ma
femme. Cette qualification étoit une
erreur de fait dont j'étois innocent.

» Mais quelqu'un m'ayant inftruit, à
la fin, de l'exiftence de cette erreur,
je me pourvus auffi-tôt devant le fieur
Lieutenant-Civil, en réformation de
l'extrait baptistaire.

» Ce fut dans cet intervalle que le
combat s'engagea à l'Audience entre
ma femme & moi. Par Sentence contradictoire du 29 Décembre 1773, elle
a été déclarée non-recevable dans fa
demande en féparation de biens, & j'ai

obtenu main-levée des oppositions par
elle formées.

» A l'égard de la demande en séparation de corps, les Juges surfirent à
y faire droit, jusqu'après le Jugement
à intervenir sur la plainte en faux, au
sujet de l'extrait baptistaire.

» Ce Jugement à intervenir ne m'ef-
frayoit pas. J'ai essuyé le feu ordinaire
des instructions criminelles : la forme
l'exigeoit. J'ai été enfin pleinement déchargé de l'accusation, & il a été ordonné qu'il seroit procédé à la réformation de l'extrait baptistaire. Cette
réformation a été faite.

» Il s'est écoulé près d'un an, sans que
ma femme ait fait aucunes pourfuites
sur sa demande en séparation de corps.
Enfin, le 29 Mars dernier, elle a réi-
téré, dans une Requête, les mêmes faits
qu'elle avoit consignés dans ses différentes plaintes, & en a articulé de nouveaux, tels, par exemple, que depuis la
Sentence, » je me suis transporté dans la
» chambre où elle s'étoit retirée ; que
» j'ai arraché & emporté de son lit
» les feuls draps dont elle étoit couverte;
» que je n'ai cessé de l'outrager & de la
» diffamer ; que je l'ai déniée pour ma

G iij

» femme, & fait paſſer pour une fille
» de débauche ; que je l'ai accuſée d'a-
» voir voulu m'empoiſonner ; que j'ai
» refuſé de payer ſa penſion dans le
» couvent où elle s'étoit retirée ; que je
» ſuis parti de Paris avec la demoiſelle
» Limouſin, emportant toute ma for-
» tune ; que j'ai publié par-tout que
» ma femme étoit morte, & que ladite
» Limouſin étoit mon épouſe ; que j'ai
» paſſé un an avec cette fille, & que
» j'en ai eu un enfant que j'ai fait bap-
» tiſer ſous mon nom «. Elle a demandé
permiſſion d'en faire preuve.

» A ce tableau, qui ne croiroit que ma
femme étoit une infortunée, qui ne
ceſſoit de gémir ſur ſon ſort, & qu'à
mes prétendus nouveaux torts, elle n'op-
poſoit que le ſilence, les pleurs & la
patience ? On ſe tromperoit pourtant
beaucoup. Je ſuis en état de produire
une foule de lettres qu'elle m'a écrites
pendant le cours des années 1773 &
1774, & où elle a conſigné les injures
les plus groſſieres, les expreſſions les
plus indécentes, & les outrages les plus
ſanglans contre moi. Ces lettres doivent
fixer l'opinion qu'on doit avoir de ma
femme, ſi tout ce qui précede ne ſuffit

pas ; & j'ofe efpérer que les Magiftrats ne feront aucune difficulté de me fouftraire aux pourfuites injuftes de mon époufe «.

Telle étoit la défenfe très-oratoire d'Hosbrouck. Malheureufement la vérité n'avoit pas conduit fes pinceaux ; & fa femme fit de lui un portrait moins flatté, mais plus reffemblant. En voici les principaux traits.

Le fieur Hosbrouck réunit aux agrémens d'une figure féduifante, des talens fupérieurs. Il excelle dans l'art de pincer de la harpe ; mais le goût de la débauche & de la diffipation n'accompagnent que trop fouvent ces fortes de talens.

Malgré fa fupériorité dans fon Art, il étoit prefque toujours aux expédiens, & il fe marioit par reffource. Il avoit époufé entre autres, à Varfovie, Marie-Anne Zoller, qui, fuivant lui, étoit fille d'un Major-Général. La dot fut fans doute proportionnée à la naiffance ; mais elle fut bientôt diffipée, & le dégoût s'empara alors du cœur du fieur Hosbrouck.

Il réfolut de fe débarraffer d'un fardeau incommode, &, pour y parvenir,

G iv

il préfenta des Mémoires calomnieux au Magiftrat de Varfovie, contre fa femme, & la fit renfermer dans un hôpital.

Le fieur Hosbrouck, craignant d'être pourfuivi un jour pour la furprife qu'il avoit faite pour plonger fon époufe dans une captivité infamante, prit une précaution finguliere. Il avoit fans doute déjà formé le projet de contracter un fecond mariage, lorfqu'il fit figner par Marie-Anne Zoller l'écrit fuivant, le 9 Mars 1755.

» Je fouffignée, déclare par celle-ci,
» devant Dieu & tous les Saints, que
» moi, Marie-Anne, ne vivrai & ne
» demeurerai plus avec Jean - Baptifte
» Hosbrouck, auffi long-temps que je
» vivrai; & je jure, fur ma part de
» Paradis, que je ne prétendrai ni ne
» demanderai la moindre chofe de lui,
» & que je ne lui ferai aucun tort, ni
» dans ce monde ni dans l'autre, parce
» qu'il m'a pardonné ainfi que je lui
» pardonne, & qu'il n'eft nullement
» caufe de ma féparation; mais comme
» je ne puis pas vivre avec lui, & que
» Dieu m'a envoyé ce malheur, je ne
» puis lutter contre. Je déclare auffi

» devant la très-sainte Trinité, *que si*
» *mondit mari se marioit ici ou ail-*
» *leurs, & s'il arrivoit que nous nous*
» *rencontrassions, je jure que je ne*
» *dirai jamais qu'il a été mon mari,*
» *& que je ne l'ai jamais vû.* Je ne
» dirai pas non plus que j'étois sa fem-
» me ; je désavoue dès ce moment son
» nom, & je prends dès à présent mon
» nom de famille «.

Marie-Anne Zoller déclare en outre,
dans cet acte étrange, qu'elle l'a écrit
de sa propre volonté & sans y avoir
été contrainte. Personne ne doutera
sans doute qu'il est le fruit des violences & des persécutions du sieur
Hosbrouck : aussi a t-il regardé, dès
l'instant qu'il a été muni de cet écrit
illégal & criminel, sa femme comme
morte pour lui, & il s'est empressé de
jouir de la liberté qu'il croyoit avoir
acquise, en passant en France. Il s'y
est attaché au Prince Louis de Rohan,
en qualité de Musicien.

La veuve du sieur Meunier, Employé au Bureau de l'Ecole Royale
Militaire, faisoit commerce de Friperie.

Les besoins du sieur Hosbrouck, &
les relations qu'ils avoient avec l'état

de cette veuve, leur firent faire connoissance. Elle fut éprise de la personne du sieur Hosbrouck, & celui-ci de la fortune de la veuve, qu'il regardoit comme une ressource au besoin ; mais il falloit épouser. Le sieur Hosbrouck, qui ne regardoit le mariage que comme une formalité à remplir pour acquérir de l'argent, & qui n'étoit pas apprentif d'en secouer le joug quand il le trouvoit incommode, ne se fit pas prier. Le mariage fut conclu.

L'acte de célébration de mariage est du 13 Janvier. Le sieur Hosbrouck y est qualifié de Bourgeois de Paris, fils majeur de Jacques Hosbrouck & de Marie-Agathe Fichrem, ses pere & mere. Les témoins certifient *la liberté*, la catholicité & le domicile des Parties. Tout est consommé.

Trois jours après le mariage, des étrangers qui logeoient en chambre garnie dans la maison voisine des sieur & dame Hosbrouck, apprirent à la femme que son mari étoit marié en Pologne, qu'ils connoissoient son épouse pour l'avoir vue depuis peu à Varsovie. Telle fut la premiere amertume qu'éprouva la dame Hosbrouck.

Elle va trouver fon mari, lui reproche fa perfidie, & fe livre à fa douleur. Le mari avoue fes torts; il fe jette aux genoux de fon époufe, fe livre à fa difcrétion, & cherche à la confoler. Il protefte que cette Polonoife eft une malheureufe qu'il a été obligé de faire renfermer, qu'il ne la reverra jamais; il montre, pour preuve, l'écrit qu'il avoit tiré d'elle; il ajoute qu'il la croit morte à l'hôpital, & demande le temps néceffaire pour s'en affurer.

Effectivement, au bout de deux mois, arrive un extrait mortuaire de Pologne, écrit en Langue Polonoife, qu'il préfente à la dame Hosbrouck, comme l'extrait mortuaire de fa premiere femme : mais cet acte eft-il en effet l'extrait mortuaire de la femme en queftion ? c'eft ce qu'il eft difficile de croire.

Quoi qu'il en foit, que la premiere femme foit encore exiftante, ou que, fuccombant à fes douleurs, elle ait fini fes jours dans un hôpital, l'extrait mortuaire écrit en Langue Polonoife, montré à la dame Hosbrouck, fuffit alors pour calmer fes inquiétudes.

G vj

Après un an de mariage, le fieur Hosbrouck rendoit déjà à fa femme la vie fi dure & fi infupportable, qu'elle avoit réfolu de fe féparer de lui. Ce fut dans cette vûe qu'il lui donna un écrit conçu en ces termes : » Je recon- » nois avouer, comme ma femme il » m'a prié de lui donner un confente- » ment de moi, comme il ne pourroit » pas vivre avec moi, dont je confens ; » elle pourra aller où elle voudra. A » Paris, ce, &c. *Signé* Hosbrouck, » Maître de harpe, rue Quincampoix «.

Il paroît que la dame Hosbrouck ne fit point ufage de ce congé ; mais les févices ayant recommencé, elle rendit deux plaintes, & forma une premiere demande en féparation.

Tandis que le fieur Hosbrouck af- fectoit de fe comporter au dehors avec plus de douceur envers fon époufe, il attentoit fourdement à fa liberté.

Il préfente au Magiftrat chargé de la Police, des Mémoires fecrets, dans lefquels il impute à fa femme tous fes propres torts ; il l'accufe d'emporter & vendre fes effets, d'avoir caffé fes gla- ces, de fe livrer à des excès de folie

& de fureur qui mettent sa vie & celle de son mari perpétuellement en danger.

La religion du Magistrat de Police est trompée ; la dame Hosbrouck devient la victime de l'intrigue & de la calomnie ; un ordre supérieur est décerné contre elle, à la sollicitation de son mari.

Elle portoit alors dans son sein le germe de l'unique fruit de leur union ; le sieur Hosbrouck ne l'ignoroit pas : cependant, sans pitié pour son épouse, sans considération pour son état, il la livre lui-même aux émissaires chargés de l'ordre secret, la fait arracher de son lit à six heures du matin, le 12 Novembre 1771, pour la conduire dans une maison de force, uniquement destinée à renfermer des folles.

Six mois entiers se passent sans que la dame Hosbrouck, ensevelie dans cet affreux séjour, puisse être informée des motifs de sa détention. Elle connoissoit le caractere violent & emporté de son mari ; mais elle ne lui supposoit pas assez de noirceur pour le soupçonner d'être l'auteur de sa persécution, dans le moment où elle avoit éprouvé de lui des caresses extraordinaires. Elle apprend enfin qu'il est la cause de sa détention ; elle a recours elle-même au Magistrat de Police. Il fait faire une nouvelle information : alors la calomnie est dévoilée, & l'innocence de la dame Hosbrouck est reconnue : elle obtient sa liberté, & se retire chez sa mere.

Le premier usage qu'elle fit de sa liberté, fut de réitérer ses plaintes contre son mari, & sa demande en séparation de corps. La poursuite en fut encore suspendue par un funeste événement.

La dame Hosbrouck étoit enceinte de trois semaines lorsqu'elle fut enlevée & renfermée : les révolutions que cet assaut lui avoit occasionnées, les douleurs qu'elle avoit éprouvées dans sa captivité, avoient étouffé dans son sein l'unique fruit de son mariage : elle accoucha avant le terme, le 24 Juin 1772, d'un enfant mort.

On croiroit que cette circonstance auroit été capable de faire naître dans le cœur du sieur Hosbrouck quelques

remords ; au contraire , il en prend
occafion pour livrer fa femme à la diffamation, en l'accufant d'avoir eu, dans
fa prifon, un commerce adultérin, dont
cet enfant eft le fruit.

Relevée de cette maladie, la dame
Hosbrouck reprit fes pourfuites contre
fon mari , & fit procéder à une enquête,
qui fut on ne peut pas plus concluante
en fa faveur.

Le fieur Hosbrouck en fut lui-même
fi convaincu, que, craignant l'effet de
cette féparation, moins pour la perte
de fa femme, qu'à caufe de la reftitu-
tion de fa dot, il chercha à détourner
le coup. Il eut encore une fois recours
à l'indulgence de fon époufe, qui,
touchée de fes prieres & de fes larmes,
& croyant fon repentir fincere, confentit à fufpendre fes pourfuites & à rentrer avec lui.

Le fieur Hosbrouck profita de ce
moment pour enlever à la Juftice les
preuves acquifes de fes févices & mauvais traitemens. Il eut grand foin de
retirer des mains du Procureur de fon
époufe, les armes qu'elle avoit contre
lui ; & quand il crut s'être ainfi affuré

de l'impunité, il se livra de nouveau
à ses excès de débauche & de fureur,
& prit des mesures pour n'avoir plus
rien à craindre des plaintes de son épouse,
ni des effets d'une séparation.

Il prit à son service une fille cor-
rompue, rendit son épouse témoin de
sa débauche ; &, quand elle lui faisoit,
avec bonté & avec douceur, des remontrances sur les dangers auxquels il
s'exposoit, il répondoit, dans les termes les plus grossiers, qu'il étoit le
maître, qu'il voudroit avoir ses os,
qu'il les feroit moudre. Il la menaçoit
de la faire renfermer une seconde fois
pour le reste de ses jours ; il disoit, à
qui vouloit l'entendre, que son plus
grand plaisir seroit de voir son enterrement, & demandoit tous les jours au
Chirurgien qui la soignoit pendant sa
maladie, si elle mourroit bientôt. Il
la laissoit manquer de nourriture, &
donnoit secrétement de l'argent à sa
servante.

Enfin, au mois de Juillet 1773, arrive la derniere scene.

Le sieur Hosbrouck vivoit alors,
malgré les défenses du Magistrat de

Police, avec une fille nommée *Limou-*
sin, rue Baillif, qu'il avoit eu l'audace
de reconnoître pour sa légitime épouse,
dans l'acte baptistaire d'un enfant qu'il
avoit eu d'elle. Il fit transporter chez
cette fille presque tous ses meubles.
En rentrant chez lui, il les demanda
à sa femme, & l'accusa de les avoir
volés : se jetant ensuite sur elle, en présence de plusieurs témoins, il l'accabla,
en vomissant des injures atroces, de
soufflets, de coups de poing sur la tête,
de coups de pied sur les reins & autres
parties du corps ; la mit hors de la
chambre, & la jeta au travers de l'es-
calier.

La dame Hosbrouck se vit donc
forcée de quitter un asile qui lui étoit
aussi funeste, & de se retirer chez ses
amis.

Dans le même temps, elle apprit
que son mari, par les conseils de cette
fille Limousin, venoit de vendre un
contrat de cent cinquante livres de
rente sur les cuirs, & le bien qu'ils
avoient à Chalenne, & qu'il n'attendoit que le moment d'en toucher le
prix, après le scel des lettres de rati-

fication ; pour s'en aller avec cette fille, & laisser sa femme exposée à périr de faim. Elle se hâta de recourir à l'autorité de la Justice ; & , par Arrêt du mois de Mai 1775 , elle a enfin obtenu sa séparation.

PROCÈS à l'occasion des lettres écrites en 1773 au sieur Maziere, Fermier-Général, par lesquelles il étoit menacé d'être assassiné, s'il ne portoit trois cent soixante louis d'or au Cours, dans un lieu indiqué.

DES circonstances singulieres ont induit en erreur & les Juges & le Public sur l'auteur de ces lettres : un innocent a éprouvé, pendant près de deux ans, toutes les rigueurs de l'instruction la plus sévere. Le Parlement de Paris, a enfin pénétré dans le fond de cette affaire, & a rendu à l'innocent une justice éclatante.

Le 11 Octobre 1773, sur les six heures du soir, le sieur Maziere, Fermier-Général, reçut une lettre conçue en ces termes :

» MONSIEUR,

» Nous sommes une compagnie qui » avons besoin de trois cent soixante

» louis d'or. Nous vous donnons avis
» que, si vous ne les portez pas au
» bas du poteau auquel est attachée la
» corde du bac qui passe la riviere de-
» vant les Invalides, vous serez assas-
» siné à l'heure que vous vous y atten-
» drez le moins. Vous trouverez une
» marque faite sur le mur avec de la
» craie; ce sera là. Il ne vous serviroit
» de rien de faire espionner, parce
» que nous nous en appercevrons ;
» nous verrons que vous ne voulez
» pas donner cette somme, & nous
» vous assassinerons, quand vous seriez,
» tous les jours, gardé par cent hom-
» mes.... « Cette lettre qu'on ne s'attend pas à voir signée, étoit datée du 11
Octobre 1773. Au dos étoit écrit : » A
» M. Maziere, Fermier-Général «.

Le sieur Maziere fit part de cette
lettre à la Police, qui fit investir par
des espions, ayant un Exempt à leur
tête, le lieu indiqué. Le Mardi 19
Octobre, sur les dix heures du matin,
un particulier quitte le grand chemin
dans lequel il marchoit, descend dans
le fossé qui étoit alors entre ce chemin
& l'allée que l'on connoît sous le nom
de Petit-Cours ou Cours-la-Reine : il

n'étoit pas directement vis-à-vis du poteau; mais à vingt pas au deſſus du côté de Paris. A peine eſt-il deſcendu dans le foſſé, qu'il eſt aſſailli par une troupe d'hommes qui s'élancent ſur lui, des différens lieux où ils s'étoient mis en embuſcade.

Il reprend ſa canne & veut remonter le foſſé. Il ſe ſent frappé à la tête d'un coup de bâton. Sa frayeur redouble; il fuit du côté de Paris, & demande du ſecours à quelques chartiers contre des aſſaſſins qui, dit-il, en veulent à ſa vie.

Il avoit intéreſſé ces charretiers à ſa défenſe, quand un des aſſaillans, mieux vêtu que les autres, l'arrête de par le Roi. On lui met la main au collet; on le garrotte, & on le mene juſque chez le Commiſſaire Serrault, rue Saint-Martin.

Ce Commiſſaire demande à cet homme ſon nom & ſa qualité. Il répond qu'il ſe nomme Garnier, & qu'il eſt Officier de maiſon chez M. le Comte de l'Aubeſpine. On lui ordonne de détailler les démarches, ſans en excepter une ſeule, qu'il avoit faites dans toute la journée du 11 Octobre, journée où la lettre fatale avoit été remife à la porte du fieur Maziere. Il répond que fes actions n'ayant rien eu alors d'extraordinaire, il lui étoit impoffible d'en rendre le compte qu'on lui demandoit.

Le Commiffaire lui enjoint de dire rapidement, & fans chercher, pourquoi il s'étoit trouvé au Cours, précifément au lieu où il avoit été arrêté, & quelle étoit la raifon qui l'avoit fait defcendre dans le foffé à cinq heures & demie du matin.

Garnier répond, que le Comte & la Comteffe de l'Aubefpine, chez lefquels il eft Officier depuis près de quatre ans, étoient dans l'ufage de paffer les hivers dans leur terre de Villebon près Chartres (a); parce que l'exploitation d'une forêt confidérable, qui leur appartient, y rend leur préfence néceffaire dans cette faifon.

En 1773, ils fixerent leur départ au mois d'Octobre. Le Secrétaire avertit l'Officier & le Rôtiffeur de fe pré-

_____

(a) C'eft dans cette terre patrimoniale de la Maifon de Béthune, que repofent les cendres du grand Sully.

parer, & donna au premier la c cn f fion de retenir deux places dans la diligence de Chartres, afin de pouvoir partir le Mardi 19.

Garnier ne trouva plus, quand il se préfenta au bureau, qu'une place vacante. Le Commis l'informa qu'outre la diligence, un carroffe partiroit pour Chartres le même jour Mardi, mais à cinq heures du matin, au lieu que la diligence ne devoit partir qu'à minuit. Garnier y retint encore une place, mais conditionnellement. Le Comte l'approuva, & décida que l'Officier partiroit par le carroffe. Ainfi Garnier n'avoit plus qu'un jour, le Lundi 18, à paffer à Paris.

Il l'employa à faire des emplettes, des vifites. Deux amis l'accompagnoient; l'un nommé Defchamps, fon parent, & Secrétaire de M. le Duc de Luynes; & l'autre, nommé Poirier, Officier de la Comteffe de Lordat. L'un & l'autre ne le quitterent qu'à fept heures du foir, temps auquel il rentra chez fon Maître. Il prit fes ordres pour Villebon; foupa avec fa fœur, qui, depuis long-temps, eft attachée à la Comteffe de l'Aubefpine en qualité de

Femme de chambre ; il convint avec le Suiffe, du lieu où il trouveroit les clefs, pour fortir le lendemain matin, & fe coucha.

Il falloit qu'il fe rendît, avant cinq heures, à la rue Contrefcarpe, d'où le carroffe de Chartres devoit partir. En s'éveillant, il vit qu'il étoit un peu tard, & craignit de ne pas arriver à temps. L'Hôtel du Comte étoit alors rue de la Chaife, Fauxbourg-Saint Germain.

Pour n'être pas obligé de courir après le carroffe, s'il étoit forti, Garnier réfolut d'aller directement au Pont-Royal. Il efpéroit que les Marchands de liqueurs, qui s'y établiffent avant le jour, lui apprendroient fi le carroffe de Chartres étoit paffé. Dans ce cas, il eût pris une voiture de la Cour pour le rejoindre fur la route de Verfailles : dans le cas contraire, il l'auroit attendu.

A peine arrivé au Pont-Royal, il apperçoit un carroffe de voiture, croit que c'eft le fien, approche, crie au Cocher qu'il arrête. Le Cocher, dont la voiture étoit remplie, & qui n'attendoit

tendoit plus personne, lui demande à quelle voiture il croit s'adresser, & lui dit que la sienne alloit à Rouen. Garnier continue sa course, demande aux vendeurs de liqueurs ce qu'il veut savoir, n'en apprend rien, & se détermine à aller jusqu'à la grille du petit Cours.

Il dirigeoit ses pas de ce côté, toujours ayant l'oreille attentive au bruit des voitures qui venoient derriere lui. Il entend des coups de fouet, des pas de chevaux. Il arrête; c'étoient des rouliers. Garnier les interroge, & n'est pas plus instruit. Comme il alloit plus vîte qu'eux, il les devance. Il étoit vers le milieu du Cours, quand un besoin pressant ne lui permit pas d'aller plus loin. Il descend dans le fossé, & est saisi & arrêté de la maniere qu'on a dit.

Après ce récit, Garnier ajouta qu'il étoit bien aisé de savoir s'il en imposoit, & pria qu'on le conduisît chez le Comte de l'Aubespine, qui seroit garant de la vérité de ce qu'il venoit de dire. Alors le Commissaire tira de son secrétaire la lettre que nous

Tome V.   H

avons tranfcrite plus haut, & ordonna
à Garnier d'en faire la lecture.

Pendant qu'il la lifoit, cet Officier
l'examinoit, & attendoit fa réponfe
fans lui parler. Il interrogeoit fes traits
& les mouvemens de fon vifage, afin
d'en tirer des conjectures analogues à
l'impreffion que cette lecture pourroit
faire fur fon ame. Garnier n'acheva pas
la lecture, & dit que cette lettre lui
étoit auffi étrangere qu'à celui qui n'eft
pas encore né. » Je ne fais, dit-il, ce
» que c'eft que M. Maziere; jamais
» je ne l'ai vu; jamais je n'en ai en-
» tendu parler, & je ne fais même
» pas où il demeure «. Le Commiffaire voulut qu'il la lût entiérement.

Garnier demanda la liberté d'écrire
au Comte de l'Aubefpine. On le lui
permit; mais la lettre ne fut pas envoyée. Le Commiffaire & l'Exempt
crurent y reconnoître la même main
qui avoit tracé celle que le fieur Maziere avoit reçue le 11 Octobre; &
elle fut retenue comme piece de conviction.

Enfin, après fept heures confécutives d'interrogats, de réponfes &
d'obfervations, Garnier fut conduit

en prison, par ordre du Commissaire.

Le lendemain, vers les sept heures du soir, le même Commissaire, l'Exempt & deux autres agens de Police vinrent prendre le prisonnier, pour le conduire à l'hôtel de l'Aubespine. Le Comte & la Comtesse en étoient partis le matin avec tout leur monde. La chambre de Garnier & celle de sa sœur furent visitées. Tout fut ouvert, sans que l'on trouvât aucun indice.

Cependant un des hommes du cortége étoit resté avec le Suisse, lui avoit raconté la capture de la veille, & avoit ajouté que Garnier avoit les mains pleines d'or lorsqu'il fut arrêté, & étoit accompagné de gens qui avoient pris la fuite. C'est avec ces couleurs que le Public eut la premiere connoissance de cet événement. Elles furent encore chargées par un article inséré dans le *Journal Politique*, ou *Gazette des Gazettes* du mois de Novembre 1773. » Le sieur Maziere, riche Fermier-Général, y est-il dit, reçut derniérement » une lettre anonyme, par laquelle on » le sommoit de déposer secrétement, » sous peine de la vie, trois cent soi-

H ij

» xante louis, dans le tronc d'un arbre
» bien défigné aux champs Elyfées. On
» communiqua cette lettre au Lieu-
» tenant-Général de Police ; & l'au-
» teur de la lettre n'a pas manqué
» d'être arrêté à l'endroit qu'on avoit
» indiqué. C'eft, dit-on, un Officier
» de bouche d'une bonne Maifon,
» où le fieur Maziere alloit fort fou-
» vent ".

Après la vifite dont on vient de
parler, faite à l'hôtel de l'Aubefpine,
Garnier fut reconduit à la prifon & mis
au fecret; mais il ne fut interrogé, pour
la premiere fois, qu'après une détention
de fix jours.

L'interrogatoire qui avoit été fait
par le Commiffaire Serrault fervit de
modele à celui de M. Dulys, qui
étoit alors Lieutenant-Criminel; & il
reçut à peu près les mêmes réponfes.
Le Juge obferva feulement que Garnier ayant fu que le Comte devoit
partir le 20, on voyoit qu'il avoit
exprès indiqué ce jour, afin qu'il pût
prendre l'or en paffant, continuer fa
route, & fe mettre à l'abri des recherches. Garnier répondit qu'on fauroit du Comte, quand on le lui de-

manderoit, qu'il n'avoit été queſtion du départ, pour la premiere fois, que le 17 Octobre; que la lettre écrite au ſieur Maziere étoit datée du 11; ſon innocence à cet égard étoit certaine, comme il le démontreroit à tous les autres égards.

Après cet interrogatoire, Garnier fut mis au cachot. Cette rigueur avoit pour principe deux circonſtances; les déclarations des hommes de la Police, & le jugement porté par le Commiſſaire ſur l'identité de l'écriture de la lettre écrite devant lui, par Garnier, pour le Comte de l'Aubeſpine, avec celle qu'avoit reçue le ſieur Maziere.

D'ailleurs l'information qui ſe faiſoit, chargeoit encore Garnier. Le portier du ſieur Maziere fut entendu; & ſa dépoſition étoit telle, qu'une ſeconde pareille, & auſſi-bien circonſtanciée, auroit fait perdre la vie à Garnier par la main du bourreau.

Cependant, ſi d'un côté la procédure ſembloit accumuler les charges contre Garnier, il ſe rencontra, d'un autre côté, des circonſtances qui ré-

H iij

pandoient quelque lueur sur son innocence.

Le 5 Novembre, pendant que l'accusé étoit dans les cachots, le sieur
Maziere reçut une seconde lettre
anonyme conçue à peu près en ces
termes :

MONSIEUR,

» Vous n'avez qu'un moment en-
» core pour éviter de perdre la vie si
» dans trois jours l'argent n'est pas porté
» au lieu que nous avons dit, vous
» êtes une homme mort, nous sommes
» décidés «.

Cette lettre fut jointe au procès,
ainsi qu'une troisieme du 15 du même
mois, dans laquelle l'Ecrivain cite au
sieur Maziere des passages de l'Histoire
Sacrée, lui fait de longs discours moraux,
scientifiques, & qu'il croit capables de
toucher son homme. Ces deux nouvelles lettres étoient écrites de la même
main que la premiere. Il n'y a cependant pas d'apparence qu'elles eussent été
envoyées du cachot où Garnier étoit
détenu.

Mais cette présomption n'étoit pas
décisive. D'ailleurs elle étoit combat-

tue par d'autres préfomptions qui pa-
roiffent mériter quelque attention.

1°. Garnier s'étoit rencontré au Cours
près du lieu où la fomme devoit
être dépofée ; & à quelle heure ? Au
petit jour.

2°. Les déclarations de l'Exempt, &
de ceux qui l'accompagnoient, portent
que Garnier étoit dans le foffé à vingt
pas fur la gauche, en remontant vers
Paris, au deffus du poteau où eft attachée la corde du bac ; qu'il s'eft re-
plié fur ces genoux, regardant de côté
& d'autre, pour voir fi perfonne ne
l'obfervoit, & s'il pouvoit prendre l'or
en fûreté.

3°. Garnier n'a pu dire au Commiffaire ce qu'il avoit fait dans toute
la journée du Lundi 11 Octobre précédent.

4°. Le Portier du fieur Maziere a
dépofé qu'il reconnoiffoit parfaitement
l'accufé, pour être celui qui lui avoit
remis, le 11 Octobre 1773, la lettre
écrite au fieur Maziere ; qu'il étoit fix
heures du foir, & que l'accufé avoit
un habit gris & un chapeau uni. Et
cette dépofition fut encore appuyée
par celle d'un autre domeftique du

H iv

fieur Maziere, qui déclara que le portier lui avoit dit, le lendemain de la
lettre, que celui qui la lui avoit apportée
étoit de tel âge, de telle taille; qu'il
avoit tous les traits dans la figure qui
caractérifent celle de Garnier.

5°. Enfin, le Commiffaire & l'Exempt
ayant comparé la lettre écrite par Garnier, en leur préfence, au Comte de
l'Aubefpine, avec celle que le fieur Maziere avoit reçue le 11 Octobre, ils ont
jugé que la même main avoit tracé l'une
& l'autre.

C'eft fur ces indices qu'intervint la
Sentence définitive du Châtelet qui,
après quatre mois d'inftruction, ordonna qu'il en feroit plus amplement
informé pendant un an; & que cependant l'accufé feroit en liberté. Le
Procureur du Roi interjeta appel de ce
jugement.

Cet appel fut porté au Tribunal qui
fubftituoit alors le Parlement; & ce
Tribunal refferra à fix mois le plus amplement informé d'un an ordonné par
le Châtelet, & ajouta la claufe *manen-
tibus indiciis*. Mais il fut dit que, pendant ces fix mois, l'accufé garderoit
prifon.

Ces six mois étoient écoulés, Garnier avoit présenté sa requête en élargissement ; le procès étoit entre les mains d'un Substitut, lorsque les fonctions du Parlement lui furent rendues.

Par cette premiere requête, le sieur Garnier avoit demandé entre autres, qu'il fût déchargé de l'accusation contre lui intentée, que sa liberté lui fût accordée.

Par une seconde requête, Garnier demanda que les conclusions par lui ci-devant prises, lui fussent adjugées ; &, dans le cas où la Cour y feroit quelque difficulté, il lui fût permis de faire preuve des faits qu'il articuloit, tant par titres que par témoins.

Ces faits emportoient invinciblement la justification de l'accusé.

Son jeune Défenseur, (a) crut devoir ouvrir la défense de son client par le tableau de sa vie ; on y voit un homme constamment attaché à la vertu & incapable d'un crime aussi atroce que celui qui a servi de prétexte aux malheurs qu'il a éprouvés.

Le sieur Garnier, dit-il, est originaire

_____

(a) M. Dodin.

H v

de Neuvy en Touraine. Ses parens, Commerçans estimés, ne lui ont donné, avec une éducation utile, que des exemples à imiter.

Son pere, contraint depuis quelque temps de cesser son commerce, auquel son âge & ses infirmités l'enlevoient, trouvoit sa subsistance dans la piété de ses autres enfans.

Le jeune Garnier quitta sa province en 1759, & crut que la Capitale serviroit mieux la passion qu'il avoit d'aider aussi son pere. Seul, parmi ses freres & sœurs, il n'apportoit rien dans la contribution filiale.

Arrivé à Paris, il trouva de premiers secours dans l'amitié d'un frere, alors Secrétaire du Comte de la Bourdonnaye; il fit des progrès rapides dans l'état de Confiseur qu'il choisit, & bientôt il put en exercer les fonctions utilement.

Garnier a été successivement employé chez différentes personnes de distinction, & il y avoit près de quatre ans qu'il étoit l'Officier du Comte de l'Aubespine, à l'époque de sa détention.

On lui a donné, dans toutes ces

maifons, des récompenfes dues à fon
zele, & on a produit au procès plufieurs certificats qui font foi de fa probité.

Le Comte ô-Sullivan avoit perdu une
bague d'un brillant, un an avant que
Garnier entrât à fon fervice. Ce dernier la trouva ; elle étoit enfevelie dans
une malle fous des monceaux de vieux
papiers ; plein de joie, il vola à Verfailles, où le Comte étoit, & celui-ci
eut moins de plaifir à recevoir fa bague, que le premier n'en eut à la lui
donner.

Ce qui caractérife d'une maniere dé-
cifive aux yeux de quiconque connoît
les principes de l'humanité & de la
morale, l'honnêteté des fentimens de
cette famille, & fon attachement à
l'honneur, c'eft la conduite qu'a tenue
le frere de l'accufé. Les preuves d'amitié qu'il a données à cet infortuné font
au deffus de tous les éloges. Ne pouvant
concilier les démarches néceffaires pour
fecourir fon frere avec les fonctions de
fon état, il n'héfita point à s'en démet-
tre, & donna, au prix de la perte de
fa fortune, de celle de fa femme &
de fes enfans, un exemple de tendreffe,

qui peut-être ne fera jamais imité. Ces traits de générofité fe rencontrent-ils dans une famille qui auroit donné le jour à un fcélérat?

La premiere idée qui fe préfente à l'efprit relativement aux trois lettres, eft celle-ci : fi elles euffent été férieu-fes, celui qui les a écrites auroit-il in-diqué, pour placer l'argent, un endroit fréquenté & dans la Capitale? Ne de-voit-il pas être perfuadé que le fieur Maziere, en recevant de pareilles lettres, prendroit toutes les précautions nécef-faires pour s'affurer du coupable?

Eh! qu'on ne dife pas qu'on voit trop communément des fcélérats qui portent l'impudence jufqu'aux derniers excès. Il y a une réponfe tranchante à cette objection. On avoue que ces hom-mes fi féroces rejettent toute confidé-ration; mais cela ne doit s'entendre que des confidérations morales. Et en effet, qu'on étudie leur conduite, l'on verra que tous penfent à leur fûreté; ils ne commettent des crimes que pour en jouir, & le premier objet fur lequel ils portent leur attention, frappe fur la maniere dont ils pourront affurer leur fuite en cas de néceffité. Ils oublient tout , excepté eux ; ce que n'a pas fait l'auteur des lettres.

Il a indiqué au fieur Maziere , pour y porter fon or , un endroit qui ne favorife aucunement une fuite , un foffé fans échappement , ayant la Seine au midi , au couchant la barriere , au nord le Cours revêtu d'un mur de pierres de taille , & fur lequel par confé-quent il étoit impoffible de grim-per fans le fecours d'une échelle , opé-ration impraticable pour celui qui fuit ; en forte qu'il n'y avoit d'iffue à l'en-droit indiqué que le levant , le côté de Paris qui même eft meublé de diffé-rens corps-de-garde.

Ajoutons que , pour fuppofer des vûes férieufes à l'auteur de la lettre au fieur Maziere , il ne fuffit pas de le confidérer comme un homme fans mœurs , perdu de dettes , qui n'a aucun moyen de fe faire fubfifter ; il ne fuffit pas de le regarder comme un fou , las de la vie , il faut encore le croire un furieux , familiarifé avec toutes les efpeces de crimes.

L'homme honnête , qui rend à chacun ce qui lui appartient , quand il ne tient qu'à lui de s'enrichir d'une chofe

trouvée, peut-il être le scélérat qui
menace de plonger un poignard dans
le cœur d'un homme, s'il refuse de
lui donner de l'or qui ne lui appartient
pas ?

Aussi le Comte de l'Aubespine ren-
doit-il bien justice à la probité de son
malheureux Officier, par les lettres qu'il
lui écrivoit dans sa prison. Elles ont
été jointes au procès.

La Comtesse, également pénétrée de
l'innocence & des malheurs de Garnier,
malheurs qui ne lui seroient jamais arrivés s'il n'avoit pas été à son service,
ne cessoit de le recommander à ses Juges. Voici entre autres lettres celle qu'elle
écrivit au Procureur du Roi.

» Tant que les soupçons contre Garnier, mon Officier, ont paru, Monsieur, avoir quelque fondement, je
n'ai pas voulu vous importuner en sa
faveur, pour donner le temps de découvrir l'auteur de l'horrible lettre dont on
l'accusoit, & qu'il étoit bien intéressant
à M. Maziere de connoître ; mais aujourd'hui qu'on n'a acquis aucune preuve
contre lui, que *même il n'est plus douteux que ce n'est pas lui qui a écrit
ni porté la lettre*, je réclame vos bon-

tés & votre justice, persuadée que je suis de *son innocence*, *& n'ayant aucun reproche à lui faire du côté de sa probité & de sa fidélité*. Si vous voulez, Monsieur, lui faire rendre la liberté, j'en joindrai la reconnoissance aux sentimens, &c. *Signé* de Béthune-Sully, Comtesse de l'Aubespine.

Le sieur Garnier ne put contenir son indignation, quand il fut mis en présence du Portier. Quoi! lui dit-il, vous me reconnoissez, vous m'avez vu chez vous! — Oui je vous reconnois; vous aviez un habit gris & un chapeau uni, quand vous m'avez remis la lettre du 11 Octobre. — Mais vingt personnes déposeront que ce jour j'avois un habit vert, une veste jaune, une culotte noire, & un chapeau bordé d'or — : Il n'importe, c'est que vous avez changé d'habit. — Mais comment voulez-vous que je sois l'homme du sieur Maziere? je suis dans une maison où il ne vient jamais: en aucun temps je ne l'ai vu; rien au monde ne nous a rapprochés, jamais je n'en ai entendu parler. — Vous l'avez vu, vous le connoissez; il a une affaire personnelle avec le Comte de l'Aubespine, pour laquelle il se rend

fréquemment chez lui ; & cette affaire
eft de telle nature. Ce témoin fe tint
ainfi pendant un fort long temps, toujours foutenant à Garnier qu'il le reconnoiffoit parfaitement : mais Garnier le
tourna de tant de manieres, & profita
fi heureufement des détails dans lefquels
ce Portier fe permit d'entrer, qu'il l'em-
barraffa extrêmement. Enfin le Juge
dit au portier, qu'il ne devoit pas s'a-
vancer fi fortement, s'il n'étoit bien
affuré de fon fait. Garnier le prit par
la douceur, le pria de confidérer que
fon menfonge alloit peut-être lui couter
la vie : il lui repréfenta qu'infailliblement il démontreroit fon faux témoignage aux Juges fouverains, & qu'il ne
pourroit jamais fe tirer de la plainte
en faux témoignage qu'il alloit rendre.
Le malheureux ne fut plus quelle contenance tenir ; la rougeur couvrit fon
front ; fes propos n'eurent plus de fuite,
& il dit au Greffier d'écrire, *qu'il croyoit
feulement reconnoître Garnier, mais
qu'il n'étoit pas certain, & qu'il pa-
rieroit dix contre cent.*

Que reftoit-il de cette dépofition,
finon qu'elle étoit abfurde en elle-
même, & que la fauffeté en étoit dé-
montrée ?

D'ailleurs les deux lettres poſterieurement envoyées au ſieur Maziere étoient de la même main que la premiere; celle-ci ne pouvoit donc pas être de Garnier, qui étoit dans les cachots quand les deux autres furent écrites & envoyées. Enfin l'innocence du ſieur Garnier fut reconnue, & le malheureux fut déchargé de l'accuſation par l'Arrêt du 31 Juillet 1775.

CAUSE de séparation : faits singuliers.

RIEN de plus ordinaire, de nos jours, que des demandes en séparation : les Tribunaux retentissent, à chaque instant, des plaintes de femmes qui aspirent à rompre les nœuds qu'elles ont librement formés, & viennent exagérer leurs malheurs devant la Justice ; mais rien de plus rare qu'une union & une destinée semblables à celles de la Dame de Rouault, veuve du Marquis de Mezieres. Elle avoit épousé, en secondes noces, un sieur Collet de Marolles, Clerc de Procureur, qui lui fit payer bien cher la confiance qu'elle lui avoit accordée en qualité de son homme d'affaires.

Elle fut mariée, en 1750, à M. Durepaire de Mezieres. L'Abbé de la Rivauday, son oncle, chez lequel elle demeuroit, lui donna, par contrat de mariage, tout son mobilier & le tiers de ses immeubles ; cet oncle mourut le 11 Juillet 1763. Trois mois après sa mort, elle retourna en Bretagne, où ses biens & ceux de l'Abbé de la Rivauday étoient situés, & prit une maison à Dinan; son mari y mourut en 1766.

Elle fut obligée de venir à Paris au mois d'Octobre 1768, pour une affaire relative à la succession de son mari, & y prit une maison, un carrosse, quatre chevaux, plusieurs domestiques.

Le Chevalier de Chaumont avoit réussi à intéresser cette veuve, jeune & sans enfans, à fixer son choix. Comme la succession de son mari lui donnoit beaucoup de papiers à examiner, beaucoup de demandes à former, elle désira trouver un homme d'affaires qui lui épargnât ces tristes soins. Le Chevalier de Chaumont lui présenta le sieur Collet, comme un homme très-actif. Ce sieur Collet étoit Clerc; il se présenta sous le titre d'Avocat, qu'il n'avoit pas; il fut agréé. La Marquise de Mezieres lui confia tous les papiers qui intéressoient sa fortune. Muni de ces papiers, cet homme d'affaires qui avoit la modestie de signer ses billets du nom de *Collet l'esclave*, conçut un projet que tout sembloit contrarier, & qu'il trouva le moyen de faire réussir.

Il commença par exciter, contre le

Chevalier de Chaumont, l'ardeur d'un créancier, qui le fit conduire dans la prison de l'Abbaye. Il intercepta les lettres qu'il adreſſoit à la veuve. Après en avoir arrêté trois, il écrivit à cet homme, trop honnête pour ſoupçonner le ſieur Collet, que ſes ſollicitations devenoient inutiles, & que Madame de Mezieres avoit changé de réſolution. A elle, lui laiſſant ignorer le ſéjour du Chevalier, il lui diſoit qu'il étoit allé ſe faire rendre compte par ſon frere aîné, & qu'il reviendroit bientôt lui apporter ſa fortune & lui offrir ſa main. Cependant, étonnée de voir tant de temps s'écouler ſans recevoir de nouvelles, & n'oſant plus en eſpérer, elle chargea le ſieur Collet de ſous-louer l'hôtel qu'elle n'avoit loué, place des Victoires, que dans l'intention de loger l'Abbé de Chaumont & de réunir les deux freres. Au lieu de ſuivre ces ordres, il parvint à obtenir de la veuve un logement chez elle. Le ſilence du Chevalier de Chaumont, l'abandon dans lequel il ſembloit la laiſſer, la jeta dans une eſpece de langueur & de mélancolie, qui éteignoit tous ſes goûts & la rendoit indifférente ſur les événemens. Ce fut alors que le sieur Collet s'attacha davantage à l'idée de s'unir à elle. Quoique tout s'opposât à une pareille alliance, & la naissance de celle à laquelle il osoit aspirer, & le nom qu'elle portoit, & le titre d'homme d'affaires, qui le mettoit, à son égard, dans une espece de servitude, tous ces obstacles lui parurent faciles à surmonter.

Le 9 Juillet 1769, le sieur Collet fait publier, sans l'aveu de la Dame de Mezieres, des bans à Saint-Gervais, qui étoit alors sa Paroisse, & déclara qu'elle n'y demeuroit plus; il pressa son déménagement, & l'exposa, le 11 du même mois, en emportant ses meubles avec trop de précipitation, à une assignation de la part de son propriétaire. Le 9, il avoit également fait publier des bans à Saint-Severin, qui n'étoit point sa Paroisse, à lui. Dans cette proclamation, cet homme si humble fort de son obscurité; le sieur Collet, Clerc de Procureur, fils d'un Elu de Vitry-le-François, y prend la qualité de *Messire* Etienne-Jean-Pierre *Collet de Chandon*, *Seigneur des fiefs*, *noms & armes de Chandon*.

Ces publications furent proclamées

ſans que la veuve en fût inſtruite. Pendant les premieres ſemaines qui s'écoulerent depuis ſon emménagement à la
place des Victoires, le ſieur Collet garda
le plus profond ſilence ſur ces actes frauduleux ; & ſe renferma dans les bornes
du reſpect. Malheureuſement ſon titre
d'homme d'affaires lui donnoit, ſur les
domeſtiques, aſſez d'empire pour qu'ils
exécutaſſent ſes ordres. Il leur défendit
de laiſſer pénétrer juſqu'à elle qui que
ce fût, ſans ſon conſentement.

La maladie, que l'âge amene aux
femmes, & qui forme, pour ainſi dire,
la ſeconde époque dont la nature marque
le cours de leur vie, venoit d'atteindre
la Dame de Mezieres & la fixoit chez
elle ; ne pouvant aller voir ſes amis,
& ſes amis ne pouvant arriver juſqu'à
elle, elle vivoit dans une eſpece de
chartre privée.

Un jour qu'elle étoit plus foible,
plus languiſſante, Collet s'approche
d'elle avec des parchemins à la main,
fait retentir à ſes oreilles toutes les qualités ſeigneuriales qu'il a uſurpées, &
appuie ſur le nom de Chandon. Elle
lui fait obſerver qu'elle eſt hors d'état
de l'entendre ; il inſiſte & lui déclare

qu'il eft un Gentilhomme , qui, par des circonftances, a été obligé de cacher, d'enfevelir fa naiffance ; qu'il eft finguliérement protégé du Duc de Bouillon , qui lui donne une place de 10000 liv. de rentes dans fes domaines , & que , dans la crainte que le féjour d'un homme de fon importance dans un hôtel ne la déshonorât , il avoit cru devoir faire publier des bans de mariage ; & à l'inftant il lui préfente ceux qu'il avoit fait proclamer à Saint-Severin , & qui font les feuls où il a fait précéder fes faux noms du titre de *Meffire*.

Qu'on fe repréfente le trouble de cette femme. Des bans publiés !.. elle fe crut déjà déshonorée, perdue; abandonnée de fes amis, de fes parens, voyant fes papiers dans les mains de cet homme hardi, la protection du Duc de Bouillon, dont elle avoit la foibleffe de le croire appuyé , fa tête égarée par la maladie, tout fe réuniffoit contre elle, tout la foumettoit à l'audace du fieur Collet; une crainte pufillanime la faifit; elle trembloit à l'afpect du fieur Collet , comme à celui d'un être doué d'un funefte pouvoir.

Le 19 Août 1769, dans un de ces momens de *nullité*, d'anéantissement, il lui fit souscrire un contrat de mariage rempli de faux, & par lequel il se fit faire une donation universelle, à l'exception d'une somme de 3000 liv. dont il eut la générosité de lui laisser la faculté de disposer par testament.

Le 2 Septembre suivant, elle fut traînée dans une chapelle de Saint-Eustache, que l'on ferma sur eux, & où un Prêtre particulier leur donna la bénédiction nuptiale : des temoins qu'elle n'avoit jamais vus, dont pas un seul ne s'est depuis offert à ses regards, à l'exception du frere du sieur Collet, signerent comme témoins & amis, & certifierent véritables de faux domiciles.

Voilà donc la Dame de Mézieres liée au sieur Collet ; mais ce nœud bizarre, formé par la fraude, resta long-temps caché : elle conserva le nom de Mezieres ; le sieur Collet lui-même ne lui en donnoit point d'autres ; sa mere n'osoit pas appeler sa bru du nom de son fils ; il craignoit l'indignation de la famille.

La

La maladie qui l'avoit anéantie commençoit à s'éloigner, ſes forces revenoient ; mais à quoi lui ſervoit le retour de ſa raiſon ? A ſentir plus profondément ſes peines, ſes humiliations ; à découvrir, d'un œil plus aſſuré, l'avenir horrible qui la menaçoit.

Elle eût voulu ſortir de ſon hôtel, ſe réfugier dans une de ces retraites qui s'ouvrent pour recevoir les épouſes malheureuſes, & là appeler les Loix à ſon ſecours. Mais le courage manquoit à une femme encore convaleſcente, dont tous les pas étoient obſervés, qui ne voyoit que les amis de ſon tyran, qui n'étoit ſervie que par des gens qui le craignoient, qui n'avoit pour locataire dans ſa maiſon qu'une femme, l'objet des aſſiduités de ſon ennemi, & qui finit *par avoir tous ſes meubles*, moyennant une obligation qu'elle paſſa au profit de cet homme, qui lui avoit tout ravi, l'exiſtence, la fortune & le repos.

Il parut au ſieur Collet trop long d'attendre que la mort l'eût ſéparé de la Dame de Mezieres, pour devenir l'unique propriétaire de ſon bien ; il commença par s'emparer de tout ce qu'il

Tome V.   I

put dénaturer & faire paffer fous fon nom.

Sous le prétexte de payer vingt mille francs, qu'il difoit être obligé de fournir pour cette prétendue place dans les domaines du Duc de Bouillon, qui devoit lui rapporter douze mille livres de rente, il lui prit trois billets de fix mille francs chacun fur le Marquis de Laumaria ; &, pour effacer tout veftige, il a, depuis, brûlé l'acte fous feing privé qui conftatoit la caufe de ces billets, & le nom du Banquier qui devoit les acquitter dans le courant de Février 1770.

Elle avoit un intérêt d'un fou dans les eaux filtrées, qui lui avoit couté, au mois de Janvier 1769, douze mille livres. Le 18 Janvier 1770, le fieur Collet dreffe une procuration écrite de fa main, par laquelle il la fait confentir à vendre fon intérêt à la Compagnie actuelle, moyennant douze cents livres ; il la force de figner comme veuve du Marquis de Mezieres, & touche cette fomme.

Il s'approprie la créance du Comte de la Coudray, de 4696 livres, dont

elle lui avoit remis les billets long-
temps avant son mariage, la vend au
sieur des Rozieres, qui s'engage à lui
faire 200 livres de rente, par acte du 13
Août 1770, pour prix de cette cession
frauduleuse. Il vend l'argenterie, les meubles de la Dame de Mezieres, s'en
fait une rente de 263 livres, & achete
une charge de Lieutenant-Colonel de la
Milice du Louvre.

Sa femme lui avoit remis 1800 livres
pour payer le Boucher ; le terme échu,
il court, avec cet argent, chez un
nommé Boyer, qui offre à l'oisiveté
un asile funeste, décoré du nom d'*Académie*, & il y perd 1500 livres, ce
qui lui attire une mercuriale de la part
du Magistrat de Police. Quelques jours
après, le propriétaire de la maison, qui
n'est point payé de ses loyers, fait saisir
les meubles.

Cette passion qui agitoit le sieur
Collet, fit craindre à sa femme qu'il
ne l'entraînât dans sa ruine. Elle lui
laissa toucher le moins d'argent qu'il
lui fut possible ; mais l'obstacle que sa
prudence lui opposoit ne faisoit que le
rendre plus furieux, &, dans sa rage,

I ij

il déchiroit fes robes, brifoit fes meubles, s'élançoit fur elle.

Au mois d'Avril 1770, cet homme,
qui fe difoit fon mari, jura, en préfence
du fieur Pont, Négociant, que toutes
*les potences ne l'empêcheroient pas de
1uer fa femme.*

Une fcene plus affreufe fuccéda.

Le 10 Mai 1770, le fieur des Rozieres, l'ami, le compatriote du fieur
Collet, étoit venu lui demander à dîner. Pendant qu'on étoit à table, fur
quelques obfervations que fa femme faifoit paifiblement, fon mari lui coupa la
parole, en lui difant, avec le fang froid
le plus outrageant : *Pas davantage, je
vous prie, finon un foufflet.* Indignée,
elle lui répondit que fa menace étoit
auffi offençante que l'action même. A
l'inftant le brutal fe leve, &, en préfence de fon ami, la frappe au vifage.
Tanfportée de colere, elle s'éloigne,
apperçoit une épée, & la prend; il la pourfuit, lui arrache l'arme qu'elle tenoit
& qu'elle n'avoit pas ofé tirer du four-
reau; il la faifit, la renverfe, lui frappe
la tête du pommeau de l'épée, & lui
meurtrit le fein. Il la traîne fur le par-

quet, &, mêlant le mépris à la cruauté, il outrage, en fa perfonne, jufqu'à la pudeur aux yeux de cet étranger, qui fait d'inutiles efforts pour la ravir à cette humiliation & la fouftraire aux coups, dont fon corps porta long-temps l'empreinte. Dans ce moment, la Dame Prevoſt entre, & recule d'effroi en voyant cette victime échevelée, dans un défordre horrible, l'œil enflé & le vifage en fang. La rage du fieur Collet n'eſt point calmée par la préfence de ces deux témoins, il veut encore s'élancer fur fa femme; on a peine à l'arrêter. Il met le comble à fa haine en ramaffant les papiers les plus précieux & en les jetant dans le feu, où ils furent bientôt confumés.

Accablée de coups & couverte de meurtriffures, elle refta trois jours alitée. Son Médecin la trouva dans le plus grand danger. Ses remedes la guérirent de l'abcès qui s'étoit formé dans la poitrine; mais, en la rendant à la vie, il la rendoit à de nouvelles fouffrances.

Le 13 du même mois elle fe traîna chez le Commiffaire Girard, où elle

rendit plainte contre le fieur Collet, afin
d'obtenir, pour raifon de ces traitemens infames, fa féparation de corps,
& de faire prononcer la nullité de la
donation qu'elle avoit eu la foibleffe
de foufcrire en faveur d'un homme
auffi cruel.

Dans le mois de Juillet de la même
année, il venoit de recevoir une lettre
de change; elle étoit affurée que, s'il
en touchoit le montant, il iroit le perdre
dans quelque académie; elle vouloit en
diftribuer l'argent aux fourniffeurs de la
maifon : elle s'efforça de lui prouver
combien cet emploi étoit jufte; il lui
répond en s'armant d'un chenet avec
lequel il brife fes meubles, enfonce fes
armoires : elle appelle du fecours contre
cet infenfé; on vient, mais rien ne
l'arrête; il faifit un petit clavecin qu'il
leve fur fa tête : heureufement elle évite
le coup; l'inftrument rencontre, en tom-
bant, une table fur laquelle il fe brife :
ce furieux prend les robes de fa femme,
les jette çà & là; il en apperçoit une
de fatin brodée en foie & garnie de
martre, il la foule aux pieds, fait fes
efforts pour la déchirer, & finit par

l'emporter , en difant qu'il va la mettre en gage. Il rentre à neuf heures du foir : fa colere n'eft point encore appaifée ; ce n'eft qu'à trois heures du matin , qu'épuifé , il n'a plus la force de lui dire des injures & de mettre fa vie en péril.

Plufieurs fois il eut la lâcheté de lui cracher au vifage.

Quelques jours après ces fcenes , le fieur Collet frappe , fur les fept heures du matin , à la porte de la chambre de fa femme. Elle lui répondit qu'elle étoit accablée de fatigues & de fommeil , qu'elle le prioit de la laiffer repofer. Sans avoir égard à fa priere , il enfonça la porte à coups de pied : elle fe leva toute tremblante : il lui demanda , du ton le plus effrayant , la clef d'une armoire. Craignant fes deffeins , elle crut devoir la lui refufer : il lui porta à l'inftant plufieurs coups fur l'eftomac , fur le fein : en fe reculant pour éviter fa brutalité , elle brifa une porte vitrée ; & ce ne fut qu'en s'attachant aux barreaux de la fenêtre qui donnoit fur la rue , & en le menaçant d'appeler la garde , qu'elle fufpendit fa fureur meurtriere. Enfin, cédant à fes demandes, pour calmer fes emportemens, elle lui remit la clef qu'il exigeoit ; mais le malheureux n'en fut pas plus tôt le maître, qu'oubliant fes promeffes, fes fermens, il emporta fes papiers, fes effets, & en remplit des malles qu'il avoit dans fa chambre.

Tant de fouffrances, tant de perfécutions avoient aliéné l'efprit de cette malheureufe femme. Elle ne favoit, dans fon malheur, à qui avoir recours. Ce n'étoit qu'avec répugnance qu'elle s'avançoit vers les Tribunaux ; elle fentoit combien fon âge éleveroit de foupçons injuftes & offenfans.

Un jour elle le furprit chez la dame de Buffy, lifant une lettre qu'elle avoit reçue de M. Deponcadeu fon parent. Indignée de ce procédé malhonnête, elle reprit la lettre ; le fieur Collet, pour l'arracher, lui meurtrit les mains, &, ne pouvant l'avoir, il tomba dans un de ces accès de fureur qui lui étoient fi fréquens ; mais, retenu par la préfence de la dame de Buffy, il n'ofa la frapper chez elle. Il s'écria qu'il alloit

tout emporter ; & , en effet , il defcen-
dit avec précipitation , mit dans des
malles fes robes , fon linge , fon mobilier ; étouffa fes plaintes par fes cla-
meurs , & en proférant contre elle les
injures les plus atroces. Elle avoit renfermé fes papiers , fes titres dans une
caffette placée fur une foupente ; il
voulut s'en emparer : la femme eut recours à un ftratagême pour l'arrêter ;
elle prit un vieux piftolet de fon oncle ,
& qui étoit rongé de rouille , & fit
femblant de vouloir fe fervir de cette
arme paifible. Le fieur Collet , intimidé,
abandonna la caffette , & vint à elle
en lui demandant le piftolet , pour le
porter à un Commiffaire. Sa frayeur
& fes menaces lui firent pitié ; elle
lui préfenta l'arme, dont la vue feule
étoit raffurante. Sa crainte alors fe changea en fourberie ; il courut dans la
cour , appela les gens de la maifon
en montrant le piftolet , & en répétant
que fa femme avoit voulu le tuer.
Tranquille fur l'innocence de fon intention , la femme alla elle-même , le
lendemain , chez le Commiffaire Girard , conftater la vérité du fait , par

I v

une nouvelle plainte qu'elle rendit.

Ne pouvant plus supporter tant de maux, n'ayant devant les yeux que la perspective de l'indigence, elle s'adressa enfin à la Justice ; & l'Arrêt du 23 Août 1775 , qui prononça la séparation , mit enfin un terme à ses malheurs.

QUELS *sont les effets des Lettres*
de naturalisation , accordées par le
Prince , du consentement du pere,
ou de la mere du bâtard ?

LE sort de l'infortuné qui est ici la
victime de l'avidité barbare de ses parens , intéressera toutes les ames sensibles & honnêtes. Puisse - t - il servir
d'exemple aux Grands, qui, séduits par
les artifices de leurs protégés , sont ,
contre leur intention , les instrumens
d'injustices qu'ils abhorreroient , si elles
leur étoient dévoilées ! On s'insinue
auprès d'eux par des voies obliques ;
on gagne leur confiance par une flat-
terie adroite , dont on cache le venin
sous les apparences d'un attachement
feint & d'une candeur simulée : le persécuteur , par des faits controuvés ou
artistement déguisés , se métamorphose
en persécuté. Celui dont il veut faire
sa victime , reçoit les coups sans savoir d'où ils partent , & ne connoît
pas la main que l'on emploie pour

I vj

l'égorger. Quand il la connoîtroit ,
comment en arrêteroit il le mouvement?
Son ennemi ne manque pas de lui fermer toutes les iffues qui peuvent conduire jufqu'à fon protecteur ; & quand
le hafard ou la perfévérance lui en pro-
cureroit l'abord , qu'en réfulteroit-il ?
La prévention a produit tout fon effet ;
les réclamations font taxées de muti-
nerie & d'opiniâtreté ; la vérité , de
menfonge ; & loin de réuffir à calmer
ce redoutable adverfaire , on ne fait
que l'aigrir , & fournir à fon imagination égarée des prétextes pour procurer
à fon protégé le triomphe injufte &
inhumain qu'il follicite.

Jacques de Manfe , Doyen du Bureau
des Finances de la Généralité de Montpellier , avoit , pour feul héritier préfomptif , Louis de Manfe fon neveu.
Celui-ci eut pendant la vie de fon oncle
trois enfans ; deux garçons , Jacques &
Gafpard , & une fille nommée *Anne.*
Le Doyen du Bureau des Finances ,
grand-oncle de ces trois enfans , fit ,
le 10 Avril 1702 , un teftament ; &
le 14 Juin fuivant , une donation uni-
verfelle en faveur de Jacques , fon petit-
neveu & fon filleul. Louis , pere de l'en-

fant légataire & donataire, fut exclus même de l'ufufruit de la fucceffion du teftateur, qui nomma un adminiftrateur chargé *d'adminiftrer les revenus, & de les employer en acquifitions de terres, ou capitaux de rentes, jufqu'à la majorité du pupille, temps auquel on devoit lui remettre les fonds de la fucceffion, & les revenus réfervés.*

En cas que ce légataire vînt à mourir fans enfans, Gafpard de Manfe, fon frere, devoit lui fuccéder; & s'ils décédoient tous deux fans en avoir, les autres enfans mâles, nés ou à naître de Louis de Manfe, ou fes petits enfans mâles ou femelles, étoient fucceffivement & graduellement appelés, l'ordre de primogéniture obfervé.

Le donateur mourut le 11 Janvier 1703. Louis, fon neveu, pere de tous les appelés, méprifa l'exclufion prononcée contre lui par fon oncle dans l'acte de donation & dans le teftament.

Jacques & Gafpard, fucceffivement appelés à la fucceffion de leur grand-oncle, ne vécurent pas long-temps après lui. L'un mourut le 22 Juillet 1703, & l'autre le 7 Juin 1704. Mais leur pere eut, depuis la mort de fon oncle, quatre autres enfans ; Jacques, né le 22 Janvier 1705 ; Jean-Gabriel, connu depuis fous le nom de *Chevalier de Manfe* ; l'Abbé de Manfe, décédé Chanoine de Montpellier ; & enfin Marie-Anne-Roch dè Manfe.

Il eft conftant que, dès l'inftant de la naiffance de Jacques, arrivée le 22 Janvier 1705, la fucceffion de fon grand-oncle lui appartint, en vertu de la donation & du teftament de 1702, qui reprirent toute leur force en fa faveur.

Cet enfant, qui va occuper la principale place dans cette Caufe, fut élevé dans la maifon paternelle. Les qualités de fon cœur & de fon efprit le firent aimer de tous ceux qui le connurent. Il étoit affable, docile, & doué d'un jugement fort fain.

A fa majorité, fon pere lui remit une partie des biens qui lui appartenoient par les difpofitions de fon grand-oncle.

Le fieur Plauchut, ancien Capitaine d'Infanterie dans le Régiment de Vendôme, vint, en 1730, s'établir à Montpellier, avec fa femme & fes enfans,

Claudine Plauchut, sa fille aînée, pleine de talens & de charmes, s'attira l'attention de Jacques de Manse. Il obtint ses entrées dans la maison du sieur Plauchut ; il devint amoureux de la demoiselle , & ne résista point à ce sentiment : l'alliance, qui devoit être la suite de cette inclination , eût été assortie de tout point ; la naissance , la fortune , l'âge, tout se rapportoit.

Le sieur Plauchut, qui ne voyoit qu'un établissement convenable pour sa fille, ne mit point d'obstacle au goût que ces deux jeunes-gens prirent l'un pour l'autre.

Il ne manquoit, pour mettre le comble à leur bonheur, que le consentement du pere du sieur de Manse. Il fut refusé avec dureté, & rien ne put faire révoquer ce premier refus.

L'amour, quand on lui a laissé jeter de profondes racines dans un cœur, devient le tyran de tous les sentimens de la personne dont il s'est emparé. Le sieur de Manse , désespéré de ne pouvoir parvenir à un mariage auquel il avoit attaché tout le bonheur de sa vie, crut qu'il lui étoit permis de recourir à tous les moyens possibles pour obtenir une félicité fans laquelle il fe figuroit qu'il n'auroit jamais que des jours pleins d'amertume.

Il fait affigner fon pere, pour qu'il ait à lui rendre compte de la fucceffion de Jacques de Manfe, dont il avoit joui pendant la minorité de fon fils, quoique tous les revenus euffent dû être réfervés & placés utilement au profit du pupille.

Cette démarche, qui, dans le droit étroit, n'avoit rien que de régulier, parut au pere un outrage fait au refpect qui lui étoit dû par fon fils, & un attentat contre fon autorité, de laquelle on vouloit arracher une complaifance qu'il avoit le droit de refufer; &, dès le moment, il voua à fon fils une haine implacable.

On peut croire cependant que cette haine auroit pu s'appaifer, fi elle n'eût eu pour principe que l'intérêt de l'autorité paternelle. La juftice, les follicitations & les foumiffions d'un fils auroient peut-être enfin réuffi à calmer le courroux d'un pere contre ce fils, qui, jufqu'à cette circonftance, avoit toujours été complaifant, docile & refpectueux.

Mais il y avoit un autre intérêt. Jacques de Manfe avoit pour frere le Chevalier de Manfe. Or le Chevalier de Manfe étoit le bien-aimé de fon pere ; & le pere ne voyoit pas fans regret que Jacques fût appelé à la fubftitution établie par le grand-oncle, au préjudice de M. le Chevalier. Le feul moyen praticable pour réparer le tort fait à cet enfant chéri, étoit d'empêcher l'aîné de contracter aucun mariage, & par conféquent de donner naiffance à aucun enfant légitime. Par cette fage précaution, qui faifoit feule tout le nœud de l'affaire, l'efpérance de poffeder un jour tous les biens de l'aîné étoit affurée à M. le Chevalier. Il falloit donc, à toute force, empêcher le mariage.

Cependant le fieur Plauchut, inftruit des difpofitions de la famille de celui qui afpiroit à être fon gendre, crut devoir rompre une liaifon & mettre fin à des affiduités qui étoient dangereufes pour fa fille & pouvoient devenir funeftes à fon honneur. Il l'obligea de quitter Montpellier & de fe retirer à Marfillargue : fon abfence ne fut pas de longue durée. Sa mere tomba malade ; elle revint auprès d'elle pour la secourir.

Cette maladie l'affligea sans doute ; mais sa douleur fut bien soulagée par la facilité que lui donna cette circonstance de revoir son amant.

Celui-ci, pour la tranquillifer sur les suites de la résistance obstinée de ses parens, & former avec elle un attachement respectif & inviolable, lui proposa de se faire mutuellement une promesse de mariage ; elle fut faite le 2 Septembre 1732. Armée de ce papier, la demoiselle Planchut se crut bien assurée de devenir l'épouse de son amant ; elle imagina ne pouvoir plus rien lui refuser. Les domestiques furent corrompus : ils introduisirent, pendant la nuit, le sieur de Manse dans la chambre de sa maîtresse. Une fille fut le fruit de ces visites nocturnes.

Cependant le sieur de Manse pere s'occupoit sérieusement des moyens de se rendre le maître de son fils. Il obtint secrétement, vers la fin de 1730, des ordres supérieurs pour le faire enfermer. Il eut honte d'en faire usage d'abord. Il craignit le soulévement de sa famille , & les reproches de toute la ville. Il n'ignoroit pas combien les mœurs douces & honnêtes de son fils lui avoient fait de partisans. Il crut donc devoir préparer, pendant quelque temps, les esprits au coup qu'il méditoit.

Loin que les foibleſſes de la demoiſelle Plauchut , & les couches qui en avoient été la ſuite, lui euſſent rien fait perdre dans le cœur de ſon amant , elle lui devint plus chere , & il ſollicita , avec plus d'ardeur que jamais , le conſentement de ſon pere.

Mais la naiſſance de l'enfant étoit un obſtacle de plus à ce conſentement. Si, par un mariage ſubſéquent , cet enfant eût ceſſé d'être bâtard , le Chevalier de Manſe perdoit tout eſpoir à la ſubſtitution , dont cet enfant l'auroit irrévocablement exclus. Le pere , d'ailleurs, eût été obligé de rendre compte des jouiſſances dont il s'étoit emparé au préjudice de ſon fils. Ces grands intérêts valoient bien la peine qu'on leur ſacrifiât trois victimes , dont l'une n'étoit coupable que du crime d'être né avant ſon frere ; l'autre , d'avoir laiſſé ſurprendre ſon cœur par cet indiſcret qui étoit né trop tôt ; & la troiſieme étoit cette malheureuſe petite fille , à

qui l'attachement respectif & trop ar-
dent de ses pere & mere avoit donné le
jour.

Le pere du sieur de Manse, pour
accoutumer le Public à voir son fils
s'absenter de Montpellier, lui donna
ordre, de sa propre autorité, d'aller à
Castres, auprès du sieur Boyard son oncle, qui étoit malade.

Au moment de son départ, pour rassurer sa maîtresse contre les inquiétudes
de l'absence, il lui écrit que, pendant
ce temps, ses amis vont agir pour fléchir son pere. » Souviens-toi, lui dit-il,
» que je t'adore, & que je ne vis que
» pour toi. Mes amis m'ont promis de
» mettre tout en œuvre, pendant mon
» absence, pour obtenir de mon pere
» son consentement. Ainsi, ne songe
» qu'à conserver le précieux gage de
» notre amour «.

Arrivé à Castres, il craint que les
mauvais discours de ses parens n'aient
alarmé la demoiselle Plauchut. Il lui
écrit le 17 Octobre 1732 : » Calme un
» peu mon esprit sur les inquiétudes où
» il est de ta santé : tâche de te con-
» server pour moi & pour le gage de
» notre amour. Tout ce que j'ai à té

» recommander, c'est de n'écouter au-
» cun mauvais discours, & d'être per-
» suadée que je te serai fidele toute
» ma vie. Je ne vois d'heureux moment
» que celui où je pourrai t'en donner
» des preuves. Je languis après cet heu-
» reux instant, qui arrivera sûrement,
» malgré les envieux ; sois tranquille «.

Ce qu'il appréhendoit arriva : ses
parens affecterent de répandre des bruits
qui déchirerent le cœur de la demoiselle Plauchut. Elle fit part à son amant
du sujet de ses alarmes. Il lui répondit,
le 25 Octobre 1732 : » Vous m'ac-
» cusez de vous avoir trahie ; que je
» savois mon départ, & que je ne vous
» en dis mot. Il est vrai, mon cher
» cœur, que je n'en eus pas le courage ;
» je fis bien assez de me contraindre.
» Aurois-je pu supporter un telle sépara-
» tion, sans mourir de douleur, pour
» peu que je vous eusse vue attendrie ? Je
» puis t'assurer que j'ai fait tout ce que
» j'ai pu pour me dispenser de partir, &
» que je n'ai pu y réussir. D'ailleurs mes
» amis m'ont conseillé de m'éloigner
» pendant quelque temps, pour laisser
» passer le premier feu de mes parens,
» d'autant mieux qu'ils m'ont promis

» de ne rien oublier pour les toucher
» en ma faveur «.

Ce commerce épiſtolaire, dans lequel ces deux amans prenoient plaiſir
à ſe faire des proteſtations de leur attachement & de la conſtance qui devoit vaincre tous les obſtacles que l'on
pourroit oppoſer à leur union, dura
pendant tout le temps du ſéjour du ſieur
de Manſe à Caſtres.

Enfin le motif qui avoit ſervi de prétexte aux ordres du pere pour tenir
ſon fils dans cette ville, ceſſa. Le ſieur
Boyard mourut. Le ſieur de Manſe reçut ordre de ſon pere de ſe rendre à
Perpignan, auprès d'un ſieur Rondil, qui
n'étoit pas favorable au mariage pour
lequel on exiloit le jeune homme chez
lui. Cette oppoſition même, & les conſeils qu'il ne ceſſoit de lui donner pour
l'engager à renoncer à ſa maîtreſſe, four-
niſſoient au ſieur de Manſe l'occaſion
continuelle de parler de ſa maîtreſſe,
de l'ardeur & de la conſtance de ſa
flamme. Il ne put enfin ſoutenir plus
long-temps les rigueurs de l'abſence.
Son pere ne lui avoit pas fixé le terme
de ſon exil : il prend ſur lui de revenir
à Montpellier, pour voir ſa maîtreſſe

& faire de nouvelles tentatives en faveur de son amour.

Ce pere, instruit que son fils étoit en marche, fait enfin usage des ordres qu'il tenoit en réserve depuis 1730; envoie la Maréchaussée à sa rencontre, & le fait enfermer dans les prisons de la citadelle de Montpellier.

Cet acte de sévérité souleva toute la ville contre le sieur de Manse; parens, amis, tout le monde, en un mot, lui faisoit un crime, & de l'opiniâtreté de son opposition à un mariage assorti de toutes manieres, & des moyens barbares qu'il mettoit en usage pour l'empêcher. » Ce n'est pas, disoit-il pour » s'excuser, le mariage de mon fils qui » m'a fait prendre le parti de lui ôter » la liberté; il ne pouvoit la conserver » sans danger pour lui & pour la so- » ciété : le malheureux a le cerveau » blessé «.

Cependant on envoie dans son cachot des émissaires secrets, qui le sollicitent de renoncer à la demoiselle Plauchut, & mettoient sa liberté à ce prix.

Cette proposition le révolta. Les persécutions, loin de porter atteinte à son amour, ne faisoient que l'animer davantage. Il ne croyoit pas d'ailleurs pouvoir trahir la personne qui lui avoit donné sa foi, qui n'avoit eu des foiblesses pour lui que sur l'assurance qu'il lui avoit donnée d'en faire sa femme, de lui rendre l'honneur que la maternité lui avoit fait perdre, & de ne pas laisser le fruit malheureux de leurs amours dans l'infamie de la bâtardise.

Il songe donc à faire des efforts pour recouvrer sa liberté & consommer son mariage. Il écrit au sieur Plauchut, le 16 Avril 1733, & lui envoie une procuration, à l'effet de faire assigner son pere, ses tuteurs & curateurs, pour lui rendre compte de la succession de son grand-oncle.

D'un autre côté, il adresse au Cardinal de Fleury une lettre en forme de mémoire, dans laquelle il expose en substance : » Que son pere jouit d'un » héritage qui lui avoit été substitué » par son grand-oncle, & prolonge à » dessein cette injuste jouissance; qu'il » a toujours éloigné l'établissement de » son fils, quoiqu'il soit âgé de près de » vingt-neuf ans; que le respect qu'il a » toujours eu pour son pere, l'a empê- » ché de rien faire qui pût lui déplaire. » Qu'ayant

» Qu'ayant conçu des fentimens d'ef-
» time pour la demoifelle Plauchut,
» fille du fieur Plauchut, ancien Capi-
» taine d'Infanterie, proche parent de
» plufieurs Officiers de la Cour des
» Comptes, Aides & Finances de
» Montpellier, après une affez longue
» affiduité auprès de cette demoifelle,
» elle vient d'avoir un enfant de fes
» œuvres. Que, dès que la groffeffe pa-
» rut, le fieur de Manfe pere obligea
» fon fils de s'abfenter de Montpellier,
» & d'aller à Caftres auprès du fieur
» Bayard fon oncle; que de là il paffa
» à Perpignan; enfin que, preffé par
» fa propre confcience, il étoit parti
» pour revenir à Montpellier dans le
» deffein de fléchir fon pere, & d'en
» obtenir le confentement pour fon
» mariage avec la demoifelle Plauchut.
    » Que fon pere, prévoyant fon def-
» fein, le fit arrêter à deux lieues de
» Montpellier, & conduire dans la ci-
» tadelle, où il fut mis dans une étroite
» prifon, comme s'il eût été coupable
» de quelque crime.
    » Que fes parens l'ont été voir plu-
» fieurs fois, pour le folliciter de chan-
» ger de deffein fur fon mariage; qu'on

» lui en propofa plufieurs ; que, dans
» l'efpérance de le faire changer, on
» lui donna la citadelle pour prifon ;
» mais qu'à caufe de fa réfiftance, on
» l'a fait renfermer, fous prétexte d'une
» querelle qu'il prit avec un Officier,
» qui vouloit fe donner la liberté, en
» fa préfence, de parler inconfidéré-
» ment contre la demoifelle Plauchut.

　» Qu'en cet état, il eft obligé de ré-
» clamer l'autorité fuprême pour ob-
» tenir fa liberté ; qu'on ne peut lui
» imputer autre chofe que les fenti-
» mens qu'il continue d'avoir pour la
» parole qu'il a donnée, & le ferme
» deffein où il eft d'exécuter la pro-
» meffe de mariage qu'il a faite à la de-
» moifelle Plauchut, fous la foi de la-
» quelle il a eu un enfant.

　» Que ce mariage eft d'ailleurs forta-
» ble, le pere de la demoifelle Plau-
» chut ayant offert de lui conftituer en
» dot 15,000 livres, & une charge de
» Lieutenant des Maréchaux de France,
» au département de Lodeve, dont il
» eft propriétaire «.

Ce placet ne paroît pas être l'ouvrage
d'un homme qui a le cerveau bleffé. Il
fut communiqué au pere. Auffi-tôt on

dre de faire transférer Jacques de Manse
au fort Saint-Hippolyte, dans le Bas-
Languedoc, près des Cevennes.

La dame d'Apmartin, aïeule de Jacques de Manse, indignée des rigueurs
que l'on exerçoit contre son petit-fils,
fait agir auprès du Commandant de la
Province, pour faciliter sa liberté. Sur
des ordres supérieurs donnés au Commandant du fort, il se prête d'autant
plus volontiers à l'évasion de son prisonnier, qu'il étoit révolté de la tyrannie de ses parens. Il lui conseille lui-
même d'aller en personne solliciter la
révocation des ordres qui avoient été
surpris au Gouvernement.

Le 23 Octobre 1734, le sieur Plauchut reçoit, par un exprès, ce billet:
» Si vous voulez vous rendre, avec le
» présent porteur, à Saint-Hippolyte,
» nous verrons de quelle maniere nous
» devons nous y prendre pour nous
» tirer de peine, vous & moi «.

Le sieur Plauchut, sur cette invitation, se munit de lettres de recom-
mandation auprès du Cardinal de Fleury, & se rend, avec sa fille, à Saint-
Hippolyte. Le prisonnier s'évade de sa
prison, & part pour Paris avec celui

qu'il regardoit d'avance comme son beau-pere. Le Commandant feint de faire des perquisitions pour retrouver son prisonnier. Il impute sa fuite à la demoiselle Plauchut, & la constitue prisonniere en sa place.

Arrivés à Paris, ils présentent conjointement un *placet* au Cardinal, & un autre à M. de Saint-Florentin. Ces deux Ministres leur donnent les espérances les plus flatteuses, & enjoignent néanmoins au sieur de Manse de retourner à Saint-Hippolyte jusqu'à nouvel ordre.

Il obéit, part sur le champ, se rend où les ordres supérieurs l'appellent. Par son retour, il rend la liberté à sa maîtresse, qui étoit comme en otage à sa place. Elle part pour Paris ; pénetre dans les cabinets des Ministres, leur fait connoître la vérité ; leur prouve, par un certificat du Commandant, que son amant n'est ni fou ni imbécille ; & l'ordre est révoqué le 15 Décembre 1735.

Jacques de Manse, devenu libre par les peines & le courage de la demoiselle Plauchut, se dispose à l'épouser. Touchant à sa trentieme année, le suffrage de son pere n'étoit plus essentiel à la validité de son mariage. On rédige les articles du contrat qui avoient été arrêtés en 1732 : les deux amans croyoient enfin toucher au terme de leurs maux ; mais le pere de l'infortuné de Manse lui déclare, avec les termes les plus formels, & avec ce ton qui annonce la résolution la plus inébranlable, & la certitude de réussir, qu'il le fera enfermer pour le reste de ses jours, s'il passe outre.

Encore tout effrayé des effets du pouvoir paternel qu'il venoit d'éprouver, le malheureux n'alla pas plus loin, & feignit de céder.

La demoiselle Plauchut prit le parti de le faire assigner en exécution de ses promesses. Il fut décrété. Sa famille le força de se présenter. Sentence du Sénéchal de Montpellier, dont le sieur Plauchut & sa fille interjettent appel au Parlement de Toulouse ; & par Arrêt du 4 Septembre 1736, le sieur de Manse est condamné, comme séducteur, en des dommages & intérêts considérables envers le pere & la fille, à payer la nourriture & l'entretien de

K iij

l'enfant , & à lui donner une fomme à
fa majorité.

Peu de temps après cet Arrêt , le
fieur de Manfe pere meurt , après avoir
inftitué l'Abbé de Manfe , un de fes
fils , fon héritier univerfel. Il eft mort
depuis , *ab inteftat*.

Jacques de Manfe , devenu indépen-
dant & libre par la mort de fon pere,
défavoue auffi-tôt le rôle qu'on lui avoit
fait jouer. Il veut juftifier ce que le
fieur Plauchut avoit dit à fon fujet,
dans un écrit fourni au procès dont on
vient de parler. » Il confervoit fa
» conftance, dans le temps même qu'on
» le perfécutoit pour l'engager à trahir
» la demoifelle Plauchut. Il a été, pour
» ainfi dire , martyr de fa fidélité. On
» ofe même avancer qu'il rend encore
» à cette demoifelle la juftice qu'il lui
» doit , & que tout ce qu'on ne ceffe
» de faire pour lui infpirer de la haine
» contre elle , ne peut étouffer l'amour
» légitime qu'il lui a tant de fois témoi-
» gné. Les tyrans veulent lui ôter cette
» perfonne fi chere ; mais il conferve
» encore fon portrait , & la demoifelle
» Plauchut n'a pu arracher de fes mains

» le gage précieux de leurs mutuels en-
» gagemens «.

Il annonce en effet publiquement, qu'il va satisfaire à ses engagemens ; mais le Chevalier de Manse ne put soutenir la pensée qu'il seroit privé de la substitution à laquelle il étoit appelé au défaut de son frere, si ce mariage avoit lieu.

On ignore par quel art il parvint à avoir les letttes de cachet, pour ainsi dire, à sa disposition ; mais on va voir qu'il les fit multiplier, contre son frere, à un point qui ne paroît pas croyable.

Par la premiere, surprise en 1737, le malheureux Jacques de Manse fut conduit à Pierre-en-Cise. Il eut le bonheur de se rendre favorable le Gouverneur de ce château, qui lui donna même la liberté de jouir du séjour de la ville de Lyon. Cette douceur ne fit qu'une bien légere distraction à son chagrin, qui lui procura enfin une maladie dangereuse, dont le Chevalier profita pour répandre de nouveau le bruit que son frere étoit fou. Et pour prévenir une nouvelle évasion, qui, comme la premiere, pourroit produire la révocation des ordres, en 1743 il en surprit de nouveaux, en vertu defquels le malheureux prifonnier fut transféré clandeftinement au château de Blamont, de Blamont à Saint-Lazare, de Saint-Lazare chez les Cordeliers de Chalons fur-Saone; de là au château de Dijon; & enfin chez les Cordeliers de la même ville.

Tous ces déplacemens avoient pour objet de faire perdre la trace de ce prifonnier, & de pouvoir répandre le bruit de fa mort, fans qu'aucun témoin pût dire le contraire. Pour affurer davantage le fecret, il étoit pris, à chaque prifon, par une nouvelle efcouade de Maréchauffée; en forte que, fes premiers conducteurs n'ayant eu aucune relation avec les derniers, fa trace fe trouvoit abfolument perdue.

Le fieur Plauchut, perfuadé que Jacques de Manfe étoit mort, crut devoir éloigner fa fille de Montpellier. Il la mit chez une de fes tantes, où elle prouva, par la conduite la plus honnête & la plus réfervée, que la faute qu'elle avoit commife étoit la fuite d'une inclination qu'elle avoit crue légitime; qu'elle ne fe l'étoit permife que parce que tout l'autorifoit à fe croire affurée qu'elle feroit effacée par

le mariage. Le principe de fa chute
connu, elle n'en fut pas moins eſtimée.
Le ſieur du Paquier, Capitaine de Dra-
gons, la rechercha en mariage. La mort
de Jacques de Manſe, qu'elle croyoit
certaine, lui fit accepter ce parti.

La petite fille de l'infortuné Jacques
de Manſe fut élevée par le ſieur Plauchut, qui lui donna la même éducation qu'à ſa propre fille; mais la mort
la priva de cet aſile, & la laiſſa ſans
reſſource. Les parens de ſon pere l'a-
voient abandonnée. Sa mere étoit éloignée, & pouvoit-elle propoſer à ſon
mari de prendre ſoin de cet enfant?
Elle ſe trouva donc ſans parens, ſans
aſile, ſans ſecours, & expoſée à tous
les dangers & toutes les horreurs de
l'indigence. Elle ſe retira à Nîmes, où
elle trouva dans ſon travail des reſſources pour ſe nourrir & s'entretenir.

Devenue majeure, le Chevalier de
Manſe lui fit offrir la ſomme que le
Parlement de Toulouſe lui avoit adju-
gée le 4 Septembre 1736, & lui promit de fournir déſormais à tous ſes
beſoins. Elle accepta la ſomme, mais
ſans préjudice de ſes droits, & ſous la
réſerve de ſa penſion alimentaire, ad-

K v

jugée par le même Arrêt, & dont les arrérages n'avoient point été payés.

Ces réserves irriterent M. le Chevalier, qui avoit espéré qu'il tiendroit sa niece dans sa dépendance. Il la méconnut, & ne lui témoigna plus que du mépris.

Cependant elle découvrit que son pere n'étoit pas mort. Elle se fit éclairer sur ses droits, & sur la conduite qu'elle devoit tenir. Ignorant le lieu de sa détention, elle le fit assigner, en vertu de l'Arrêt de 1736, à son dernier domicile, pour le faire condamner à lui rembourser les frais de sa nourriture & de son entretien, depuis l'âge de sept ans, à raison de 300 livres par ans ; & lui continuer à l'avenir cette pension alimentaire, s'il n'aimoit mieux lui donner la somme de 6000 livres, pour servir à son établissement.

Cette démarche embarrassa le Chevalier de Manse. Il ne pouvoit défendre à cette demande, en son nom ; il n'étoit pas héritier de son frere, qui n'étoit pas mort. Il ne pouvoit pas y défendre comme curateur, ce frere n'étant pas interdit, quoique détenu sous prétexte de folie. Il fit agir un nommé

Chauliac, en vertu d'une procuration datée de Dijon.

C'eſt à cette procuration que cette fille dut la découverte de la retraite de ſon pere. Le 29 Août 1759 , elle lui écrivit la lettre ſuivante.

» Monſieur, mon très-cher & ho-
» noré pere, depuis bien des années
» j'ai cherché par-tout pour découvrir
» où vous étiez, ſans avoir eu ce bon-
» heur, malgré tous les mouvemens
» que je me ſuis donnés pour vous faire
» paſſer une lettre, & pour me pro-
» curer en même temps de vos cheres
» nouvelles, ce que j'ai toujours déſiré
» depuis que j'ai l'âge de raiſon. J'igno-
» rerois encore l'endroit où vous êtes,
» ſi le ſieur Chauliac, Procureur en ce
» Parlement, qui plaide en votre nom
» contre moi, n'avoit fait ſignifier une
» procuration ſignée de votre main,
» datée de Dijon, le 25 Avril dernier,
» par laquelle vous approuvez, mon
» très-cher pere, tout ce que ce Procureur
» a fait contre moi, à l'inſtigation de
» vos parens, qui ſont vos plus cruels
» ennemis & les miens, ſans l'avoir
» mérité. Je vous dirai, mon très-cher
» pere, qu'il n'eſt queſtion, dans ce

» Procès, que d'une modique penfion
» de cent écus, & des arrérages que je
» demande fur le fondement de l'Arrêt
» qui fut rendu entre vous & ma chere
» mere, en l'année 1736, par lequel
» vous êtes condamné à me nourrir &
» entretenir; penfion bien modique, eu
» égard au revenu de vos biens, dont
» je fuis affurée qu'on ne vous fait paffer
» qu'une très-petite partie. Je fuis per-
» fuadée que j'aurois été infiniment
» moins malheureufe, fi, depuis que
» vous m'avez mife au monde, vos pa-
» rens ne vous avoient toujours tenu en
» captivité, & empêché par-là de me
» faire du bien. Pour comble d'infor-
» tune, ces barbares m'ont toujours re-
» fufé, & me refufent encore jufqu'aux
» moindres alimens. Voyez par-là, mon
» très-cher pere, combien je fuis à plain-
» dre d'être née d'un pere riche, qui
» n'a d'autre enfant que moi, & d'être
» privée de le voir, fans avoir de quoi
» fubfifter; en forte que, fans le fecours
» de perfonnes charitables qui m'ont
» prêté, je ferois morte de faim. Je
» vous rends juftice, mon très-cher pere,
» fur l'envoi de votre procuration con-
» tre moi, parce que je fuis convain-

» cue que ce n'a été que l'effet de la
» furprife , & qu'on a eu la cruauté de
» me noircir auprès de vous , fans l'a-
» voir certainement mérité; car je fais
» que vous êtes trop bon Chrétien pour
» avoir feulement penfé de refufer des
» alimens à un enfant qui doit tout ef-
» pérer de vous , & qui ne ceffe de
» faire des vœux au Ciel pour votre
» confervation. Oui, mon cher pere, je
» me flatte que , ma lettre vous parve-
» nant, vous ferez touché de compaf-
» fion , & que vous aurez pitié d'une
» pauvre infortunée qui vous aime &
» vous honore comme elle le doit; gé-
» miffant tous les jours d'être privée du
» bonheur de vous fervir , & de voir
» la dureté de vos parens à votre égard
» & au mien , ce qui me caufe beau-
» coup de chagrin & me fait paffer
» une vie bien languiffante. Je fuis fans
» bien , fans état , fans confeil , fans ap-
» pui. Quelle funefte fituation pour une
» fille qui a de l'honneur & des fenti-
» mens ! J'ai donc été forcée de venir à
» Touloufe pourfuivre l'exécution de
» mon Arrêt, pour obtenir une penfion
» alimentaire. Je vous affure qu'il eft
» bien trifte pour moi de plaider par

» force contre vous. Tout le monde
» crie vengeance contre vos parens, de
» m'avoir privée de vos biens & de
» ceux de ma mere en empêchant vo-
» tre mariage, & encore plus de me
» refuser une subsistance que la Cour
» m'a accordée, & que la Nature & la
» Religion sollicitent en ma faveur. J'es-
» pere, mon très-cher pere, que, tou-
» ché de compassion de mon triste état,
» vous voudrez bien avoir la bonté
» & la charité de m'envoyer incessam-
» ment une procuration contenant ré-
» vocation de celle du sieur Ghauliac,
» pour consentir à l'adjudication de
» la pension alimentaire de 300 livres
» que je demande pour le passé & l'a-
» venir; je vous le demande à genoux,
» ainsi que votre bénédiction; j'attends
» cette grace de votre part, que vous
» ne refuserez pas sans doute à votre
» fille, qui ne demande que de vivre
» suivant l'état qu'elle a reçu de ses pa-
» rens maternels. Quoique les vôtrés
» m'aient entiérement abandonnée, je
» ne laisse pas d'avoir l'éducation d'une
» personne bien née. Je vous dirai,
» mon très-cher pere, que je fais mon
» possible pour obtenir la révocation de

» la lettre de cachet qui vous retient à
» Dijon, & j'espere y réussir pour peu que
» vous m'aidiez. Je présentai, il y a
» quelque temps, un *placet* à M. le Ma-
» réchal de Richelieu, qui m'avoit pro-
» mis de me procurer votre rappel; mais
» vos parens eurent le secret de l'en
» détourner. Si j'avois un peu d'argent,
» je l'obtiendrois, & j'irois sur le champ
» vous trouver. Soyez assuré que je fe-
» rai mon possible pour vous délivrer de
» captivité, & pour avoir le bonheur de
» vous servir toute ma vie. Je suis, &c. «.

Cette lettre fut interceptée & remise
au Chevalier de Manse, qui, dans le
Procès dont nous allons parler, la produisit en original au Parlement de Toulouse. Il profita des avis qu'elle renfermoit, & priva son frere de la liberté
de parler à personne. Cet infortuné fut
renfermé dans une chambre, où toute
communication au dehors & au dedans
lui fut interdite : le Barbier qui le ra-
soit, & le Frere qui lui apportoit à
manger, étoient les seuls êtres animés
qu'il lui fût permis de voir. Les précautions furent même, dit-on, portées
jusqu'à lui interdire l'usage des Sacre-
mens, qui n'auroient pu lui être ad-

miniftrés fans qu'il converfât avec les Miniftres. On ne lui laiffa ni Livres, ni aucune des chofes néceffaires pour écrire. On défendit au Gardien, fur toutes chofes, de ne laiffer approcher du couvent aucune fille étrangere : on le prévient qu'une aventuriere doit bientôt fe préfenter, & demander à lui parler.

Cette fille obtint enfin, le 11 Septembre 1759, un Arrêt qui lui adjugea les arrérages de fa penfion alimentaire, depuis 1747 jufqu'en 1758. Le premier ufage qu'elle fit de cet argent, fut d'aller à Dijon pour voir fon pere. On la repouffe avec les ordres dont on vient de parler. Le Marquis d'Anlezy, Commandant de la Province, lui oppofe les mêmes ordres. Elle s'adreffe au Miniftre, qui *permet à Jacques de Manfe de voir fa fille, toutes fois & quantes le Commandant le jugera à propos.*

En vertu de cet ordre, elle pénetre enfin jufque dans le lieu où fon pere étoit détenu. Il apprend alors que, fur le bruit de fa mort, répandu par fon frere, la demoifelle Plauchut a perdu fa liberté dans les bras d'un autre.

Cette circonstance n'altéra point sa tendresse pour sa fille. Ne pouvant la légitimer par le mariage, il implorera du moins cette faveur de l'autorité du Prince; & en attendant que cette fille chérie recueille sa succession, il lui assurera sa subsistance & un établissement.

Le Gardien du couvent & le Major du château rendent compte à M. d'Anlezy de la scene pathétique dont ils ont été spectateurs. Ce Commandant écrit au Ministre; & quinze jours après arrive un nouvel ordre, par lequel » Sa » Majesté permet & consent que Jac- » ques de Manse passe tous actes en » faveur de sa fille, & que l'on in- » troduise auprès de lui tels Notaires & » témoins qui seront nécessaires à cet » effet «.

En vertu de cette permission, le sieur de Manse passa trois actes, le 18 Août 1762. Le premier fut une procuration en blanc au nom du pere & de la fille, à l'effet d'obtenir des lettres de légiti-mation, & d'exposer dans la Requête ou Mémoire qui seroit présenté: » Qu'il » avoit toujours été dans la sincere dis- » position d'épouser la demoiselle Plau- » chut, mere de la demoiselle Mar-

» guerite de Manfe, de laquelle de-
» moifelle Plauchut il n'obtint les fa-
» veurs que fous des promeffes réitérées
» de mariage : que, s'il n'a pas exécuté
» fon projet, c'eft à caufe des obftacles
» qu'il n'a pu furmonter : que, dans
» l'efpérance d'accomplir un jour ce
» mariage , & de légitimer, par ce
» moyen, ladite Marguerite de Manfe,
» fa fille naturelle, il l'a fait élever
» relativement à l'état qu'il fe propofoit
» de lui donner ; à quoi ladite demoi-
» felle a parfaitement répondu : que,
» dans cette même idée, le fieur de
» Manfe n'a jamais voulu fe marier :
» qu'il ne peut plus aujourd'hui légi-
» timer ladite Marguerite de Manfe,
» à caufe que la demoifelle Plauchut,
» fa mere, s'eft mariée à un autre hom-
» me : que ledit fieur de Manfe n'a ni
» freres ni fœurs qui foient mariés, ni
» en âge de pouvoir avoir des enfans ;
» de forte que fes biens pafferont en
» mains étrangeres, attendu qu'il n'a
» que des parens collatéraux ; que ce
» feroit pour lui une grande confola-
» tion de les faire paffer fur la tête
» de ladite demoifelle Marguerite de
» Manfe, fa fille naturelle, & de fou-

» tenir, par ce moyen, les fentimens
» de Religion & d'honneur qu'il a
» tâché de lui infpirer «.

Les deux autres actes contiennent,
l'un une donation en faveur de fa fille,
de 10000 liv. & d'une penfion viagere
de 1000 liv. pendant fa vie; l'autre
une procuration générale pour régir tous
fes biens.

Ces arrangemens pris, la fille part
pour Paris, & follicite la liberté de fon
pere. Elle lui fait part de fes démarches. Il lui répond que fa vie eft attachée au recouvrement de fa liberté;
que fes forces font totalement épuifées,
que l'air natal feul peut les rétablir;
mais que la chofe preffe infiniment.

Le Marquis d'Anlezy avoit chargé
le Major du château de préfider à la
correfpondance du pere avec la fille. A
la lettre du pere dont on vient de
parler, le Major en joignit une conçue
en ces termes: » Je ne doute point,
» Mademoifelle, que vous n'obteniez
» vos lettres de légitimation; fi la fitua-
» tion où eft à préfent M. votre pere
» eft bien gravée dans votre cœur,
» & fi vous travaillez avec ferveur à
» fa délivrance, quel triomphe pour

» un enfant, & quelle gloire de tra-
» vailler à délivrer son pere d'un escla-
» vage qui peut influer sur ses jours,
» étant privé de toute consolation,&c. «!

On jugera de la façon dont le sieur
de Manse étoit enfermé, & de l'état
de sa santé, par une autre lettre que
le même Officier écrivit à la fille de
cet infortuné, le 21 Octobre suivant:
» M. votre pere se plaint amérement
» de sa triste situation ; vos lettres seules
» le consolent & lui font prendre pa-
» tience, puisqu'elles paroissent le ren-
» dre certain qu'il n'a plus long-temps
» à pâtir. Je pense, Mademoiselle, que,
» lorsque vous aurez obtenu son élar-
» gissement, vous ne ferez pas mal,
» avant de vous rendre à Dijon, de
» m'envoyer l'ordre, que je présenterai
» à M. le Marquis d'Anlezy, pour le
» prier de trouver bon que je lui fasse
» donner la liberté de prendre l'air
» petit à petit dans le cloître, une
» heure le premier jour, deux heures
» le second, & ensuite en augmen-
» tant, sans lui dire qu'il a sa liberté,
» étant naturel que vous lui annonciez
» vous-même cette nouvelle. Cette pré-
» caution empêcheroit que le grand

» air ne le fuffoquât tout d'un coup,
» &c. «.

Cette lettre ne demande point de
réflexion ; elle peint au naturel le caractere du perfécutant, & l'état du
perfécuté.

On fit entendre à la fille, qu'il étoit
intéreffant, pour la liberté de fon pere,
qu'elle obtînt fes lettres de légitimation, parce qu'ayant une qualité, fes
follicitations feroient bien mieux ac-
cueillies.

Ces lettres lui furent accordées au
mois de Décembre 1762. L'expofé porte
que » le fieur de Manfe ayant été fiancé
» le 29 Septembre 1732, avec la de-
» moifelle Plauchut, il devint entre-
» prenant auprès d'elle ; que la demoi-
» felle Plauchut eut la foibleffe de
» céder à fes empreffemens, & devint
» groffe d'une fille née le premier Mai
» 1733, & baptifée comme fille na-
» turelle de la demoifelle Plauchut, &
» d'un pere inconnu ; que les oppofi-
» tions que le fieur de Manfe a ef-
» fuyées de la part de fa famille, l'ont
» empêché d'effectuer fon mariage avec
» la demoifelle Plauchut, qui, fatiguée
» d'attendre inutilement, s'eft mariée

» quelques années après ; que le sieur
» de Manse n'a point abandonné sa
» fille, & que son intention a toujours
» été de la légitimer en épousant la
» demoiselle Plauchut ; mais que cette
» demoiselle étant mariée, sa fille ne
» peut plus être légitimée que par let-
» tres..... En conséquence, Sa Majesté
» la déclare légitime, & habile à jouir
» de tous les honneurs, franchises &
» libertés dont jouissent ses autres su-
» jets ; à pouvoir posséder tous les
» biens, meubles & immeubles qui lui
» appartiennent par don ou acquêts,
» ou qu'elle pourra acquérir ci-après,
» & à recueillir toutes successions.....
» pourvu toutefois, quant aux suc-
» cessions de ses pere & mere, que
» ce soit du consentement de ceux qui
» leur doivent succéder, &c. «.

Elle fit à son pere part de cette
grace, aussi-tôt qu'elle l'eut obtenue ;
il l'en félicite, dans une lettre du 12
Novembre 1762. Il réitere ses instances
pour sa liberté. » Je me meurs, mon
» enfant, lui écrit-il, je me meurs ;
» il ne faut pas vous flatter. Si vous
» n'arrivez bientôt avec ma liberté,
» vous ne me trouverez pas en vie,

» tant j'ai le cœur faifi ; j'attends la
» vie de vos foins & de votre amitié
» pour moi «.

Tout fe difpofoit pour terminer les
maux du malheureux de Manfe. Le
Major, le Gardien, tout le monde y
prenoit intérêt. Mais le Chevalier, dont
la haine & la barbarie étoient fans
bornes, inftruit de ce qui s'étoit paffé,
accourt à Paris, furprend la religion
d'une perfonne diftinguée par fon rang
& par fa naiffance. Cette perfonne écrit
à M. de Brou, Garde des Sceaux, pour
arrêter les lettres de légitimation. » Vous
» ne devez pas douter, Monfieur, ré-
» pond ce Magiftrat, que je n'euffe
» fufpendu le fceau des lettres de légi-
» timation de Marguerite, fille natu-
» relle de Jacques de Manfe, fi j'euffe
» connu l'intérêt que vous voulez bien
» y prendre ; mais ces lettres ont été
» fcellées le premier Décembre der-
» nier. Qui que ce foit ne réclamoit
» alors ; elles ont paffé, fuivant l'ufage,
» fans aucune difficulté. Mais il refte
» la voie de l'oppofition à leur enregif-
» trement ; les parens du fieur de Manfe
» pourront la prendre, &c. «.

Le Chevalier de Manfe engage la

Ducheſſe de F..... d'écrire à une Princeſſe reſpectable, qui prenoit intérêt au
fort malheureux de Jacques de Manſe
& de ſa fille, pour la prier de leur
retirer ſa protection. Cette Ducheſſe,
ſur la parole du Chevalier de Manſe,
atteſtoit la folie d'un homme qu'elle
n'avoit jamais vu ni connu.

Pour comble d'infortune, le Marquis d'Anlezy, dont le témoignage
pouvoit faire éclater la vérité, meurt.
La voix plaintive du pere & de la fille
eſt étouffée. Leur perſécuteur obtient
de nouveaux ordres, pour que ſon frere
n'ait plus de communication avec qui
que ce ſoit. » J'ai reçu des ordres du
» Roi, écrivoit le Gardien des Corde-
» liers à la demoiſelle de Manſe, le
» 18 Janvier 1763 ; j'ai reçu des ordres
» du Roi qui me défendent toute cor-
» reſpondance & toute condeſcendance
» pour ce qui regarde M. de Manſe,
» détenu par ordre de Sa Majeſté. Il
» m'eſt défendu de le laiſſer parler à
» qui que ce ſoit du dehors «.

Ces contretemps ne la découragent
point. Elle retourne à Dijon, prie M.
l'Intendant de faire interroger ſon pere.
Ce Magiſtrat répond qu'il l'a fait, &
qu'il

qu'il a certifié au Miniftre qu'il jouiffoit
de fon bon fens.

D'après cette parole, elle fait de
nouvelles tentatives auprès du Miniftre.
Un Prince daigne l'appuyer de fa re-
commandation. Tous fes efforts font
impuiffans ; il faut même qu'elle fonge
à fauver fa propre liberté. Le fieur du
Paquier, mari de fa mere, lui manda :
» J'ai cru devoir vous avertir qu'on a été
» une feconde fois chez les demoifelles
» Belle, & cela pour s'informer du lieu
» où vous êtes ; c'eft un autre Huiffier ;
» il a même dit que c'étoit de la part
» de vos parens ; ainfi prenez vos me-
» fures là-deffus, de crainte qu'on ne
» vous joue quelque mauvais tour.
» Tâchez d'avoir un ordre pour que
» perfonne ne vous inquiete lorfque
» vous ferez ici ; on pourroit furprendre
» une lettre de cachet & vous faire
» mettre dans un couvent. C'eft avec
» trop de diligence que l'on fait
» des perquifitions de votre conduite,
» & qu'on demande votre demeure ;
» c'eft aujourd'hui pour la troifieme
» fois. Prenez vos mefures lorfque vous
» reviendrez ; n'écrivez à perfonne,
» finon à votre mere & à moi «.

Tome V.   L

Elle fait de nouvelles inftances auprès du Miniftre, pour la liberté de fon pere ; on lui fait réponfe, que fi elle fait encore des tentatives, elle fera enfermée elle-même. Elle prit des précautions contre cette menace, en faifant faire à Nîmes une information par le Lieutenant-Général de la Sénéchauffée, compofée de perfonnes parfaitement connues, qui attefterent » qu'elle » habitoit cette ville depuis l'âge de » quatorze ans, que fa conduite avoit » toujours été irréprochable, & qu'elle » avoit vécu en fille de vertu & fort » retirée «. Cette enquête, envoyée dans les Bureaux du Miniftre, prévint les ordres qui alloient être décernés contre elle, à la follicitation de la protectrice du Chevalier de Manfe.

Avant d'entamer aucune procédure contre fon oncle, en vertu des actes de 1762, elle crut devoir capter fa bienveillance, en lui faifant dire qu'elle ne feroit rien que de fon aveu. Voici la réponfe :

» Dites à la bâtarde de mon frere, » que jamais elle ne touchera fa pen- » fion alimentaire ; que je veux la faire » mourir de faim ; que je me propofe » de lui faire tant de chicanes, qu

» je la mettrai hors d'état de pour-
» suivre ; que mon frere ne sortira ja-
» mais, quoi qu'elle fasse pour obtenir
» sa liberté ; que je l'empêcherai tou-
» jours, malgré tout ce qu'elle pourra
» faire ; que ses lettres de légitima-
» tion ne seront jamais enregistrées , &
» que je la punirai d'avoir osé dire au
» Ministre que je tenois mon frere en
» captivité pour jouir de son bien «.

Cette réponse, qui annonçoit une
guerre déclarée, ne laissoit plus le choix
à la demoiselle de Manse des démarches qu'elle avoit à faire.

Elle présente au Parlement de Toulouse ses lettres de légitimation , pour
être homologuées. En même temps ,
comme fondée de la procuration de son
pere , elle fait saisir entre les mains
des débiteurs, Fermiers & Régisseurs ,
& leur demande compte des biens dont
l'administration leur est confiée.

Le Chevalier de Manse , de son
côté , forme opposition à l'enregistre-
ment des lettres, conclut à la nullité
des actes de 1762 ; demande qu'il soit
fait défenses à sa niece de porter son
nom & ses armes , & de s'immiscer
dans la régie & administration des biens

de Jacques de Manſe, & que défenſes
ſoient faites au Régiſſeur de reconnoître
la demoiſelle de Manſe & de lui
rendre compte.

Pendant que l'affaire s'engageoit au
Parlement de Toulouſe, le Chevalier
de Manſe ſe pourvoit au Conſeil d'Etat,
&, ſous prétexte que les lettres de légitimation ont été ſurpriſes, attendu
que Jacques de Manſe, qui eſt inſenſé,
& détenu comme tel depuis vingt-
cinq ans, n'a pu y conſentir, il demande qu'elles ſoient rapportées, &
conclut, devant le même Tribunal,
à la nullité des actes paſſés le 18 Août
1762.

Cependant l'état de ſon frere étoit
encore entier, & il falloit prouver qu'il
étoit inſenſé. A cet effet, il obtint
une lettre du Sénéchal de Montpellier,
qui lui permit d'aſſembler ſes parens
& amis, à l'effet de délibérer ſur l'état
de Jacques de Manſe, & ſur le beſoin
de ſon interdiction. Il fait expédier en
même temps une commiſſion rogatoire,
adreſſée au Lieutenant-Général du Bailliage de Dijon, pour faire interroger
ſon frere, le faire viſiter & examiner
par un Médecin, & faire entendre des
témoins.

Le Chevalier de Manse a soin de ne convoquer que les parens & amis qui lui sont dévoués, & qui avoient concouru jusqu'alors à la captivité de son frere. Quoiqu'il y ait vingt-sept ans qu'ils n'ont vu celui sur le sort duquel ils vont déposer, ils ne craignent pas d'attester qu'il a toujours été fou, & *qu'il l'est encore.* On découvrit, à Dijon, des témoins & un Médecin aussi complaisans.

Mais le Juge qui fit l'interrogatoire n'eut pas la même facilité. Il interroge Jacques de Manse, d'après le Mémoire qui lui est fourni, sur les époques de sa vie les plus intéressantes, sur l'état de ses affaires. Il lui fait des questions captieuses & embarrassantes. Les réponses sont pleines de bon sens, de raison, & même d'esprit ; le Juge les reçoit fidélement, constate lui-même l'état du prisonnier, remarque que, dans le cours de l'interrogatoire, il n'a eu aucun maintien extraordinaire ; qu'il lui a paru en *très-bon point*, & couleur de visage assez bonne ; mais les yeux très-tristes.

Le Chevalier de Manse n'eut garde de faire usage de ce procès-verbal ; il

L iij

mit fous les yeux du Sénéchal de Montpellier toutes les autres pieces qu'il avoit fait fabriquer, tant à Montpellier qu'à Dijon, & obtint, le 6 Novembre, une Sentence qui prononçoit l'interdiction de Jacques de Manfe. Toute cette opération fe fit à l'infçu de fa fille.

Muni de cette Sentence, le Chevalier retourne au Confeil. Sa Partie adverfe produit, de fon côté, les lettres de fon pere & fon interrogatoire; &, par Arrêt du Confeil d'Etat du 14 Juillet 1766, le Chevalier de Manfe eft débouté de fa demande en rapport de lettres de légitimation; fur le furplus des conteftations, les Parties font renvoyées devant le Juge qui en doit connoître.

L'infortuné Jacques de Manfe ne goûta pas le plaifir de ce premier fuccès; il avoit fuccombé fous le poids du chagrin, & étoit mort le 7 Juin 1765.

Avant fa mort, fa fille avoit époufé le fieur Francez, iffu d'une famille très confidérée à Touloufe, & ayantageufement connue dans le commerce. Elle à eu trois enfans de ce mariage.

Sur le renvoi ordonné par l'Arrêt du Conseil, les Parties retournerent au Parlement de Toulouse. Le Chevalier de Manse renonça à la succession de son frere, pour s'en tenir à la substitution, qu'il prétendit ouverte à son profit, & ses sœurs prirent la qualité d'héritieres sous bénéfice d'inventaire.

Aux opinions, les Juges furent partagés sur la maniere d'enregistrer les lettres de légitimation. Les uns vouloient qu'on les enregistrât simplement *ad honores*; qu'on annullât l'acte par lequel le pere avoit consenti à l'obtention de ces lettres, & les deux autres actes du 18 Août 1762, & que la dame Francez se trouvât par-là privée de tous les bienfaits de son pere.

D'autres proposoient qu'avant de statuer sur le fond, on admît le Chevalier de Manse & ses sœurs à prouver la folie habituelle de leur frere.

Ce partage ne portoit donc que sur la validité du consentement de Jacques de Manse; & cette validité dépendoit de l'état où étoit sa raison & son esprit.

Or la validité, ou la nullité de ce consentement, mettoit une grande dif-

L iv

férence dans l'effet de l'enregiftrément. S'il étoit valable, l'enregiftrement pur & fimple donnoit à la dame Francez le droit de fuccéder à fon pere; dans le cas contraire, elle n'acquéroit que le fimple titre de fille légitimée; le vice de fa naiffance feulement étoit réparé; mais elle étoit exclue de la fucceffion paternelle.

Les preuves de la fageffe de Jacques de Manfe furent adminiftrées & développées; &, par Arrêt rendu d'une voix unanime, fur les conclufions du Miniftere Public, le 7 Août 1767, il fut ordonné que les lettres de légitimation feroient enregiftrées purement & fimplement. La Sentence du 6 Novembre 1764, qui avoit prononcé l'interdiction de Jacques de Manfe, & toute la procédure qui l'avoit précédée, furent caffées; fur le furplus des demandes refpectives des Parties, elles furent renvoyées en la Sénéchauffée de Montpellier : le Chevalier & fes fœurs furent condamnées aux dépens.

Le Chevalier de Manfe, après s'être donné bien des inquiétudes, bien des mouvemens, bien des chagrins, après avoir perfécuté fon frere de la maniere la plus cruelle, & l'avoir fait, pour ainſi dire, mourir à petit feu pour avoir ſon bien, ne put jouir du fruit de ſa cruelle injuſtice. Cet Arrêt lui annonça que l'objet de tous ſes déſirs, l'objet auquel il avoit ſacrifié ſon repos, tous les ſentimens de la Nature, ſon honneur, alloit lui échapper. Il en mourut de douleur, & ſes ſœurs reprirent en ſon lieu & place.

Enfin, après cinq années de chicanes, que la damé Francez eut encore à eſſuyer de la part de ſes tantes, par Arrêt rendu en la première Chambre des Enquêtes du Parlement de Paris, le premier Septembre 1775, elle fut déclarée unique héritiere *ab inteſtat*, de Jacques de Manſe ſon pere, pour tous les biens qu'il avoit laiſſés à ſon décès.

L v

QUESTION D'ÉTAT.

UN particulier, âgé de 45 à 50 ans, qui avoit vécu & travaillé plusieurs années dans le pays étranger, revient en France, & prétend entrer dans une famille dont il portoit le nom. Il se dit frere de trois enfans qui restoient de cette famille, & demande à être reconnu, plus pour l'intérêt de son état & de son nom, que pour partager un patrimoine qu'il convient lui-même être très-médiocre. Après plusieurs procédures différentes, un Arrêt l'exclut de la preuve qu'il demandoit, & le condamne à ne porter le nom de cette famille qu'avec le correctif de *soi-disant*. Il vient aux pieds du Trône réclamer contre cet Arrêt, & demander qu'il soit anéanti.

Deux questions se présentoient dans cette affaire importante & singuliere; une question d'identité, & une demande en cassation de l'Arrêt du Parlement de Nancy.

Voici l'histoire ou le roman que le soi-disant François Mique présentoit de sa naissance, de sa vie, & des marques de son identité avec le frere du sieur Richard Mique, Architecte, décoré de l'Ordre de Saint-Michel. On verra ensuite comment le sieur Richard Mique relevoit la contradiction de ces faits & combattoit le systême de l'homme qui se prétendoit son frere. C'est celui-ci qu'on va d'abord entendre dans le récit qui suit.

François Mique, dit la Jeunesse, est né à Nancy le 9 Juin 1720, de Simon Mique, Tailleur de pierre & Entrepreneur de bâtimens, & de Françoise Royal. Il avoit à peu près six ans lorsqu'il fut envoyé à l'école. Il demeura chez son aïeule l'espace d'une année : il avoit environ sept ans lorsqu'il revint chez son pere ; à cet âge, il eut le malheur de perdre Françoise Royal sa mere. Le 25 Avril 1727 fut l'époque de ses infortunes. Dès les premiers momens de cette perte, Magdeleine Royal, sœur de sa mere, épouse du sieur Tirion, le prit avec elle. Il continua de fréquenter l'école du sieur Gaucher.

Au bout de quelques mois, François Mique revint chez son pere ; mais quel changement ! Il n'avoit plus de mere, son pere, au bout de sept mois, avoit épousé Barbe Michel. Il ne trouva dans sa belle-mere qu'une marâtre injuste & barbare.

Un jour qu'elle le pourfuivoit pour le frapper, François Mique se seroit précipité par une fenêtre, si on ne l'eût pas retenu par ses vêtemens. Il porte encore aujourd'hui des marques frappantes de la cruauté de cette marâtre. Dans un de ses accès de colere, qui n'étoient que trop fréquens, elle le frappa si violemment, qu'en le renversant du coup, sa tête porta sur un chenet chaud & aigu, qui lui ouvrit la levre supérieure jusqu'à la hauteur du nez, & lui brûla la joue jusqu'à la hauteur de l'œil. La personne qui a pansé cette plaie, dont il portera toute sa vie la marque, vivoit encore il y a trois mois, & elle a attesté ce fait.

En 1729, Simon Mique quitta la ville de Nancy pour s'établir à Lunéville : François Mique l'y suivit ; mais il y séjourna peu, & fut renvoyé à Nancy dans la pension de Gaucher, où il resta jusqu'à l'âge de quatorze ans : ses camarades d'école, les domestiques qui servoient Gaucher, & plufieurs autres perfonnes de cette ville le reconnoiffent. Pour fe former dans l'art de fon pere, il apprit le deffin & la coupe des pierres, & travailla, pendant deux années, foit à Nancy, foit à Lunéville, tant fous la conduite de fon pere, que fous celle de différens maîtres.

Sa belle-mere avoit donné le jour à plufieurs enfans; mais Richard Mique, l'un d'eux, objet principal de fes prédilections, étoit la caufe innocente alors des traitemens barbares qu'il avoit à fouffrir de fa belle-mere; pour fe fouftraire à cette tyrannie, il prit le parti de s'engager. Le nommé Pithoi, de Lunéville, foldat, l'enrôla; il joignit le régiment à Bitfche, puis à Metz. Quoique les affections de fon pere fuffent toutes concentrées en fon époufe, François Mique ne fut pas totalement oublié. Au bout de huit mois, il vint à Metz traiter de fon congé, & l'obtint. Il revint avec lui à Lunéville; ceux qui l'accompagnerent font encore des témoins fûrs de ces faits.

Depuis 1737 jufque vers la fin de 1739, François Mique a tenu trois enfans fur les fonts baptifmaux; l'un le 5 Mai 1737, le second le 29 Avril 1739, & le troisieme le 14 Juin de la même année. Ceux qui coopérerent à cette cérémonie sacrée le reconnoissent.

En 1740, son pere l'envoya à Paris pour se perfectionner dans son art; il forma des liaisons avec plusieurs Artistes, dont il invoque le témoignage : l'un d'eux, le sieur Guibal, premier Peintre de l'Electeur de Wirtemberg, a déclaré qu'il le reconnoissoit.

Après un séjour de deux ans & demi dans la capitale, son pere le rappela. Honoré de la confiance du Roi Stanislas, la fortune de Simon Mique étoit beaucoup augmentée, ses entreprises étoient beaucoup plus grandes. François Mique fut chargé de diriger le grand nombre d'ouvriers qu'employoit son pere.

En 1743 le feu consuma l'aile gauche du château royal de Lunéville; une grande salle échappa seule aux ravages des flammes; elle faisoit partie de l'appartement du Chancelier. Simon Mique fut chargé de la reconstruction, en qualité d'Entrepreneur, & François Mique en dirigea les travaux. Il invoque, sur ce fait, le témoignage du sieur Pigage, actuellement premier Architecte de l'Electeur Palatin, qui travailloit avec lui, & qui se rappelle très bien ses traits. Richard Mique doit se rappeler qu'il travailloit alors sous les ordres de François Mique, son frere; qu'il lavoit ses plans; il y a plus de vingt personnes témoins de leurs travaux communs. A cette époque, François Mique se fit une blessure dans l'intérieur de la main droite; il en porte encore la cicatrice, & plusieurs ouvriers, témoins de cet accident, s'en souviennent & peuvent l'attester.

Dans cette même année, François Mique fut chargé de la construction de l'Eglise de Rosieres aux Salines. Le sieur Montluisant, actuellement Inspecteur des Ponts & Chaussées de Lorraine & de Bar, avec lequel il eut des contestations sur le plan, se rappelle bien ces faits. Pendant son séjour à Rosieres, il tint un enfant sur les fonts avec la niece du Curé; & le Curé le reconnoît. De Rosieres il fut à Einville, où l'on travailloit à l'embellissement des jardins du Roi de Pologne; il présida à la construction des bassins destinés à recevoir les eaux jaillissantes; tous les ouvriers qui y travailloient le reconnoissent.

François Mique cherchoit, par fes travaux, à fe conferver le cœur de fon pere, pendant qu'il s'efforçoit, par fes complaifances, de défarmer une belle-mere toujours inflexible : né fenfible, il ne put fupporter plus long-temps une tyrannie auffi odieufe qu'injufte, il ré-folut de voyager.

Il quitta la maifon paternelle en 1745, & fe rendit à Paris. On levoit alors un corps de Volontaires fous le nom de Maurepas, deftiné à croifer fur mer ; le fieur François Mique fut admis en qualité de premier Sous-Lieutenant ; il alla à Lunéville faire fes adieux à fa famille, & revint pref-que auffi-tôt à Paris. Les Volontaires avoient ordre de fe rendre à Breft; François Mique s'y rendit.

C'eft ainfi que les vingt-quatre pre-mieres années de la vie de François Mique fe font paffées prefque toutes dans la maifon de fon pere : on y voit une poffeffion d'état paifible & publi-que, & l'on trouve en lui les traits & les cicatrices qu'il portoit alors.

Après quelque féjour, les Volontaires s'embarquerent à bord du vaiffeau l'E-*lifabeth*, commandé par le Capitaine d'Héau. Il n'y avoit que peu de temps qu'il étoit en mer, lorsqu'il fut joint par le vaiſſeau Anglois *le Lion* ; le combat fut terrible : François Mique y a reçu trois bleſſures ; il en porte les cicatrices ; elles doivent être déſignées ſur le Journal de la Marine. Un ſieur Griſot, de Nancy, fut atteint d'un boulet de canon, qui le tua à ſes côtés. Dégoûté d'un état dans lequel il avoit couru le plus grand danger, peu de temps après le combat, le vaiſſeau ayant abordé dans une iſle, François Mique a quitté ſecrétement le vaiſſeau. Cette retraite ſecrete a donné lieu à ſa belle-mere de le faire paſſer pour mort. Un vaiſſeau faiſoit voile pour les Antilles, il y monta.

Depuis cette époque, ſa vie ne fut plus qu'une ſuite continuelle de voyages ; & pendant douze ans, il vit le Canada, la Chine, la Turquie : à Conſtantinople, il exerça la profeſſion de Tailleur de pierres marbrier. Après trois années de ſéjour en cette ville, il s'embarqua pour le Portugal. Peu de jours après l'événement terrible, dans lequel trente mille habitans périrent en un inſtant, il partit de Lis-

bonne pour se rendre à Copenhague.
De Copenhague il passa à Maelstrandt,
où il resta l'espace de quinze mois ; à
Christiana & à Drontheim, en Norwege,
où il a travaillé pendant dix-huit mois
aux carrieres de marbre ; enfin à Péters-
bourg, où il a demeuré deux ans. Là
il fit différens ouvrages pour le Comte
de Waguemestre. Il revint ensuite à
Copenhague, où, pour cette fois, il
séjourna pendant plusieurs années ; il
y fut employé aux bâtimens royaux,
sous la direction du sieur Jardin, qui
est actuellement à Paris.

François Mique a aussi travaillé sous
la direction du sieur Gor, Inspecteur-
Général des fonderies de Danemarck ;
il a été employé à préparer les fosses
destinées à jeter en fonte la statue
équestre de Frédéric V.

En 1768, il fut engagé, par surprise, dans une compagnie du corps
Danois. Une Loi expresse en Danemarck défend d'enrôler des François.
L'Officier qui l'engagea, pour se mettre
à couvert de la peine portée par la Loi,
défigura le nom de François Mique,
en lui donnant une terminaison étrangere. Il croyoit alors se nommer *Char-*

les-François, quoiqu'il ne se nommé réellement que *François*; ainsi le nom de *Charles-François Mique la Jeuneffe*, fut rendu par celui de *Carl-Franck-Muck-Genott*: il ne signa point son engagement; il réclama bientôt contre la surprise qu'on lui avoit faite, & contre ce changement de nom. Le Prince de Bevern, Feld-Maréchal de Danemarck, le dispensa de toute fonction de soldat. La certitude de la Loi, la défense d'y contrevenir, & les fréquentes contraventions des Officiers Danois, sont attestées par une lettre du Comte de Saint-Germain.

François Mique, cherchant à s'attacher par des liens aussi solides qu'agréables, connoissant les vertus de la Demoiselle Marthe-Caroline Ahrenfeld, niéce du Directeur-Général des fortifications, la choisit pour son épouse; mais, quoiqu'il ne fût plus soldat que de nom, & sans aucun service, on exigea, pour le mariage, une permission de l'Officier, qui la délivra sous le même nom de *Muck-Genott*.

François Mique se rendit en 1768 à Landskron en Suede; il y fut employé, pendant quelque temps, aux bâtimens royaux. En quittant cette ville, il obtint un certificat signé du sieur Strufenfeld, Major-Général & Directeur des fortifications de Scanie. Cette piece prouve son nom de *Mique*, ses travaux & ses mœurs. En 1771, il étoit employé sur le chantier des réparations des vaisseaux, dans le port de Carlscroon.

François Mique prend enfin la résolution de revenir dans sa patrie. L'esprit de retour, qu'il avoit toujours conservé, les liens de la Nature qui n'étoient point brisés pour lui, le ramenoient dans ces lieux qui l'avoient vu naître. Son pere, qu'il croyoit vivant, son frere, ses camarades, tout offroit à son cœur des désirs que l'absence & le temps ne rendoient que plus pressans. Sa femme, élevée dans les erreurs du Luthéranisme, brûloit de connoître les grandes vérités d'une Religion plus pure que la sienne. Tous les motifs déterminerent François Mique à revenir en France.

Il se munit des pieces nécessaires pour la sûreté de son voyage. M. le Comte de Vergennes, alors Ambassadeur en Suede, lui fit expédier, le 3 Septembre

1772, un passeport. Dans le courant
de ce mois, il partit de Stockholm avec
sa femme & ses deux enfans. Après
quelques mois de navigation, ils dé-
barquerent à Rouen : ils n'y séjourne-
rent pas long-temps ; ils se rendirent
à Amiens. François Mique a travaillé,
pendant quatre mois, dans cette ville
pour des Ecclésiastiques distingués, qui
lui ont offert, dans tous les temps,
les certificats les plus satisfaisans sur ses
travaux & sur sa probité. Là sa femme,
instruite & convaincue, vint abjurer ses
erreurs aux pieds de nos Autels, dans
l'église paroissiale d'amiens de Saint-
Pierre. Ses deux enfans venoient d'être
baptisés dans l'église de Saint-Sulpice.

Muni d'un passeport des Officiers
Municipaux de la ville d'Amiens, François Mique partit pour sa Province ;
mais, avant de s'y rendre, il alla à
Bruxelles, où il avoit laissé ses papiers
à son hôte, pour gage d'une petite
somme qu'il ne s'étoit pas trouvé en
état de lui payer ; il se rendit à Paris,
où il croyoit trouver le sieur Richard
Mique son frere : mais instruit de son
retour, celui-ci l'attendoit en Lorraine.

François Mique arrive enfin à Luné-

ville, le 5 du mois d'Octobre 1773.
Le lendemain de son arrivée, un sieur
Mique *la Douceur*, Ingénieur, rési-
dant à Nancy, en ce moment trans-
planté à Lunéville, vint le trouver de
grand matin à son auberge, l'interrogea,
&, par ses réponses, ne put douter qu'il
fût réellement son cousin : par prières,
par menaces, il cherchoit tour à tour
à lui faire perdre le projet de se faire
reconnoître ; il n'y réussit pas. Désespéré
du peu de succès qu'avoit eu cette démarche, il finit par lui dire ; » Viens
à cinq lieues plus loin, & tu auras affaire
à moi « : c'étoit à Nancy qu'on vouloit que François Mique se rendît,
parce que le sieur Richard Mique, son
frere, y avoit pour ami un Juge, que
ses malversations & ses menées, dans
cette affaire & dans plusieurs autres,
ont depuis obligé de quitter la Province
pour se dérober aux poursuites de la
Justice. François Mique, qui ne pouvoit
soupçonner quels étoient les desseins
de son frere, & qui croyoit n'avoir
rien à redouter, parce qu'il n'avoit
aucun reproche à se faire, se rendit
à Nancy, le 7 Octobre, pour voir
son frere ; sa femme, dans une gros-

sesse avancée, l'y suivit, & donna bientôt le jour à un troisieme enfant.

Le 14 Octobre, à six heures du
matin, des Sergens de Police, suivis
de Grenadiers en armes, entrent
dans la chambre de ces époux infortunés; sans délit, on arrêta, comme
un brigand, celui qui étoit venu
chercher la justice dans les bras de la
Nature. On le conduisit dans les cachots
de la Conciergerie : ce n'étoit point une
simple affaire de Police ; Richard Mique
avoit dénoncé son frere comme vaga-
bond, comme imposteur ; & depuis il
l'a accusé d'être bigame & déserteur.

François Mique fut traduit devant le
Tribunal de Police, le 15 Octobre ;
Richard Mique son frere étoit présent.
Une scene très-vive se passa entre eux.
Le riche s'oublia tellement, qu'en fei-
gnant de ne point reconnoître le pauvre, il lui dit, avec un transport de
colere, *qu'il avoit fait mourir de cha-*
grin son pere : c'étoit le reconnoître
pour son frere, ou du moins pour un
homme dont il avoit connu le pere.

Après cette séance, François Mique
fut reconduit en prison, & mis au secret; il ne fut décrété que le lendemain.

Après avoir fait souffrir au malheu-

reux Mique un interrogatoire captieux;
son frere, toujours acharné à sa perte,
a produit des témoins contre lui; ces
témoins étoient des ouvriers, tous dans
sa dépendance; & le Juge souffrit qu'il
fût présent à leurs dépositions.

L'erreur du nom, défiguré à deſſein
par l'Officier Danois, donna lieu à une
nouvelle accuſation, celle de bigamie.
Mungenot, d'Epinal en Lorraine, avoit
diſparu depuis neuf à dix ans; le nom de
Muckgenott a paru analogue au ſieur Richard Mique; & pour lui donner plus de
rapprochement, on a même vu que, depuis ſon voyage en Danemarck, ce qui
étoit Muckgenott, eſt devenu Mougenot : ce Mougenot avoit été engagé;
il avoit, diſoit-on, déſerté pluſieurs
fois; il n'en fallut pas davantage pour
affilier ſon hiſtoire à celle de François
Mique, & la femme de ce Munge-
not, gagnée par l'or du ſieur Richard
Mique, femme enfermée déjà pluſieurs
fois pour ſes mauvaiſes mœurs, fut
amenée en triomphe de la ville d'E-
pinal par le Commiſſaire même chargé
de l'inſtruction : François Mique fut
placé à une grande diſtance de la
femme Mougenot, & ſous un jour
équivoque,

équivoque, avec ordre exprès de tout écouter & se taire. Cette femme, que l'on avoit disposé à reconnoître son mari dans François Mique, l'eut à peine apperçu, qu'elle dit : *C'est mon mari* ; mais je le renie & ne veux pas le reconnoître ; les témoins amenés avec elle dirent aussi-tôt, c'est Mougenot.

Un enfant Mougenot, qui avoit à peine deux ans quand son pere partit, fidele écho de sa mere, répéta, *c'est mon pere* ; mais je le renie & ne veux pas le reconnoître : nouvelle acclamation des témoins. François Mique ne pouvoit retenir son indignation à la vue d'une pareille scene. Après bien des efforts pour lui fermer la bouche, il a été reconduit à son cachot.

Plus l'instruction de la procédure touchoit à son terme, plus on semoit de terreurs autour de cet infortuné. On ne cessoit de lui dire qu'on alloit le juger présidialement ; on ne lui parloit que d'échafaud ; mais quelquefois aussi ces menaces effrayantes se terminoient par lui représenter la possibilité de se voir ouvrir les portes des prisons, s'il abandonnoit le projet pour lequel il étoit venu dans sa patrie.

Tome V.   M

Pendant que François Mique, ainsi livré à la Justice par son frere, étoit en proie à l'humiliation & aux tourmens les plus cruels pour un cœur honnête & sensible, son épouse infortunée, seule, sans secours, sans consolation, inquiete sur le sort de son mari, dont elle n'avoit aucune nouvelle, étoit dans les douleurs de l'enfantement : à peine est-elle rétablie, qu'elle veut aller chercher de la consolation aux pieds de nos autels. Elle se présente à la porte de Saint-Pierre de Nancy ; le Curé lui en défend l'entrée, & fait fermer les portes, en lui disant qu'une concubine ne devoit pas participer aux prieres des Fideles. Elle trouve enfin des conseils & un Défenseur ; mais ce ne fut qu'après avoir recouru deux fois à l'autorité des Juges supérieurs, que l'on pût entrer dans la prison pour conférer avec l'accusé. Un Défenseur éclairé n'eut pas plus tôt pris tous les renseignemens sur la procédure ténébreuse instruite contre François Mique, qu'il se flatta de la faire anéantir. Il y parvint,

Sur l'appel porté au Parlement de Nancy, François Mique obtint d'abord un Arrêt le 8 Janvier 1774, qui donne

acte de la déclaration faite par le Procureur-Général, qu'il n'entend prendre
le fait & cause de son Substitut au
Bailliage de Nancy ; ordonne que François Mique sera à l'instant tiré des cachots de la Conciergerie, où il étoit
depuis le 16 Octobre précédent, & de
suite transféré dans les prisons civiles.

Enfin, Arrêt est intervenu le 29 Janvier 1774, qui, sur l'accusation de bigamie, casse & annulle toute la procédure, renvoie François Mique des
accusations contre lui formées, comme
fausses & calomnieuses. L'Arrêt ajoute :
sauf aux Parties qui pourroient avoir
intérêt à l'empêcher de prendre le nom
de Mique, à intenter leurs droits &
actions par-devant les Juges qui en
devoient connoître.

Deux jours après l'Arrêt qui avoit déchargé François Mique des accusations
calomnieuses dont il étoit depuis si long-
temps la victime, son frere, désespéré du
peu de succès qu'avoit eu l'accusation de
bigamie, se ressaisit de lui, pendant
qu'il étoit encore étourdi par la sensa-
tion toute récente de ses malheurs. Le
31 du mois de Janvier 1774, il le
fait assigner au Bailliage de Nancy, tant

M ij

à fa requête qu'à celle de fes deux fœurs, pour qu'il fût fait défenfes à François Mique de fe dire *François*, fils de Simon Mique & de Françoife Royal.

François Mique a été condamné par défaut par deux Sentences confécutives du Bailliage de Nancy, des 15 Juin & 16 Juillet 1774, qui lui ont fait défenfes de fe dire fils de Simon Mique & de Françoife Royal.

François Mique fe pourvut, par appel, au Parlement de Nancy ; il prouva par fon extrait baptiftaire, qu'il étoit né en 1720, & qu'il étoit fils de Simon Mique & de Françoife Royal ; qu'en 1736, l'Abbé Nicolas fon oncle, Ecolâtre de la Primatiale de Nancy, lui avoit légué une fomme de 500 livres ; qu'en 1737, 1739 & 1743, il avoit tenu, fur les fonts de Baptême, plufieurs enfans ; qu'après s'être embarqué, avec le confentement de fa famille, fur le vaiffeau l'Elifabeth en 1745, où il avoit été bleffé, il avoit paffé fucceffivement dans plufieurs vaiffeaux, dont il nommoit les Capitaines ; qu'il avoit parcouru différentes parties du Globe ; que s'étant enfin fixé dans les Etats du Nord, il en rapportoit des preuves écrites, & de fon nom, & de fes travaux; qu'il étoit reconnu, depuis fon retour, par une fœur, par une tante, par un coufin-germain, par plus de deux cents témoins; qu'il y avoit une foule d'anecdotes relatives entre lui & les témoins; qu'il n'étoit point mort comme on avoit voulu le faire croire; que les preuves écrites, l'identité de fa perfonne, la reconnoiffance de tous ceux qui le revirent, les dangers qu'il avoit effuyés pour réclamer fon état, à travers mille perfécutions, la perfévérance des témoins qu'il n'avoit certainement pas gagnés, vu fa grande mifere; le poids du témoignage de quelques perfonnes diftinguées par leur état; tout devoit perfuader qu'il n'étoit point un impofteur, & qu'un prétendu acte mortuaire qu'on lui oppofoit, piece défectueufe & non juridique, étoit une piece fauffe, ou du moins une erreur; que cette piece, dont on fe défioit, avoit été gardée jufqu'au moment où, privé de fon Défenfeur, il fut obligé de plaider lui-même fa Caufe.

François Mique, pour détruire cette fable de Mougenot, qui fait encore

M iij

aujourd'hui toute la bafe de la défenfe
de fon frere, quoique cette accufation
ait été jugée calomnieufe par un Arrêt
qui n'eft point attaqué, a fait le voyage
d'Epinal, où avoit vécu ce Mougenot.
Après avoir pris des inftructions fur la
taille, la figure & les cicatrices de cet
homme, François Mique a fait faire
fur lui la vérification de fes traits & de
fes propres cicatrices, pour voir fi elles
correfpondoient à celles de Mougenot.
Il n'y eut pas la plus légere reffem-
blance. Cette preuve fe fit devant un
peuple nombreux, qui avoit vécu avec
ce Mougenot, & devant le Lieutenant
de Police & autres Magiftrats d'Epinal, qui connoiffoient Mougenot pour
un homme de mœurs très-diffolues,
fouvent cité à leur Tribunal.

Un fieur Baftien, Procureur, qui a
occupé pour ce Mougenot dans différentes affaires dont il a les pieces &
n'eft point payé, a vu François Mique,
& il a attefté qu'il n'étoit point Mougenot.

Madame la Comteffe de Crevecœur,
Chanoineffe d'Epinal, & beaucoup d'autres perfonnes, font témoins que le fils
aîné de Mougenot leur a certifié que

François Mique n'avoit jamais été fon pere. Tous fe font récriés fur l'impofture de la femme Mougenot, que fon filence, depuis plus d'un an, n'avoit montrée que trop indifférente fur les droits du mariage; elle dit qu'apparemment elle s'étoit trompée. Comme on devinoit le motif d'une pareille erreur, elle n'échappa qu'avec peine au mauvais traitement de la multitude indignée.

François Mique, obligé de plaider lui-même fa Caufe contre un Avocat habile, fuccomba. Il ne put parler que pour demander la mort, fi l'on pouvoit le convaincre d'impofture; il offrit la preuve & fa tête, on ne l'écouta point.

Le Miniftere public, qui veut être éclairé, ne voyant pas l'affaire fuffifamment inftruite par les pieces qu'on oppofoit à François Mique, avoit conclu, pour que la preuve fût admife, à ce que le procès lui fût fait à l'extraordinaire fur les pieces produites contre lui. François Mique, bien affuré de fon innocence, faifoit des vœux pour que le Parlement adoptât des conclufions, qui tendoient à une inftruction qui l'autoit fait néceffairement triompher de tous les efforts que fon frere avoit

M iv

faits pour le rejeter du sein de sa famille. Il avoit demandé, d'après les conclusions du Ministere public, à se constituer prisonnier ; il vouloit se mettre lui-même sous le glaive de la Justice, pour en être aussi-tôt puni, si on pouvoit le convaincre d'imposture. Les conclusions du Ministere public ne furent pas plus écoutées que les cris de l'infortuné qui demandoit justice contre son frere, ou à être con-condamné, s'il étoit coupable.

Enfin le Parlement de Nancy a rendu le 12 Février 1776, un Arrêt qui confirme les deux Sentences, & fait défenses au soi-disant Charles-François Mique, de se dire fils de Simon Mique & de Françoise Royal.

François Mique, à qui le sentiment de son innocence faisoit regarder cet Arrêt comme le plus sanglant outrage, loin de jouir de ce prétendu bienfait, ne s'est occupé que des moyens qu'il pourroit employer pour le faire casser. Arrivé à Versailles, il crut devoir faire parvenir sa juste réclamation au Souverain lui-même : son frere, qui craignoit les suites de cette réclamation, s'est aussi-tôt empressé de dénoncer François

Mique comme un imposteur, bigame & déserteur, qui se nommoit *Mougenot*, & qui vouloit s'arroger le nom de Mique. Sur cette dénonciation, François Mique fut arrêté & constitué prisonnier à Versailles, sous le nom de Mougenot.

Sa femme fut aussi traînée dans les prisons de Versailles, avec un enfant âgé de trois mois, qu'elle allaitoit.

On fit subir à François Mique trois interrogatoires, tous sur la question d'état; les efforts les plus grands furent employés pour l'engager à quitter son nom. De l'argent lui fut offert; mais il n'étoit point assez vil pour transiger sur l'honneur. On eut recours aux menaces; il n'en fut point ébranlé, & il refusa tout accommodement.

Le 9 Septembre 1776, un Exempt de la Prévôté de l'Hôtel lui présenta un ordre de Sa Majesté, par lequel il étoit ordonné au nommé *Charles-François Mougenot*, se disant *François Mique*, dit *Dadiche*, de sortir incessamment de Versailles, & de s'éloigner de vingt lieues de tous les endroits où seroit la Cour, avec défenses d'en approcher de plus près, sous quelque pré-

M v

texte que ce puisse être. Comme on
vouloit le forcer de signer le nom de
Mougenot au bas de la notification, il
répondit que ne l'ayant jamais porté, &
l'Arrêt qui le condamnoit ne lui donnant pas même ce nom, il ne pouvoit
& ne devoit signer que celui de François Mique, ce qu'il fit. Le 14, on lui
délivra l'ordre du Roi, qu'il reçut avec
soumission & respect ; les portes de la
prison s'ouvrent. Il remarque que l'on
a attendu jusqu'au 14 Septembre, parce
que l'Arrêt du Parlement de Nancy,
ayant été signifié à domicile le 14 Mars,
le 14 Septembre étoit le jour de l'expi-
ration des six mois prescrits par le Réglement du Conseil pour le délai des cassa-
tions. On lui fit des défenses verbales, &
à sa femme, de passer par Paris. Ils s'en
retournerent dans leur province, où ils
furent également accueillis & plaints.

Tous ces revers n'ont pu abattre le
courage de François Mique. Après neuf
à dix moix d'exil, rappelé par un mal-
entendu de sa femme Danoise, qui ne
sait point notre Langue, & qui lui
avoit fait écrire de Paris, où elle avoit
un Défenseur, qu'il pouvoit venir à la
suite de son Procès, il quitta encore

une fois la Lorraine, & vint à Sevre. Le sieur Richard Mique, son frere, n'eut pas plus tôt su le lieu de sa demeure, qu'il le dénonça & le fit arrêter. On vouloit arrêter aussi son infortunée compagne, afin de lui arracher les papiers qu'elle portoit sur elle. Pour se dérober aux recherches de ceux qui la poursuivoient, elle a passé la nuit dans un bois près de Versailles. Ayant ainsi échappé à toutes les recherches, elle trouva le moyen de mettre ses papiers en sûreté: elle apprit que son mari avoit été conduit des prisons de Sevre dans celles du Petit-Châtelet de Paris ; elle vint y pleurer avec lui.

François Mique n'a dû sa liberté qu'à des personnes du premier rang, qui ont bien voulu s'intéresser à son sort. Le Défenseur de François Mique avoit été conférer avec lui dans sa prison, pour s'instruire de toutes les particularités de sa vie, & le juger avant d'embrasser sa défense ; & la Requête en cassation étoit présentée depuis long-temps, lorsqu'on lui ouvrit les prisons du Petit-Châtelet.

François Mique étoit à peine hors des prisons, lorsqu'il apprit que le Conseil l'avoit relevé du laps de temps qui

M vj

s'étoit écoulé depuis la signification
de l'Arrêt de Nancy, & avoit ordonné
que la Requête de François Mique seroit communiquée à Richard Mique,
à Louis-Petare Montigny & Monique
Mique, pour y répondre dans le délai
du réglement.

Tout ce tissu de faits & de renseignemens enchaînés par Mique pour
s'établir dans la famille de Simon Mique & de Françoise Royal, fut com-
battu par ses enfans; le sieur Richard
Mique, Architecte honoraire, Intendant général des Bâtimens du Roi, &
décoré de l'Ordre de Saint-Michel; la
Demoiselle Marguerite Mique, épouse
du sieur de Montigny, Ingénieur des
Ponts & Chaussées de Lorraine, & leur
sœur, Demoiselle Monique Mique,
majeure, qui ne virent en lui qu'un
aventurier imposteur, ou qu'un homme
trompé lui-même par quelque ressem-
blance de nom & d'indices équivo-
ques. Ils traiterent le récit qu'on vient
de lire, de fable imaginée dans le délire; en redresserent les principaux faits
par des faits & des titres contradictoires
& incompatibles avec la vérité des
premiers.

Voici, selon eux, les vérités qui détruisoient le système du soi-disant Mique.

Simon Mique n'étoit point Tailleur de pierres : il est qualifié Architecte dans l'acte de célébration de son mariage avec Françoise Royal, du 15 Novembre 1712.

Simon Mique épousa, en secondes noces, Barbe Michel; il n'eut point d'autres enfans que les trois actuellement existans, & deux qui ne sont plus, François & Claude-Nicolas. Si celui qui se présente pour leur frere ne peut établir son identité, ni avec François, ni avec Claude-Nicolas, jamais Simon Mique ne fut son pere. Or, puisqu'il est vivant, il n'est pas François; François mourut en nourrice, à l'âge de huit mois; il a été enterré dans l'Eglise de Saint-Jean de Pont-à-Mousson, le 5 Février 1721; son extrait mortuaire est rapporté.

Puisqu'il est vivant, il ne peut pas être non plus Claude-Nicolas, qui fut tué, en 1745, sur le vaisseau l'*Elisabeth*. D'ailleurs, s'il prétend s'adapter la vie de Claude-Nicolas, il n'est donc plus François; & c'est cependant là son titre, qu'il ne peut changer, puisqu'il

lui eſt donné par ſon extrait de baptême.

Dans cet embarras, il a recours à
la ſuppoſition que Claude-Nicolas n'eſt
point mort, qu'il n'a point été tué; que
Claude-Nicolas eſt vivant dans ſa perſonne. Mais comment adopte-t-il à ſon
individu l'exiſtence & les actes de la vie
de Claude Nicolas?

D'abord ſon ſignalement n'a nul rapport avec celui du nouveau Mique. Celui-
ci prétend que ſa belle-mere le frappa ſi
violemment, que, renverſé du coup, la
tête porta ſur un chenet aigu & chaud,
qui lui ouvrit la levre inférieure juſqu'à
la hauteur du nez. Nul cicatrice à la levre de Claude Nicolas, rien dans ſon
ſignalement qui puiſſe rappeler les marques de ce fait & de ce coup.

Mique eſſaye de ſe donner quelques
traits de reſſemblance avec le fils de
Simon Mique, en diſant qu'il s'eſt engagé, qu'il a joint le régiment à Bitsche, & qu'au bout de huit mois ſon
pere fut à Metz traiter de ſon congé.
Claude-Nicolas s'eſt, à la vérité, engagé le 14 Mars 1740, mais ſous le
nom de Claude la Jeuneſſe : le régiment dans lequel il s'engagea ne fut ja-

mais en garnison à Bitsche, & il ne
resta que cinq mois sous les drapeaux ;
il fut dégagé le 20 Août de la même
année. Ainsi, la différence des noms,
des régimens & de la durée de l'engagement, détruisent l'identité entre
les deux individus.

Jamais François Mique n'a tenu trois
enfans sur les fonts baptismaux, les 5
Mai 1737, 29 Avril & 14 Juin 1739. On
rapportoit ces trois extraits ; sur le premier, on lit : a eu pour parrain Claude
Mique ; sur les deux autres, a eu pour
parrain Claude la Jeunesse ; il y en a
même un quatrieme du premier Mai
1747, où l'on voit que le parrain a été
Nicolas-Claude Mique.

Jamais Claude-Nicolas n'a été envoyé à Paris, en 1740, par son pere.
Le voyage à Paris, le séjour de deux
ans & demi dans la capitale, sont apo-
cryphes. Claude-Nicolas, immédiatement après son dégagement, fut envoyé à Strasbourg, & ce ne fut qu'en
1745 qu'il vint à Paris.

La Compagnie des Volontaires de
Maurepas n'étoit pas destinée à croiser
sur mer, mais à faciliter la descente du
Prince Charles Edouard, & à lui servir

de garde; jamais il n'y a eu de François Mique dans cette compagnie : celui qui en fut nommé premier Sous-Lieutenant s'appeloit *Claude-Nicolas Mique*; fait justifié par le contrat de mariage de Simon Mique avec Barbe Michel, qui établit qu'il ne lui restoit qu'un seul enfant du premier lit, & que cet enfant s'appeloit *Claude*.

Il n'y avoit que peu de temps que le vaisseau l'*Elisabeth* étoit en mer, lorsqu'il fut joint par le vaisseau anglois le *Lion*. Ce fait est vrai; mais il est faux que le vaisseau ait croisé pendant quelque temps, qu'il soit entré dans différens ports au mois de Juillet 1745, qu'il ait abordé dans aucune Isle, & que François Mique l'ait quitté secrétement. Il ne rapporte aucunes preuves qu'il ait paru dans aucuns pays étrangers avant 1765. Ses voyages en Canada, en Chine, en Turquie, à Constantinople, ont l'air d'un roman mal cousu. Il est prouvé qu'après le combat du 20 Juillet 1745, le vaisseau l'*Elisabeth* n'aborda à aucune Isle, qu'il se rendit directement dans le port de Brest, où il arriva le 29. Il est prouvé que Claude-Nicolas Mique fut tué pendant le com-

bat, & jeté à la mer, après qu'on lui
eut attaché le boulet funéraire pour l'empêcher de surnager. Le Comte de Lancize, Commandant des Volontaires de
Maurepas, & témoin oculaire de la
mort de Claude-Nicolas, écrivit lui-
même une lettre, pour démentir les
faits avancés par Charles-François.

» Le prétendu Mique dit qu'après le
» combat nous abordâmes une Isle,
» d'où il quitta secrétement le vaisseau;
» autre imposture, puisqu'après le com-
» bat nous revînmes à Brest sans abor-
» der aucune Isle ni terre ferme, sans
» avoir parlé à aucun vaisseau ni bateau «.

Ainsi, au décès de Françoise Royal,
il ne restoit qu'un seul enfant, Claude-
Nicolas Mique : il fut tué au combat
du 20 Juillet 1745, & jeté à la mer.
François, son aîné, étoit mort en nourrice : il n'est donc pas possible de supposer aujourd'hui une existence ni à l'un
ni à l'autre.

Quant à Charles-François, la premiere trace que l'on trouve de son existence, est son engagement dans le Corps
Royal de Danemarck, du 5 Décembre
1765. Il ne peut rapporter aucun acte
antérieur, qui montre comment il avoit

exifté jufqu'alors. Il prétend appartenir
à la famille Mique. Quel eft fon nom ?
Il adopte l'extrait baptiftaire de François ; mais François eft mort le 5 Février
1721. Il adopte la vie de celui des fils
de Simon Mique, qui s'eft embarqué
fur le vaiffeau l'*Elifabeth* ; mais ce fils,
le dernier, a été tué au combat du 20
Juillet 1745, & s'appeloit Claude-Nicolas. Sa réclamation eft donc contraire
à fon titre & à fa poffeffion.

Le faux du fyftême fur lequel il
veut échafauder fon nom & fes prétentions, fe montre de toutes parts. Il prétend avoir, pendant douze ans, vu le
Canada, la Chine & la Turquie ; qu'a-
près trois ans de féjour à Conftantino-
ple, il s'eft embarqué pour le Portugal,
peu de temps après l'événement dans
lequel trente mille habitans périrent.
Mais douze ans dans le Canada & la
Chine, & trois de féjour en Turquie,
voilà quinze ans écoulés depuis le combat du vaiffeau, du 20 Juillet 1745,
jufqu'à l'époque de l'arrivée de Charles-
François à Lisbonne. C'eft donc en 1760
qu'il eft abordé à Lisbonne. Le tremble-
ment de terre eft arrivé en 1755. Voilà
une contradiction manifefte dans des évé-

ñemens qu'il n'eſt pas poſſible d'oublier , & ſur leſquels il eſt impoſſible à un homme de ſe méprendre.

Il imagine une Loi expreſſe du Danemarck, qui défend d'enrôler des François. Le certificat de l'Envoyé du Roi de Danemarck , du 14 Février 1778, le dément formellement ; & lui-même a été engagé dans le Corps Royal Danois ſous le nom très-françois de *Mougenot*. Il répond qu'il faut lire *Muck Genott* , & que c'eſt le nom de *Mique la Jeuneſſe* , qui a été rendu ainſi en Danois. Mais le mot Genott n'eſt ni Allemand , ni Suédois , ni Danois , & ne peut jamais être la traduction du mot la Jeuneſſe.

Il ajoute que le Prince de Bevern le diſpenſa de toutes fonctions de ſoldat. Mais ce fait eſt faux ; il eſt qualifié dans l'acte , de ſoldat déſerteur.

Il cite la lettre de M. le Comte de Saint-Germain. Mais cette lettre eſt contre lui. Les éclairciſſemens demandés par M. de Saint-Germain arriverent & parurent ſi concluans , que les Avocats de la Miſéricorde du Barreau de Nancy , perſuadés qu'un établiſſement qui fait honneur à l'humanité , n'a-

voit pas pour but de foutenir le menfonge & l'imposture, déclarerent à Charles-François qu'ils ne pouvoient plus lui
prêter leur ministere. Il se jeta alors
dans les bras de M. Boutheiller, qui
plaida d'abord pour lui, mais qui, convaincu ensuite de son imposture, lui
dit de chercher un autre Défenseur; &
ce fut-là la raison qui força Charles-François de plaider lui-même sa Cause.

Il vante les vertus de la Demoiselle
Caroline Arhenfeld, niece du Directeur Général des fortifications, qu'il
s'est choisie pour épouse; & a déclaré,
dans son interrogatoire, qu'elle étoit
couturiere; & l'extrait baptistaire de sa
fille est du 20 Septembre 1767, deux
mois après la célébration de son mariage, du 20 Juillet précédent.

Il ose supposer que Richard Mique
a fait un voyage en Danemarck, &
que, depuis, le registre du régiment
porte actuellement, au lieu de *Muck
Genott*, *Mougenot* : mais le sieur
Richard Mique nie formellement qu'il
ait jamais été en Danemarck; & le
registre du régiment du Corps Danois,
ni même le certificat, n'ont jamais varié
sur le nom de *Charles-François*. C'est

M. de Schutze, Conseiller de Légation de Sa Majesté Danoise, qui a procuré les renseignemens nécessaires. L'expédition, en Langue Danoise, de toutes les pieces relatives à cette affaire, est certifiée de lui & scellée de son cachet : or Charles-François y est toujours désigné sous le nom de *Carle Franck Mougenot*.

Quant aux prétendues reconnoissances par une sœur, par une tante, depuis son retour, ce sont des fables controuvées. Claude-Nicolas Mique, tué au combat du 20 Juillet 1745, n'a laissé que deux sœurs, la dame de Montigny, & la demoiselle Monique Mique, qui, toutes deux, sont Parties au Procès : & il n'y a point de tante dans leur famille ; il n'en existe pas même du chef de Françoise Royal.

Ce ne fut qu'en Suede qu'il prit le nom de *Mique*. Le premier acte qui le lui donne, est un certificat du 28 Novembre 1768 ; son engagement, qui est du 21 Avril 1769, le désigne même sous le nom de *Miquet*. Tous ceux qu'il a passés en Danemarck, le sont sous le nom de *Mougenot* ou de *Muck Genott*. Il est vrai que, depuis son enga-

gement en Suede, il a pris le nom de
Mique ; mais les noms de baptême,
qui accompagnoient le nom de famille,
l'écartent de la famille des sieur & demoiselles Mique, parce qu'aucun des
enfans de Simon Mique & de Françoise
Royal n'a été baptisé sous le nom de
Charles-François, qu'il a toujours porté.

Il prétend que Simon Mique étoit si
sûr que son fils François Mique vivoit
encore, que lors de la maladie dont il
est décédé, il disoit que tout ce qui
le chagrinoit en quittant la vie, étoit
d'avoir un enfant dans le pays étranger,
sans savoir où ; qu'il n'étoit pas mort,
& qu'il en étoit sûr. Mais comment peut-
on avancer un mensonge si absurde ? Le
contrat de mariage de Simon Mique
avec Barbe Michel prouve qu'il ne lui
restoit qu'un seul enfant du premier
lit. L'acte d'engagement du 14 Mars
1740 prouve que cet enfant s'appeloit
Claude ; l'Arrêt de 1747 prouve que
c'étoit la succession de ce même Claude,
qui divisoit les parens paternels & maternels. Comment peut-on avancer,
après cela, que Simon Mique, mort en
1763, étoit convaincu que son fils
François vivoit encore ?

Il ne lui reftoit d'autre reffource, pour prolonger encore fon roman, que de nier la mort de Claude-Nicolas : auffi ofe-t-il dire que les Militaires qui ont certifié la mort du fieur Mique, l'ont confondu avec le fieur Grifol, qui fut tué au combat du 20 Juillet 1745. Mais le Comte de Lancize répondra encore à cette fuppofition. » Le » prétendu Mique, dit-il, veut que » nous l'ayons pris pour M. Grifol, » qu'il fait tuer à côté de lui. M. Grifol fut tué à l'avant du vaiffeau, & » M. Mique le fut à l'arriere, à côté » de moi. — M. Mique ne paroiffant » pas à l'appel, l'Ecrivain, fans me » confulter, l'apoftilla mort de même » que tous ceux qui eurent le malheur » de l'être «.

A ces faits contradictoires, dont la vérité entraînoit néceffairement la fauffeté de l'hiftorique racontée par Charles-François, on ajoutoit le témoignage d'un compagnon Marbrier, qui avoit travaillé en Danemarck, fous les ordres du fieur Jardin, Architecte. Ce compagnon Marbrier, nommé *Bert*, & fixé à Paris, déclaroit qu'il connoiffoit parfaitement l'individu en queftion ; qu'il avoit été

son camarade de lit en Danemarck ;
qu'il étoit venu chez lui, ainsi que sa
femme, plusieurs fois depuis son retour ; mais qu'il avoit toujours refusé
de le recevoir & de lui parler, parce
que c'étoit un mauvais sujet, qu'il
avoit été obligé, en Danemarck, de
chasser de sa chambre. Il ajoutoit qu'il
n'avoit jamais porté, en Danemarck,
d'autre nom que celui de *Charles Mougenot* ; qu'il s'étoit dit déserteur de
France ; qu'il ne lui avoit jamais entendu parler de ses voyages aux Indes,
en Canada, &c. qu'il leur étoit souvent
arrivé de comparer leurs âges, & que
ce particulier lui avoit toujours dit avoir
trois ans plus que lui ; qu'en 1767
il avoit trente-quatre ans, & qu'il devoit en avoir à présent environ quarante-
cinq ; mais qu'il paroissoit un peu plus
que son âge, par l'habitude de boire &
de fumer.

Tels étoient les faits que les sieur
& demoiselles Mique opposoient à la
narration du soi-disant Mique, pour
prouver qu'il n'appartenoit point à leur
famille. Cette question d'état & d'identité formoit le fond de l'affaire jugée
par l'Arrêt du Parlement de Nancy. Ils
avoient

avoient conclu à ce qu'il fût fait défense
à Charles-François de se dire fils de
Simon Mique : & lui, il avoit demandé
qu'il lui fût permis de faire preuve
par témoins, qu'il étoit individuelle-
ment le même qui a été connu en
Lorraine, pendant l'espace de vingt-
quatre années, sous le nom & qualité
de *Charles-François, fils de Simon
Mique & de Françoise Royal.* Le Parlement, en le déboutant de cette demande, lui fit défense de se dire fils
de Simon Mique & de Françoise Royal.
C'est de cet Arrêt que Charles-François poursuivoit la cassation au Conseil
des Dépêches, & la question qu'avoit
à juger le Conseil, étoit la régularité
de cet Arrêt.

Charles-François l'attaquoit par trois
moyens : 1°. contraventions à l'Ordonnance de 1767, pour l'avoir débouté
de la preuve par témoins ; 2°. contra-
vention à l'Ordonnance de la Marine,
pour avoir adopté la mort de Claude-
Nicolas Mique, sur une simple note
marginale mise sur le rôle de l'équi-
page du vaisseau *l'Elisabeth* ; 3°. con-
trariété dans l'Arrêt, en ce qu'en lui
faisant défense de se dire fils de Simon

Tome V.   N

Mique, il ne le punit pas comme imposteur, pour avoir usurpé cette qualité.

Les enfans de Simon Mique répondoient : L'affaire n'étoit pas de nature à admettre la preuve par témoins : le Parlement de Nancy n'auroit pu l'admettre sans contrevenir à toutes les Loix du Royaume : 1°. elle étoit contraire aux titres qui établissoient le décès de tous les enfans de Simon Mique & de Françoise Royal.

2°. Elle étoit contraire aux titres & à la possession d'état de Charles-François.

3°. La preuve articulée par Charles-François, loin de l'affilier à la famille Mique, l'en excluoit.

4°. Il n'y avoit aucune espece d'identité, ni de rapport entre Charles-François & celui des enfans de Simon Mique & de Françoise Royal, qui a survécu à sa mere.

L'Arrêt du Parlement de Nancy est resté sans atteinte, & Charles-François fut débouté de sa demande en cassation.

UN *Negre & une Négresse qui récla-moient leur liberté contre un Juif.*

CES deux infortunés me furent pré-
sentés par un ami qui connoissoit les
mauvais traitemens que leur Maître leur
faisoit éprouver. Il me pria de les défendre. Je fis pour eux le Mémoire
qu'on va lire.

Deux esclaves ont eu le bonheur
d'aborder en France ; ils ont appris que
l'air qu'on y respire est celui de la
liberté : leurs ames, anéanties sous le
plus dur esclavage, se sont ouvertes à
la plus douce espérance. Ils ont apporté
devant les Magistrats, protecteurs des
droits des Negres de nos Colonies, les
fers dont ils ont été meurtris, & ces
Magistrats les ont mis sous la sauve-
garde du Roi & des Loix. Ces infortunés commencent à sentir que la liberté, le premier des droits de l'homme, est aussi le plus précieux de ses
biens.

Cependant le plus insensible des
Maîtres veut leur arracher le bienfait

N ij

involontaire de les avoir conduits fur une terrre qui ne connoît point l'efclavage. Il les pourfuit, il les menace, & il les difpute aux Loix qui les protegent. Ils ne fe diffimulent point quel feroit leur fort, s'ils retomboient jamais fous le joug de la fervitude & de la vengeance réunies. L'idée de la mort eft moins affreufe pour eux, que celle de porter les chaînes qu'ils demandent aux Magiftrats de brifer. Leur pofition eft terrible : c'eft l'humanité même qui les préfente à la Juftice.

Pampy, Negre, âgé de vingt-quatre ans, eft né dans l'Ifle de Saint-Domingue fur l'habitation de la dame Poudonce.

Julienne, Négreffe, âgé de dix-huit ans, eft née à Congo ; elle a été enlevée, dès fa plus tendre enfance, de fon pays natal, & elle a été vendue au fieur Grangiés.

L'un & l'autre ont été élevés & inftruits dans la Religion Catholique.

Le fieur Mendés, Juif, ayant quitté la France pour s'établir dans les Colonies, a acheté une habitation au Petit-Goave fur la côte de l'Ifle de Saint-Domingue. La dame Poudonce lui a vendu Pampy , & le sieur Grangiés Julienne.

Le sieur Mendés a tiré les services les plus importans de ces deux Negres ; car Pampy est excellent Charpentier, & Julienne très-bonne Couturiere.

L'année derniere , le sieur Mendés résolut de quitter l'Amérique & de repasser en France pour rétablir sa santé. Comme il en étoit sorti dans des circonstances qu'il vouloit faire oublier , il crut qu'il ne devoit paroître dans le Royaume qu'avec les dehors de l'opulence. La capitale lui parut le séjour le plus favorable à son projet. Tous les rangs y sont presque confondus ; & , si un Juif opulent n'y jouit pas de cette considération flatteuse, le premier des besoins pour un homme bien né , il peut au moins y jouir de tous les agrémens qu'on se procure avec de l'or.

Le sieur Mendés se détermina donc à amener avec lui Pampy & Julienne. Il est arrivé en France , & , depuis huit mois , il habite la capitale.

Si le séjour de cette ville promettoit des plaisirs au sieur Mendés, il a été bien funeste à son Negre & à sa Négresse ; car ce Juif, loin de leur faire

N iij

éprouver les effets de l'humanité & de cette douceur qui caractérisent le François, leur a au contraire fait regretter les travaux pénibles auxquels ils étoient employés dans les Colonies.

Quoiqu'ils eussent éprouvé les plus rudes traitemens de leur Maître, avant de passer en France, ils n'ont connu toute la dureté de son caractere que depuis le moment où ils sont arrivés dans la capitale.

Deux traits de cruauté que ce Juif a exercés envers son Negre & sa Négresse, dans les Colonies, suffisent pour faire connoître que l'humanité n'a aucuns droits sur son cœur.

Jaloux de conserver Julienne, il a eu la barbarie de prendre une précaution qui fait frémir d'horreur..... Il a fait imprimer son nom, avec un fer rouge, sur le sein de cette infortunée, & il l'a condamnée, par ce supplice, à porter, tant qu'elle vivra, l'empreinte de son esclavage.

Pampy étoit resté, jusqu'à l'âge de vingt-un ans, sur l'habitation de la dame Poudonce. Aussi-tôt que le sieur Mendés en est devenu propriétaire, il a voulu qu'il portât, sur ses épaules, l'empreinte de son nom, & ce malheureux Negre a subi la même épreuve que la Négresse. Un fer rouge, en lui brûlant les chairs, lui a laissé un signe ineffaçable de servitude.

On peut juger, par ces traits, si le sieur Mendés a été capable de maltraiter Pampy & Julienne depuis qu'ils sont en France.

Le sieur Mendés leur donnoit, à chacun, six livres de pain par semaine, & un sou par jour à dépenser pour leur nourriture. Leurs vêtemens étoient les mêmes qu'ils portoient en Amérique, & ils ont porté ces habits, faits pour le climat brûlant des Colonies, dans le temps que le thermometre étoit au dix-septieme degré au dessous de la glace. Le sieur Mendés a voulu en imposer, lorsqu'il a dit qu'il faisoit porter à son Negre sa livrée, dont il a grand soin de marquer la couleur; car il est certain que ce malheureux, né & élevé presque sous la zone torride, s'est vu exposé à souffrir la rigueur excessive du froid qu'on a éprouvé au mois de Janvier 1776, puisqu'il n'avoit, pour s'en garantir, qu'un habillement léger, qui auroit à peine pu servir à un François

N iv

pendant la faifon la plus chaude de ce climat.

On fait que les Negres, nés fous un ciel brûlant, fouffrent beaucoup plus du froid que les Européens, & furtout lorfqu'ils fe trouvent tranfplantés dans nos régions feptentrionales. Ils ne peuvent fe mettre à couvert de l'intempérie de notre climat, qu'avec des vêtemens beaucoup plus chauds que ceux que nous portons. Cependant le fieur Mendés, qui n'ignore pas les précautions qu'on doit prendre dans les différentes parties du globe qu'on habite, a eu la dureté de laiffer fon Negré & fa Négreffe prefque nus pendant la faifon la plus rigoureufe de l'hiver. Les vêtemens de Pampy étoient même fi déchirés, qu'ils pouvoient à peine cacher fa nudité.

Voilà cependant l'habillement que le fieur Mendés transforme en une fuperbe livrée verte, galonnée en argent.

Peu de temps après qu'il fut arrivé à Paris, il fut arrêté & conftitué prifonnier, en vertu d'un décret de prife de corps, qui avoit été prononcé contre lui & la demoifelle Brunfwick, qu'il

annonce pour être la sœur de sa bru.
Il est resté en prison pendant près de
deux mois : Pampy & Julienne l'y ont
accompagné, & ont continué leurs services, l'un auprès du sieur Mendés, &
l'autre auprès de la demoiselle Bruns-
wick.

Cet événement, désagréable pour le
sieur Mendés, a augmenté la dureté
de son caractere. Il a fait éprouver, à
son malheureux Negre, qui lui donnoit
les marques de l'attachement le plus
sincere, tous les mauvais traitemens
qu'un homme naturellement dur, &
aigri par le malheur, peut faire essuyer
à des esclaves. La santé de l'infortuné
Pampy n'a pas pu résister à un genre
de vie aussi affreux. La douleur & l'air
contagieux qu'il respiroit dans la prison,
ont enflammé son sang au point qu'il
est tombé dangereusement malade.

On croira peut-être que la crainte
de perdre la propriété d'un esclave que
le sieur Mendés réclame aujourd'hui
avec tant d'opiniâtreté, l'aura déterminé à donner des secours à Pampy.
Non..... Il a eu l'inhumanité de lui
refuser jusqu'à ceux qui étoient absolument nécessaires pour le rappeler à

N v

la vie ; il l'a même , pour ainfi dire , abandonné. Un Guichetier , moins infenfible qu'un Juif , a été attendri fur le fort de ce malheureux ; & , fans les fecours qu'il en a reçus, la mort & la mifere auroient privé le fieur Mendés de la victime de fon avarice. Cependant le fieur Mendés vante fon opulence , fes tréfors & fes propriétés , & il n'a pas rougi de voir un Guichetier donner à fon Negre du bouillon que la charité deftine aux prifonniers malades !.....

Mais fi Pampy & Julienne étoient privés du néceffaire dans leurs vêtemens & leur nourriture, leur Maître n'en exigeoit pas moins d'eux le fervice le plus dur. Souvent , après avoir travaillé avec une conftance infatigable , ils fe voyoient récompenfés par une grêle de coups.

Pampy & Julienne languiffoient dans cet état affreux , & ils étoient livrés au défefpoir , lorfqu'ils ont appris que nos Rois, par une Loi digne de leur fageffe & de leur humanité , avoient banni l'efclavage de leurs Etats , & qu'ils avoient voulu que tout homme qui auroit le bonheur de vivre fous leur empire, fût libre, foit qu'il fût François , regnicole, ou étranger.

Alors la douce efpérance de rompre les chaînes funeftes qu'ils portoient, répandit la joie dans leurs cœurs, & ils volerent vers les Magiftrats qui pouvoient les faire jouir du bienfait qu'ils défiroient avec tant d'ardeur.

Ils furent adreffés à un Procureur au Parlement, qui, touché de leur fort, s'empreffa de leur donner des preuves de fon humanité, & de préfenter pour eux une Requête à l'Amirauté de France, " dans laquelle ils demanderent qu'il leur fût permis de faire affigner le fieur Mendés, pour voir ordonner qu'ils demeureroient libres de leurs perfonnes & biens ; que défenfes lui feroient faites, ainfi qu'à tous autres, d'attenter à leurs perfonnes, & qu'il feroit condamné à leur payer à chacun la fomme de cent livres pour leurs gages depuis huit mois qu'ils étoient en France ; que, par provifion, ils fuffent mis fous la fauve-garde du Roi & de la Cour. Ils demanderent en outre une provifion de foixante livres chacun ".

Sur cette Requête il eft intervenu Sentence le 19 Janvier dernier, qui a

N vj

nommé ce Procureur curateur de Pampy & de Julienne, les a mis sous la sauve-garde du Roi & de la Justice, & a fait défenses au sieur Mendés d'attenter à leurs personnes & biens ; sur le surplus de leurs demandes, il leur a été permis d'assigner le sieur Mendès à l'Audience du Lundi suivant.

Au jour indiqué par la Sentence, le sieur Mendés n'a point paru à l'Audience, & il est intervenu une seconde Sentence qui leur a adjugé leurs conclusions.

Mais, le 25 Janvier, il a présenté une Requête, dans laquelle il a prétendu, 1°. qu'il avoit rempli toutes les formalités prescrites par les Loix du Royaume, pour conserver en France la propriété des esclaves; 2°. qu'au moyen des offres qu'il faisoit de renvoyer Pampy & Julienne dans les Colonies, ils étoient non - recevables dans leur demande en liberté ; 3°. enfin, qu'ils n'avoient point de qualité pour ester en jugement ; qu'ainsi, sous quelque point de vue qu'on envisageât leur action, elle devoit être proscrite.

Pampy & Julienne ont répondu à cette Requête , & ils ont détruit les

allégations & les prétextes que le fieur
Mendés emploie pour s'oppofer à leur
demande en liberté. Mais, quelque légitime que fût leur défenfe, ils ne fe
diffimuloient point qu'ils n'avoient d'autre alternative que celle de périr victimes de la barbarie du Juif qui les
réclamoit, & qui les avoit menacés
de les faire repentir un jour de ce
qu'ils avoient ofé le traduire devant
les Magiftrats, ou d'obtenir leur liberté. Il leur étoit donc bien important
d'établir que leur réclamation étoit fondée fur les Loix & fur les confidérations les plus puiffantes. C'eft le but que
je m'étois propofé dans le développement des moyens qui fe réuniffoient
en leur faveur.

Tous les hommes, en fortant des
mains de la Nature, naiffent libres. Ceux
qui ont cru appercevoir une empreinte
naturélle de fervitude fur le vifage de
certains Peuples, au lieu de confulter
la raifon, n'ont pris pour guide que des
préjugés enfantés par la vanité & par
l'orgueil. S'ils euffent écouté en filence
la voix puiffante qui crie au fond du
cœur de tous les hommes, ils auroient
reconnu que c'eft calomnier la Nature,

que d'ofer prétendre que tous les hommes ne naissent pas libres.

C'eft donc une vérité inconteftable, que les chaînes de l'efclavage ont été forgées par les hommes contre le vœu de la Nature.

Prefque toutes les Nations ont, il eft vrai, admis la fervitude.

Nous en trouvons des exemples dans celle du fieur Mendés. Les Juifs réunissoient en même temps l'efclavage perfonnel & réel. Les étrangers, parmi ce Peuple féroce, étoient condamnés à fupporter le joug de la fervitude; & quoique Moïfe leur eût crié : *Vous n'aurez point fur vos efclaves d'empire rigoureux, vous ne les opprimerez point* ; ils exerçoient, contre leurs efclaves, les traitemens les plus durs.

Moïfe n'ayant pu parvenir à adoucir, par fes exhortations, les mœurs des Juifs, fut obligé de leur impofer des Loix. Il commença par fixer la durée de l'efclavage. Il ordonna qu'il n'exifteroit pour les étrangers que jufqu'à l'année du Jubilé, & l'efpace de fix ans pour les Hébreux.

Il établit encore que perfonne ne pourroit vendre fa liberté, à moins qu'il ne fût exposé à souffrir les horreurs de l'indigence.

Suivant la législation des Juifs, si un Maître avoit crevé un œil ou cassé une dent à son esclave, l'esclave devoit avoir sa liberté en dédommagement de la perte qu'il avoit faite.

Une autre Loi enfin de ce Peuple porte que, si un Maître frappe son esclave, & que l'esclave meure sous le bâton, le Maître doit être puni comme coupable d'homicide.

Quel Peuple que celui qu'il falloit contraindre à respecter les droits de l'humanité par des peines séveres !...... C'est un des rejetons de cette Nation qui demande aujourd'hui aux Magistrats de lui rendre deux esclaves qu'il a maltraités ;... mais suspendons les réflexions qui se présentent en foule à notre esprit, & continuons d'examiner la suite & les progrès de la servitude chez les autres peuples.

Les Lacédémoniens furent les premiers de la Grece qui introduisirent l'usage des esclaves ; mais la servitude ne fut pas, comme chez les Juifs, une violation du droit des gens; elle fut

la peine du vaincu & la récompense
du conquérant.

L'esclavage existoit chez les autres
Peuples de la Grece ; mais il y étoit si
doux, que leurs Maîtres ne pouvoient
exercer contre eux aucuns mauvais traitemens.

Les Athéniens, suivant Xénophon,
traitoient leurs esclaves avec beaucoup
de douceur. Ils punissoient sévérement,
quelquefois même de mort, celui qui
avoit battu l'esclave d'un autre.

Les Romains avoient pour leurs esclaves plus de soins & de bonté qu'aucun autre Peuple ; c'est aussi dans le
sein de cette servitude domestique que
sont nés Térence & Phédre. Si ces deux
hommes célebres eussent été les esclaves d'un Juif, les germes de leur génie
auroient été étouffés par la cruauté de leur
Maître, & les Lettres auroient perdu
deux Ecrivains qui servent encore de
modeles chacun dans son genre.

Chez les anciens Germains, suivant
Tacite, l'esclavage étoit très-doux. Lorsqu'ils eurent conquis les Gaules sous le
nom de *Francs*, ils envoyerent leurs
esclaves pour cultiver les terres qui leur
étoient échues par le sort.

Dans les premiers siecles de la Monarchie Françoise, dans ces temps malheureux où l'autorité du gouvernement féodal mettoit des entraves à la bonté de nos Rois, il existoit en France des serfs ; mais cette espece de servitude, quoique bien différente de l'esclavage reçu chez les autres Nations, parut toujours odieuse à nos Rois.

Louis le Gros, en 1135, donna le premier l'exemple de l'affranchissement, en brisant les chaînes de tous les esclaves de ses domaines.

Outre les serfs, il y avoit encore dans le Royaume une autre classe d'esclaves ; car Philippe le Bel donna, dans le treizieme siecle, à Charles de France son frere, Comte de Valois, un Juif de Pontoise, & il paya trois cents livres à Pierre de Chambly pour un Juif qu'il avoit acheté de lui.

Louis VIII avoit signalé son avénement au trône en suivant l'exemple de Louis le Gros ; mais Louis X, surnommé Hutin, donna un Edit formel, le 3 Juillet 1315, par lequel il abolit entiérement l'esclavage dans ses Etats. » Comme, dit ce Prince dans cet Edit, selon le droit de la Nature, chacun doit naître franc, — Nous, confidérant que notre Royaume eſt dit. & nommé le Royaume des Francs, & voulant que la choſe en vérité ſoit concordante avec le nom, — par délibération de notre Conſeil, avons ordonné & ordonnons que généralement par tout notre Royaume — franchiſe ſoit donnée, &c.

Depuis cette Loi, on ne connoît plus d'eſclaves en France. Le Juif de Pontoiſe paroît être le dernier qui ait été vendu dans ce Royaume.

C'eſt maintenant une maxime du Droit public de la France, que tout homme qui a le bonheur de vivre ſous l'empire de nos Rois, eſt libre. Ce privilége du Royaume eſt une des plus belles prérogatives d'une Nation policée; il eſt fondé ſur la Loi naturelle & ſur l'humanité; & l'Edit ſolennel qui a conſacré ce principe, eſt un monument de la Juſtice & de la bienfaiſance de nos Rois. Ils ont en effet, dans tous les temps, adopté cette maxime : *Omnibus rebus inæſtimabilior eſt libertas, & favorabilior.* Le François n'eſt pas le ſeul homme dont la ſageſſe de notre légiſlation protege la liberté; elle l'aſſure au regnicole & elle l'offre à l'étranger, dans quelque contrée qu'il ait reçu la vie, & quoiqu'en ouvrant les yeux à la lumière, ses premiers regards ayent été frappés par les fers de l'esclavage.

Il est vrai que, depuis la découverte de l'Amérique, nos Rois ont fait une exception au principe national en faveur des Colons établis dans les possessions qu'ils ont acquises dans le Nouveau-Monde. L'usage s'étant introduit dans les Colonies d'envoyer acheter des hommes sur les côtes d'Afrique, pour leur faire supporter le fardeau de la culture, il a paru nécessaire d'adopter l'esclavage pour assurer des cultivateurs aux Colons Européens : de là, les Loix qui ont paru dans le siecle dernier, pour régler les droits du Maître & de l'esclave dans nos Colonies ; & telle est l'origine de l'établissement de l'esclavage des Negres en Amérique.

Le sieur Mendès, Juif, a cru qu'il pouvoit rendre sa défense plus favorable, en supposant à tous les Africains, transplantés dans nos Colonies, les vices particuliers de quelques individus. Il reproche à tous les Negres d'être fourbes & menteurs. Les malheureux qu'il poursuit pourroient faire le même

reproche à la Nation Juive, & le parallele ne lui feroit peut-être pas favorable.

C'eft en effet une obfervation fondée fur l'expérience, que ce font les
premieres impreffions que reçoivent les
Africains dans le Nouveau-Monde, qui
les déterminent vers de bonnes ou mau-
vaifes qualités. Ceux qui tombent en
partage à un Maître humain, contrac-
tent l'habitude de la douceur & de
l'attachement à leur devoir : ceux au
contraire qui ont un Maître dur & violent, partagent fes vices. La fidélité,
l'affection & l'activité au travail font
la récompenfe des vertus du premier.
Si le dernier regarde la pitié comme
une foibleffe, & s'il fe plaît à tenir
fes efclaves courbés fous la crainte
des châtimens, fa barbarie eft fouvent
punie par l'infidélité, la défertion, &
même le fuicide des déplorables victimes de fa cruauté.

Le reproche que le fieur Mendés
fait aux Negres en général n'eft donc
pas fondé.

On pourroit, avec plus de raifon,
reprocher à fa Nation des vices contre
lefquels les Loix ont, dans tous les temps,

opposé la plus grande sévérité. Nous nous bornerons à citer un morceau d'un Plaidoyer qui a été fait pour défendre les Juifs de Metz. Le sieur Mendés ne nous accusera pas de chercher des preuves dans les Ouvrages composés contre sa Nation ; c'est dans le Plaidoyer même du Défenseur de ses Confreres, que nous puiserons la réponse au reproche qu'il fait à ses anciens esclaves.

» On observe effectivement, disoit ce Défenseur, que le Juif, familiarisé avec le mépris, fait de la bassesse la voie de sa fortune.

» Incapable de tout ce qui demande de l'énergie, on le trouve rarement dans le crime ; on le surprend sans cesse dans la friponnerie.

» Séparé de toutes les propriétés, l'or qui les représente fait sa passion unique.

» Barbare par défiance, il sacrifieroit une réputation, une fortune entiere, pour s'assurer la plus chétive somme.

» Sans autre ressource que la ruse, il se fait une étude de l'art de tromper. L'usure, ce monstre qui ouvre les mains de l'avarice même pour l'assouvir davantage..... qui va par-tout épiant la foiblesse, le malheur, pour leur porter

ſes perfides ſecours, ce monſtre paroît
l'avoir choiſi pour ſon agent.

» Voilà, je crois (continuoit le Défenſeur des Juifs de Metz), tout ce que
l'Inquiſition la plus rigoureuſe pourra recueillir contre le Peuple Juif ; & j'avoue
qu'il y a de quoi être effrayé du portrait, s'il eſt fidele. Il ne l'eſt que trop
(ajoutoit-il) ; c'eſt une vérité dont il faut
gémir «.

Ne pouvons-nous pas dire maintenant
que le parallele n'eſt pas favorable à la
Nation du ſieur Mendés, & que, ſi
ſes anciens eſclaves ont les vices qu'il
leur ſuppoſe, il doit ſe faire un reproche
de ne leur avoir pas donné des exemples de douceur & d'humanité ? Mais,
quand même ces prétendus vices exiſ-
teroient, ils ne peuvent influer ſur la
liberté de Pampy & Julienne ; c'eſt ce
que nous allons démontrer, en appré-
ciant les moyens ſur leſquels le ſieur
Mendés appuie ſa réclamation.

C'eſt une maxime, comme nous l'a-
vons déjà dit, de Droit public en
France, que tout homme qui y habite
eſt libre. D'après ce principe, il n'eſt
pas douteux que Pampy & Julienne,
ayant le bonheur d'être en France, doi-

vent jouir du bienfait involontaire que
le fieur Mendés leur a procuré.

Mais, pour leur enlever le privilége
qu'ils réclament, il leur en oppofe un
contraire. Voyons donc fi les moyens
qu'il invoque peuvent l'emporter fur
les anciennes Ordonnances de nos Rois,
& fur-tout fur les droits de la Nature
& de l'humanité.

» Le fieur Mendés fondoit fa défenfe
fur les difpofitions de la Déclaration du
Roi du 15 Décembre 1738. Cette Loi
(difoit-il) a permis aux Américains
d'amener en France des efclaves, en
obfervant certaines formalités que le
Légiflateur a prefcrites. En prenant ces
précautions, le propriétaire des efclaves
peut les conferver, & les efclaves ne
peuvent réclamer leur liberté. Or j'ai
rempli toutes les formalités : donc
Pampy & Julienne ne peuvent fecouer
le joug de mon autorité légitime «.

D'abord, la Déclaration du Roi de
1738 n'a point été enregiftrée par le
Parlement de Paris. Ainfi Pampy &
Julienne auroient pu fe borner à oppofer
ce moyen au fieur Mendés.

En effet, le Parlement de Paris n'admet point les difpofitions de cette Dé-

claration. Cette Cour augufte a, dans tous les temps, protégé la liberté des hommes, &, dans toutes les occasions, elle a ordonné l'exécution des anciennes Loix du Royaume. Nous pourrions rapporter plusieurs exemples qui atteftent cette Jurifprudence. Il nous fuffira de citer un Arrêt récent, qui a été rendu dans des circonftances moins favorables que celles où fe trouvent Pampy & Julienne.

Francifque, Negre, fut acheté, à l'âge de huit ans, par le fieur Brignon. Ce dernier le fit paffer en France. Francifque, fous prétexte de mauvais traitemens, quitta fon Maître, & fe mit au fervice d'un autre; mais ce Negre, après fon évafion, fut bientôt arrêté par ordre du Roi, & renfermé à Bicêtre. De là il fut transféré à la Conciergerie. Il fit alors affigner le fieur Brignon en l'Amirauté, & demanda, conformément aux Loix du Royaume, d'être déclaré libre.

» La défenfe du fieur Brignon (dit l'Arrêtifte) fut qu'il avoit rempli les formalités prefcrites par le Code Noir, & qu'il offroit de renvoyer Francifque dans les Colonies.

» Le

» Le Negre répondit que le Code
Noir n'avoit pas été enregiftré au Parlement de Paris, & qu'on ne pouvoit
pas en argumenter dans fon reffort ;
que d'ailleurs le fieur Brignon n'a-
voit pas rempli les formalités prefcrites
par la Déclaration de 1738..... Les raifons de Francifque (continue l'Arrêtifte)
prévalurent, &, par Sentence du 16
Juin 1758, confirmée par Arrêt rendu
en la Grand'Chambre, le 22 Août 1759,
fa liberté & fes conclufions lui furent
accordées «.

Cet Arrêt attefte que la Jurifprudence du Parlement de Paris eft favorable à la liberté, puifque ce Tribunal
augufte l'a accordée à un Negre, auquel
fon Maître oppofoit la Déclaration de
1738, & quoiqu'il foutînt en avoir
rempli les formalités.

Suivant le vœu de la Jurifprudence,
Pampy & Julienne font donc fondés à
demander leur liberté, & ils font beaucoup plus favorables que Francifque,
qui a réuffi à l'obtenir.

Mais, fuppofons que le fieur Mendés puiffe invoquer la Déclaration de
1738, eft-il vrai qu'il en ait rempli les
dispofitions ?

Tome V.   O

Quel a été le motif de cette Loi?
Le Légiflateur l'explique dans le préambule. » Nous ayant été repréfenté (y
» eft-il dit) que plufieurs habitans de
» nos Ifles de l'Amérique défiroient en-
» voyer en France quelques-uns de leurs
» efclaves, pour les confirmer dans les
» inftructions & dans les exercices de
» la Religion, & pour leur faire ap-
» prendre quelque Art ou Métier ; mais
» qu'ils craignoient que les efclaves ne
» prétendiffent être libres en arrivant
» en France, &c. «.

Voilà les motifs qui ont déterminé
la Déclaration de 1738, & l'Edit de
1716. Le fieur Mendés ne prétendra
pas, fans doute, qu'il ait voulu remplir le but de ces Loix. Sa qualité de
Juif exclut toute idée qu'il ait eu l'intention de faire inftruire Pampy & Julienne dans la Religion qu'ils ont le
bonheur de profeffer. Il ne peut également prétendre qu'il a eu le projet de
leur faire apprendre un métier, puifque
l'un eft excellent Charpentier, & l'autre
très-bonne Couturiere.

C'eft donc contre le vœu précis de
la Déclaration du Roi de 1738, que
le fieur Mendés a fait paffer en France
les deux efclaves qu'il réclame.

Mais fi le fieur Mendés n'a pu avoir les vûes qu'exigent les Loix pour amener des Negres dans le Royaume, il n'a pas même rempli les formalités qu'elles ont prefcrites.

Tout Américain qui veut faire paffer en France des Negres, eft obligé, avant de les faire fortir de la Colonie, d'en demander la permiffion au Gouverneur; il doit enfuite faire enregiftrer cette permiffion, tant au Greffe de l'Amirauté de la Colonie, qu'à celui de l'Amirauté du lieu de fon débarquement. Il faut encore, fi le Negre eft amené dans la capitale, que la permiffion foit enregiftrée au Greffe du Siége de la Table de Marbre du Palais à Paris. Il faut enfin que le propriétaire du Negre faffe une foumiffion de la fomme de mille livres, pour chaque Negre, entre les mains des Commis des Tréforiers-Généraux de la Marine.

Telles font les formalités prefcrites par les articles premier, 3 & 8 de la Déclaration de 1738.

Le fieur Mendés a été fommé de juftifier s'il les avoit remplies. Il n'en a rapporté aucunes preuves; il s'eft borné à dire qu'il s'y étoit conformé. Dès-

O ij

lors qu'il ne repréfente aucune preuve légale de l'obfervation de ces formalités, fon affertion doit être regardée comme une allégation, & Pampy & Julienne font fondés à foutenir qu'il n'a rempli aucune des formalités que la Déclaration de 1738 exige. Ils ont même vérifié au Greffe de la Table de Marbre, & ils n'y ont trouvé aucun enregiftrement de la permiffion qu'il a dû obtenir du Gouverneur de la Colonie.

Ainfi le fieur Mendés n'ayant point fatisfait à la Loi qu'il invoque, ne peut exercer aucun droit fur les deux efclaves qu'il a amenés en France : il les a perdus par fa négligence, & furtout par le défaut des motifs que la Loi exige pour conferver les efclaves en France.

Car l'Edit de 1716 & la Déclaration de 1738, loin de permettre aux Américains de fe faire fervir par leurs Negres en France, le leur a défendu expreffément. » Uniquement deftinés (difoit, en 1762, le Magiftrat qui a porté la parole dans cette Caufe) à la culture de nos Colonies, la néceffité les y a introduits ; cette même néceffité

les y conferve , & on n'avoit jamais
penfé qu'ils vinffent traîner leurs chaînes jufque dans le fein du Royaume «.

Cependant le fieur Mendés , qui n'a
eu d'autres motifs pour amener en
France les deux Negres qu'il réclame ,
que celui de paroître dans la capitale
avec les dehors du fafte & de l'opulence , prétend y conferver ces deux anciens efclaves. Qu'il life les Loix qu'il
appelle à fon fecours , & il fera convaincu qu'elles ont défendu expreffément aux Américains de fe faire fervir
par leurs Negres en France.

» Mais , difoit le fieur Mendés , la
Déclaration de 1738 prononce la con-
fifcation au profit du Roi , des efclaves
dont l'entrée dans le Royaume n'aura
pas été accompagnée des formalités re-
quifes «.

1°. Le fieur Mendés n'avoit aucun
droit d'invoquer cette difpofition pénale. 2°. La Déclaration de 1738 n'ayant
point été enregiftrée par le Parlement
de Paris , ne pouvoit être regardée
comme ayant anéanti les anciennes Ordonnances du Royaume. 3°. La Jurifprudence du Parlement de Paris , pofté-
rieure à cette Déclaration , avoit tou-

jours été favorable à la liberté, & plusieurs Negres avoient fait confirmer
les demandes qu'ils avoient formées
contre leurs Maîtres, pour briser les
chaînes qu'ils vouloient leur imposer
en France.

Tout se réunissoit donc sous ce premier point de vue, pour faire obtenir
à Pampy & à Julienne la liberté qu'ils
réclamoient. Le sieur Mendés avoit en-
freint la Loi qu'il invoquoit ; il n'avoit
rempli aucunes des formalités qu'elle
exige. Il avoit méprisé l'esprit de cette
Loi, en introduisant des Negres dans
le Royaume pour le servir, tandis qu'elle
le défend expressément. Il avoit par
conséquent perdu tous les droits qu'il
avoit en Amérique sur Pampy & Julienne; & ces deux esclaves étoient dans
le cas de réclamer le pouvoir des Loix
de la France pour obtenir leur affranchissement.

» Mais (objectoit le sieur Mendés)
Pampy & Julienne, par leur qualité
d'esclaves, n'ont aucun droit d'ester en
Jugement ; leur demande en liberté ne
peut donc être écoutée «.

Si Pampy & Julienne étoient les premiers esclaves qui eussent demandé leur

liberté, le sieur Mendés auroit eu peut-
être un prétexte pour élever cette question ; mais il étoit étrange qu'il fît une
pareille objection, après qu'une foule
de Negres avoient été affranchis en
France. Francisque, dont on a cité
l'Arrêt, étoit dans la même position où
se trouvoient Pampy & Julienne. Le
Parlement de Paris avoit admis sa réclamation. -

C'est donc un principe fondé sur
la Jurisprudence, qu'un esclave peut
ester en Jugement pour demander sa
liberté.

D'ailleurs Pampy & Julienne avoient
été mis sous l'autorité du Roi & de la
Justice ; il leur avoit été nommé un
curateur ; la procédure étoit faite au
nom de M^c. de Junquieres : ainsi l'objection du sieur Mendés étoit ridicule.

Quant aux offres que le sieur Mendés
faisoit, de renvoyer ses anciens esclaves dans les Colonies, sur son habitation, elles devoient être rejetées, puisque le sieur Brignon offroit également,
en 1759, de renvoyer Francisque dans
les Colonies. Cependant, malgré ses
offres, le Parlement de Paris n'en ac-
corda pas moins la liberté à ce Negre.

Si la Jurifprudence profcrivoit les offres du fieur Mendés, les confidérations les plus puiffantes fe réuniffoient encore pour les écarter.

Suivant une Loi de l'Empereur Claude, les efclaves qui, étant tombés malades, auroient été abandonnés par leur Maître, étoient libres, s'ils revenoient en fanté.

Cette Loi, faite par un Peuple qui admettoit la fervitude, pouvoit, fans doute, être oppofée au fieur Mendés.

Non feulement il avoit exercé les plus mauvais traitemens contre Pampy & Julienne, depuis qu'ils étoient en France; il avoit même eu l'inhumanité, dans le temps qu'il étoit détenu dans une des prifons de cette ville, d'abandonner Pampy, lorfque ce malheureux étoit tombé malade; & fi un Guichetier humain n'eût éprouvé un fentiment de pitié pour ce Negre, il feroit mort faute de fecours.

Si Pampy fût né efclave d'un Romain, il auroit pu dire à fon Patron : » Vous m'avez abandonné dans ma » maladie; vous avez rompu vous-» même les liens de la fervitude qui » m'attachoient à vous : je fuis libre «.

Au milieu d'une Nation qui ne connoît point l'esclavage, & qui, par la douceur de ses mœurs & par ses vertus sociales, l'emporte sur les autres Peuples, sera-t-il interdit à l'ancien esclave d'un Juif de lui opposer une Loi qui a été faite dans le sein de la servitude ? Non.... Pampy a été maltraité en France; il a été abandonné par son Maître, dans le temps qu'il étoit malade; il peut donc dire au sieur Mendés, avec plus de confiance qu'un esclave Romain : » Vous avez brisé » vous-même les chaînes de la servi- » tude qui m'attachoient à vous; je » suis libre. . . . . . «.

A ce moyen décisif en faveur de la liberté, se joignoient une foule de considérations, les unes plus puissantes que les autres.

On se rappelle avec quelle barbarie Pampy & Julienne ont été traités dans nos Colonies; ils porteront toute leur vie des marques d'une cruauté dont on n'a point d'idée en Europe : le fer rouge qui, en brûlant leurs chairs, a imprimé en grosses lettres sur leur corps le nom du sieur Mendés, leur rappellera sans cesse qu'ils ont été sous la domination

O v

d'un Maître dur & impitoyable; qu'ils
ont été souvent, même depuis qu'ils
ont le bonheur d'habiter la France,
exposés à souffrir les horreurs de la faim
& de la misere; qu'ils étoient à peine
couverts de mauvais vêtemens, qui ne
les garantissoient point de la rigueur
excessive du froid; qu'après avoir travaillé avec la plus grande activité, une
grêle de coups étoit leur récompense;
qu'enfin (& c'est le tourment le plus
affreux qu'ils ayent éprouvé) leur Maître
les empêchoit de remplir les devoirs de
la Religion Catholique, dans laquelle
ils ont eu le bonheur d'être élevés.

En faudroit-il davantage que le tableau des malheurs de Pampy & de Julienne pour toucher les Magistrats? Non,
sans doute : il suffit seul pour que les
droits de l'humanité l'emportent sur
ceux de l'ancienne propriété que leur
Maître a perdue par sa négligence &
par l'abus qu'il en a fait.

Pampy & Julienne doivent donc espérer que la liberté leur sera accordée,
& que les Magistrats mettront le sieur
Mendés dans l'impuissance d'exécuter
les menaces qu'il a faites aux deux déplorables victimes de sa cruauté & de
son avarice.

L'humanité, la Religion & les Loix du Royaume follicitent pour eux la juftice qu'ils ont droit d'attendre des Magiftrats.

Par Jugement rendu en l'Amirauté de France, le 23 Février 1776, fur les conclufions de M. Poncet de la Grave, Pampy & Julienne ont été déclarés libres; il leur a été accordé à chacun cent livres de gages, & le fieur Mendés a été condamné aux dépens. Le Miniftere Public a rendu plainte des mauvais traitemens exercés par le fieur Mendés contre fes anciens efclaves, & il a été permis d'informer, pour être ftatué ce qu'il appartiendroit.

RÉCLAMATION DE VŒUX.

C'EST sans doute une belle institution
que l'établissement de ces retraites consacrées à la pénitence, où l'homme,
désabusé des erreurs du monde, peut
se repentir de ses foiblesses, & cacher
les larmes qui les expient ; & où celui
qui n'a pas encore connu ces erreurs,
peut trouver un abri contre les dangers
qui les environnent, & les remords
qui les accompagnent.

Mais cette institution n'a pas produit
tous les avantages qu'on devoit naturellement en attendre, parce qu'on l'a
long temps laissée dans l'imperfection.
En effet, d'un côté on avoit permis au
citoyen de sacrifier sa liberté, dans un
âge où les Loix lui défendent de disposer de la moindre portion de son
patrimoine ; & de l'autre, on avoit
établi que nulle réclamation ne pourroit rompre le nœud par lequel il s'uni-
roit à la Religion.

Le premier de ces deux abus a fixé

enfin l'attention du Gourvernement. Il a senti, après dix siecles, l'inconséquence qu'il y avoit de permettre à des citoyens de contracter un engagement par lequel ils se dépouillent du bien le plus précieux dont ils puissent jouir, de leur liberté, avant que leur raison puisse sainement apprécier la nature de leur sacrifice ; & cette révolution dans les idées, a donné naissance à l'Edit qui défend d'ouvrir les portes des monasteres à tous ceux qui ne seront pas encore parvenus à cet âge où l'homme a appris à mesurer le poids de la chaîne qui doit s'étendre sur sa vie entiere.

L'Eglise a remédié elle-même au second abus, qui regardoit l'indissolubilité absolue du nœud ; elle a autorisé les réclamations contre les vœux & les a permises, soit contre ceux que la violence avoit arrachés à la crainte, ou que la séduction avoit surpris de l'inexpérience, soit enfin contre ceux dont la profession n'avoit pas été accompagnée des formalités introduites & consacrées par les Loix.

Les Tribunaux civils ont également accueilli & favorisé les réclamations qui

préfentoient l'un ou l'autre de ces caracteres ; mais ils font allés plus loin encore.
Jaloux de l'obfervation des Loix de
l'Etat, ils n'ont regardé comme légitimes que les engagmens qui fe trouvoient conformes à ces Loix ; & toutes
les fois qu'on leur en a dénoncé où l'on
avoit méprifé les formalités qu'elles ont
prefcrites, ils fe font hâtés de les annuller

La Caufe dont nous allons rendre
compte préfente un exemple frappant
de la violation des Loix de l'Eglife &
de l'Etat en matiere de vœux.

Vers l'année 1749, le fieur Rateau
quitta le collége des Jéfuites de Limo-
ges, où il avoit reçu les premiers principes de la Latinité, & vint à Bordeaux
pour y faire fa Philofophie.

Il avoit alors un de fes parens Religieux Auguftin dans le couvent de cette
ville.

Ce parent, appelé le *Peré Verdillac*,
chercha à infpirer au fieur Rateau le
defir d'entrer dans fon Ordre.

Celui-ci, qui ne fe fentoit pas d'inclination pour la vie monaftique, réfifta
long-temps aux inftances qui lui étoient

faites, & ne céda enfin qu'avec répugnance. Il prit l'habit dans le cours de
l'année 1749, & fit profession au mois
d'Août 1750.

Cette profession, qui ne fut accompagnée d'aucune des formalités prescrites
par nos Ordonnances, puisque l'acte
n'en fut signé d'aucun témoin, parent
ou ami, comme elles l'exigent, ne fut
pas non plus précédée de celle qui pouvoit seule la rendre valable.

Cette formalité indispensable pour
la validité d'une profession, c'est un
noviciat préliminaire, & le sieur Rateau
n'en fit pas.

Il porta, il est vrai, l'habit de novice,
mais il ne fut pas instruit des devoirs
prescrits par la Regle à laquelle il s'étoit
lié. Il n'en observa aucune pratique ; il
ne connut pas même les constitutions
de son Ordre, quoique cette connoissance soit la premiere qu'on soit obligé
d'acquérir. Il eut toujours avec lui,
contre l'esprit de ces constitutions, un
jeune Religieux dans la même chambre.
En un mot, il passa le temps de l'é-
preuve sans faire d'épreuve, & arriva
au moment de prononcer ses vœux sans
connoître la nature des obligations atta-

chées à l'engagement auquel fes vœux devoient le foumettre.

Par le plus trifte, & en même temps le plus inconcevable de tous les abus, on faifoit encore, à cette époque, profeffion dans l'état religieux à l'âge de feize ans ; c'eft-à-dire que, dans un âge où il n'étoit pas poffible d'avoir encore une volonté, on faifoit ferment à Dieu de n'en avoir jamais ; c'eft-à-dire qu'on contractoit un engagement, pour lequel ce n'eft pas, en quelque forte, affez de toute la raifon de l'homme, dans un âge qui en a vu naître à peine les premieres lueurs.

Le fieur Rateau ne fut pas excepté de la Loi commune ; il n'avoit pas même feize ans , & il fit proffeffion.

Plufieurs années s'écoulerent avant qu'il eût été en état de s'inftruire de la nullité dont elle étoit affectée. Il n'en fut averti que par un fentiment confus qui germoit fourdement au fond de fon cœur, & qui ne lui permettoit pas de regarder l'état religieux comme un état véritablement devenu le fien.

Le fieur Rateau fut fait Prieur de la Communauté de Bordeaux en l'année

1766. Il avoit alors acquis plus de con-
noiffances : ce fut auffi pendant le temps
de cette fupériorité, que, réfléchiffant fur
lui-même & fur les premiers inftans de
fon entrée dans l'état religieux, il s'apperçut que les Loix canoniques & les
Loix civiles avoient été également vio-
lées dans fa profeffion.

Dès-lors il abdique volontairement la
fupériorité qu'on l'avoit forcé d'accepter, quinze mois après l'avoir prife.

Après l'abdication de cette fupériorité, il fongea à celle de fon état même.
Il vit qu'il ne pouvoit plus demeurer
dans un Ordre dont il n'avoit jamais
été membre, ni obferver une regle dont
les Loix ne l'avoient jamais enchaîné. Il
fit part de fa fituation à fes Supérieurs,
qui entrerent dans fes vûes, & qui lui
ont, en différens temps, permis de s'a-
dreffer au Pape pour fe faire féculariser.

S'il n'a pas fait ufage de ces per-
miffions comme il l'efpéroit, c'eft qu'il
lui falloit des fecours & qu'il n'en
avoit pas. Sa famille ne s'oppofoit
pas à fes projets, mais elle ne pouvoit
les aider. Le même obftacle arrêtoit
auffi, de fa part, toute efpece de récla-

mation judiciaire : on ne peut s'approcher d'aucun Tribunal sans les moyens qui y conduisent : en attendant qu'il pût se les procurer, le sieur Rateau se contenta du consentement que ses Supérieurs lui avoient donné de rester dans sa famille pendant le temps qu'il jugeroit à propos.

Enfin, après huit ans d'attente & d'incertitude, il fut assez heureux pour que sa famille se trouvât en état de seconder ses vûes : car si la plupart des Religieux qui réclament contre leurs vœux, ont le malheur d'avoir des parens dont leur réclamation fait le désespoir, celui-ci, au contraire, avoit l'avantage de voir sa famille s'unir à lui pour préparer son succès.

Le sieur Rateau se présenta donc au mois d'Août 1774 en l'Officialité de Bordeaux, pour y faire prononcer la nullité de ses vœux, & il adressa en même temps un acte au Prieur des Augustins, pour le sommer de ne pas s'opposer à une réclamation aussi légitime. Il assigna également le sieur Devaux, son frere, qui déclara qu'il ne s'y opposoit pas.

Après les formalités ufitées dans ces cas, il préfenta une Requête, dans laquelle il expofa fes moyens de nullité; ils étoient fondés fur les difpofitions du Concile de Trente, & des Ordonnances du Royaume. Sa profeffion n'avoit été précédée d'aucun noviciat; ce noviciat n'avoit pas duré une année : il ne pouvoit commencer qu'à fa prife d'habit; cette prife d'habit ne pouvoit être conftatée que par un acte, & il n'y en avoit pas. L'acte de profeffion n'étoit d'ailleurs figné d'aucun parent ni d'aucun ami, comme l'exigent toutes nos Loix. Il n'avoit eu aucun caractere de publicité; en un mot, les formalités des Loix civiles, celles des Loix canoniques avoient été également méprifées.

Le Prieur des Auguftins n'entreprit point de combattre cette Requête, ni de contredire aucun des faits qui y étoient énoncés; il ne répondit rien aux faits importans que le fieur Rateau avoit articulés. Il prétendit feulement que le temps qui s'étoit écoulé depuis fon admiffion dans l'Ordre, élevoit contre lui une fin de non-recevoir, qu'il ne pouvoit pas furmonter.

Le Promoteur ne balança pas de conclure en faveur du sieur Rateau; mais l'Official rendit une Sentence interlocutoire, par laquelle il ordonna, avant faire droit, que les Augustins rapporteroient leurs registres, afin qu'on pût vérifier les actes d'entrée au noviciat & de profession, pour être ensuite statué ce qu'il appartiendroit sur la réclamation sieur Rateau.

Cet interlocutoire n'étoit qu'une précaution dont l'objet pouvoit être utile; mais, en la prenant, l'Official s'engageoit, par la forme de sa prononciation même, à déclarer l'émission des vœux nulle, s'il s'appercevoit que ces registres ne contenoient pas de preuves légales, comme le sieur Rateau l'avoit soutenu.

Ils furent remis au greffe de l'Officialité par les Augustins, en vertu de la Sentence interlocutoire. L'Official fut à portée de se convaincre qu'ils n'étoient point chargés de l'acte de vêture du sieur Rateau, & qu'il ne paroissoit par conséquent aucune preuve que sa profession eût été précédée d'un noviciat.

Il dut voir qu'ils ne contenoient

qu'une simple note, une note informe, une note que les termes même dans lesquels elle étoit conçue, démontroient avoir été ajoutée après coup ; & qui, sous ce rapport, loin de mériter quelque considération, ne pouvoit, au contraire, qu'armer le zele du Ministere public contre les Religieux dont elle étoit l'ouvrage.

Il dut voir enfin, que le corps même des regiftres étoit encore plus informe que la note qui y avoit été inférée. Ce n'étoient en effet que deux cahiers, dont la plupart des feuillets avoient été enlevés, dont d'autres avoient été attachés avec du pain à chanter ; des pages entieres étoient en blanc ; d'autres étoient moitié blanches & moitié écrites ; il n'y avoit de fignatures d'aucun Supérieur ; beaucoup de tranfpofitions, beaucoup de renvois ; des interruptions de plufieurs années ; des vêtures mêlées avec des profeffions, des profeffions mêlées avec des vêtures : en un mot, rien d'authentique, rien de légal.

Tous ces objets lui furent encore retracés par le fieur Rateau lui-même, dans une Requête où il développa toutes les observations qu'ils lui fournissoient.

Il devoit donc s'attendre, d'après la disposition du Jugement interlocutoire qui n'avoit eu pour objet que de confronter, pour ainsi dire, les faits qu'il avoit allégués avec les registres, que, dès que ces registres, loin de démentir les faits allégués, ne faisoient au contraire que les confirmer, le Jugement définitif qui devoit les suivre, admettroit la réclamation dont ils établissoient la légimité.

Il devoit s'attendre que, dans un temps où tous les Gouvernemens de l'Europe, & le nôtre en particulier, s'occupent de la liberté du Citoyen, & du sacrifice prématuré qu'il pourroit en faire ; où un de leurs principaux soins est de diminuer peu à peu le nombre de ceux qui habitent ces retraites, sans y avoir été appelés par une vocation réfléchie ; dans un temps où les premiers Chefs, les Pontifes suprêmes de la Religion, d'accord eux-mêmes en ce point avec les Gouvernemens, se sont empressés de donner des exemples d'humanité, en brisant les fers d'un

millier de malheureux, qui tous demandoient à grands cris qu'on les arrachât
de ces prisons, où leur seule ressource
étoit d'espérer la mort ; dans un temps
enfin où l'opinion publique, plus éclairée
que dans aucun autre, a mieux fixé
ce qu'on devoit penser de l'état monas-
tique, & du danger qu'il pouvoit y
avoir à y retenir par la violence des
hommes à qui cet état étoit devenu
odieux ; il devoit s'attendre que l'Official s'élevant, autant qu'il étoit en lui,
à toute la hauteur des vûes du Gouvernement, & de celles mêmes des Chefs
de l'Eglise, se hâteroit d'accueillir une
réclamation contre des vœux émis dans
une forme également réprouvée par les
Loix de l'Eglise & celles de l'Etat.

Cependant, après huit mois d'indé-
cision & de lenteur, au mépris de toutes
les Loix, l'Official rendit une Sentence,
par laquelle il déclara le Frere Rateau
non-recevable dans sa réclamation.

Avant son premier acte de réclamation, ce prétendu Religieux, qui ne
vouloit pas faire une entreprise vaine,
s'étoit adressé à Toulouse & à Bordeaux,
à tous les Jurisconsultes dont les lumieres

devoient lui infpirer le plus de confiance ;
& tous avoient été d'avis que fa profeffion étoit abfolument nulle, & qu'il étoit
fondé à l'attaquer lui-même dans les Tribunaux. M. Romain de Seze, fils, Défenfeur du fieur Rateau, préfenta les différens abus que renfermoit la Sentence
de l'Official, avec autant d'énergie que
d'éloquence.

» Il y a long-temps (difoit-il) que
la Philofophie agite devant la raifon un
grand problême, celui de favoir fi les
Corps Religieux font vraiment utiles,
jufqu'à quel point ils font utiles ; s'il
eft bien effentiel qu'il y ait, dans un
Etat, des Corps qui, féparés de la fociété,
faffent profeffion de vivre fans elle ; des
Corps où, fans ceffer d'être homme, on
renonce à tous les rapports attachés à
ce titre par la Nature ; où fans ceffer
d'être fujet d'un Gouvernement, on
ceffe d'en être Citoyen ; des Corps qui,
fe recrutant perpétuellement pour ne
jamais s'éteindre, parviennent à ne
compofer qu'une vafte & éternelle famille, formée des débris de toutes les
autres ; des Corps enfin qui, fubfiftant
toujours fans fe reproduire jamais, enfe-
veliffent

velissent des générations entieres dans le néant.

» Dans notre siecle, où il faut avouer qu'on a porté dans les discussions politiques plus de profondeur, plus de vûes, plus de lumieres que dans aucun autre; dans notre siecle, où la raison a tout apperçu, tout saisi, tout analysé; dans notre siecle enfin, où la liberté du Citoyen & les droits de l'homme trop long-temps méconnus ou dédaignés, ont eu enfin des hommages & des défenseurs, de bons esprits ont examiné le problême dont nous parlons : ils l'ont examiné sous toutes les faces; il s'est formé, à cet égard, parmi eux, différentes opinions, parce que les uns l'ont examiné du côté de la Religion, & les autres du côté de la politique seulement. La Religion s'intéressera toujours au maintien d'une institution qu'elle a créée pour ses progrès même : la politique, dont au contraire cette institution embarrasse les projets & croise les vûes, en demandera toujours, sinon l'anéantissement, du moins la modification. L'une la regardera toujours comme le dernier asile de la vertu, &

Tome V.   P

l'autre comme le tombeau des races futures.

» Dans ce choc d'opinions diverses, laissons, nous Citoyens, à la sagesse du Gouvernement le soin de concilier ce qu'il croira nécessaire à l'affermissement de la Religion, avec ce qu'il croira utile aux desseins de la politique. Contentons-nous seulement de le bénir de la Loi vraiment utile, vraiment nécessaire, vraiment paternelle, qu'il a publiée il y a peu d'années (a), & par laquelle il a reculé la faculté laissée à l'homme de se lier par un engagement éternel, jusqu'au moment où il lui est permis de connoître toute l'étendue du sacrifice auquel il ose promettre de s'assujettir. Nous ignorons si cette Loi diminuera le nombre des Religieux, comme quelques Ecrivains timorés ont paru affecter de le craindre, & si cette diminution seroit pour nous un mal dont nous dussions en effet gémir. Mais nous sommes sûrs qu'il en résultera au moins ce bien important;

(a) L'Edit du mois de Mars 1768, qui ne permet de faire de vœux qu'à l'âge de vingt-un ans.

c'est que les Religieux qu'elle nous conservera, ne l'étant devenus que dans un âge où ils auront pu férieufe- ment réfléchir fur la nature de l'enga- gement qu'ils alloient former, ils ne fe fentiront jamais tentés de brifer une chaîne qui fera toujours légere pour eux, parce qu'ils l'auront eux-mêmes forgée.

» Si la Loi dont nous parlons avoit paru dès les premiers momens de la naiffance des Corps Religieux; fi, avant de former cet engagement terrible, on eût été en état de fe dire à foi-même: Je vais prononcer, à la face des autels, & entre les mains de Dieu, un triple ferment, que je ne dois jamais abjurer; & ce n'eft ni la féduction, ni la crainte, qui me l'arrachent. Je vais lui promettre de détacher, pour jamais, mon cœur de tous ces biens qui ont tant d'em- pire fur le cœur de l'homme, en m'af- fujettiffant à la *pauvreté*. Je vais lui promettre de contenir mes paffions dans de juftes bornes, malgré l'impétuofité de leur fougue & la violence de leurs mouvemens, en m'affujettiffant à la *chafteté*. Je vais lui promettre d'é- touffer dans mon ame ce penchant vainqueur qui nous porte vers la li-

berté, en m'affujettiffant à l'*obéiffance*.
Je vais faire plus encore : moi, homme,
je vais me féparer des hommes ; moi,
citoyen, je vais renoncer à la fociété ;
moi, fils, frere, ami, je vais m'arracher à tous ceux que la Nature ou le
fentiment m'avoient donnés pour les
compagnons & les confolateurs de ma
vie ; en un mot, je vais jurer de fuir
toutes les jouiffances, & de rechercher
tous les facrifices. Qu'on eût été capable d'arrêter long-temps fa méditation
fur tous ces objets ; qu'on fût defcendu
dans fon cœur, qu'on l'eût interrogé
avec bonne foi, qu'on l'eût interrogé
à plufieurs reprifes ; & que ce ne fût
enfin qu'après les réflexions les plus
profondes, & les précautions les plus
fages, que la raifon fe fût volontairement foumife, & la liberté volontairement enchaînée : peut-être qu'alors
les Tribunaux n'auroient jamais retenti
de réclamations ; peut-être qu'on n'eût
jamais imploré leur autorité contre des
vœux qui auroient prefque toujours été
le fruit de la liberté & de la raifon
réunies. Du moins, fi on eût imploré
en effet leur autorité, ils auroient pu
rechercher, avec rigueur fi c'étoit l'in-
conftance dégoûtée, ou la foibleffe fur-

prife, qui venoit plaider devant eux ;
& leur respect pour la Religion les
auroit engagés à se rendre plus inaccef-
fibles à des plaintes qui, peut-être alors,
l'auroient compromise.

» Mais ce n'est pas de cette maniere
que les Corps Religieux se sont formés.
Au lieu d'attendre, pour y entrer, l'âge
de la force & de la lumiere, on y est
entré dans l'âge de l'ignorance & de
la foiblesse. On y est entré dans un
âge où la Nature n'a pas encore levé
pour l'homme le voile qui lui cache
la raison ; dans un âge où la pensée,
à peine naissante, est incapable de s'é-
tendre sur l'avenir ; où l'homme promet tout parce qu'il ne connoît rien ;
où il prend le goût du moment pour
un choix raisonné ; où de simples projets ont à ses yeux la consistance des
plus inébranlables résolutions ; où les
mouvemens d'une fermentation passagere lui paroissent des sentimens faits
pour régir habituellement son ame, sans
pouvoir jamais s'affoiblir : on y est entré,
en un mot, dans un âge téméraire,
orgueilleux, aveugle ; un âge où il
sera toujours bien étrange que, pendant
que les Loix civiles défendoient de pren-

P iij

dre aucune efpece d'engagement, les
Loix religieufes euffent permis de contracter le plus important & le plus irrévocable de tous.

» On diroit qu'elles avoient craint
ces Loix religieufes, que, fi elles ne
faififfoient pas l'homme, en quelque
forte, dès fon berceau, pour l'entraîner
dans l'inftitution qu'elles avoient créée,
il ne s'y rendît pas de lui-même à une
époque plus reculée ; & que cette inftitution ne courût ainfi le rifque de
s'anéantir dès le moment même de fa
formation.

» Et auffi, quelles n'ont pas été les
déplorables fuites de la facilité funefte
de ces Loix ? Il y a eu, fans doute,
un grand nombre de Religieux ; mais
il y a eu prefque autant de victimes ; la féduction a attiré les uns dans
les cloîtres, la violence y a précipité
les autres, la crainte les y a retenus ;
ceux même qui n'ont pas été féduits
par des artifices étrangers, l'ont été par
leur propre cœur : dans un accès de
dégoût du monde, qu'ils ne connoiffoient pas, & de ferveur pour la retraite, dont ils s'étoient de loin exa-
géré les charmes, ils ont embraffé la vie

monaſtique ; ils ont pris le tranſport
enthouſiaſte d'une imagination échauf-
fée, pour la délibération réfléchie d'une
raiſon calme ; ils ont eſpéré conſerver
toute leur vie la réſolution d'un moment, & , le moment d'après, ils ſe
ſont repentis de cette réſolution même ;
leurs pleurs ont coulé ſur leurs chaînes,
& ils ont, comme les autres, été malheureux.

» Parmi ce grand nombre de malheureux, ceux qui ſont enfin arrivés
à ce point où il eſt impoſſible de plus
ſupporter de malheur, ſe ſont déter-
minés à s'avancer vers les Tribunaux ;
ils y ont traîné les fers ſous leſquels
ils avoient gémi ; ils leur ont découvert l'empreinte profonde dont ces fers
les avoient marqués, & ils ont dit aux
Magiſtrats qui compoſoient ces Tribunaux : » Nous ſommes malheureux ; vous
» êtes ſenſibles, délivrez-nous «. Ainſi
ſont nées les réclamations. Les Magiſtrats, qui ſont en effet ſenſibles, ont
dû prendre, dans tous les temps, un
intérêt touchant à ces victimes infor-
tunées de leur imprudence ; ils n'ont
jamais dû leur faire un crime de n'avoir
pas eu la ſageſſe de ſe garantir d'un

P iv

piége qui leur étoit, en quelque forte, rendu par les Loix, dans un âge qui eſt lui-même un piége ; ils ſe ſont empreſſés de les accueillir ; ils ont écouté leurs plaintes avec complaiſance ; ils ont formé, en les écoutant, le vœu de pouvoir concilier en leur faveur la Nature & la Loi, la juſtice & l'humanité «.

Le ſieur Rateau n'a beſoin que de la Loi. En effet, il n'y a point de profeſſion, quand la profeſſion n'eſt pas réguliere ; & il n'y a point de profeſſion réguliere, quand il n'y a pas eu d'épreuve préliminaire. La raiſon dit qu'on ne peut contracter aucun engagement quelconque, ſans avoir le temps de s'y préparer, encore moins un engagement auſſi important que celui que préſente l'état religieux. Il faut que celui qui ſe deſtine à cet état, puiſſe l'avoir connu avant de l'embraſſer ; il faut qu'il ſoit inſtruit de la Regle à laquelle il doit ſe ſoumettre ; il faut qu'il ſache quels ſont les devoirs qu'il eſt obligé de remplir. Sans tout cela, il n'y a point d'épreuve.

Cette épreuve devient même plus néceſſaire, à proportion de la foibleſſe

de l'âge de celui qui contracte l'engagement ; il faut commencer de bonne
heure par porter le joug auquel on fera
tenu de s'accoutumer ; il faut s'effayer
foi-même, pour reconnoître fi on fera
capable de respecter les fermens qu'on
veut prononcer ; il faut enfin prévenir,
par un commencement d'habitude, le
dégoût inféparable d'une habitude à
laquelle on ne fe feroit pas préparé :
c'eft là le vœu de la raifon, & les Loix
Canoniques l'ont confacré.

On a fixé à cette épreuve le terme
d'une année : l'intervalle d'une année
a même paru fi effentiel aux Jurifconfultes, qu'ils ont foutenu qu'une
fimple interruption d'une heure fuffifoit
pour rendre la profeffion nulle.

Mais en quoi confifte principalement
cette épreuve ? Tous les Conciles l'ont
expliqué. Il faut que les Supérieurs des
monafteres faffent lire aux jeunes gens
la Regle de l'Ordre dans lequel ils
veulent entrer ; il faut que ces jeunes
gens la comprennent ; il faut qu'on les
exerce à la pratiquer ; il faut qu'on les
inftruife de tous les devoirs qu'ils ont
à remplir, ainfi que des exercices auxquels il eft néceffaire qu'ils fe foumet-

tent. Tels font les développemens ré-
pandus dans plufieurs Conciles, & particuliérement dans ceux de Malines,
de Saint-Omer & de Cambrai.

Les Conftitutions des Corps Religieux fe font exprimées à peu près dans
les mêmes termes. Dans celles des Auguftins, on voit, dans le nomb. 5 du
chap. 4, que le Supérieur du monaftere
dans lequel un Novice veut être admis,
doit lui préfenter le tableau des obligations qu'il va contracter, afin que fon
facrifice foit réfléchi; & la raifon qu'elles
en donnent elles-mêmes, c'eft que Dieu
a défendu qu'on lui offrît une victime
aveugle.

Il faut donc, pour conftituer ce que
les Loix appellent *épreuves*, lecture de
la Regle, inftruction des devoirs, &
pratique des exercices de l'Ordre auquel
on s'attache. C'eft ainfi que l'ont établi
les Conciles, que l'ont expliqué les
Conftitutions, & que l'ont même décidé les Arrêts.

Toutes ces nullités fe rencontroient
dans cette Caufe.

D'abord le fieur Rateau n'a point
fait d'épreuve. Il eft entré chez les Auguftins vers le mois d'Août 1749. Il y

a pris & porté l'habit de Novice ; mais on ne lui en a donné que l'habit : on ne l'a point inftruit de la Règle de l'Ordre, on ne lui en a pas feulement fait la lecture ; on ne lui en a point fait obferver les devoirs ; on ne l'a point affujetti à la pratique des exercices : on le regardoit même fi peu comme Novice, qu'on a toujours laiffé un Religieux avec lui dans la même chambre, ce qui eft contraire aux Décrets du Droit Canonique, & à la difpofition même des Conftitutions des Auguftins.

Il n'y a point eu d'ailleurs l'intervalle d'une année entre la prife d'habit & la profeffion. Le fieur Rateau n'a point pris l'habit avant le 15 d'Août 1749, & il a fait profeffion le 7 Août 1750.

Tous les Conciles, & particuliérement le Concile de Trente, ont établi cette néceffité.

Pour la validité de la profeffion, il faut que l'époque de la prife d'habit qui l'a précédée, foit conftatée d'une maniere pofitive, & fi pofitive, qu'elle ne puiffe pas permettre d'élever de doute fur le moment où cette prife d'habit a eu lieu : car autrement il n'y auroit aucun moyen de connoître fi l'année

P vj

du noviciat ; qui fe renferme entre la
prife d'habit & la profeffion, a été remplie. Les Corps Religieux feroient les
maîtres de tromper la Loi, & d'abréger
à leur gré le terme qu'elle a fixé. Ils
pourroient faire faire des profeffions qui
n'auroient été précédées que de fix mois,
de trois mois, ou même de trois jours
d'épreuve, lorfqu'une interruption, qui
ne feroit même que d'une heure, dans
l'année du noviciat, fuffifoit pour rendre la profeffion nulle. Ils feroient les
maîtres de fupprimer tout-à-fait l'é-
preuve, de précipiter les jeunes gens
dans le cloître, de les y attacher, en
entrant, par la profeffion, fans leur donner le temps de fe préparer à l'engagement terrible qu'on leur auroit fait contracter.

Il faut donc néceffairement conftater
l'époque de la prife d'habit ; & on ne
peut la regarder comme conftatée, que
lorfqu'elle l'eft d'une maniere authentique, c'eft-à-dire, légale.

L'Ordonnance de 1667, titre 20,
art. 16, porte que » chacun acte de vê-
» ture, noviciat & profeffion, fera écrit
» de fuite, fans aucun blanc, & figné,
» tant par le Supérieur ou la Supérieure,

» que par celui qui aura pris l'habit &
» fait profeſſion , & par deux des plus
» proches parens ou amis qui y auront
» aſſiſté «.

La Déclaration de 1736. a développé
encore la diſpoſition de celle de 1667.
Elle ordonne , dans l'art. 25 , aux Corps
Religieux , » d'avoir deux regiſtres ,
» cotés par premier & dernier , & pa-
» raphés ſur chaque feuillet «. Dans
l'art. 26 , elle veut que » les actes de
» vêture & de profeſſion ſoient inſcrits
» en françois ſur les deux regiſtres , de
» ſuite & ſans aucun blanc , & ſignés
» par ceux qui les doivent ſigner , dans
» le moment même où ils ſeront paſſés;
» & en aucun cas (dit la Loi) leſdits
» actes ne pourront être inſcrits ſur des
» feuilles volantes «. L'article 27 ajoute
à l'art. 26 quelques précautions pour le
nom , l'âge , l'origine & la famille de
celui qui prend l'habit , & exige que
chacun des actes ſoit revêtu de ſa ſignature , de celle du Supérieur , & de celle
de deux parens ou amis.

Toutes ces formalités , qu'il a fallu
néceſſairement établir pour aſſurer la
foi d'un acte auſſi important que celui
qui prive la Société d'un Citoyen , &

dépouille ce Citoyen lui-même de fa liberté, font partie du Droit public. Quand un Citoyen a contracté l'engagement dont cet acte est le signe, fans l'intervention des formalités, qui feules peuvent constater l'existence de cet engagement, ce Citoyen ne s'est pas lié.

» Or rien de plus informe que les registres produits par les Augustins. L'un est celui des délibérations capitulaires qui précedent l'admission des fujets; l'autre contient les prises d'habit & de profession.

» Ce dernier est un cahier dans le plus horrible désordre. Il y a des feuilles enlevées, & d'autres fimplement attachées avec du pain à chanter; il y a des pages toutes en blanc, d'autres moitié écrites & moitié blanches, d'autres où les notes font extrêmement ferrées, comme fi le papier eût dû manquer au Rédacteur. Il y a des professions dont on ne voit pas les vêtures, & des vêtures dont on ne voit pas les professions. Les unes vont jufqués en 1773, & les autres se terminent en l'année 1775. Depuis l'année 1758 jufqu'à l'année 1762, on ne voit point

de notes de prises d'habit, & on voit
cependant des professions dans cet intervalle. Cette double lacune suppose
quelque autre registre qui ne paroît pas.
Ces vêtures, au reste, qui devroient
être des actes authentiques, comme le
demandent les Loix, ne font que de
simples notes; ces notes ne font signées
par aucune des parties intéressées, quoiqu'il ne puisse pas y avoir d'engagement
sans la signature de la partie qui le contracte. On ne trouve même, dans tout le
livre, aucune signature des Supérieurs :
en un mot, ce prétendu registre n'est
qu'un chiffon méprisable, sans authen-
ticité & sans caractere, & sur lequel la
Justice ne sauroit arrêter un moment
ses regards.

» Mais si de l'examen général de ce
méprisable registre, on passe à l'examen
particulier de l'article qui concerne le
sieur Rateau, on verra combien il est
plus méprisable encore.

» Le sieur Rateau a affirmé, sous
serment, qu'il n'avoit pas pris l'habit
avant le 15 Août 1749. La note insérée
sur son compte, dans la partie du registre où sont les vêtures, dit au contraire qu'il a pris l'habit le 20 Juillet

de la même année. Mais comment est conçue cette note ? Voici les termes :

» *Aujourd'hui , 20. Juillet .1749., nous avons donné l'habit aux Freres Joseph Rateau & François Miot. Ce dernier a quitté après six mois.*

» Les dernieres expressions de cette note , qui n'est signée de personne , & qui assurément , à cette époque, ne pouvoit pas l'être , *ce dernier a quitté six mois ,* sont écrites *uno & eodem ténore ,* de la même plume, de la même main & de la même encre que le reste même de la note ; en sorte qu'il en résulte un faux évident, qui se trouve dans le contraste du mot *aujourd'hui ,* avec ces paroles, *ce dernier a quitté après six mois.*

» Il étoit en effet bien impossible que, le 20 Juillet, le rédacteur de la note pût deviner que le Religieux Miot, qui prenoit l'habit ce jour-là , le quitteroit six mois après, & l'écrivît ainsi d'avance. Il résulte donc , de la teneur même de la note , qu'elle n'a été faite qu'après les six mois de la sortie de ce Religieux. C'est donc une note inscrite après coup, une note dont la date n'est pas certaine , une note qui ne constate

pas la véritable époque de la prife d'habit du fieur Rateau ; une note enfin
qui, fous aucun rapport, ne peut fervir
d'acte de vêture.

» La profeffion du fieur Rateau eft donc
réellement nulle, par défaut d'intervalle
d'une année entre elle & la prife d'habit. Elle l'eft encore par le défaut de
connoiffance de la Regle de l'Ordre,
& de pratique des exercices qu'elle pref-
crit dans le cours du noviciat «.

La nullité de cette profeffion ne pouvoit être effacée par la poffeffion, & le
temps n'avoit pu la réparer. C'eft en
effet une maxime inviolable, que ce
qui eft effentiellement nul, ne peut
prendre de confiftance par le laps du
temps. Si cette nullité a exifté dès le
commencement de la profeffion, elle a
empêché qu'il n'intervînt un engagement : fi cet engagement n'eft pas intervenu d'abord, il n'a pu intervenir
depuis, parce que la nullité, toujours
fubfiftante, y a toujours apporté le même
obftacle. Ainfi on ne pouvoit oppofer au
fieur Rateau de fin de non-recevoir fur
ce qu'il n'avoit pas réclamé dans les
cinq ans.

Par Arrêt rendu fur les conclufions

de M. de Saige, Avocat-Général, le
5 Mars 1776, le Parlement de Bordeaux, faisant droit sur l'appel comme
d'abus interjeté par le sieur Rateau,
tant de la Sentence rendue en l'Officialité, que de l'émission de ses vœux,
a déclaré qu'il y avoit abus, tant dans
ladite Sentence, que dans lesdits vœux;
en conséquence, l'a restitué au Siecle,
l'a déclaré libre, lui a permis de se
revêtir de l'habit de Prêtre séculier;
avec défenses, tant aux Augustins de
Bordeaux, qu'à tous autres, de l'inquié-
ter; a ordonné qu'il jouiroit de toutes
les prérogatives de l'état ecclésiastique
séculier, & a condamné les Augustins
aux dépens.

RAPT DE SÉDUCTION.

LE sieur D...., Ecuyer, Contrôleur-Clerc d'office de la Maison du Roi, Seigneur de dix villages, beau-fils & petit-fils d'un Apothicaire de Caen, vint, en 1775, fixer sa résidence à Néauphle-le-Château.

Il choisit une maison isolée, à l'extrémité de la ville, éloignée de la rue, & sans voisins. Bâtie au milieu d'un vaste terrein, il faut, pour y arriver, traverser une longue cour. Autour de cette cour s'élevent des murailles fort épaisses, qui dérobent tout l'intérieur aux regards des curieux.

C'est dans cet asile que ce nouvel habitant fixa sa demeure. Il ne forma aucunes liaisons; mais il ne tarda pas à se faire remarquer dans la ville, autant par de larges galons d'or qu'il portoit en été, que par de gros écus qu'il donna, dans l'Eglise, aux jeunes filles qui ont coutume de quêter pour les pauvres. On dit que les attraits, plus ou moins frap-

pans des quêteuses, étoient le thermometre de ses charités.

Le vulgaire ouvrit de grands yeux,
& crut voir un Seigneur bienfaisant,
qui ne venoit habiter le désert que pour
y répandre une manne secourable.

Les hommes de son caractere savent
tirer avantage de l'opinion ; il sut profiter de celle que l'on avoit de lui, pour
se procurer plus aisément une villageoise
de quinze ans, qu'il avoit remarquée.

Etant informé que cette jeune innocente étoit ouvriere en linge, & que
les ouvrieres de cet endroit alloient en
journée chez ceux qui les employoient,
il envoya chercher sa mere, & lui dit
qu'ayant beaucoup d'ouvrage à faire, il
avoit besoin d'une ouvriere qui fût en
état de travailler chez lui. Comme cette
proposition n'avoit rien de suspect de la
part d'un homme de quarante ans, qui
ne s'étoit fait connoître que par des gé-
nérosités & des charités, la mere lui
répondit que sa fille savoit assez bien
travailler pour entreprendre ce qu'il y
avoit à faire ; mais que, s'il étoit pressé
de son ouvrage, elle l'emporteroit chez
elle & le distribueroit à plusieurs ou-

vrieres, qui ne tarderoient pas à le lui
rendre.

Ce dernier expédient ne pouvoit convenir au sieur D..... ; il ajouta que, son
ouvrage étant de nature à mériter beaucoup d'attention, il aimoit mieux qu'on
le fît chez lui. En conséquence, cette
mere, aveuglée par le profit que sa fille
alloit retirer d'ouvrages faits pour un
homme aussi généreux, ne songea même
pas au danger que pourroit courir sa
vertu. M. D..... étoit si bon ! il étoit si
charitable ! il étoit si pieux ! il étoit si
assidu à tous les offices de la Paroisse !
Elle promit donc bien volontiers de lui
envoyer sa fille.

Arrivée, elle fut comblée de marques d'amitié ; mais cette amitié fut
témoignée de ce ton qui flatte l'amour-
propre sans alarmer la vertu. Elle fut
conduite dans une chambre préparée
pour la recevoir. Elle y passa les deux
premiers jours assez tranquillement,
pendant lesquels elle tailla & prépara
l'ouvrage qu'elle devoit coudre. Le sieur
D...., venoit cependant lui rendre des
visites fréquentes ; mais retenu, sans
doute, par la crainte d'effaroucher une
jeunesse qui n'étoit pas encore accoutu-

mée avec lui, ou par l'espoir de la conduire d'elle-même au but qu'il se proposoit, il ne fit aucune tentative, & ne chercha qu'à l'amuser par des gentillesses & des minauderies.

Le troisieme jour le rendit plus entreprenant; il essaya d'abord quelques libertés qui ne lui réussirent point. Ayant redoublé d'efforts, la résistance devint plus vigoureuse; voulant enfin user de violence, il fut encore contraint de lâcher prise par un saignement de nez que lui occasionna un grand coup de sabot auquel la jeune fille avoit eu recours pour se défendre.

Echappée de ses mains, elle ne crut point devoir s'exposer à un nouvel outrage; &, quoique sa journée ne fût point finie, elle laissa son ouvrage & sortit de la maison.

Le sieur D....., piqué par la résistance, prit la résolution d'exécuter, à toute force, le projet qu'il avoit conçu.

Pour en venir à bout, il falloit attirer encore une fois dans ses filets la proie qui lui étoit échappée; il usa d'artifice pour lui ôter toute idée du danger qu'elle devoit craindre.

Un laquais qu'il avoit avec lui, expert dans l'art des enlévemens, fut l'entremetteur dont il se servit pour diriger son entreprise. Son Maître avoit prévu deux cas, & avoit tracé la conduite que devoit tenir son émissaire dans l'une ou dans l'autre des circonstances prévues.

Cet adroit domestique devoit d'abord savoir si la mere étoit instruite de ce qui s'étoit passé ; & , en supposant qu'elle le fût, il étoit chargé de justifier son Maître , & de faire en sorte de la déterminer à renvoyer sa fille.

Sa seconde mission avoit pour objet de ne parler qu'à la fille , si la mere ne savoit rien , & de lui représenter que son Maître étoit fort outré de ce qu'elle avoit abandonné un ouvrage qu'elle avoit coupé , & auquel on ne connoissoit rien ; qu'il falloit qu'elle revînt le lendemain pour le continuer, & qu'elle seroit tranquille , puisqu'il partoit de grand matin pour Paris , où il resteroit au moins huit jours.

Cette derniere commission fut celle dont il s'acquitta ; car ayant rencontré la jeune fille , qui n'étoit pas encore rentrée chez sa mere , & qui avoit achevé chez une de ses camarades la

journée qu'elle avoit abandonnée par
prudence, il la détermina à revenir le
lendemain, d'après l'assurance qu'il lui
donna qu'elle n'auroit rien à craindre
de la part de son Maître, qui n'y seroit point.

Séduite par ce propos, & encore
plus animée par la nécessité d'un travail
qui formoit sa seule ressource, elle ne
dit point à sa mere ce qui lui étoit arrivé ; & , se croyant en sûreté, elle reprit, dans la maison du sieur D....,
l'ouvrage qu'elle avoit quitté la veille.

Il étoit effectivement sorti le matin,
ainsi que son domestique l'avoit annoncé
la veille. Il avoit même eu la précaution
d'emmener avec lui sa voiture, & avoit
encore laissé une lettre pour la jeune personne, par laquelle il lui mandoit que,
connoissant son honnêteté & son innocence, il étoit forcé de la respecter ; que
son entreprise de la veille étoit une
épreuve qu'il avoit hasardée pour se convaincre de ses sentimens ; mais qu'il seroit au désespoir de lui ravir l'honneur.
Il lui confirmoit en même temps la
nouvelle de son absence, & la prioit
d'avancer son ouvrage pendant qu'il n'y
seroit point.

Toutes

Toutes ces précautions mirent la jeune ouvriere dans la sécurité la plus entiere. Une cuisiniere, qui étoit restée seule dans la maison, & qui lui avoit ouvert la porte, l'assuroit de même que son Maître étoit parti, & qu'elle pouvoit travailler sans crainte.

Elle étoit donc occupée de son ouvrage, & croyoit déjà le sieur D..... bien loin, lorsque tout à coup elle le vit entrer dans la chambre où elle travailloit. Saisie d'étonnement autant que de frayeur, sur-tout quand elle apperçut qu'il fermoit la porte, elle voulut se précipiter par la fenêtre.

Le sieur D..... l'arrêta, en lui disant, de sang-froid: » C'est l'amour que » vos charmes m'ont inspiré qui me ra-» mene auprès de vous. Il est trop sin-» cere pour que je veuille vous faire du » mal. Je veux, au contraire, vous ren-» dre heureuse; mais il faut que vous le » méritiez, en faisant aujourd'hui mon » bonheur. Au reste, mon parti est pris, » & je serai heureux, soit que vous y » consentiez, soit que vous n'y consen-» tiez pas. Vous résisterez en vain; je » vaincrai vos efforts. Vous voyez par » la position de la maison, que vos cris

Tome V. Q

» seront superflus : vous n'avez donc de
» secours à attendre de personne , & je
» ne crains pas que mes domestiques
» osent venir s'opposer à mes desseins «.
Après cette déclaration , il la saisit ,
pousse la violence au comble , & triomphe enfin des efforts d'un enfant de
quinze ans, qui n'avoit que cette ressource contre la brutalité de son ennemi.

Revenu de son effervescence , & honteux peut-être , il essaya de la consoler.

Les yeux baissés & fondant en larmes , cette infortunée ne lui répondit
que par des soupirs & des gémissemens.
Plus elle le prioit de la laisser sortir, &
plus il redoubloit ses caresses. Artifice,
galanteries, promesses, sermens, rien
ne fut épargné pour la calmer & la sé-
duire.

Ses discours flatteurs , ses offres & ses
promesses acheverent par degré de subjuguer cette infortunée, qui n'avoit plus
d'autres volontés que les siennes ; son
cœur novice étoit agité par des impressions dont elle ignoroit le principe ; une
mélancolie sombre avoit succédé à sa
gaieté naturelle , & son extérieur ne
portoit plus l'empreinte de cette innocence qui imprime le respect. On s'ap-

perçut de la métamorphose : on en de-
vina la caufe. L'affiduité de cette fille
dans la maifon du fieur D....., où elle
paffoit les journées entieres, fous prétexte des ouvrages qu'il lui faifoit faire;
la durée d'un travail, qui auroit fuffi
pour faire tout le linge de la famille la
plus nombreufe ; la folitude de la maifon dont perfonne n'approchoit , d'où
le Maître lui-même ne fortoit pas , &
où il paffoit les jours tête-à-tête avec
fon ouvriere ; l'empreffement avec lequel ils cherchoient à fe voir & à fe
parler furtivement les jours de fête, qui,
par la ceffation du travail , ne laiffoient
point de prétexte à la fille pour aller
dans cette maifon; les coups-d'œil d'intelligence qu'ils fe donnoient mutuellement quand ils ne pouvoient fe parler;
enfin mille autres indifcrétions qui
échappent aux amans les plus attentifs,
découvrirent au Public le motif de la
longue durée des travaux de la jeune
ouvriere.

Ses parens furent les derniers à fe
douter de la vérité. Ils la virent enfin ,
& défendirent à leur fille de retourner
chez le fieur D..... Mais cette défenfe
acheva de la perdre. Le plaifir avoit fé-

duit les fens, & le cœur avoit été féduit
par les fens. Le raviffeur s'étoit emparé
de ce cœur fans expérience ; & cette
malheureufe victime de la féduction,
n'ayant plus affez de vertu pour réfifter
au penchant qui l'entraînoit vers fon féducteur, fe foumit à tout ce qu'il exigea d'elle.

Elle partit pour Verfailles, où elle
devoit attendre le fieur D..... dans un
lieu indiqué. Son pere fut inftruit du
lieu de fa retraite. Il alla la reprendre
auffi-tôt, & la reconduifit à Neauphle.
Chemin faifant, il rencontra le fieur
D....., qui partoit pour joindre fa proie,
& qui, fort étonné de voir qu'elle lui
échappoit, auroit tenté de l'arracher des
bras de fon pere, fi celui-ci ne lui eût
lancé un coup-d'œil capable de lui faire
connoître qu'il feroit infailliblement victime de fa témérité.

Croyant donc qu'il étoit plus prudent
d'ufer d'une autre voie, il eut encore
recours à l'adreffe de fon fidele laquais.
Il le renvoya à Neauphle, & le chargea
du foin d'enlever cette jeune fille.

Quoique la commiffion fût délicate
& périlleufe, ce zélé ferviteur ne tarda
pas à s'en acquitter. Il épia fi bien les

momens, qu'il trouva moyen de lui parler, & sut la résoudre à partir avec lui pour aller rejoindre son Maître. Mais ses parens, ayant encore été avertis de son départ, envoyerent promptement à sa suite deux Cavaliers de Maréchaussée, qui l'arrêterent en route, & la conduisirent au Commandant de leur brigade, ainsi que son ravisseur, qui avoua à l'Officier qu'il n'enlevoit cette jeune fille que parce qu'il en avoit eu les ordres de son Maître.

Le sieur D.... se voyant ainsi privé de sa proie, revint lui-même à Neauphle, bien résolu de n'en plus partir qu'avec elle. Le succès de cette tentative ne lui paroissoit pas même fort difficile ; car, ne doutant plus des sentimens qu'il avoit inspirés, il se figuroit qu'elle ne manqueroit pas de voler vers lui, dès qu'elle seroit informée de son retour. Il fut cependant trompé dans son attente, & rencontra des obstacles qu'il n'avoit pas prévus.

D'une part, la jeune fille ne sortoit plus de la maison paternelle, & toutes ses démarches étoient observées ; de l'autre, guidée par les remontrances de

sa famille, & éclairée par les conseils
salutaires d'un Pasteur zélé, son cœur
docile encore aux impressions du remords, commençoit à détester sa faute.
Cette contrainte & son repentir ne lui
permettant donc plus d'entretenir une
liaison criminelle avec celui qui l'avoit
séduite, le sieur D..... ne put ni lui
parler, ni la voir. Ayant même remarqué qu'elle en évitoit les occasions qu'il
lui fournissoit en rodant sans cesse autour de sa maison, il ne douta plus
qu'elle ne fût rentrée en elle-même, &
qu'elle ne refusât de condescendre à ses
désirs.

Trop sûr alors qu'il pouvoit impunément déshonorer & opprimer des malheureux qui étoient hors d'état de lutter
contre son crédit & sa fortune, il se détermina à recourir à la violence, & prit
le parti de l'enlever de force, dès qu'il
pourroit la surprendre. Son fidele Mer-
cure, qui l'avoit déjà si bien servi une
premiere fois, fut encore chargé de cette
expédition.

La consigne qu'il lui donna avoit pour
objet de ne point quitter le quartier où
demeuroit cette jeune fille, d'observer

les inſtans où elle ſortiroit, & de venir l'avertir quand il croiroit qu'il lui ſeroit aiſé de s'en ſaiſir.

Cet impayable domeſtique eut bien-tôt occaſion de donner une nouvelle preuve de ſon intelligence. Ayant re-marqué, un jour de fête, qu'elle ſor-toit avec pluſieurs de ſes camarades, & ſe doutant qu'elle alloit à la promena-de, il obſerva de quel côté elle tournoit ſes pas. Dès qu'il en fut aſſuré, ſon Maître ne tarda pas à le ſavoir. Comme il ſe tenoit toujours prêt pour le premier ſignal, il ſe rendit auſſi-tôt dans le bois qui lui avoit été indiqué, & donna or-dre à deux domeſtiques de le devancer de quelques pas avec ſon cabriolet, au-quel il fit atteler deux chevaux.

Arrivé au lieu de la promenade, il joignit celle qu'il cherchoit. » Je ſuis » charmé, lui dit-il, d'une rencontre » qui me procure le plaiſir de vous faire » mes adieux avant mon départ «. Con-tinuant enſuite à lui adreſſer quelques propos d'uſage, les compagnes de la jeune fille ſe retirerent à quelque diſ-tance. Cet éloignement lui donna la facilité de cauſer plus librement avec

Q iv

elle; il lui tenoit la main, & en cau-
fant, il avançoit toujours, comme un
autre Lovelace, vers fa voiture qui
étoit arrêtée. Lorfqu'il en fut près, il
changea tout à coup de langage : » Vous
» m'avez promis, lui dit-il, d'être à
» moi, & je ne peux vivre fans vous ;
» je vous tiendrai parole ; fiez-vous à
» moi ; il n'y a pas un moment à per-
» dre, partons à l'inftant «. Comme il
achevoit ces mots, fes domeftiques,
qu'il avoit prévenus, la faifirent ; &
l'ayant forcée de monter dans la voiture,
malgré fa réfiftance & fes cris, il monta
avec elle, & partit pour la Normandie.

Ses manieres infinuantes, & quelques
générofités lui rendirent un jeune cœur
qui n'étoit pas encore revenu de fes premieres impreffions.

Leur voyage fe fit donc dans une parfaite union, & ils concerterent des arrangemens pour l'avenir. Il fut d'abord
convenu qu'elle s'appelleroit déformais
Victorine, & qu'ils pafferoient pour
époux dans tous les endroits où le fieur
D.... ne feroit pas connu. Ce titre,
qu'une efpece de décence pouvoit rendre néceffaire, flattoit d'autant plus la
jeune Victorine, qu'elle ne trouvoit

aucune impoſſibilité à devenir la femme d'un homme qui paroiſſoit avoir du goût pour elle.

Si elle put avoir quelques inſtans cet eſpoir, ſon illuſion ne fut pas de longue durée ; car, après différentes courſes qu'elle fit avec le ſieur D...., elle arriva enfin dans une de ſes terres, où elle apprit qu'il étoit marié. Senſible à cette nouvelle, qui lui faiſoit déjà perdre une partie de ſes eſpérances, elle en fut encore plus vivement affectée, quand elle ſongea qu'elle alloit ſe trouver avec une femme qu'elle offenſoit. Ne ſe ſentant point aſſez de courage pour ſoutenir ſes regards, elle communiqua ſes inquiétudes au ſieur D.... » Soyez tranquille, » lui dit cet homme conſolant ; quoi- » que je ſois marié, je ne ſonge point » à ma femme, & je ne vis pas avec elle. » Vous aurez bientôt occaſion de la voir » dans une autre terre où je me propoſe » d'aller ; mais il n'y aura entre elle » & vous aucune relation, parce que, » quoique logeant dans la même mai- » ſon, nos ménages ſont ſéparés «.

Cet arrangement parut ſingulier à la jeune Victorine ; elle ne put le conce- voir, que quand elle fut à portée de le

Q v

voir, & elle ne tarda pas à en être témoin. Le fieur D..... partit effectivement, quelques jours après, pour fe
rendre à la terre où demeuroit fa femme ; il prit un logement dans fa maifon, mais il n'eut aucune commûnica-
tion avec elle.

Cette maniere de vivre, dont la jeune
Victorine n'avoit eu encore aucune idée,
lui fit naître le défir de connoître l'époufe
du fieur D...., qu'elle avoit déjà remarquée. Cette dame, de fon côté, pouvoit fouhaiter auffi de s'entretenir avec
la nouvelle compagne de fon mari ; &
toutes deux cherchoient l'occafion de fe
parler, lorfque le hafard la fit naître.

L'époufe du fieur D..... en profita,
pour fe faire rendre compte de ce qu'elle
vouloit favoir, & pour apprendre à la
jeune Victorine ce qu'elle ne favoit pas.

» Je vous plains, lui dit-elle, du
» malheur que vous avez eu de tomber
» entre les mains de mon mari : c'eft
» un homme fans mœurs, qui depuis
» long-temps ne s'attache qu'à féduire
» des enfans de votre âge ; il a déjà en-
» levé une jeune fille de ce pays, qu'il
» a conduite à Saint-Germain, où fes
» parens l'ont fait arrêter : cette infor-

» tunée eſt actuellement enfermée à
» Caen, dans le couvent de l'Abbaye-
» aux-Dames; & je crains bien qu'il ne
» vous faſſe ſubir le même ſort «.

Le cœur de Victorine étoit égaré,
mais il n'étoit pas corrompu. Elle ſe
reprocha d'être un des inſtrumens des
chagrins & du malheur d'une femme
honnête; d'occuper, dans le lit nuptial,
une place qui appartenoit à l'épouſe légitime. L'inquiétude où elle avoit laiſſé
ſes parens, la douleur que leur avoit
cauſée ſa fuite, & la honte dont elle les
couvroit, firent gémir ſon cœur ſenſible. Elle vit tout ce qu'elle avoit à
craindre des ſuites de ſa démarche;
elle ſentit, en un mot, l'horreur de
ſon état. La réſolution qu'elle prit dès-
lors de revenir à la vertu, éteignit l'a-
mour; & lui fit ſouhaiter de pouvoir
s'arracher des bras de ſon raviſſeur.
Mais, tranſplantée dans un monde
nouveau, où elle ſe trouvoit ſans connoiſſance & ſans reſſource, elle fut obligée d'attendre que des circonſtances plus
favorables lui permiſſent d'exécuter ce
projet.

Elles ne ſe préſenterent que quelques
mois après, & pendant cet intervalle,

elle eut encore bien lieu de se convaincre du mépris & de l'indignation que
méritoit l'homme dénaturé, à la brutalité duquel elle avoit eu le malheur
d'être exposée.

Se trouvant enceinte, elle fit part de
son embarras au sieur D...., qui, dit-
elle, loin de la consoler & de la plaindre, exigea qu'elle étouffât dans son
sein l'enfant dont il étoit le pere, lui
indiqua des drogues dont elle refusa de
se servir; & son refus l'exposa à des traitemens affreux.

Après cet excès de barbarie, le sieur
D..... ne devoit pas se flatter de conserver un cœur qui ne lui avoit été que
trop attaché. Il s'apperçut de l'indifférence, ou plutôt de la haine, que la
jeune Victorine commençoit à concevoir pour lui, & se doutant bien qu'elle
méditoit quelque projet, il lui dit : » Je
» crois que vous songez à me quitter;
» mais si vous prenez ce parti, vous
» êtes une fille perdue; car loin de vous
» faire du bien, comme je vous l'ai
» promis, je dirai que vous m'avez
» volé, & je vous mettrai entre les
» mains de la Justice. Si, au contraire,
» vous consentez à rester avec moi, je

» vous affurerai un bien-être ; &, fi vous
» craignez vos parens, je m'arrangerai
» de maniere qu'ils ne fauront jamais
» où vous êtes. Décidez-vous donc fur
» ce que vous avez envie de faire, &
» voyez fi vous voulez venir à Verfail-
» les, où il faut que je me rende pour
» mon fervice «.

Quoique la jeune Victorine fût peu
accoutumée à feindre, cependant l'ef-
poir de revoir bientôt fon pays & fa famille, la força de diffimuler dans cette
rencontre. Elle affecta donc des fentimens que fon cœur ne lui dictoit plus,
& promit au fieur D..... de ne point le
quitter.

Enchanté de cette promeffe, qui le
tranquillifoit fur bien des inquiétudes
qu'il devoit avoir, le fieur D..... promit,
de fon côté, d'aimer toujours fa chere
Victorine ; &, pour gage de fon amour,
il lui fit dès-lors un billet fous feing
privé, par lequel il s'engagea à lui payer
une penfion de 400 livres.

Les chofes en cet état, ils quitterent
la Normandie, & fe rendirent à Verfailles, où ils pafferent quelques jours.

La jeune Victorine, qui n'étoit alors
qu'à quatre lieues de fon pays, dit au

fieur D..... qu'elle feroit charmée de revoir fa mere, & d'obtenir d'elle le pardon de fa faute. Elle preffentoit déjà que, pour l'obtenir, elle feroit obligée de fe féparer du fieur D....., & elle y étoit décidée. Mais ne croyant pas que les circonftances permiffent à cette fille de fonger à cette féparation, & encore moins de l'effectuer, il ac-quiefça à cette propofition, à condi-tion qu'il ferviroit de médiateur & qu'il prépareroit lui-même leur entre-vue. Craignant cependant de ne point réuffir au gré de fes défirs, quoiqu'il s'imaginât que de pauvres villageois duffent être trop flattés de l'honneur qu'il leur avoit fait d'enlever leur fille, il demanda à la jeune Victorine s'il pourroit toujours compter fur elle, dans le cas où fes parens voudroient la re-prendre, & où ils y parviendroient.

Forcée de diffimuler jufqu'à ce qu'elle fût affurée des fentimens de fa famille, la jeune Victorine lui promit encore de s'échapper fi on vouloit la retenir, & de le rejoindre dès qu'elle en auroit le pouvoir.

» Si cela eft, ajouta le fieur D.....,
» je vous en faciliterai moi-même les

» moyens ; car , pour peu que vos parens
» hasardent quelques poursuites , ou
» qu'ils vous empêchent de retourner
» avec moi , je rendrai plainte contre
» vous pour les contenir , & j'obtien-
» drai ensuite un décret de prise de
» corps , dont je saurai me servir au
» besoin «.

A peine le sieur D.... fut-il arrivé
à Neauphle , qu'il envoya chercher la
mere. Cette femme infortunée accourut
aussi-tôt pour l'accabler de tous les
reproches qu'il méritoit, mais dont il
ne fit que rire ; elle le quitta brusque-
ment, en lui répondant que, puisqu'il
l'avoit subornée & déshonorée, il pouvoit la garder.

Cependant, mieux conseillée par la
suite, elle consentit à revoir sa fille,
pour savoir tout ce qui s'étoit passé, &
connoître quelles étoient ses dispositions
actuelles.

Dès qu'elle en fut instruite & qu'elle
la vit animée d'un repentir sincere des
égaremens où son inexpérience l'avoit
précipitée, elle crut qu'elle ne seroit
pas excusable de laisser plus long-temps
son enfant dans le précipice, & de ne
pas sacrifier les foibles ressources que

lui laiffoit fon indigence, pour pourfuivre criminellement lé fuborneur qui
l'y avoit conduite.

'De concert avec fon mari, elle fe
détermina donc à rendre plainte du
rapt de féduction dont le fieur D.....
étoit coupable. Sur cette plainte, Ordonnance portant permiffion d'informer, & qui, par provifion, autorifa
les pere & mere à reprendre leur fille,
que le fieur D..... retenoit encore chez
lui.

Remife en liberté, elle fit une déclaration de fa groffeffe, & rentra auffi-
tôt chez fes parens.

La plainte de fes pere & mere fut
fuivie d'une information où neuf témoins furent entendus.

Comme l'enlévement & la groffeffe
de la jeune Victorine étoient avérés,
le fieur D..... fut décrété d'affigné pour
être ouï ; & ce décret fut converti en
décret d'ajournement perfonnel, faute
par lui d'avoir comparu. Il appela de
ces décrets, & obtint un Arrêt de défenfe.

Muni de cet Arrêt, qui fufpendoit
toute pourfuite, le fieur D.....crut qu'il
étoit temps d'intimider fes Adverfaires

par l'accusation du vol, dont il avoit promis à la jeune Victorine de faire usage.

Pour constater le prétendu délit dont il vouloit se plaindre, il se servit d'un Exempt de Maréchaussée qu'il connoissoit. Lui ayant dit qu'une de ses armoires avoit été forcée, & qu'on lui avoit volé différens effets, cet Officier déclara, dans un procès-verbal qu'il fit signer par deux de ses Cavaliers, tout ce que le sieur D..... voulut lui exposer, & cet acte conduisit à un décret de prise de corps contre la fille & la mere.

Tandis que les choses s'arrangeoient ainsi au gré du sieur D....., il tentoit, de son côté, toutes sortes de moyens pour parler à la jeune Victorine. Il lui avoit déjà écrit plusieurs billets, pour l'engager à venir le trouver. Croyant enfin qu'elle étoit toujours de concert avec lui, mais qu'elle ne pouvoit le voir parce qu'on l'en empêchoit, il s'imagina que le décret de prise de corps qu'il avoit obtenu, étoit un titre à la faveur duquel il pouvoit impunément tout hasarder. En conséquence, le jour même que ce

décret fut prononcé, il donna ordre à
un nouveau laquais qu'il avoit alors
avec lui, de se promener autour de
la maison de la jeune Victorine, &
de faire en sorte de la lui amener.

Ce laquais, plus entreprenant encore
que son prédécesseur, ayant remarqué
que cette jeune fille étoit seule dans
sa maison, frappa à la porte, & dit à
Victorine, qui lui ouvrit sans le connoître : » Mon Maître vous attend,
» suivez-moi «. Comme elle refusa de
le suivre, il l'entraîna de force, & avoit
déjà fait quelques pas avec elle, quand
il fut arrêté par plusieurs personnes qui
accoururent au bruit qu'elles entendi-
rent, & le firent rentrer dans la maison.

Pendant qu'on le gardoit, la mere,
qui rentra aussi-tôt, fut rendre plainte
de ce qui venoit d'arriver, & requit
le transport du Juge, à l'effet de connoître & d'interroger le ravisseur de sa
fille.

Le Bailli reçut sa plainte.

Le particulier arrêté a déclaré être
le domestique du sieur D....., venant
de la part de son Maître pour avertir
la jeune Victorine de se rendre dans
le jardin du sieur D....., qui l'y atten-

doit : il a auffi déclaré qu'il étoit venu, la veille, pour lui apporter, de fa part, une montre d'or, & que, quelques jours auparavant, il lui avoit remis un billet qu'il avoit écrit lui-même pour fon Maître.

Mais comme il ne convenoit point qu'il eût emmené de force la jeune Victorine pour la conduire au fieur D....., l'on fut encore obligé de recourir à une information, dans laquelle quinze témoins ont été entendus.

Leurs dépofitions furent affez concluantes, indépendamment du titre de l'accufation, pour que le fieur D.... fût décrété, cette fois, à caufe de la récidive, du moins d'ajournement perfonnel. Cependant il n'intervint encore contre lui qu'un décret d'affigné pour être ouï, qu'il éluda de même, par un nouvel Arrêt de défenfe, qu'il ne fit fignifier qu'au Greffier. Son domeftique fut auffi décrété d'ajournement perfonnel, & ne fubit point d'interrogatoire, parce que fon Maître eut la fage précaution de le renvoyer.

Cependant la mere ayant été prévenue qu'il exiftoit contre elle & fa fille un décret de prife de corps, s'eft empreffée de le purger. Elles fe font toutes deux conftituées prifonnieres, ont fubi leur interrogatoire, & n'ont obtenu leur élargiffement provifoire, qu'après une fommation préalablement faite au fieur D..... de fournir fes réponfes. Depuis, le fieur D..... ne faifant encore aucune pourfuite, & paroiffant même avoir entiérement abandonné cette affaire, elles ont demandé qu'on les déchargeât pleinement de la téméraire & calomnieufe accufation intentée contre elles. Elles le furent en effet, par une Sentence du premier Juge. Par fuite des Arrêts de défenfes & des appels, le Parlement fut faifi de l'affaire.

Pendant l'inftruction du procès, Victorine étoit accouchée le 24 Août 1776, & avoit obtenu une provifion de 600 l. pour fournir aux frais des couches & à la nourriture de l'enfant, à laquelle le fieur D..... fut condamné par corps, & qu'il fut contraint de payer.

Voici quelle fut l'iffue du procès. L'Arrêt du 19 Février 1777 condamna le fieur D..... à fe charger de l'enfant dont la fille étoit accouchée; en outre, en fix mille livres de dommages & intérêts, par forme de réparation civile,

envers la fille, non compris la provifion, qui demeura définitive. La fille
& le fieur D..... furent condamnés chacun en trois livres d'aumône pour les
pauvres prifonniers de la Conciergerie
du Palais ; avec défenfes au fieur D.....
& à fon laquais, d'ufer à l'avenir de
pareilles violences, fous peine de punition corporelle.

La fille & la mere furent déchargées
de l'accufation de vol domeftique : le
fieur D..... fut condamné en trois mille
livres de dommages & intérêts envers
la mere, par forme de réparation civile, & en dix mille livres de dommages-intérêts, auffi par forme de réparation civile, envers la fille, & en
tous les dépens ; & l'Arrêt imprimé &
affiché à fes frais.

DOMMAGES & intérêts pour une grossesse accompagnée d'une promesse de mariage.

LA demoiselle Chaubert, née d'une famille honnête dans la bourgeoisie de Baugency, avoit été recherchée par plusieurs partis de la ville : elle méritoit leurs vœux par les agrémens de sa figure, les avantages d'une bonne éducation, & l'honnêteté de sa conduite.

Vers le commencement de l'année 1760, elle devint languissante & malade. Le sieur Gourdinau de Chaudry, Médecin, la vit alors. Il attribua, dans la suite, ce dérangement de sa santé au chagrin d'avoir été abandonnée par le sieur Tardif de Saint Michel, qui, après lui avoir été long-temps tout attaché, cessa tout à coup ses poursuites & forma de nouveaux engagemens. Le Médecin déclara que sa guérison n'étoit point du ressort de la Médecine, dont l'empire ne s'étend point sur les déréglemens de l'esprit, & qu'il falloit lui chercher des remedes moraux dans la diffipation & la gaîté.

Si telle fut fon ordonnance, il paroît qu'il voulut avoir lui-même une part plus intime dans la guérifon de fa malade , & qu'il crut fes vifites propres à l'égayer. La demoifelle Chaubert avoit alors vingt-cinq à vingt-fix ans. Quoiqu'une fille à cet âge ne foit plus jeune , & que fes charmes, qui commencent à perdre de leur fraîcheur , lui faffent craindre de languir dans les ennuis du célibat , il paroît que la gravité du Médecin fut encore émue de fes attraits , & ne dédaigna pas cette fleur.

Il devint affidu auprès d'elle. Etoit-ce le befoin de fociété dans une petite ville où l'on ne jouit ni du fpectacle des promenades , ni de celui des théatres ; où l'ennui , la difette de monde obligent à voir fouvent les mêmes perfonnes , fans avoir pour elles une inclination bien décidée ? Si ce motif conduifoit le fieur Gourdinau dans la maifon de la demoifelle Chaubert, où l'on voyoit bonne compagnie , il paroît que des fentimens plus doux & plus paffionnés l'y entraînoient auffi. Huit ans

d'affiduités, d'égards & d'attention fup-
pofent un fentiment plus profond, plus
actif, que le befoin vague de fe dif-
fiper & de converfer en ville.

Il fe forma entre lui & la demoifelle
Chaubert une liaifon plus intime; il
s'établit un commerce épiftolaire, très-
animé, très-chaud, qui nourrit leurs
fentimens mutuels & augmenta leur
familiarité. On prétend même qu'en
1768, le pere de la demoifelle & le
fieur Gourdinau de Chaudry réglerent
verbalement entre eux l'accord d'un
mariage que le fieur Gourdinau ne dif-
féra que par des raifons à lui perfonnelles, comme celle d'attendre que le
mariage d'un parent avec lequel il habitoit, précédât le fien.

Ce n'étoit d'abord, de la part du
Médecin, que les affurances d'une amitié inaltérable, des plaintes fur la fermeté avec laquelle la demoifelle Chaubert refufoit des préfens. » Lorfque vous
» m'avez refufé la bagatelle que je vous
» offrois, chere amie, j'ai été mortifié
» de votre refus. Je ne vous en ai rien
» témoigné : ma conduite doit vous être
» affez connue «.

Si la demoifelle Chaubert s'alarmoit
de

de la vivacité avec laquelle le fieur Gourdinau peignoit fa tendreffe, celui-ci cherchoit à la raffurer par des lettres pleines d'un nouveau feu : » Vous di-» tes, cheres délices de mon ame, que » je fuis trop tendre ; c'eft de vous que » je tiens cette tendreffe ; elle a telle-» ment pénétré & ravi mon cœur, que » l'expreffion lui manque...... C'eft avec » raifon, chere époufe, que vous croyez » les proteftations inutiles ; mon amour » y a mis le fceau. J'aurois bien voulu » dire *toi* : je crois m'être apperçu que » ce mot ne vous paroît pas affez fou-» mis, je l'ai fupprimé..... Pous vous, » *chere époufe*, ufez de ce terme à » mon égard, je n'y verrai rien que de » flatteur ; portez-vous bien, ménagez » une vie qui m'eft d'un prix infini, &c.«.

C'eft par ces entretiens vifs & ten-dres, que le fieur Gourdinau fut arra-cher l'aveu qu'il étoit aimé ; & bientôt, dans une autre lettre, il ne diffimula plus que cet aveu ne fuffifoit pas à fes fentimens. » Je lifois, ces jours-ci, chere » amie, que pour bien traiter la quef-» tion de l'égalité ou de la fupériorité » des fexes, il faudroit tout à la fois

Tome V. R

» être Médecin, Anatomiste..... & fur
» tout avoir le malheur d'être parfai-
» tement défintéreffé. Quant à cette
» derniere partie, je la regarde pour
» moi, chere amie, impoffible : je fais
» que tu m'aimes; l'aveu que tu m'en
» as fait peut *t'avoir couté*, & plus
» cet aveu coute au fexe, plus ce qu'il
» aime lui devient cher..... Mon amie
» en eft toute pénétrée. Adieu, bon
» foir, chere amie, conferve-toi pour
» nous deux «. C'eft ainfi que le fieur
Gourdinau fembloit calculer la marche
du cœur & hâter celle de la Nature.

Cependant la demoifelle Chaubert
faifoit une belle défenfe, & fe garan-
tiffoit des piéges dont on l'environnoit.
Le fieur Gourdinau redouble fes attaques; tantôt il fait l'éloge de la dé-
licateffe de fon amante : » Je fuis,
» chere amante, fi rempli de vous,
» que mon ame n'eft point dans fon
» affiette ordinaire..... Mon cœur, tout
» brûlant de vous, protefte qu'il ne
» vous oubliera jamais. *Je connois,*
» *chere époufe, depuis long-temps,*
» *la maniere généreufe dont vous pen-*
» *fez : elle n'eft donnée qu'aux ames*
» *tendres & délicates;* j'avois déjà dé-

» veloppé en vous ces sentimens que
» vous me détaillez dans votre let-
» tre. Que ce mot *toi* dont tu t'es ser-
» vie, tendre épouse, m'a pénétré; il
» vaut tout ce que tu peux m'écrire; il
» me donne une confiance au dessus de
» tout. *Sois persuadée que jamais je*
» *ne t'abandonnerai, trop flatté de*
» *partager un jour avec toi une mince*
» *fortune* «. Tantôt il fait son propre
éloge & se présente comme digne de
la confiance de la demoiselle Chaubert : » Je suis très-convaincu, ma
» reine, de votre confiance; je ne sais
» ce que c'est que d'y jamais donner
» la moindre atteinte. Si cela m'arri-
» voit, je me bannirois de votre pré-
» sence & me regarderois indigne d'y
» paroître de mes jours : vous êtes mieux
» qu'une amie dans mon cœur; la place
» que vous y occupez est celle d'une
» épouse chérie; .... soyez donc persua-
» dée, chere épouse, de ma fidélité «.

A ces lettres si tendres, si vraies en
apparence, le sieur Gourdinau en opposoit de la demoiselle Chaubert, qu'il
donnoit comme la preuve de son indifférence contre les poursuites vives &
pressantes dont cette fille l'importunoit

& le fatiguoit. » J'en étois venu, dit-
» il, à un point défiré; c'eft-à-dire, à la
» voir comme un vieux garçon voit
» une vieille fille, fans prétention &
» fans conféquence : nous étions l'un
» & l'autre dans l'âge de jouir de toute
» notre raifon. D'ailleurs, la demoi-
» felle Chaubert avoit eu jufqu'alors
» plufieurs particuliers fur lefquels elle
» avoit jeté les yeux, auffi bien que
» fur lui «.

Le fieur Sarrebourfe, Procureur des
Eaux & Forêts, entre autres, lui faifoit
une cour très-affidue; la demoifelle
Chaubert ne l'avoit pas vu avec les
yeux de l'indifférence; tous deux en
étoient aux petits foins : combien de
fois ne lui a-t-elle pas donné fa main à
baifer, lorfqu'elle paffoit fous fes fenêtres ? Ces légeres privautés en font
foupçonner de plus effentielles, & fup-
pofent toujours une grande intelligence
entre celle qui les accorde & celui qui
les reçoit.

Le fieur Sarrebourfe a rendu fes affiduités à la demoifelle Chaubert jufqu'à fon extrême vieilleffe.

Un autre particulier, avec lequel la
demoifelle Chaubert a eu encore des

liaisons fort intimes, étoit-le sieur Tremeau, Secrétaire Greffier du point d'honneur, qui, pendant six ans, a été le pensionnaire de la demoiselle Chaubert : si quelqu'un peut passer pour avoir été son amant, c'étoit sans contredit ce sieur Tremeau; il logeoit chez elle; il mangeoit avec elle ; on les voyoit toujours ensemble à la ville, à la campagne, à la promenade, à l'église.

Depuis l'époque de la sortie du sieur Tremeau de chez le sieur Chaubert, la demoiselle devint plus pressante ; elle se voyoit sans espoir de réaliser ses désirs. Tous ceux qui avoient quelque habitude chez elle, & avec elle, s'en éloignerent comme d'un endroit suspect.

Le sieur Tremeau, qui, depuis six ans, vivoit dans la plus parfaite intelligence avec le sieur Chaubert & toute sa famille, sortit de chez lui avec le plus grand éclat, se plaignant d'un vol commis dans la chambre, dans l'armoire dont il avoit l'usage. Ce vol, qui consistoit en deux mille livres, tant en or monnoyé qu'en argenterie, dut se faire pendant l'absence du sieur Tremeau, sans aucune apparence de fraction, sans

R iij

qu'aucune perfonne alléguât avoir vu
entrer dans fa chambre aucun étranger.

Cet événement n'étoit que malheureux ; mais l'indignation du fieur Tremeau, qui n'étoit pas celle d'un jeune
homme, puifqu'il avoit pour lors cin-
quante-fept à cinquante-huit ans, fa retraite précipitée, un monitoire fulminé
à fa requête, prêtoient des armes à la
malignité. Tout le monde, jufqu'au
fieur Sarrebourfe, s'éloigna de la maifon du fieur Chaubert, qui ceffa d'être
la maifon du bon ton. Le fieur de Chaudry en ufa de même, & fe retira. La
demoifelle Chaubert joua tous les rôles
pour le ramener. Elle- lui écrivit les
lettres les plus preffantes ; tantôt en
toi, tantôt en *vous* ; tantôt ces lettres
refpiroient la plus fublime piété, &
tantôt la paffion la plus effrénée; tenant
toujours la conduite d'une coquette in-
fidieufe. Voici comment elle s'exprime
dans une de ces lettres.

　MONSIEUR,

» Je n'ai que des foupirs & des lar-
» mes pour vous exprimer l'extrême
» confternation où vient de me jeter
» votre indifférence fur ce qui m'inté-
» reffe, & j'ai befoin de la plus grande

» modération pour foutenir une épreuve
» de la nature de celle qui fe préfente,
» & contenir ma plume à vous refufer
» un mot de juftification fur l'impreffion
» qu'a pu vous donner de moi le plus
» méchant des hommes «. (Elle défi-
gnoit le fieur Tremeau, qu'elle affec-
toit fouvent de peindre, non comme
un amant, mais comme un jaloux auquel elle attribuoit l'éclipfe du fieur de
Chaudry.) » Vous ne feriez pas à le
» connoître fur la maniere dont il penfe
» de vous-même, fi la bonté de mon
» caractere ne me portoit pas à éloi-
» gner tout ce qui peut déplaire. Ah !
» homme foible ! vous condamnez moi
» ou les miens fans rien entendre. Vous
» auriez fu bien des chofes qu'il vous
» eût été important de favoir, & que
» vous ignorerez toute votre vie, parce
» que *vous n'avez pas fu prendre part*,
» *comme vous le deviez*, à ce qui me
» *regarde* «.

Cette lettre, difoit le fieur de Chaudry, montre affez qu'il n'a jamais pris
qu'une part très-médiocre à ce qui regardoit la demoifelle Chaubert, & que,
par conféquent, il n'a jamais eu pour
elle cet amour exceffif qu'elle lui prêtoit.

Il ne fit point de réponfe. Comme
elle n'étoit point fille à fe rebuter auffi
facilement, elle l'épia; & l'ayant rencontré, comme par hafard, elle lui répéta à peu près de vive voix ce qu'elle
lui avoit dit dans fa lettre. Elle lui en
écrivit plufieurs autres.

Le fieur de Chaudry, forcé de rompre le filence, s'excufa fur les injuftes
foupçons qu'elle lui fuppofoit dans fa
lettre; & quant aux reproches fur ce
qu'il n'alloit plus la voir, il l'affura
que ce n'étoit aucunement en lui défaut
d'eftime, mais qu'il s'étoit apperçu que
fes vifites lui devenoient importunes.
Ce faux-fuyant fut pris au bond, &
tout à coup la demoifelle Chaubert
changea de ton & de ftyle. L'air du
refpect qu'elle avoit pris, fit place à celui
de la confiance; le *Monfieur* difparut.
» Où as-tu trouvé que je me laffe de
» *toi*, dit-elle? quelle preuve t'en ai-je
» donnée? N'as-tu pas toujours été maî-
» tre de me voir, & n'eft-ce pas moi
» qui, dans tous les temps, ai de-
» mandé tes vifites?

» Avoue donc, continue-t-elle, que
» ton reproche eft fans fondement; &
» plus je lis, plus je fuis étonnée que

» tu ofes me le faire : à moins que tu
» n'ayes en vue de me fournir une nou-
» velle occafion de te reprocher à toi-
» même ton peu de fermeté..... Tu ne
» fais rien qui me le prouve & qui
» puiffe alléger mes peines : mon fort
» eft entre tes mains ; tu peux le déci-
» der, & tu ne le fais pas. Va, je fuis
» plus courageufe que toi : s'il étoit en
» mon pouvoir, je franchirois le pré-
» jugé, les obftacles ; rien ne m'arrê-
» teroit «.

Cette obligeante miffive femble prouver que jamais le fieur de Chaudry n'avoit
rien promis à la demoifelle Chaubert ;
elle lui demande, avec le dernier empreffement, un mot d'efpérance : » Ap-
» porte-moi, dit-elle, feulement un
» mot d'efpérance pour un temps fixé
» par toi-même, quelque éloigné qu'il
» te plaife, & tu verras fi je me laffe
» de te voir & de t'attendre «.

Cependant, dit le fieur Chaudry,
il feroit difficile de lire & d'imaginer
une lettre auffi pittorefque, & dont les
tours foient plus variés. Elle femble
avoir voulu imiter la magie du célebre
Citoyen de Geneve, qui, par des mouvemens d'un ftyle enchanteur, paffe des

R v

idées les plus terreſtres à la plus ſublime
contemplation. Comme une autre nouvelle Héloïſe, la demoiſelle Chaubert
veut faire oublier ce que la premiere
partie de ſes lettres a d'effronté, en
déployant les principes d'une morale
tendre & touchante : elle veut paroître,
tantôt accablée par le poids des chaînes
d'un tyrannique amour, & tantôt parée
du glorieux joug de la Religion. » Au-
» trement, c'eſt ainſi qu'elle continue
» dans ſa lettre, ne trouve pas mauvais
» que je choiſiſſe le vrai & l'honnête.
» La vérité n'eſt pas incertaine ni flot-
» tante ; mais mon entendement a juſ-
» qu'ici été trop foible pour la ſaiſir &
» s'en rendre maître. J'adopte aujour-
» d'hui les principes que le ſentiment
» intérieur m'inſpire, & que la conſ-
» cience ne conteſte pas, ne t'ayant
» rien promis que je ne ſois dans la
» volonté de tenir. Sans cela, je ne ſuis
» plus rien au monde ; tous les êtres
» qui l'habitent ne peuvent plus rien
» dire à mon cœur. Une autre, plus
» heureuſe que moi, retient ou retien-
» dra dans ſes chaînes celui qui m'en-
» chantoit. Adieu, cher ami ; la mo-
» deſtie, les charmes de l'amitié, les

» fentimens fublimes de la crainte de
» Dieu, font les feuls plaifirs purs &
» ceux auxquels je veux confacrer ma
» vie. *Je vais aller encore à ton jardin*
» *avec notre fille; mais ce fera pour*
» *la derniere fois* «.

Quelle chute, difoit le fieur Chaudry;
mais quelle lettre bien plus finguliere
encore que celle qui va fuivre ! La demoifelle Chaubert y joue plus d'un
rôle : tantôt c'eft une coquette qui agace
l'amour, tantôt une héroïne qui le
brave, & qui, fûre de fon triomphe,
va l'attaquer, fans autre motif que la
gloire de le vaincre : elle fe compare
enfuite à Pénélope. Au milieu de ces
comparaifons profanes, elle ne laiffe pas
de citer des maximes de l'Ecriture-
Sainte. Voici quelques tableaux de cette
lettre :

» Je n'ai été, dit-elle, vous trouver
» hier au foir, que dans la crainte que
» vous ne vous fuffiez imaginé que,
» trop foible pour vous réfifter, j'avois
» pris le moyen d'ufer de détours, en
» vous faifant dire que je n'y étois pas.
» Dieu me garde d'agir ainfi : je faurai,
» avec fa grace, me préferver, fans
» avoir recours à l'artifice. Je fais que

R vj

» le plus sûr moyen est d'éviter la ten-
» tation , & que le Saint-Esprit nous
» dit, dans l'Ecriture Sainte, que qui-
» conque s'y expose y succombera. Dans
» la résolution ferme où je suis de ne
» commettre jamais la plus légere faute,
» j'aime donc mieux vous dire : Ne ve-
» nez plus chez moi , & hier sera le
» dernier jour..... Non, jamais je n'irai
» vous trouver, je viens de le promettre
» à Dieu. Laissez-moi m'affermir dans
» mes devoirs envers lui «.

Il ne faut pas s'en laisser imposer
par cette derniere phrase ; la fin de la
lettre prouve qu'elle n'étoit fâchée contre
le sieur de Chaudry, que de ce qu'il
ne lui faisoit aucune instance..... » Je
» me soumets à tout ; je vous aban-
» donne : ah ! si vous connoissiez ce que
» je sacrifie , & combien votre ingra-
» titude m'est sensible « !

Cette ingratitude ne prouve-t-elle
pas que le sieur de Chaudry ne songeoit
pas à l'empêcher *de s'affermir dans ses
devoirs envers Dieu ?* que ce n'est
qu'une Comédienne, qui ne varioit ses
formes, qui ne prenoit ce langage de
la vertu , que pour triompher d'un
homme insensible à ses charmes ?

» Quels efforts, continue la demoi-
» felle Chaubert, il me faut faire
» fur moi-même, pour me bien con-
» vaincre de cette ingratitude! j'ai fu
» démêler que vos fentimens ne répon-
» doient point aux miens..... Le pro-
» verbe dit : On ne gagne rien avec les
» malheureux; auffi tout le monde les
» fuit..... Si le bonheur daigne venir,
» & la fortune me fourire, je vous
» ferai figne d'approcher «.

Certainement perfonne ne prendra
ces difcours pour des preuves d'une
paffion bien puiffante dans le fieur de
Chaudry : fuivent une quarantaine de
lignes qui ne font qu'une fuite d'inepties
des plus ridicules ; on y voit un manége
des plus méprifables.

Voici la fin de cette bizarre épître :
» Vous ne connoiffez pas plus les droits
» de l'amitié, que vous ne favez en
» remplir les devoirs. Je m'étois fait
» une telle idée de vous en conferver
» une durable, que j'avois imaginé
» d'occuper la folitude que je me pré-
» parois, à intéreffer mon travail avec
» vous. Je vous ai dit que j'aimois à
» filer ; mais, en réfléchiffant que je
» n'avois pas befoin de fil dans notre

» maifon, & que c'étoit multiplier les
» chofes mal-à-propos, je me fuis dit :
» Je lui ferai faire la dépenfe de qua-
» rante livres de lin..... je les filerai : &
» le plaifir de croire mes intérêts mêlés
» avec les fiens, adoucira ma folitude,
» & me fera trouver plus de goût à ce
» travail. Quand j'aurai fait fa piece
» de toile, je lui en ferai préfent, &
» ne ferai certainement point comme
» Pénélope, fi vous daignez mettre
» une récompenfe au bout, telle que
» j'ai droit de l'attendre «.

Cette miffive étoit en *vous* ; voici
le fragment d'une autre qui eft en *tu :*
» Je te dirai demain où nous ferons
» convenus de nous voir ; *je n'attendrai*
» *fûrement point à famedi.* Que je me
» fuis voulu de mal ce matin de ne
» t'avoir pas apperçu «! Ou ces paroles
ont un fens caché, ou elles montrent
bien que c'étoit elle qui le cherchoit.
» Ne t'y trouvant pas (à ta place ordi-
» naire), je promenois mes regards
» dans toute l'Eglife ; ne faut-il pas
» avoir perdu l'efprit, pour s'aveugler
» ainfi ? J'étois allée dans l'idée que je
» ne t'y verrois point ; & j'avois raifonné
» fur un fondement incertain. Je te dirai

» pourquoi j'y fuis reftée à la Meffe ; &
» fi c'eft pour me punir que tu y as
» été à Vêpres, tu as tort «. _

Tantôt elle cherchoit à exciter la jaloufie du fieur de Chaudry. » Voyez
» celle-ci, lui difoit-elle, elle eft d'un
» homme qui connoiffoit le fentiment ;
» comme il m'aimoit ! ... M. Gourdi-
» nau, vous n'écrivez pas de même,
» & vous êtes pourtant beaucoup plus
» aimé ; .... oui, oui, beaucoup plus ;
» la pauvre Chaubert ne poùrra rien vous
» infpirer «.

D'après ces lettres, le fieur Gourdinau vouloit établir que c'étoit lui qui
tenoit rigueur, qui réfiftoit aux avances,
aux follicitations de cette fille paffion-
née. Il prétend qu'à l'époque du 8 Août
1773, à l'occafion du prétendu vol dont
on a parlé, il s'étoit, comme les autres,
éloigné de cette maifon, fans aucun
penchant à y retourner : que ce fut
alors que la demoifelle Chaubert lui
écrivit les miffives les plus fortes ; qu'elle
lui envoya des émiffaires ; qu'elle alla
le trouver à fon jardin ; que le pere
même vint chez lui, & l'invita à le venir
voir ; qu'enfin il céda à tant d'impor-
tunités, retourna chez le fieur Chaubert,

mais toujours d'un cœur fort indifférent
pour la demoiselle. Ainsi jusqu'alors,
si, comme il paroît certain, la demoiselle Chaubert n'avoit point cédé, c'étoit
le sieur Gourdinau qui s'attribuoit la
gloire d'une belle défense, & qui
s'applaudissoit d'avoir bien gardé sa
vertu. L'heure où il devoit succomber
sonna ; & voici comme il peint lui-
même les causes & le moment de sa
défaite.

Le 13 Janvier 1775, comme le sieur
Gourdinau sortoit des Vêpres de la
Paroisse, où il assistoit avec d'autant
plus d'assiduité qu'il étoit Marguillier
pour lors, il fut invité, d'une façon
particuliere, à se rendre chez le sieur
Chaubert ; il y fut reçu par la demoiselle. Le sieur de Chaudry disoit qu'il
n'avoit rien vu de plus pressant : jamais
la demoiselle Chaubert n'avoit rien dit
de si expressif, ou de vive voix, ou
par lettres. Ses premiers transports ne
cesserent que pour faire place à une
espece d'extase plus dangereuse.

Soit qu'elle fût subjuguée par un
tempérament victorieux ; soit, comme
il est plus probable, que la scene eût
été méditée, le sieur de Chaudry ne

put tenir contre cet ennemi, devant
qui les invincibles ont perdu leur force,
les Sages leur fageffe, & les Saints leur
piété. Revenue de fon ivreffe, la demoifelle Chaubert difparut : le fieur de
Chaudry croyoit qu'elle le fuyoit &
qu'elle cherchoit à enfevelir fa honte,
lorfqu'il la vit revenir avec un air auffi
calme que celui qu'il avoit lui-même
au fortir de l'Eglife, avant de prendre
la route de fa maifon : elle tira de fon
fein un papier, lui difant de lui en
donner une copie fignée. Voici comment ce papier étoit conçu : » Je donne
» ma parole d'honneur à mademoifelle
» Thérefe Chaubert de paffer avec elle
» contrat de mariage & de l'époufer,
» de jour à jour, inceffamment, pour
» éviter l'éclat que pourroit faire fa grof-
» feffe actuelle de mes œuvres. A Bau-
» gency le 13 Janvier 1775 «.
  Jamais furprife n'a égalé celle du
fieur de Chaudry... » Si fubitement,
» Mademoifelle !... fi fubitement !...
» comment voulez-vous être groffe de
» mes œuvres, ou du moins le favoir ?
» De mes œuvres !... Les femmes les
» plus habiles font plus de trois mois
» fans pouvoir rien affurer fur leur état :

» vous me rempliffez de foupçons. Vous
» m'avez fait venir pour.... «

Une propofition de cette nature étoit
inconcevable. » Il fuffit, lui répondit-
» elle avec affurance, il fuffit que la
» chofe foit poffible ; s'il n'y a pas de
» groffeffe, le billet fera nul : & pour-
» quoi ne voudriez-vous pas m'époufer?
» Voyez un peu le beau M. Gourdi-
» nau «.

Le fieur de Chaudry lui déclara qu'elle
avoit beau l'appeler M. Gourdinau, que
jamais il ne confentiroit à figner un femblable écrit. Il s'avançoit vers la porte,
lorfqu'elle prononça ces paroles mot pour
mot : » Monfieur, vous faites bien le
» maître, vous faites bien le maître....
» Tout le monde eft inftruit : j'ai ordon-
» né de fermer les portes «.

Cette audacieufe apoftrophe jeta la
terreur dans l'ame du fieur de Chaudry ;
fes yeux s'étant portés involontairement
fur l'armoire où s'étoit commis le vol,
ayant entendu ou cru entendre du bruit
à la porte, fon imagination ébranlée fe
remplit de mille fantômes ; il trembla
de tous fes membres. Ce fut dans l'agitation occafionnée par cette terreur pa-
nique, qu'il fit le billet dont la demoifelle

Chaubert avoit tracé le modele, billet
qui porte en lui-même les caracteres de
la frayeur dont le fieur de Chaudry étoit
faifi. Elle convient que l'écriture de
cette prétendue promeffe eft abfolument
différente de fon écriture ordinaire;
mais, dit-elle, c'eft qu'il étoit preffé
par fa confcience; il favoit qu'il commettoit un parjure.

Le fieur de Chaudry eut à peine figné,
que l'on vit entrer le fieur Chaubert.
Il avoit un air intrigué, & fembloit très-
au fait de la fcene qui venoit de fe paffer;
fa fille s'approcha de lui & lui dit quelques paroles; alors regardant le fieur
de Chaudry, il répondit d'un ton très-
calme : *C'eft affez.*

Le fieur de Chaudry obferve que
le fieur Chaubert eft Procureur; que
c'eft lui qui, dans ce Procès, a occupé
pour fa fille. Ceft, dit-il, un homme
fupérieur, & dont l'efprit, formé par la
philofophie moderne, a fecoué la rouille
des préjugés antiques.

Plus le fieur de Chaudry réfléchiffoit
fur ce qu'il voyoit, plus fon étonnement redoubloit; fon embarras étoit
extrême, il ne favoit comment fe lever,
comment quitter la chaife; enfin il fe

détermine à fortir : le fieur Chaubert
le devance, marchant à petit pas &
fans lui dire une feule parole : il lui
ouvre la porte avec la précaution d'un
homme qui fait fortir des marchandifes
de fraude.

Le fieur de Chaudry paffa la nuit en
d'étranges inquiétudes : la demoifelle
Chaubert fut toujours préfente à fa
penfée ; il lui fembloit la voir le marquer de fon propre déshonneur. Son
deffein étoit de protefter. Le lendemain
il confulta, mais fans dire que c'étoit
à lui-même que cette fcene étoit arrivée.

La demoifelle Chaubert peignoit,
d'une maniere bien différente, les circonftances de cette fatale époque &
celles de la fignature du billet d'honneur. Depuis le moment de la défaite,
difoit-elle, le commerce épiftolaire lan-
guit, & le fieur Gourdinau ne donnoit
plus, dans fes lettres, à la demoifelle
Chaubert, le titre de chere époufe :
cependant, elle fentoit qu'elle étoit prête
à devenir mere : elle en fit part au fieur
Gourdinau, & le preffa d'accomplir
fes promeffes. De nouveaux fermens
furent la réponfe de l'ingrat ; mais ja-

mais l'exécution ne les suivoit. La demoiselle Chaubert éprouva de vives
alarmes, fit à son amant les reproches
les plus tendres : &, un jour qu'elle
inondoit son sein de pleurs, attendri
& subjugué par cette vue touchante,
son cœur s'ouvrit, & il lui signa, lui
debout & sur le haut d'un secrétaire, le
billet d'honneur qu'il attribue à la violence de la fille. Il ne se contenta pas,
dans ce moment de justice & de sen-
sibilité, d'avoir calmé les alarmes de sa
maîtresse, il ne voulut point quitter la
maison sans faire part de cet événement
au sieur Chaubert pere, en le prévenant
qu'il alloit s'occuper des préliminaires
du mariage. Telle étoit, suivant la demoiselle Chaubert, l'histoire & la cause
du billet d'honneur dont elle se trouvoit
nantie.

Le sieur Gourdinau l'oublia bientôt,
& resta sourd & insensible aux visites de
la fille, aux instances du pere.

La demoiselle Chaubert connut alors
tout son malheur : elle fit contrôler le
billet du 13 Janvier, & donna, le 11
Février, sa déclaration de grossesse des
œuvres du sieur Gourdinau devant le
Lieutenant-Général de Baugency. Cette

déclaration fut fuivie d'une demande à fin d'exécution de la promeffe du 11 Janvier, demande qui donna lieu à une foule d'incidens terminés par un Arrêt contradictoire du 7 Juillet 1775.

Le 16 du même mois de Juillet, la demoifelle Chaubert accoucha d'une fille, baptifée, le même jour, comme fille naturelle du fieur Gourdinau, qui fait de cet événement la peinture la plus grotefque. Mais faut-il en croire une Partie intéreffée à jeter du ridicule fur un fait que l'intérêt a porté à l'altérer?

Au mois de Juillet, difoit-il, fentant le terme de fes couches, & pour exciter fans doute la pitié de fes voifines, qui s'étoient rendues chez elle par une curiofité ordinaire aux femmes, elle fe dévoua à la mort. Son lit, tout ce qui l'entouroit prit un appareil funebre; elle déploya jufqu'au drap deftiné pour l'enfevelir. Comment, fans s'émouvoir, affifter à un fpectacle auffi touchant? Les pleurs coulent; les fanglots fe font entendre; le fieur Chaubert, qui ne fait ce que tout cela fignifie, entre dans l'appartement: dès qu'elle l'apperçut: Mon pere, ... mon pere, ... s'écria-t-elle en filant de longs foupirs;

Beau, ma fille , ... beau , ... repondit-
il en la quittant, tout cela n'eft que
ridicule ; que n'accouchez-vous fans rien
dire ?

Cette fcene, qui étoit une vraie tragi-
comédie, précéda fes couches. Le 16
Juillet eft arrivé, & amene l'inftant que
mademoifelle Chaubert avoit feint de
regarder comme fon heure fatale ; elle
mit au jour, & fans aucun accident,
une groffe fille ayant ongles & cheveux,
& dont la conception remontoit, fuivant les apparences, plus haut qu'au
13 Janvier.

Le fieur Chaubert ne put voir un fi
merveilleux enfant, fans en être dou-
cement ému. Ce jour fut un jour de
fête : le Baptême, qui fe fit le lendemain, fut annoncé au fon des cloches ;
la famille Chaubert, précédée par le
pere en fa qualité de parrain, fe rendit
à l'Eglife. L'enfant fut baptifé fous le
nom du fieur de Chaudry. On revient
de l'Eglife en grande pompe ; on rentre ;
il y a *gala* ; on diftribue des dragées
par les fenêtres ; le fufil ne ceffe de
tirer à la porte. Telles font les circonftances de ce jour que la demoifelle
Chaubert avoit regardé comme celui où

l'on alloit lever pour elle la pierre sé-
pulcrale.

Quoi qu'il en soit de ce récit de l'infi-
dele, la mere, qui n'avoit rien à ménager
dans une petite ville où pareille aven-
ture reste rarement cachée, ne songea
qu'à remplir les devoirs de la Nature,
& résolut de garder & de nourrir elle-
même sa fille. Elle fit assigner le sieur
Gourdinau au Bailliage, & demanda
que leur fille, dont elle seule prenoit
soin, & qu'elle allaitoit, lui fût laif-
fée. Elle s'en rapporta à la prudence
des Juges, de fixer, d'après l'état des Parties & la fortune du sieur Gourdinau,
ce qu'il conviendroit pour l'entretien,
l'éducation & l'établissement de l'enfant; & ce qui devoit être accordé de
dédommagement à la mere, pour
l'inexécution de ses promesses & l'état
dont il l'avoit privée pour toujours.

Le sieur Gourdinau offrit 250 livres
pour les frais de couches, & 10 liv. par
mois pour l'enfant, dont il consentoit
à se charger. Ensuite plus généreux, il
offrit de donner 1000 livres à la mere,
& 10 livres par mois à la fille, tant que
la mere l'allaiteroit.

Sur la demande de la demoiselle
Chaubert,

Chaubert & fur les offres du fieur
Gourdinau, il fut rendu, fur délibéré,
au Bailliage de Baugency, le 11 Septembre 1775, Sentence dont voici les difpofitions.

» Sans s'arrêter aux offres du fieur
» Gourdinau, déclarées inadmiffibles
» & infuffifantes, les Juges ont laiffé à
» la demoifelle Chaubert le foin & la
» garde de l'enfant; ils ont condamné le
» pere en 16000 livres de dommages-
» intérêts envers la mere, qui, au
» moyen de cette fomme, eft chargée de
» l'état actuel & futur de la fille, de la
» nourrir & vêtir, l'élever chrétienne-
» ment & convenablement, même de
» la placer, à l'âge de fept ans, dans
» un couvent pour y refter jufqu'à fon
» établiffement, la doter, & à cet effet
» placer à intérêt un principal de 6000
» livres, dont le fonds formera alors
» fon établiffement, en faveur duquel
» lui en fera fait délivrance; & dans
» le cas où elle décéderoit avant, les
» 6000 livres appartiendront à la mere,
» qui donnera caution de fatisfaire aux
» obligations à elle impofées. Le fieur
» Gourdinau a été en outre condamné
» aux dépens «.

Tome V.   S

Le sieur Gourdinau appela au Parlement de Paris, & prétendit que ce jugement étoit un monstre dans l'ordre judiciaire, contraire à une Jurisprudence invariable, qui défere au pere la garde indéfinie de l'enfant naturel; & qu'il établissoit, contre les Loix les plus positives, une filiation, un droit de transmettre & d'hériter entre la mere & le bâtard.

Il combattit d'abord l'écrit signé de lui, contenant sa promesse à la demoiselle Chaubert, comme un acte nul, faute d'être réciproque, & pour avoir été l'ouvrage de la crainte & de la surprise, plutôt que l'engagement libre d'une volonté parfaite.

Les Loix distinguent plusieurs especes de séducteurs : ceux qui, par des sollicitations secretes, & abusant du peu d'expérience d'une jeune fille, la font consentir au mariage sans le consentement de ses pere & mere; cette séduction se confond avec le rapt : ceux encore qui, abusant du peu d'expérience d'une jeune fille, l'engagent avec eux dans une union parfaite, sans contracter de mariage, & en font ainsi leur concubine.

Mais si la fille n'est pas jeune, les Loix ne supposent plus de séduction. Après douze ans accomplis commence l'adolescence, qui se prolonge jusqu'à vingt-cinq ans révolus.

C'est le second âge d'une jeune fille. Ce temps est celui de la gloire des femmes ; mais en même temps de leurs dangers. Leurs vertus, leur beauté, sont battues par de continuels orages ; leur ingénuité, leur candeur ferment leur cœur à tout soupçon de perfidie ; le désir de devenir meres, par le plaisir de dominer sur des êtres aussi parfaits qu'elles le sont elles-mêmes, plaisir que la Nature manifeste en elles dès leur plus tendre enfance, les expose continuellement au naufrage ; & voilà pourquoi, dans tous les Etats policés, la Justice a uni ses soins à la sollicitude paternelle, pour écarter de ces fleurs précieuses un souffle corrupteur. Mais, après vingt-cinq ans, les femmes sont abandonnées à leur propre conduite ; elles deviennent elles-mêmes l'objet des Loix qui veillent pour réprimer leurs propres excès. Les filles, à cet âge, sont censées être parvenues au plus haut degré de prudence ; la Loi même leur permet, en de certains cas, de se souftraire au joug de la puissance paternelle. Si elles font des chutes, la foibleffe de l'âge ne les excuse plus. Un amour honteux les flétrit. On ne peut leur suppofer aucun défir innocent. Auffi celles qui confervent un refte de pudeur après leur dégradation, ont foin de fe fouftraire aux regards du Public, ou au moins elles tâchent d'enfevelir leur faute dans un oubli refpectueux,

La demoifelle Chaubert, âgée de quarante-deux ans, peut-elle prétendre aux priviléges d'une jeune fille fans expérience, & parler de féduction ? C'est elle qui a employé les armes de la féduction. On a vu, dans une premiere lettre, qu'elle fe plaint de l'indifférence du fieur Chaudry ; qu'elle tâche d'exciter fon amour en piquant fa jaloufie, & s'efforçant de rendre le fieur Tremeau fufpect auprès de lui. Dans la feconde, elle déclare avec impudence, que c'est elle qui a toujours follicité les vifites du fieur Chaudry. *Vas, je fuis plus courageufe que toi ; s'il étoit en mon pouvoir, dès ce foir je franchirois le préjugé,* &c.

C'est elle qui est allé le trouver mille

fois dans le jardin, tantôt en compagnie, tantôt feule. C'eſt lui qui a ſu
reſpecter des vertus qu'elle venoit dans
l'intention de lui prodiguer. Dans l'E-
gliſe, l'objet de ſes penſées & de ſes
recherches eſt encore le ſieur de Chaudry : au lieu d'y demander l'appui du
Ciel pour ſoutenir ſa vertu chancelante,
elle y médite la défaite de ſon amant;
elle en revient l'amertume dans le cœur,
parce que ſes yeux n'y ont point rencontré celui dont ſon ame dévoroit
l'innocence : c'étoit elle qui par-tout
étoit l'aſſaillante & la ſéductrice.

Mais il n'y a point de ſéducteurs pour
les Loix, à l'âge où ſont les Parties :
la Juſtice les regarde avec un dédain
égal, & les abandonne à leurs remords
& à l'opinion publique.

Cè moyen écarté, quel motif reſte-
t-il aux ſeize mille livres de dommages-
intérêts accordés par la Sentence ?

D'ailleurs, le ſieur Chaudry ne lui
a jamais fait aucune promeſſe, & s'obſ-
tinoit à n'en pas faire. Elle lui demande
un ſeul mot d'eſpérance; il le lui refuſe.
Etoit-ce-là la marche d'un homme qui
cherchoit à l'abuſer ? Et d'ailleurs, abu-
ſe-t-on une femme ſi long-temps ? On

peut se jouer de sa crédulité pendant
un an, pendant deux; mais pendant
quinze, cela n'est ni vraisemblable, ni
possible.

D'ailleurs, il seroit aussi vrai qu'il
est faux qu'elle auroit été abusée, qu'elle
ne seroit point admise à s'en plaindre
dans les Tribunaux, parce que la Justice
ne prend sous sa sauve-garde que celles
que l'inexpérience de l'âge expose à succomber dans ces sortes d'embûches.

Un seul moyen parle donc en faveur
de la demoiselle Chaubert; c'est l'enfant dont elle prétend que le sieur de
Chaudry est le pere. Mais il a rempli
à cet égard tous ses devoirs : il a offert
de se charger de l'enfant. Jamais il ne
consentira à épouser une fille dont tout
l'éloigne. Il y a entre eux incompa-
tibilité de caractere, de conduite &
de naissance : *de caractere*; c'est une
femme emportée, hardie, impétueuse
dans ses passions, qui ne peut sympa-
tiser avec l'humeur douce & paisible
du sieur de Chaudry : *de conduite*; ses
lettres en sont la preuve. Il ne prendra
point sur lui le soin de réparer son honneur. Ses écarts, qu'il n'a point provo-
qués, s'allient mal avec la réputation

dont il jouit, & avec l'estime publique qu'il est jaloux de conserver : *de naissance* ; le pere de la demoiselle Chaubert est Procureur. On ignore ce qu'étoient ses aïeux, & où reposent leurs cendres. Le sieur de Chaudry est d'une maison très-ancienne, qui florissoit en 1400 dans la Bretagne. Son pere a prodigué son sang au service de la Patrie pendant quarante-deux ans ; il est mort honoré des regrets de ses concitoyens.

Les Juges ont-ils regardé comme de simples alimens les 16000 livres accordées à la demoiselle Chaubert & à son bâtard ? C'est le capital de 1600 livres de rente viagere. Cette somme suffit à Baugency pour vivre dans l'oisiveté & dans le luxe. Il y a peu de personnes qui y jouissent d'une fortune aussi considérable.

Cependant la demoiselle Chaubert demande à être chargée elle-même de l'enfant, parce qu'il est juste, dit-elle, *que celui qui est conçu par l'amour, soit élevé par la tendresse.* C'est perpétuer, c'est étendre un scandale, que de permettre qu'une fille paroisse en public avec un enfant collé contre son sein. Ce spectacle, attendrissant dans une mere qui à ce titre précieux joint celui d'épouse, plus précieux encore, révolte dans un être qui ne peut porter aucun de ces titres ; le respect de la Religion & des mœurs a toujours déterminé la Justice à séparer le bâtard de sa mere, & cette Jurisprudence est heureusement fixée.

Tels furent les moyens que proposoit le sieur Chaudry contre la Sentence, & l'énormité des condamnations dont elle l'avoit chargé.

La demoiselle Chaubert releva plusieurs faits avancés par le sieur de Chaudry, qu'elle traita d'imputations calomnieuses. L'indifférence que le sieur Chaudry se vantoit d'avoir conservée pour ses charmes ; le reproche de n'avoir été entraîné vers elle que par ses propres piéges ; les nuages qu'il vouloit répandre sur sa paternité qu'il traitoit d'équivoque ; l'énumération des partis qui avoient recherché la demoiselle Chaubert avant le sieur Chaudry, & qu'il nommoit ses amans, & sur-tout le fait du vol arrivé dans la maison de son pere, & qui avoit déterminé le sieur Tremeau à la quitter, exciterent ses plaintes. Elle les dénonca au Ministere public, comme un tiſſu de noirceurs, & demanda une ſatisfaction éclatante de ces outrages.

Elle vint enſuite au billet d'honneur ; elle ſoutint qu'il étoit l'ouvrage de la tendreſſe, du ſentiment, de la juſtice & du devoir, & non celui de la violence ou de la crainte. Elle rappela toutes les proteſtations, toutes les aſſurances contenues dans les lettres antérieures, & qu'on devoit regarder comme autant de ſermens écrits & répétés d'une fidélité éternelle à une épouſe chérie, avec qui il juroit de partager ſa fortune, & qui étoient des promeſſes auſſi obligatoires que le billet du 13 Janvier.

Elle s'attacha ſur-tout à prouver que le jour de ſa foibleſſe étoit antérieur à celui de la ſignature de ce billet, & non pas le même jour, comme l'avoit avancé le ſieur de Chaudry. Des lettres prouvoient des habitudes bien plus anciennes que la date du billet.

Elle prétendit enſuite établir une véritable ſéduction de la part du ſieur de Chaudry.

» Le ſieur Gourdinau, diſoit le Défenſeur de la demoiſelle Chaubert, l'a vue comme Médecin, & a pris ſoin

S v

d'elle. Il a cherché à mettre à profit des égards accordés à son état & à la reconnoissance, & il a fondé sur ces circonstances l'espoir de tout obtenir d'une fille honnête qui, dans la progression lente des assiduités d'un homme plus âgé qu'elle, ne verroit que des marques d'intérêt & d'amitié.

» Une fois assuré qu'il étoit regardé comme l'ami de la maison, il a usé de toute l'adresse d'un fourbe consommé dans l'art d'étudier, & de connoître la marche pour acquérir la confiance du cœur; bien persuadé que le sentiment mene à l'intimité, & qu'il n'est qu'un pas de celle-ci à l'amour.

» La demoiselle Chaubert avoit, à la vérité, près de quarante ans, lorsqu'elle a cédé à quinze ans de soins, d'égards & de promesses. On conviendra, si l'on veut, que ce n'est point à une personne de cet âge que peut s'appliquer littéralement le mot *séduction* ; mais est-il impossible qu'une fille de quarante ans soit la dupe de la scélératesse d'un homme dans lequel une longue habitude ne lui a laissé voir que des qualités estimables ? Et quelle différence peut-on mettre entre une personne de

quarante ans, qui, jugeant des autres
par elle-même, a ajouté foi aux promeffes
d'un homme de cinquante-deux ans;
& entre une jeune fille de feize ans
qui n'aura pas fu avec quelle facilité
un garçon de vingt-cinq devient parjure; ou qui, n'ayant jamais connu
le doute, fe fera laiffé entraîner aux
piéges qui lui étoient tendus? Un
homme qui abufe de l'honnêteté d'une
fille majeure à force d'affurances & de
promeffes, eft-il moins coupable que
celui qui fe joue de la foibleffe & du
peu de connoiffance d'une fille mineure?

» Il eft un fait décifif & avoué. Le
fieur Gourdinau convient qu'il a commencé à fréquenter la demoifelle
Chaubert en 1760, & qu'il l'a vue
très-affidument. Il avoue même, dans
fon Mémoire, qu'elle vifoit au mariage : elle n'a donc point fait des avances, comme il a ofé le dire. Il convient
qu'il a été quinze ans fans en obtenir
des faveurs : cette foibleffe eft donc
l'ouvrage de fes foins & de fes promeffes; c'eft lui qui l'a fomentée &
qui l'a fait naître : fes lettres en indiquent le progrès, & dévoilent les
moyens par lefquels il y eft parvenu.

Sans toutes ces rufes, qui équivalent à la féduction, la demoifelle Chaubert n'eût jamais fuccombé. Les vûes du mariage auquel elle vifoit, écartent cette idée ; & on ne la fuppofera point entraînée par un déréglement du cœur pour un homme de cinquante-deux ans.

» Si le fieur Gourdinau n'eft point un féducteur, il fera un parjure. Il a tout ofé, il a tout violé ; il eft d'autant plus puniffable, que fon âge & l'honnêteté dont il faifoit parade, permettoient moins à la demoifelle Chaubert de douter de la droiture de fes intentions & de la pureté de fes vûes. Il a donc dû être puni, & la Sentence eft jufte. «

La Caufe fut jugée le 25 Mars 1776. L'Arrêt infirma la Sentence, déchargea le Médecin des condamnations contre lui prononcées ; le condamna en deux mille livres de dommages-intérêts envers la demoifelle, y compris 1400 liv. de provifion ; à fe charger de l'enfant, & en tous les dépens : & , fur les conclufions de M. le Procureur-Général, il condamna chacune des Parties à aumôner trois livres au pain des prifonniers de la Conciergerie du Palais.

PROCÈS de la Duchesse de Kingston, jugé à Londres, dans l'Assemblée des Pairs.

LE Procès de la Duchesse de Kingston est vraiment célebre : sa renommée, passant les mers, s'est répandue dans l'Europe, & lui a donné une multitude d'Auditeurs de toutes les Nations, qui suivoient de jour en jour dans les Papiers Anglois le progrès de cette fameuse affaire, s'intéressoient en esprit au sort de la Duchesse Angloise, & attendoient avec le plus grand intérêt l'événement de la décision. Il se forma même des Sociétés de Dames Françoises qui, non contentes d'accompagner de loin, de leurs vœux, cette illustre accusée, se proposoient d'aller à Londres, le jour du jugement, être les témoins oculaires de sa justification, ou les spectatrices compatissantes de sa condamnation.

A Londres rien ne fut plus solennel que la plaidoirie de cette Cause. Toute la ville s'étoit pressée en foule pour l'entendre dans l'antichambre de la falle des Lords. Il s'y trouva plus de quatre mille perfonnes de diftinction, dont plus de la moitié étoit du fexe de l'accufée. La Reine y affiftoit dans une tribune élevée, qui avoit été préparée pour elle & pour leurs Alteffes Royales le Prince de Galles, l'Evêque d'Ofnabruck, la Princeffe Royale, & deux autres jeunes Princes fuivis de plufieurs Lords.

Les Pairs d'Angleterre, affemblés dans la falle de Weftminfter, avec tous les Officiers qui les précedent & les fuivent, revêtus de toutes les marques de leur dignité, & avec toutes les cérémonies & formalités d'ufage, offroient le fpectacle le plus brillant & le Sénat le plus augufte.

Une Paireffe accufée de bigamie, courant le rifque d'une peine corporelle & infamante; la difcuffion d'une Sentence du Tribunal Eccléfiaftique, qui avoit déclaré fon premier mariage nul, la compétence de l'affemblée des Pairs pour difcuter & juger les décifions de la Cour Eccléfiaftique, & plufieurs autres grands intérêts, contribuerent à rehauffer encore l'éclat & l'importance de cette affaire, à exciter l'attente & la curiosité publique, & à donner à ce Procès le caractere d'un événement mémorable.

Les harangues des Accusateurs, des Défenseurs, & des Officiers de la Couronne, outre les morceaux éloquens dont elles étoient semées, offroient un tableau curieux des Loix & de la procedure Angloise, dans cette partie de leur Jurisprudence criminelle.

Il n'est personne qui puisse lire avec indifférence & sans émotion la harangue que cette illustre accusée prononça devant ses Juges, au milieu d'une assemblée si solennelle & si imposante pour elle dans une accusation où il ne s'agissoit de rien moins que de perdre l'honneur & d'avoir la main brûlée par un bourreau. Elle est d'ailleurs dans un genre d'éloquence simple & touchant, bien propre à émouvoir la pitié de ses Juges & de ses Lecteurs. Le discours du Procureur-Général a un autre genre d'intérêt qui le fait contraster avec le précédent ; c'est celui de résumer toutes les circonstances du crime qu'on reprochoit à l'accusée, tout l'historique de son mariage, & de la maniere dont elle étoit parvenue à franchir son premier engagement pour en contracter un second. Nous avons fini par donner un extrait un peu étendu , tant des motifs & des actes du Parlement qui déterminerent la Cour des Pairs dans leur Jugement , & qui firent déclarer la Duchesse coupable de félonie , que des chartes & des Loix sur lesquelles est fondé le privilége du Clergé & de la Pairie , que réclama la condamnée pour se souftraire aux peines du Jugement , à la prison , à l'infamie , & à la perte de sa main dans le feu du supplice. Ces quatre morceaux forment un tableau raccourci de ce grand Procès , puisqu'ils offrent , pris ensemble , les moyens & les chefs d'accusations , la défense de l'accusée , les motifs de son Jugement , & le privilége qui lui a valu sa grace , & la consolation de pouvoir jouir ensuite, dans la capitale de l'Allemagne , de la considération publique & des honneurs auxquels son titre & sa fortune l'avoient accoutumée. Transportée sur son propre vaisseau , elle alla à Vienne , où elle reçut pendant son séjour , dans son hôtel , les visites de la principale No-

bleffe ; &, foit tendre fouvenir de l'illuftre époux qui avoit mis aux pieds
de fa beauté fon rang & fa fortune,
foit pour montrer encore les veftiges
du grand péril dont elle étoit échappée,
elle ne paroiffoit en public que vêtue
en noir & fans diamans. De Vienne
elle paffa en Ruffie, où elle reçut le
même accueil, & fut honorée de la
même diftinction.

Miff Chudleigh, née avec les agrémens de la figure, étoit deftinée à d'il-
luftres alliances.

Des courfes de chevaux, qui fe
faifoient à Winchefter, la conduifirent
chez une tante qu'elle avoit dans Lainfton : elle y vit M. Hervey, alors Lieutenant de vaiffeaux, & devenu depuis
Comte de Briftol. Il fut épris de fes charmes; ils fe marierent & vécurent enfemble. Quel fut ce mariage, & quels en furent le caractere & le fruit ? c'étoient
les problèmes à réfoudre dans l'affaire.

M. Hervey partit pour les Indes quelques jours après fon union. A fon retour, il paroît certain qu'ils fe réuni-
rent & continuerent de vivre comme
mari & femme. Cependant Miff Chudleigh, ou Lady Hervey, qui étoit atta-

chée à la feue Princeſſe douairiere de Galles, en qualité de fille d'honneur, continuoit toujours de remplir ſes fonctions auprès de cette Princeſſe. Son mariage étoit une eſpece de ſecret pour le Public, & il n'y avoit que quelques témoins & quelques amis dans la confidence.

Soit que Lady Hervey fût vraiment perſuadée de la nullité de ſon engagement, ſoit que l'inconſtance ou d'autres motifs l'euſſent enhardie à braver les Loix & l'honneur de ſes ſermens & ſes liens, elle chercha, huit ans après, à s'en débarraſſer. Dès 1752 on travailloit à cette rupture ; mais, ſoit que l'entrepriſe demandât de longs efforts & de longues négociations, ſoit que les Parties y miſſent de la lenteur & de la négligence, ce ne fut qu'en 1768 que l'examen de ſon mariage, contracté dès 1744 avec M. Hervey, fut ſoumis à la Cour Eccléſiaſtique : le vœu de Miſs Chudleigh fut rempli, & ſon engagement déclaré nul par ce Tribunal.

Elle n'avoit pas attendu la ſolennité de ce Jugement pour choiſir un nouvel époux, & elle avoit franchi ce pas haſardeux dès 1764 qu'elle avoit épousé le Duc de Kingston.

Elle vécut en paix avec son second mari, qui ne survécut pas long-temps à cette union.

La Duchesse de Kingston jouissoit des biens & des honneurs de cette alliance dans une sécurité profonde, lorsqu'en l'année 1775, la découverte d'un premier mariage à Lainston, avec un homme encore vivant, sur les régistres de l'Eglise où il avoit été célébré, fut faite par les héritiers du Duc de Kingston, & servit de fondement à l'accusation de bigamie intentée contre elle.

La Duchesse résidoit alors à Rome; une santé délicate avoit fixé son séjour dans ce beau climat. Dès qu'elle fut instruite de l'accusation grave formée contre elle, elle mit sa confiance dans le Jugement Ecclésiastique qui avoit déclaré nuls ses premiers liens, & elle eut le courage de repasser les mers & de revenir en Angleterre courir les risques de ce Procès capital. Elle demanda elle-même à être jugée au Parlement par l'assemblée des Pairs, & se constitua prisonniere.

La salle de Westminster fut le théâtre

où se donna ce grand spectacle de Justice. La premiere assemblée commença le 13 Avril 1777. Dans la premiere séance (a) on débattit une question préliminaire sur la maniere dont seroit gardée la prisonniere. Dans le cas où le Procès dureroit plus d'un jour, enverroit-on la Duchesse à la tour, ou si on la confieroit à la garde de l'Huissier de la verge noire? On représenta que la nature de l'accusation ne donnoit pas lieu de craindre qu'elle s'évadât; qu'on savoit bien que le crime qui faisoit la matiere du Procès n'étoit pas capital, & que si l'on

───────────────

(a) La séance s'ouvrit dans les formes usitées dans cette Cour. Après les salutations d'usage, la proclamation du silence fut faite en cette formule, par le Sergent d'armes: » Oyez! oyez! oyez! notre Lord souve-» rain, le Roi, ordonne & enjoint à toute » personne, de quelque qualité qu'elle soit, » de garder le silence, sous peine d'empri-» sonnement «.

Le Conseil de l'accusation étoit composé de l'Avocat & Solliciteur-Général, du Docteur Haris, M. Dunning, &c.

Le Conseil de la Duchesse étoient les Docteurs Calvert & Wynne, M. Wallace, Mansfield, &c.

choisissoit la tour pour être sa prison,
cette rigueur annonceroit une punition
capitale, dont l'appréhension pourroit
faire sur la prisonniere, qui étoit d'une
santé délicate & foible, une impression
funeste qui lui couteroit peut-être la
vie; que l'intention des Lords étoit
de la traiter avec tous les égards &
toute l'indulgence qui pourroit se concilier avec la justice & l'intérêt de la
Loi; que la garde de l'Huissier suffisoit
pour satisfaire à tout; qu'elle pourroit,
sur sa parole, ou se retirer chez elle,
ou dans une maison voisine; & que
par-tout où elle seroit, elle seroit toujours censée être sous la garde de l'Huissier. Un des Lords proposa ses observations contre cet avis; il dit que
si la prisonniere, ce qu'il ne soupçon-
noit pas, s'avisoit de vouloir se soustraire au Jugement & aux Loix, il ne
voyoit pas quelle sûreté avoit la Cour,
ni quel moyen lui restoit d'accomplir
la justice; que ce seroit d'ailleurs exiger des conditions bien dures de l'Huissier, que de le rendre responsable de
sa prisonniere, sans lui donner les
moyens ordinaires de s'assurer de sa personne; qu'on savoit combien étoit foible

l'autorité de cet Officier, lorfqu'on n'y joignoit pas des moyens d'une nature plus efficace, & que des exemples récens avoient affez démontré le peu de cas qu'on en faifoit quelquefois; mais qu'on pouvoit laiffer à l'Officier la liberté & le foin de déterminer lui même la maniere dont il s'acquitteroit des fonctions qui lui font impofées par fa charge & par la Loi, tout en accordant à fa prifonniere le plus d'indulgence qui lui feroit poffible.

Le Duc de Manchefter fe récria fur ce qu'on avoit traité le crime dont la Duchefse étoit accufée comme un crime léger & fans conféquence; il dit que pour lui il le voyoit dans un jour tout différent; qu'il étoit très-éloigné de croire la Duchefse coupable; qu'au contraire, jufqu'à ce que les preuves l'euffent forcé de la croire telle, il préfumeroit toujours, avec la Loi, qu'elle étoit innocente; mais qu'il n'en regardoit pas moins l'accufation comme très-grave & très-férieufe, foit pour le Public, foit pour la fociété domeftique; qu'il y trouvoit la dignité des Pairs effentiellement intéreffée; qu'il ne voyoit plus de fûreté pour conferver leurs titres

& leurs patrimoines, si les uns & les
autres pouvoient, au gré d'une Partie
intéressée, être détournés de leur route
naturelle, & enlevés à l'héritier légitime. Que l'action qui dépouilloit une
famille de plusieurs mille livres sterlings
de revenu annuel, n'étoit pas une
action légere & indigne d'attention ;
que cette accusation entraînant après
elle des conséquences aussi graves, il
ne pouvoit concevoir par quelle raison,
par quelle justice on laisseroit à la prisonniere la liberté de sa personne, &
le choix de son asile ; qu'il ne prétendoit pas prédire des malheurs, ni que
les choses prendroient une face assez si-
nistre pour avertir la prisonniere de fuir
le dénouement ; mais qu'en faisant cependant cette supposition, il demandoit
alors quelle contenance tiendroit la Cour
aux yeux de la Nation entiere, & même
de toute l'Europe, s'il arrivoit que la
prisonniere s'évadât ? C'étoit lui donner
cette permission, que de lui laisser la
liberté d'aller où il lui plairoit ; les
Juges, en pareil événement, paroî-
troient ridicules, & n'échapperoient
pas à la censure publique qu'ils auroient
bien méritée, & la Nation & les Loix

leur demanderoient compte de la juſtice qu'ils devoient rendre. D'après ces ſoli-des raiſons, il conſentoit bien qu'on laiſſât à l'Huiſſier la garde de la priſonniere, mais en l'armant de tous les moyens d'autorité & de force qui pouvoient le mettre en état de répondre de ſon dépôt à la Juſtice : cet avis fut adopté.

Alors le Lord *High Steward* (a) ordonne au Clerc de la Couronne de lire l'écrit trouvé par le Grand-Juré du Comté de Middleſex (b), qui por-toit qu'Eliſabeth, Ducheſſe de Kingſton, citée ſous le nom d'*Eliſabeth Hervey*, épouſe de Jean-Auguſte Hervey, avoit, le 3 Mars 1754, épouſé le feu Evelyn Pierpoint, Duc de Kingſton, dans l'Egliſe de Saint Georges, étant alors

---

(a) Ou Grand-Maître d'Angleterre, charge que le Roi ne crée ordinairement que pour un, deux ou trois jours : ſes honoraires ſont de mille guinées par jour : ſes fonctions ſont de préſider aux cérémonies, de les ordonner, de ſommer les Accuſateurs, les Accuſés de répondre, de recueillir les voix, de déclarer le Jugement des Pairs, &c.

(b) C'étoit le libelle de l'accuſation, & le fondement du Procès.

même

même la femme dudit Hervey, actuellement vivant, & qu'on avoit encore
trouvé dans les regiftres publics, qu'elle
avoit été mariée audit Jean-Augufte
Hervey, le 9 Août 1744, à la paroiffe
de Medftone, dans le Comté de Sou-
thampton.

Après cette lecture, l'Huiffier eut
ordre de conduire fa Prifonniere à la
Barre de la Cour. Elle parut, fuivie de
trois femmes de chambre, de fon Cha-
pelain, de fon Médecin, & d'un Apothicaire : elle étoit parée d'une robe polonoife, chamarrée de fleurs noires ; fes
cheveux étoient fans poudre. Les femmes
de fa fuite étoient en fatin blanc. La Prifonniere, en s'approchant de la Barre,
fit trois inclinations, & après fe mit à
genoux. On lui permit de fe lever :
on répéta la lecture du libelle de l'accufation, & alors le Lord High Steward lui fit un petit difcours, où il lui
expofa la nature du délit qui lui étoit
imputé ; combien il étoit propre à détruire la paix & le bonheur de la Société ;
combien il étoit odieux aux yeux de
Dieu, & quel intérêt elle avoit de fe
juftifier & de démontrer fon innocence.

Tome V.   T

Il ajouta, qu'il croyoit de son devoir de lui dire encore combien ce crime étoit odieux aux yeux des Loix, qui, dans les temps anciens, le punissoient du dernier supplice; que dans la succession des âges, il avoit été mis dans la classe des crimes de félonie & sous le privilége du Clergé; que la peine de mort avoit été remise en faveur de tous les coupables, de quelque condition qu'ils fussent, & que la peine même qui étoit restée dans sa vigueur étoit remise encore aux personnes de son rang: il lui dit qu'elle n'avoit plus d'autre ressource que dans son innocence, ne pouvant plus se soustraire au jugement de la Cour, ni exciper d'aucun défaut de forme, puisqu'elle avoit demandé elle-même, d'être jugée par les Pairs en Parlement.

Il l'avertit que, si elle avoit besoin de quelques instructions, ou que son ignorance des formes de la procédure lui fît craindre de hasarder quelque chose qui pût nuire à sa cause, elle pouvoit faire toutes les questions qui intéresseroient sa sûreté & sa justification, & qu'il y seroit satisfait sur le

champ : il l'assura que, quelque terrible que fût sa situation, elle avoit la
certitude consolante d'être jugée par le
Tribunal le plus respectable & le plus
impartial.

On fit lecture de la procédure qui
avoit été faite dans la Cour Ecclésiastique : le résultat étoit, d'un côté, que
la Duchesse de Kingston, sous le nom
de Miss Chudleigh, en 1743, fut faite
fille d'honneur de la Princesse de Galles;
qu'en 1744, étant encore mineure,
elle fut mariée à M. Hervey, qui étoit
alors Lieutenant de vaisseaux; que, peu
de temps après, son mari fut obligé de
s'embarquer, & que depuis ils n'avoient
jamais cohabité ensemble, regardant leur
mariage comme nul, à cause de la minorité des contractans; que depuis elle s'é-
toit toujours regardée comme fille & absolument libre, & qu'elle avoit continué
d'appartenir à la feue Princesse Douairiere de Galles en qualité de Fille d'honneur, jusqu'en l'année 1764.

De l'autre, on disoit que Miss Chudleigh & M. Hervey s'étoient épousés
en 1744; qu'ils avoient vécu ensemble
pendant un temps assez considérable,

& occupé une maiſon dans la rue de *Conduit*, étant enſemble comme mari & femme pendant deux ans & plus ; qu'ils avoient été viſités comme tels par leurs amis ; qu'il étoit vrai que M. Hervey étoit parti pour les Indes Occidentales en 1746, mais qu'il étoit revenu dès l'année 1747, & qu'ils s'étoient réunis tous les deux comme auparavant.

Sur ces deux dires, la Sentence de la Cour Eccléſiaſtique avoit jugé que Miſs Chudleigh n'avoit jamais été légalement mariée ; qu'elle étoit toujours reſtée & étoit encore fille.

La Ducheſſe de Kingſton s'adreſſant à la Chambre, lut un écrit, où elle proteſtoit, avec beaucoup de candeur & de modeſtie, qu'elle étoit innocente du crime dont on l'accuſoit ; qu'elle n'avoit d'autres craintes que celles que lui inſpiroit le terrible & auguſte Tribunal devant lequel elle ſe trouvoit : elle prioit les Pairs, ſi elle tomboit dans quelque inobſervance des cérémonies accoutumées ; de ne point l'attribuer à un défaut de reſpect, d'égard pour l'aſſemblée la plus honotable qu'il y eût au monde, mais au danger de sa situation : elle ajouta, que pour obéir à la Loi & comparoître, elle étoit partie de Rome en litière, se trouvant alors dangereusement malade ; mais qu'elle n'avoit point hésité de se rendre, assurée qu'elle étoit que sa vie, son honneur & sa fortune ne pouvoient être remis dans des mains plus justes & plus sacrées.

Le Lord High Steward lui dit : « Madame, vous êtes priée de répondre » aux différens chefs de l'accusation » intentée contre vous «.

Alors la Duchesse, qui avoit obtenu la permission de s'asseoir, se leva & lut un autre écrit, disant aux Pairs qu'elle avoit ordre de s'autoriser de la Sentence rendue en sa faveur par la Cour Ecclésiastique, en 1769, par le Docteur Bettesworth ; que cette Sentence étoit un moyen irréprochable contre le procès qu'on lui intentoit.

Le Lord High Steward lui répondit qu'elle devoit néanmoins se défendre contre la présente accusation ; & à l'instant la Duchesse fut citée, & le Clerc de la Couronne lui demanda si elle étoit coupable ou non du crime dont on l'accusoit; elle répondit : *Non, Milord, je ne suis pas coupable.*

On lui demanda alors comment elle vouloit être jugée ; elle répondit : *Par Dieu & mes Pairs.*

Il se fit alors une proclamation, portant que quiconque voudroit déposer contre la Prisonniere, pouvoit avancer & se faire entendre, & que la Duchesse étoit à la Barre pour obtenir sa délivrance.

M. Dunning ouvrit la Plaidoirie au nom des Accusateurs.

Son Plaidoyer ne nous est pas parvenu ; mais ses moyens étoient le développement de l'accusation, de la Loi qui punit le délit qui en faisoit la matiere, & des inconséquences qu'entraîneroit l'impunité de ce crime dans un coupable, quel que fût son rang. La Sentence ecclésiastique étoit insuffisante pour mettre l'Accusée à l'abri de toutes recherches. On connoissoit les abus de cette Jurisdiction, qui n'avoit pu rendre ce Jugement que sur des faits faux, sur des allégations précipitées, & peut-être par une collusion

dignè de l'animadverfion & de la réforme d'une Cour fupérieure.

Dans la féance fuivante, les Défenfeurs de la Prifonniere répondirent à
cette Plaidoirie.

Voici la fubftance de leurs argumens:

Ou la Cour Eccléfiaftique jouit d'une
compétence légale pour juger les Procès
fur le mariage, ou elle n'en jouit pas.
Si elle n'eft pas compétente pour prononcer fur ces matieres, c'eft une abfur-
dité, une inconféquence choquante de
citer les Sentences d'une pareille Jurifdiction: fon exiftence même eft une chi-
mere, fon établiffement une illufion.
Si elle eft compétente, fes Jugemens
font donc définitifs, & ne font point
fujets à être réformés par un autre Tribunal.

Dans le fait, de temps immémorial,
cette Cour a toujours vu fes Sentences
exécutées d'une maniere uniforme &
irrévocable, même dans le cas où elles
étoient attaquées de collufion. On peut
citer mille exemples qu'elles n'ont jamais été caffées ni réformées. C'eft ce
qui arrive tous les jours dans les affaires relatives au mariage. Une femme
avoit accufé fon mari d'impuiffance.

La Caufe fut plaidée, & la Cour Eccléfiaftique prononça le divorce, fondé
fur l'infirmité perpétuelle du mari. Ce
mari époufa enfuite une autre femme
dont il eut des enfans. Cet événement
donna lieu à un procès, où l'on atta-
qua la Sentence de la Cour Eccléfiaftique, comme fondée fur un fait faux,
l'impuiffance habituelle du mari. Quelque évident que fût ce moyen, la
Sentence refta fans atteinte. On crut
qu'il étoit d'une conféquence moins
dangereufe de fermer les yeux fur une
erreur de Jugement; que de renverfer
les Jugemens mêmes.

Quelles raifons trouveroit-on, dans
l'affaire préfente, de porter atteinte à
la validité de ces Jugemens? Si l'on
objecte qu'il y a eu de la collufion,
cette allégation n'eft plus recevable;
il eft trop tard pour être reçu à la
preuve: La Cour qui a prononcé la
Sentence, trouvoit dans fon fein,
dans fa conftitution même, les moyens
de faire la recherche & la pourfuite de
toute efpece de furprife & de fraude.
Elle a une Cour d'appel; le Roi même,
en vertu de fa prérogative, peut y ordonner la révifion de la procédure:

toute perſonne intéreſſée dans l'événement du Procès, avoit le droit de demander qu'on examinât de nouveau
l'affaire : ainſi l'eſſence & la conſtitu-
tion même de la Cour Eccléſiaſtique
renferment les précautions, les préſer-
vatifs néceſſaires contre la fraude &
la colluſion.

Mais ſi l'on n'a pas uſé de ces reſſources tandis que la Cauſe étoit pen-
dante, il n'eſt plus temps de venir après
élever des chicanes & forger des objections tardives, qu'il eût été facile de
détruire ſur le premier théatre du Procès. Si l'on applique ces raiſons à l'eſpece, qu'en réſulte-t-il ? La Ducheſſe
de Kingſton obtint une Sentence qui
déclare qu'elle eſt libre de tout engagement de mariage.

Sur le fondement de cette Sentence,
elle épouſe le Duc de Kingſton. Peut-
elle donc être criminelle, pour avoir
contracté dans de pareilles circonſtances?
La Sentence l'affranchit de l'ombre même
du crime. Une autre Cour pourra-t-elle
détruire cette Sentence? Cela eſt impoſſible : puiſque la Loi a inveſti la
Cour Eccléſiaſtique d'une Juriſdiction
qui lui eſt propre, & qui n'eſt aſſujettie

T v

à aucune autre branche de Législation.
Ce seroit introduire le plus grand désordre, que de ne pas laisser aux Jugemens de cette Cour une force définitive & indestructible : il en résulteroit
mille inconvéniens, mille cas où l'on
pourroit rendre précaires & incertains
la propriété & les liens du mariage.

Ainsi l'avantage évident d'assurer aux
Jugemens de la Cour Ecclésiastique leur
efficacité & leur permanence, l'usage
des siecles qui les a toujours confirmés,
l'opinion des plus savans Jurisconsultes
de tous les âges, la constitution même
de cette Cour, & les argumens puisés
dans la nature même des choses, tout
concourt à établir que toutes les fois
qu'une Jurisdiction a pour une matiere
une compétence certaine, son Jugement doit rester inaltérable, & il n'est
pas possible de le reporter dans une
autre Cour, & de l'annuller par aucunes allégations.

L'Avocat-Général parla ensuite.

Il considéra la question sous ses rapports généraux. Il observa que la nature
de la défense & du moyen employé par
la Prisonniere & ses Défenseurs, supposoit l'aveu du crime même, & ten-

doit, non pas à l'atténuer, mais à foutenir fon impunité, en avouant fon exiftence; que le crime étoit d'une efpece fi odieufe, que les Loix lui avoient attaché le nom de *félonie*; que c'étoit ajouter encore au crime de bigamie celui de traverfer & d'anéantir l'effet & le but des Loix, en faifant tomber les Cours de Judicature dans le piége & l'erreur, par les intrigues les plus odieufes & les plus inexcufables, par la fraude & l'impofture; & que le Confeil de la Prifonniere, dans le plan de défenfe qu'il avoit adopté, ofoit à la fois hafarder l'aveu du crime, & foutenir que les Pairs n'étoient pas compétens pour en juger l'accufation; que ce moyen employé pour anéantir le pouvoir des Lords, étoit un fecond crime ajouté au premier, par lequel on avoit trompé la Cour Eccléfiaftique par des fauffetés.

Il critiqua avec amertume la Cour Eccléfiaftique, & la maniere dont on y rendoit la juftice; il dit que tout homme qui avoit du loifir, pouvoit s'amufer à y faire des procès, fans courir aucun rifque, pouvant toujours en recommencer un nouveau, après qu'il

auroit ou perdu ou gagné le premier.
Il revint fur un exemple cité par les
Défenfeurs de la Ducheffe, & dont ils
s'étoient autorifés pour appuyer leur
fin de non-recevoir. Un homme qui
avoit fabriqué le teftament d'une femme
encore vivante, obtint des lettres *d'adminiftration*, & fe mit en poffeffion
de quelques biens qui appartenoient à
la prétendue défunte. La femme qui
avoit été ainfi dépouillée, pourfuivit le
fauffaire, & fe préfenta elle-même à
fes Juges, pour preuve qu'elle n'étoit
pas morte encore : cependant le Juge,
quoique par l'événement il fût convaincu de l'erreur qui avoit déterminé
fa premiere Sentence, & du faux de
l'impofteur qui avoit furpris fa religion,
ne réforma pas fon premier Jugement,
& renvoya le coupable de l'accufation.

Le Solliciteur, qui eut enfuite la
parole, fe déchaîna auffi contre cet abus,
fit fentir les conféquences d'un pareil
fyftême, & exhorta les Lords à faire
une férieufe attention à ces bizarres
Jugemens de la Cour Eccléfiaftique : il
repréfenta que les conféquences en
étoient très-dangereufes ; qu'un homme
qui avoit commis un crime digne du

dernier supplice, pour peu qu'il eût le bonheur d'y ajouter un second attentat, celui de circonvenir & de tromper la Cour en obtenant d'elle des lettres d'administration, s'assuroit l'impunité, & pouvoit défier à jamais ses accusateurs; qu'au reste ces exemples bizarres étoient contredits par mille autres contraires; qu'on se rappeloit ces deux Matelots qui, sur un faux exposé, avoient obtenu des lettres d'administration, & cependant n'en avoient pas moins été ensuite accusés, convaincus & punis comme faussaires.

Il finit par conclure que la Cour Ecclésiastique étoit exposée à bien des fraudes de la part des Parties; que toutes les fois qu'il y avoit soupçon de fraude, la Sentence qui avoit été obtenue par ce moyen criminel, étoit sujette à révision; que la formule même des termes de la Sentence de cette Cour le faisoit entendre. » La Cour a pro- » noncé que la Partie est libre de tout » engagement matrimonial, *autant* » *qu'il appert maintenant* «. Clause qui seroit superflue & illusoire, si cette Sentence n'étoit jamais susceptible de révision dans l'avenir.

Pendant cette Plaidoirie, la Duchesse
de Kingston se trouva fort mal : on envoya même chercher son Chirurgien,
pour la saigner. Cette considération,
jointe à d'autres raisons, fit terminer
la séance, & l'Assemblée fut continuée
à un autre jour.

M. Wallau & le Docteur Calvert,
dans la séance suivante, firent une réplique au discours de l'Avocat & du
Solliciteur-Général. M. Wallau sur-tout
répondit fort au long, & fit valoir
toute la force de la Dialectique & de
l'érudition la plus étendue ; il marqua
son étonnement de la sévérité avec laquelle les Adversaires avoient traité la
Cour Ecclésiastique & ses Juges, & du
ridicule qu'on avoit essayé de jeter sur
elle. Il montra, par plusieurs faits &
plusieurs exemples, que ces Cours
avoient toujours rendu les services les
plus essentiels aux Loix ; qu'elles étoient
d'une utilité reconnue pour la Nation ;
que leur maniere de dispenser la justice, loin de mériter la satire, étoit
exacte & conforme à toute la rigueur
des Loix ; que les plus grands Jurisconsultes du Royaume avoient toujours
honoré sa conduite & ses Jugemens ;

& n'avoient parlé d'elle & de ses décifions que dans des termes d'éloge &
de refpect. Il reprit alors tous fes
moyens, qu'il fit valoir par de nouveaux argumens, rappela les efpeces
qu'il prétendoit analogues à celle du
Procès, & finit encore par foutenir que
la Sentence eccléfiaftique produite par
fa Cliente, étoit un obftacle & une fin
de non-recevoir infurmontable, qui arrêtoit le cours de toute autre procédure, & ôtoit aux Pairs la faculté
d'aller plus loin & de faire le procès
à la Ducheffe de Kingfton.

Alors, après la délibération des Pairs
retirés dans la falle de Weftminfter, le
Lord High Steward ayant pris leur avis,
déclara à l'Accufée, que c'étoit l'opinion de la Cour, que le Confeil de la
Couronne pourfuivît fon accufation.

Les fins de non-recevoir de la Ducheffe de Kingfton ainfi rejetées, il fallut
difcuter l'accufation même de bigamie.
L'Avocat-Général en fit l'expofé dans
un Plaidoyer des plus forts & des plus
amers, exerça contre l'Accufée la rigueur de fes fonctions, peignit fa conduite des couleurs les plus fortes, &

attribua son second mariage à des vûes
de cupidité & d'ambition.

Discours de l'Avocat-Général.

» Milords, dit-il, on a droit de s'é-
tonner que, jusqu'au commencement
du siecle dernier, il n'y ait eu aucune
peine séculiere établie contre un crime
d'une espece aussi grave, & d'un si
dangereux exemple.

» Peut-être que l'innocence de ces
âges plus simples, ou l'influence plus
puissante de la Religion sur les esprits,
ou la sévérité des censures ecclésiastiques, jointe aux calamités qui suivent
toujours, comme naturellement & par
une sorte de nécessité, les grands for-
faits, parurent un châtiment suffisant
pour prévenir le crime qui est poursuivi
dans ce Procès.

» Du moment que les causes répriman-
tes cesserent de produire leur effet, il
fut difficile de classer, dans les Loix pé-
nales, un crime qui provoque plus violemment que bien d'autres, & dans
une plus grande variété de rapports,
l'intervention de l'autorité civile; un

crime qui, fans parler du fcandale ouvert qu'il donne à la Religion, renverfe cruellement les juftes efpérances
des citoyens qui en font la victime; qui
tend à corrompre la pureté de la vie domeftique, à relâcher ces liens étroits
& facrés, établis par la Providence pour
enchaîner enfemble toutes les parties du
monde moral; un crime qui peut même
enfanter des troubles civils, fur-tout
dans un pays où les titres aux grands
honneurs, aux grands offices, font hé-
réditaires.

» Milords, le malheur des individus
qu'il dépouille, la corruption des mœurs
privées, la confufion qu'il jette dans
les relations des familles, le défordre
qui en réfulte dans l'ordre civil des fuc-
ceffions, & l'offenfe faite à la Religion,
ne font pas ici rappelés par nous comme
des caracteres uniquement propres au
crime qui fait la matiere de ce Procès,
mais comme des maux qui naiffent également de l'exemple du crime en général. Je ne les remets devant les yeux
de la Cour, que pour arrêter davantage fon attention fur ce Procès, afin
qu'elle ne laiffe rien échapper de ce
qui pourroit enhardir un tel crime, &

augmenter les dangers dont il menace la Société.

» L'espece présente, pour la placer dans le véritable rang qui lui convient, est exempte de la plupart de ces accessoires qui aggravent le délit. L'âge avancé des Parties, leur vie antérieure, réduisent la plupart de ces articles généraux de malice & de criminalité, à des lieux communs & à de vaines déclamations. Ce Procès ne menace d'aucunes suites qui puissent tourner à la ruine de l'innocence outragée, d'aucun renversement des droits des familles, d'aucun degré de corruption nouvelle introduit dans la vie domestique ; & je n'attendrois pas une attention sérieuse de votre part, si je m'étendois ici sur le danger de répandre un doute injurieux sur l'état d'une postérité orpheline, ou sur l'usurpation d'une succession contestée à la maison de Pierrepont, comme sur autant d'accessoires de la cause propres à l'aggraver. Mais vous voudrez bien en même temps réfléchir que toute considération qui, dans d'autres especes, pourroit réclamer votre pitié pour une passion malheureuse dans de plus jeunes cœurs, eft abfolument retranchée de cette Caufe. S'il eft vrai que les droits facrés du mariage aient été violés, je crains bien. qu'il ne paroiffe auffi trop clairement que le vil intérêt a été l'unique motif, & la fraude réfléchie les feuls moyens qui ont fervi à commettre le crime. Si les preuves répondent à l'idée que je me fuis formée, il en réfultera que la Prifonniere éprouvoit une parfaite indifférence fur le choix de l'époux auquel elle s'attacheroit, pourvu que le profit qui lui reviendroit de tel ou tel mariage fût à peu près égal. Le crime, d'après ce point de vue, & d'après les circonftances, eft une offenfe contre la Loi ; & s'il eft moins grave fous certains égards, il devient auffi, fous d'autres rapports, beaucoup plus odieux.

» Mais pour éviter toutes obfervations générales fur le réfultat du Procès, je l'expoferai devant vos yeux de la maniere la plus fimple & la plus abrégée qu'il me fera poffible. Les faits, d'après l'apperçu que leur enfemble me préfente, forment un cas qu'il fera également impoffible d'aggraver ou d'atténuer.

» Milords, malgré le long efpace de

temps qu'embraſſent les faits du Procès, je renfermerai dans un très-petit
nombre d'époques ceux que je ſuis en
état de vous expoſer. D'abord le mariage de la Priſonniere avec M. Hervey, ſa cohabitation avec lui a des
intervalles interrompus & éloignés; la
naiſſance d'un enfant provenu de cette
cohabitation, la rupture & la ſépara-
tion qui ſuivirent bientôt après; 2°. la
tentative que la Priſonniere, voyant
l'état chancelant de la ſanté du feu
Comte de Briſtol, fit pour établir les
preuves de ſon mariage avec le Comte
actuel; enfin le plan qu'elle a ſuivi (objet immédiat du Procès) pour faire célébrer un ſecond mariage avec le feu
Duc de Kingſton.

» La priſonniere vint à Londres fort
jeuné; ſuivant ma conjecture, c'étoit
vers l'année 1740. En 43 elle entra
dans la maiſon de la feue Princeſſe de
Galles, en qualité de Fille d'honneur.

Dans l'été de 44, elle lia connoiſſance avec M. Hervey, époque où commence la matiere du Procès. Cette liaiſon n'eut d'autre occaſion que le pur
haſard d'une rencontre aux courſes de
Wincheſter: la familiarité ne tarda pas

à suivre, & bientôt les choses furent poussées à leur dernier terme.

» Miss Chudleigh avoit alors environ dix-huit ans ; elle logeoit chez M. Merril son cousin , qu'elle avoit été voir avec sa tante madame Hammer, sœur de la mère de M. Merril. Un M. Mountenay, ami intime de M. Merril, se trouvoit aussi chez lui dans le même temps.

» M. Hervey étoit un jeune homme d'environ dix-sept ans, jouissant d'une très-modique fortune, mais cadet d'une famille noble : il étoit Lieutenant du vaisseau le *Cornouaille*, qui faisoit partie de l'escadre de M. John Daver, alors en séjour à Portsmouth, & destinée pour les Indes Occidentales. Bref, M. Hervey parut à la tante un parti avantageux pour sa niece.

» Des courses de Winchester, il fut invité à venir à Lainston, & il conduisit ces dames à Portsmouth, pour voir son vaisseau. Le mois d'Août suivant, il fit une seconde visite à Lainston, où il resta deux ou trois jours, pendant lesquels le mariage fut conclu, célébré & consommé.

» Quelques circonstances que j'ai déjà

indiquées, & d'autres encore qu'il est
inutile de détailler, rendoient impos-
fible, ou du moins indifcrette à un point
qui approchoit de l'impoffibilité, la célébration folennelle & la déclaration
publique d'un pareil mariage. La fortune des deux époux étoit infuffifante
pour foutenir l'état qui convenoit à la
naiffance de l'un & aux prétentions
ambitieufes de l'autre ; les revenus de
la place de Fille d'honneur chez la Princeffe de Galles auroient été perdus pour
la femme : d'ailleurs le mécontentement
que la famille du jeune homme auroit
eu de cette union, le mettoit dans la
néceffité de la tenir fecrete. La conféquence de tous ces motifs réunis fut
qu'il falloit tenir leur mariage caché.
Dans cette vûe, il étoit néceffaire de
le célébrer dans le plus grand fecret,
& en conféquence il n'y eut d'autres
témoins de préfens que ceux qui étoient
inftruits de la liaifon, & qui furent
jugés néceffaires pour établir le fait &
l'exiftence du mariage, en cas qu'il fût
jamais contefté.

» Lainfton eft une petite Paroiffe ; la
valeur de la Cure eft d'environ quinze
livres fterling par an : la maifon de

M. Merril eſt la ſeule qu'il y ait dans ce petit endroit, & l'égliſe de la Paroiſſe eſt au bout du mur de ſon jardin. Le 4 Août 1744, M. Amis, alors Recteur (Curé), reçut l'invitation de ſe rendre à l'égliſe, ſeul & de nuit. Sur les onze heures du ſoir, M. Hervey & Miſs Chudleigh ſortirent comme pour aller faire un tour de promenade dans le jardin, ſuivis de Madame Hammer, de ſa ſervante, dont j'ai oublié le nom de fille, mais qui aujoud'hui ſe nomme *Anne Cradock*, du nom d'un domeſtique de M. Hervey, qu'elle a épouſé; de M. Merril & de M. Mountenay, qui venoit le dernier, & portoit un flambeau pour éclairer la lecture de l'Office de l'égliſe. Ils y trouverent M. Amis qui les attendoit, ſuivant la parole donnée; & là le mariage fut célébré à la lueur du flambeau que M. Mountenay tenoit dans ſon chapeau.

» La cérémonie faite, la ſervante de Madame Hammer fut envoyée pour reconnoître s'il n'y ayoit pas de curieux autour de l'égliſe, & ils rentrerent dans la maiſon de M. Merril, ſans qu'aucun des autres domeſtiques ſe fuſſent apperçus de rien. Je fais mention

de ces menues circonſtances , parce
qu'elles ont été recueillies par le témoin.

» La même nuit, le mariage fut con-
ſommé , & M. Hervey reſta avec ſa
jeune épouſe les deux ou trois nuits
ſuivantes , après lequel temps il fut
obligé de retourner à ſon vaiſſeau, qui
avoit reçu ordre de mettre à la voile.

» Miſs Chudleigh retourna, ſuivant
la convention, remplir ſes fonctions
de Fille d'honneur auprès de la Princeſſe Douairiere. M. Hervey s'embarqua, le mois de Novembre ſuivant,
pour les Indes Occidentales, & ſon
ſéjour dura juſqu'au mois d'Août 1746,
qu'il repartit pour l'Angleterre. Le mois
d'Octobre ſuivant, il aborda à Dou-
vres, & alla retrouver ſa femme qui
alors demeuroit dans la rue Condui,
ſous le nom de *Miſs Chudleigh*. Elle
le reçut comme un époux, & vécut
avec lui, toujours de la maniere &
ſur le plan qu'ils avoient adopté, en
continuant à tenir leur mariage ſecret.
A la fin de Novembre de la même
année, M. Hervey partit pour la Mé-
diterranée; il revint au mois de Janvier 1747, & reſta à Londres juſqu'en
Mai

Mai suivant. Miss Chudleigh demeuroit toujours dans la rue Conduit, où
il alloit la voir à l'ordinaire, jusqu'à ce
qu'il s'éleva entre eux quelques différens, qui dégénérerent en une querelle déclarée ; & depuis ils ne se sont
jamais revus. M. Hervey fut sur les
mers jusqu'en Décembre 1747, & revint alors à Londres : mais il n'y a aucune trace d'aucun commerce qu'ils
aient eu ensemble depuis l'époque de
leur rupture.

» C'est à quoi se réduit tout ce que
je suis en état d'exposer à la Cour sur
la liaison de M. Hervey & de sa femme.
Il est assez indifférent de s'étendre sur
la cause du mécontentement qui les
sépara. Le fruit de leur union fut un
fils né à Chelsea, vers l'année 1747.
Les circonstances de sa naissance, la
connoissance qu'en eut le Public, &
les conversations que la mere a tenues
à cette occasion, & la mort de l'enfant, forment une partie de la preuve
qu'il subsistoit entre les deux Parties
un lien matrimonial.

» Après avoir tant de fois parlé du
secret avec lequel le mariage fut conduit, & des précautions qui accompa-

Tome V.   V

gnerent la cohabitation, pour ne pas le
laisser transpirer, il semble assez inutile
d'observer à la Cour que la naissance
de l'enfant fut cachée avec le même
soin. Ce nouveau-né ne pouvoit que
figurer fort mal dans la maison & dans
le train d'une Fille d'honneur de la
Princesse.

  » Milords, l'époque que j'ai nommée la seconde, commence à l'année
1759. Il y avoit alors près de douze ans
que Miss Chudleigh vivoit séparée de
son mari. Mais l'état d'infirmité où
étoit le feu Lord Bristol, parut offrir la
perspective d'une riche succession, &
d'un Comté désirable. Comme on n'a-
voit encore rien trouvé de mieux, il
parut avantageux de se faire Comtesse
de Bristol, &, dans cette vûe, d'arranger les preuves de son mariage.

  » M. Amis, le Ministre qui les avoit
mariés, étoit alors à Winchester dans
un état de langueur & d'infirmité. Elle
engagea M. Merril, son cousin, à venir
la trouver en ce lieu, le 12 Février 1759,
&, sur les six heures du matin, elle arriva à l'hôtellerie de *Blueobar*, tout vis-
à-vis la maison de M. Amis. Elle envoya
chercher sa femme, & lui fit part du

sujet de son voyage : c'étoit d'avoir de
M. Amis un certificat de son mariage
avec M. Hervey. Madame Amis l'invita à venir chez elle, & apprit à son
mari le motif de son arrivée. Il étoit
alors malade dans son lit, & il la fit
prier de venir auprès de lui. Mais il
n'y eut rien de fait pour le certificat,
qu'après l'arrivée de M. Merril, qui
apporta une feuille de papier marqué
pour y écrire le certificat en question.
Ils étoient encore embarrassés de la
forme qu'on lui donneroit, & l'on
envoya chercher un nommé Spearing,
Procureur. Cet Officier fut d'avis qu'un
simple certificat délivré de la maniere
qu'on le proposoit, n'étoit pas le meil-
leur moyen d'établir la preuve dont on
pourroit avoir besoin. Il proposa d'a-
cheter un registre paraphé, d'y enregistrer le mariage dans la forme usitée,
& la présence de la Prisonniere. Quelqu'un ayant ouvert l'avis qu'il n'étoit
pas convenable qu'elle fût présente à
la confection du registre, il fut d'avis
qu'on pouvoit l'y appeler, l'affaire étant
toute simple & de droit, puisqu'il n'é-
toit question que de coucher dans un
registre, & suivant les formes, un

mariage dont plufieurs perfonnes connoiffoient la vérité , & fur lequel les perfonnes d'honneur, qui étoient alors pré-
fentes, n'avoient pas le moindre doute.
En conféquence , on fuivit fon confeil:
le regiftre fut acheté , & le mariage
enregiftré. Le regiftre fut intitulé : *Ma-*
riages , naiffances & enterremens dans
la Paroiffe de Lainfton. Le premier
article eft ainfi conçu : *Le 22 Août*
1742 , enterré Madame Sufanne Mer-
ril , veuve de Jean Merril , Efquire (a).
Le fecond : *Le 4 Août 1744 , marié*
honorable Augufte Hervey, Efquire,
-à Miff Elifabeth Chudleigh , fille du
Colonel Thomas Chudleigh , décédé
récemment , de la Société du Collége
de Chelfée , dans l'Eglife Paroiffiale
de Lainfton , par moi Thomas Amis.
La Prifonniere étoit on ne peut pas
plus joyeufe & pleine d'efpérances.
Elle remercia M. Amis , & lui dit
qu'il pourroit lui en revenir cent
mille livres fterling. Elle mit Madame
Amis dans toutes fes confidences , lui
parla de l'enfant qu'elle avoit eu de
M. Hervey , *un joli enfant ,* mais qui

(a) Efquire répond , dans notre Langue ,
à Gentilhomme ou Ecuyer.

étoit mort ; elle lui dit encore comment elle avoit emprunté cent livres sterling de sa tante Hammer, pour la layette du petit enfant. Il entroit alors dans ses vûes actuelles de communiquer tous ses secrets : elle scella le regiftre & le laiffa à Madame Amis, en lui recommandant de le remettre à M. Merril après la mort de son mari , laquelle arriva peu de semaines après.

» M. Kinchin , Recteur actuel, fuccéda au bénéfice de Lainfton ; mais le regiftre refta toujours dans les mains de M. Merril.

» En 1764, Madame Hammer mourut & fut enterrée à Lainfton ; quelques jours après , M. Merril défira que son enterrement fût enregiftré. M. Kinchin ne connoiffoit aucun regiftre appartenant à la Paroiffe : mais M. Merril produifit celui qu'il avoit & qu'avoit fait M. Amis, & , ôtant le fceau dont il étoit refté fermé jufqu'à ce temps-là , il montra à M. Kinchin l'article du mariage , en lui recommandant de n'en rien dire. M. Kinchin ajouta , pour troifieme article : *Enterré , le 10 Décembre 1764, Madame Anne Hammer , veuve du feu Colonel William*

V iij

Hammer, & il remit le regiftre aux mains de M. Merril.

» M. Merril mourut en 1767. M. Bathurft, en mariant fa fille, trouva le regiftre parmi fes papiers, & le prenant pour ce qu'il annonçoit être, pour un regiftre paroiffial, il le remit en conféquence à M. Kinchin. Il fut toujours depuis gardé & tenu comme tel; &, pour, quatrieme article, on y coucha: *Enterré le 17 Février 1767, John Merril, Efquire.*

» Le Comte de Briftol recouvra la fanté, & le regiftre demeura oublié, jufqu'à ce qu'une occafion bien différente de la premiere, fit fonger à fa recherche.

» La troifieme époque fur laquelle j'ai réclamé l'attention de la Cour, commence à l'année 1768. Il s'en étoit écoulé neuf, depuis que les premieres efpérances d'un grand titre & d'une grande fortune s'étoient évanouies pour la Prifonniere. Elle avoit depuis tenté un nouveau plan, pour y parvenir par une autre route. M. Hervey, de fon côté, avoit auffi tourné fes vûes vers une liaifon plus fortable; & il s'établit alors entre lui & la Prifonniere une correfpondance, qui avoit pour objet

de se débarraffer d'un mariage devenu
fi pefant & fi odieux à tous deux. Le
plan qu'il propofa n'avoit d'autre vice
que de n'être pas très-délicat : ce n'eft
pas celui qui a été exécuté dans la
fuite, & qui ne peut un moment foutenir le regard de la Juftice. La méthode de M. Hervey étoit plus fimple,
& d'ailleurs fondée fur la vérité des
faits : c'étoit d'obtenir, par Sentence,
une féparation de corps pour caufe d'a-
dultere, laquelle Sentence pourroit fervir de bafe à l'obtention d'un acte du
Parlement, pour un divorce abfolu. Il
lui envoya un meffage pour lui faire
cette propofition, & cela dans des termes très tranchans & très-durs, comme
vous l'entendrez de la bouche des témoins. Madame Cradock, cette femme
dont j'ai fait mention plus haut, pour
avoir été au fervice de Madame Hammer, & avoir affifté au mariage,
étoit alors elle-même mariée à un domeftique de M. Hervey, & vivoit
avec fon mari au fervice de la Prifonniere. M. Hervey lui ordonna de dire
à fa Maîtreffe, qu'il avoit befoin d'un
divorce ; qu'il appelleroit cette femme
en témoignage pour prouver fon ma-

riage , & que c'étoit à la Prifonniere
à fournir les autres preuves qui feroient
néceffaires.

　　»» Ce plan répondoit affez bien aux
vûes de M. Hervey ; mais les projets
de la Prifonniere demandoient plus de
réferve & de ménagement ; & une pareille procédure auroit été capable de
les renverfer. Elle rejeta donc cette
partie de la propofition , & refufa , dans
des termes où éclatoit fon indignation,
d'aider à prouver elle - même qu'elle
étoit une adultere. Le 18 Août fuivant,
elle fit faire arrêt à la Chambre des
Docteurs , pour empêcher qu'aucune
procédure , fous le fceau de la Cour,
à la requête de M. Hervey , fût reçue
contre elle dans aucune queftion ma-
trimoniale , fans qu'on en donnât avis
à fon Procureur.

　　»» Quels furent les obftacles qui em-
pêcherent M. Hervey de fuivre le plan
fimple & direct qu'il avoit d'abord embraffé ? Quels furent les motifs qui le
déterminerent à prendre une autre route
fi différente ? C'eft ce que je ne fuis
pas en état d'expliquer à la Cour. Mais
on a déjà vu qu'il y eut un débat de
plufieurs jours fur l'efpece de plan qu'ils
fubftitueroïent au premier.

» A la ceſſion de Noël de 1768, elle préſenta ſa Requête en *jactitation de mariage* (a) dans la forme ordinaire. La réponſe fut un mauvais Mémoire, où l'on réclamoit les droits du mariage : mais cette réclamation étoit tournée de façon, & la preuve ſi bien ajuſtée au projet, que le ſuccès de la demande devenoit entiérement impoſſible.

» Jamais artifice plus groſſier ne fut mis en œuvre. Le Mémoire de M. Hervey établiſſoit ſon mariage par pluſieurs de ſes circonſtances, mais non pas toutes, & on avoit eu ſoin d'en retrancher. On s'y étendoit fort au long ſur toutes les particularités indifférentes qui avoient accompagné la recherche, le contrat, le mariage, la cérémonie, la conſommation & la cohabitation : mais lorſqu'on en venoit aux faits mêmes, on ne partoit que d'une recherche ſecrete, que d'un contrat ſans témoins, & à la connoiſſance de Madame Hammer ſeule, qui alors étoit morte.

» La cérémonie du mariage, qui, dans

_____

(a) Inſtance dont la queſtion eſt de ſavoir s'il y a mariage ou non entre deux conjoints.

V v

la vérité, avoit été célébré dans l'E-
glife de Lainfton, n'avoit été, fuivant
le Mémoire, accomplie que dans la
maifon de M. Merril, dans la Paroiffe
de Sparshot, par M. Amis, en préfence de Madame Hammer & de
M. Mountenay, qui étoient morts tous
les trois. On fupprima Madame Cradock, cette femme qu'on avoit, trois
mois auparavant, nommée comme un
témoin du mariage; & pour l'exclure
tout-à-fait & fans retour, on difoit que
la confommation s'étoit faite à l'infçu
de toute la famille & de tous les domeftiques de M. Merril; en voulant
peut-être donner à entendre que Madame Cradock étoit au fervice de Madame Hammer. On infinuoit encore
que le mariage avoit été tenu fecret,
& n'étoit connu que des perfonnes ci-
deffus mentionnées.

» La forme de la procédure obligeoit
la femme de répondre à ces articles,
par une dénégation perfonnelle, fous la
foi du ferment : elle nia qu'il y eût
ici un contrat antérieur; elle élude le
fait des propofitions de mariage, en
difant qu'elles avoient été faites à Madame Hammer, fans fa connoiffance,

fans défavouer pourtant qu'on lui en
eût fait part après. Le refte de l'article,
qui renferme une allégation circonf-
tanciée de l'exiftence d'un mariage,
avec le temps, le lieu, les témoins,
& autres faits, elle l'enfevelit dans la
formule ordinaire qui termine toute
réponfe, *en niant tout le refte de l'article*, & *affirmant qu'il n'y avoit aucune vérité*. Finalement elle rejette jufqu'à l'article qui alléguoit la confommation.

» L'affirmation du mariage ne formoit
qu'une partie de l'article du Mémoire
de M. Hervey, & la phrafe étoit ar-
rangée de façon qu'il y avoit des circonftances fauffes mêlées & combinées
avec celles qui étoient vraies. *Ils furent mariés enfemble à Sparshot, dans
la maifon de M. Merril*. Telle étoit la
conftruction de l'article.

» Or cette partie de l'article, comme
le difoit la Prifonniere, n'étoit pas vraie
en fon entier. Il étoit bien vrai qu'ils
avoient été mariés; mais il ne l'étoit pas
qu'ils l'euffent été à Sparshot, ou dans
la maifon de M. Merril.

» Combien ce fubterfuge étoit groffier
& palpable! Il eft d'ufage, dans les

Cours Eccléſiaſtiques, de faire des objections ſur les réponſes qui ſont inſuffi-
ſantes & qui confondent les objets;
autrement, il ſeroit de toute impoſſibilité de forcer une Partie à donner enfin
une réponſe claire & poſitive ſur un
fait. Mais il n'entroit pas dans le plan
du Procès d'exiger des réponſes pré-
ciſes & ſatisfaiſantes ; en conſéquence,
on ne fit ni remarques ni objections,
& les Parties marchoient rapidement à
la concluſion.

» La plan de la preuve fut auſſi con-
certé ſur la même marche. Les articles
excluoient le témoignage de tous les
domeſtiques. On avoit omis exprès juſqu'à la femme même que M. Hervey
avoit envoyée à la Priſonniere chargée
de la commiſſion de demander le divorce ; mais on produiſit ſon mari, pour
jurer que, dans l'année 1744, M. Hervey danſa avec Miſs Chudleigh aux
courſes de Wincheſter, & qu'il alla
lui faire viſite à Lainſton : & qu'en
1746 il entendit courir quelque bruit
de leur mariage. Marie Edwards & Ann
Hillam, domeſtiques au ſervice de M.
Merril, ne contredirent point l'article
ſur lequel ils furent interrogés, celui

qui alléguoit qu'aucun des domestiques de M. Merril n'avoit eu connoissance du mariage ; mais ils dirent seulement qu'ils en avoient entendu quelques propos. Telles furent aussi les dépositions de Messieurs Robinson, Edwards & Gossach. C'est à quoi se réduit la preuve de l'enquête de M. Hervey, où l'on voit que les témoins font grand étalage de zele pour révéler tout ce qu'ils savoient avec beaucoup de restrictions & de circonspection, pour faire entendre qu'ils ne savoient rien.

» La Prisonniere observa les mêmes précautions & la même forme dans l'examen des témoins ; elle prouva, d'une maniere irréfragable, qu'elle passoit pour une simple fille, qu'elle portoit son nom de fille, qu'elle étoit Fille d'honneur de la Princesse Douairiere ; qu'elle achetoit & vendoit, qu'elle empruntoit de l'argent de M. de Drummont, & déposoit de l'argent chez lui & les autres Banquiers sous le nom d'Elisabeth Chudleigh ; bien plus, que M. Merril & Madame Hammer, qui étoient convenus de tenir le mariage secret dans leurs visites comme dans leur correspondance, ne lui donnoient jamais d'autre nom que son nom de fille.

» Dans cette vûe, on fit paroître une multitude de témoins qu'il eût été très-imprudent de produire, s'il n'y avoit pas eu une convention précédente, & une parfaite certitude qu'ils ne seroient pas contredits. Plusieurs d'entre eux n'auroient pu garder leurs secrets, si on les eût soumis à l'épreuve d'une discussion sérieuse, quand même on n'auroit employé que cette méthode imparfaite & grossiere qu'on suit dans ces Cours, & qu'on auroit préparé, sur le papier, toutes les questions qui devoient former l'examen : ainsi, il n'y eut pas un seul interrogatoire d'approfondi, pas un seul témoin sérieusement examiné, quoiqu'ils fussent produits pour répondre sur des articles qui avoient pour objet des faits extrêmement secrets, & qui étoient de nature à inspirer naturellement à une Partie adverse la curiosité de pousser ses recherches plus loin. Par l'événement de cette Cause ainsi traitée, ainsi discutée, ainsi prouvée, les Parties eurent le singulier bonheur d'obtenir un Jugement qui fut une vraie surprise faite à la justice de la Cour.

» Lorsque je suis forcé de me plaindre de cette surprise grossiere, & de présenter les procédures mêmes de cette Cause, comme une preuve palpable de la collusion des Parties, je ne voudrois pas que l'on me supposât l'intention de censurer en rien l'intégrité & la capacité du Savant & respectable Juge qui a prononcé le Jugement ; *car souvent, quoique la sagesse veille, le soupçon s'assoupit à la porte de la sagesse, & abandonne son poste à la crédule simplicité* (a). La bonté juge volontiers qu'où le mal ne paroît pas, le mal n'existe pas : mais je ne voudrois pas qu'il en rejaillît aucun blâme sur les noms que la Cour trouve signés au bas des plaidoyers. Les formes de procédure sont des matieres d'usage ; & si on les met sous les yeux de Conseils uniquement pour avoir leurs signatures, sans que rien arrête leur attention sur les objets qui y sont contenus, la collusion leur échappera aisément. Il est facile d'amener des Juges à ne donner qu'une attention superficielle à une Cause, dont l'examen approfondi n'intéresse per-

----

(a) Vers anglois.

fonne, n'eſt demandé par perſonne. Ce fut ainſi que l'on ſe fraya la route à un mariage adultere : ce fut ainſi que le Duc de Kingſton fut induit à croire que les droits réclamés par M. Hervey ſur la Priſonniere, étoient une prétention injurieuſe & fauſſe. Il donna ſa main ſans défiance à une femme qui étoit, depuis vingt-cinq ans, & qui étoit encore alors l'épouſe d'un autre.

» Dans les converſations frivoles & indifférentes qu'elle eut depuis, au moins avec ceux qui connoiſſoient ſon état, elle ne pouvoit s'empêcher de ſe vanter de l'adroite ſurpriſe par laquelle elle avoit engagé le Duc dans ce mariage : *Ne penſez-vous pas*, dit elle un jour, en ſouriant, à Madame Amis, *ne penſez-vous pas que le Duc fut bien bon d'épouſer une vieille fille ?* Madame Amis étoit la veuve du Miniſtre qui l'avoit mariée à M. Hervey, qui l'avoit aidée à ſe procurer un regiſtre qui fît foi de ce mariage, & à qui elle avoit dit qu'elle en avoit eu un enfant. La bonté du Duc, pour nous ſervir de ſon expreſſion inſultante, étoit peut-être moins étrange que la maniere dont

elle en parle à une femme qui connoiſſoit ſi parfaitement ſon état.

» Milords, tel eſt l'objet de la preuve
qu'il faut entendre, ne fût-ce que pour
ſatisfaire aux formes du Procès; mais,
dans le vrai, c'eſt faire une enquête,
pour prouver ce que tout le monde ſait
parfaitement, comme un fait de notoriété publique. On s'en eſt beaucoup
entretenu dans le monde; mais je ne
crois pas que jamais on ſe ſoit aviſé de
douter de la vérité de ce mariage dans
aucune compagnie, pour peu qu'elle
fût au fait des anecdotes de cette ville
en ce temps-là. Malgré cette notoriété,
les témoins vont remettre ces faits ſous
vos yeux; après quoi, je préſume qu'on
ne pourra former aucun doute ſur le
Jugement que vous devrez prononcer:
car il vous ſera difficile de voir cet acte
du Parlement ſous le jour ſous lequel il a
plu au Conſeil de la Priſonniere de vous
le préſenter, comme une Loi faite pour
la canaille, & non pour les gens comme
il faut. Certainement, à en juger par
le préambule, on ne voit pas que la Loi
ait expreſſément prévu, ni ſe ſoit atten-
due que ce crime ſeroit le partage de
la nobleſſe & des grandes fortunes;

mais l'acte est formé pour punir le crime
par-tout où il peut se rencontrer , &
votre justice impartiale , mes Lords , ne
détournera pas son cours , par respect
pour un Noble qui se trouve coupable.

» Et il ne paroît pas qu'on puisse atténuer le crime d'une fraude si odieuse ,
en se rejetant sur l'avis de ceux qui
ont aidé à en ourdir la trame , & sur
la téméraire opinion qu'ils se sont formée du succès de leur projet. Je sais
que ce projet n'est pas l'ouvrage de la
Prisonniere seule ; & jamais je n'ai entendu soutenir cette idée , & sur-tout
dans cet attentat frauduleux fait à la
Justice publique , cela étoit impossible ;
mais prétendre que le partage qu'on fait
d'un complot criminel entre les instrumens nécessaires pour le conduire à son
exécution , affoiblit le crime de celui
qui en est l'auteur , c'est une idée tout-
à-fait nouvelle en morale , & à laquelle
il m'est impossible de me rendre. Elle
emporteroit plutôt l'aggravation du
crime par le crime accessoire de corrompre ses instrumens ; non pas que je
veuille , en aucune façon , excuser , par
cette observation , la faute des instrumens corrompus. Je crois qu'il seroit

très à propos & très-salutaire de signi-
fier à la Cour Ecclésiastique, que ceux
de ses membres, s'il y en a, qui,
étant instruits de toute l'étendue du
dessein formé par la Prisonniere, de se
revêtir de la fausse apparence d'une simple fille, dans la vûe d'attirer le Duc
dans le piége de ce mariage, l'ont aidée
à en exécuter la moindre partie, sont
très-loin d'être innocens des accusations
portées dans ce Procès. Ils sont associés
à sa félonie, & ils doivent en répondre
à la Loi. Voici l'état de la question, &
du cas où est la Prisonniere.

» Le crime a été commis par elle & par
ses complices; tous ont eu part à l'exécution de ce crime, & chacun d'eux est
entaché du crime entier.

» Milords, je vais procéder à l'examen
des témoins, la nature du cas exclut
toute contradiction, tout empêchement
à leurs témoignages. Vous serez forcés
de prononcer l'avis & le Jugement
qu'exigera une Cause si clair «.

Alors le Solliciteur général commença l'examen des témoins. Le premier qui se présenta fut Anne Cradock.
Voici les faits dont elle déposa.

Miss Chudleigh, en 1742, vint chez

M. Merril à Lainston , aux courses de
Winchester, chez Mistriss Hammer sa
tante. Ce fut là qu'elle vit M. Hervey,
Comte de Bristol, pour la premiere fois :
ils éprouverent de l'amour l'un pour
l'autre, & furent secrétement mariés
à 11 heures du soir dans l'église de
Lainston , en présence de M. Mountenay , de Mistriss Hammer, tante de l'é-
pousée , & d'Anne Cradock, femme
attachée au service de Mistriss Hammer.
M. Amis fut le Recteur ou Curé qui
fit la célébration du mariage , & M.
Mountenay tenoit une bougie dans le
creux de son chapeau. On prit toutes
les précautions pour que le mariage fût
secret. Anne Cradock fut envoyée hors
de l'église, pour écarter du chemin les
domestiques de M. Merril. Cette femme
vit la même nuit le jeune couple se
mettre dans le lit. Mistriss Hammer,
leur tante, assista à leur réveil, & ils
eurent encore le même lit la nuit suivante. Peu de jours après , M. Hervey
fut obligé de se rendre à Portsmouth,
en qualité de Lieutenant, sur la flotte
de Sir John Daurest. Ce fut Anne Cradock qui elle-même l'éveilla à cinq
heures du matin.

Lorsqu'elle entra dans la chambre, elle les trouva si profondément endormis, qu'elle avoit, dit cette femme, *pitié* de les éveiller : son mari suivit M. Hervey en qualité de domestique.... Au retour de son voyage, M. Hervey vécut librement avec sa femme, & elle devint enceinte. Quelques mois après, il s'embarqua de nouveau, & l'on apprit que, dans l'intervalle, Miftriff Hervey étoit accouchée. Anne Cradock n'avoit point vu l'enfant : elle apprit seulement de sa mere, qu'elle avoit un petit garçon en nourrice, & qu'il étoit tout le portrait de M. Hervey. Quelque temps après, la mere, qu'elle vit fort chagrine, & qu'elle questionna sur la cause de la tristesse, lui dit que son fils étoit mort.

Anne Cradock fut interrogée successivement par plusieurs Lords. Comme les faits de sa déposition étoient positifs & concluans, il étoit important de s'assurer de l'impartialité & de la véracité de ce temoin. On lui demanda si elle n'avoit pas reçu une certaine lettre d'une certaine personne qui lui promettoit une récompense pour venir déposer contre l'Accusée. Elle avoua qu'elle

avoit reçu une lettre de M. Foffard Pic-
cadilly , qui lui promettoit une bonne
place , & rien de plus ; on lui permettoit même de montrer , fi elle vouloit,
cette lettre à M. Hervey.

Toutes les queftions qu'on lui fit ,
qui tendoient à lui faire avouer qu'elle
avoit quelque autre intérêt que celui de
la vérité dans cette affaire , ne la trou-
blerent & ne la déconcertérent point ,
& elle répondit fur le champ à toutes
les queftions qui lui furent propofées;
par exemple , à celle qu'on lui fit , fi
elle n'avoit pas eu la promeffe d'une
penfion viagere de la part de l'Accufée,
à condition de vivre à la campagne ,
& de ne point fe préfenter comme témoin dans l'affaire de fon mariage. Elle
répondit qu'en effet l'Accufée lui avoit
fait promettre une penfion de vingt guinées , en lui laiffant le choix de trois
Provinces pour y faire fon féjour, Dez-
byshire , Yorkshire , & Northumber-
land ; qu'elle étoit en effet partie , mais
que , pour des raifons particulieres ,
elle n'avoit pas été plus loin que So-
werby ; qu'elle n'avoit rien reçu de la
penfion , & qu'elle. avoit fubfifté fur
fes épargnes faites pendant le temps

de son service, & un legs que lui avoit laissé Mistriss Hammer, tante de l'Accusée.

Il résultoit de la déposition de témoin, comme on l'a vu dans les faits, qu'en 1742 elle avoit été présente au mariage de l'Accusée avec M. Hervey, dans l'église de Lainston; que l'Accusée lui avoit dit qu'elle avoit eu de ce mariage un enfant mâle, mort peu de mois après.

Ensuite M. Hawkin prêta serment, & demanda à la Cour s'il étoit tenu de dire tout ce qu'il pouvoit avoir appris, par le moyen de sa profession de Chirurgien, concernant la Prisonniere. Lord Mansfield se leva, & dit qu'il étoit juste & convenable dans M. Hawkin de vouloir écarter de lui tout soupçon d'avoir trahi volontairement des secrets qu'il n'avoit acquis que comme Chirurgien, par conséquent homme public & de confiance, & qu'il avoit raison de demander l'avis des Pairs pour justifier sa conduite.

Le Lord High Steward dit à M. Hawkin, que la Cour décidoit qu'il répondît à toutes les questions qui lui seroient faites.

M. Hawkin commença donc sa déposition, en difant qu'il avoit vu l'enfant : il étoit le Chirurgien même qui
l'avoit vifité & foigné : il avoit connu,
depuis trente ans, M. & Madame Hervey : il leur avoit entendu parler du
mariage fait à Lainfton : il avoit toujours
cru le mariage légal : il favoit qu'ils
en avoient eu un enfant né à Chelfea :
il avoit pris foin lui-même de cet enfant. Quelques années après, mandé un
jour par M. Hervey, il le trouva affis
auprès d'une table remplie de papiers
qui, lui dit M. Hervey, avoient tous
rapport à fa femme ; il le pria d'aller la
voir pour conférer & arranger entre eux
un divorce. Il y eut à ce fujet plufieurs
autres converfations ; & un jour avant
que la Sentence Eccléfiaftique fût ren-
düe, il trouva la Ducheffe fort in-
quiette : il lui en demanda la caufe ;
elle lui répondit que c'étoit la néceffité
où elle feroit bientôt de jurer pofiti-
vement qu'elle n'étoit point mariée,
& qu'elle abandonneroit plutôt fa pourfuite, que de faire un pareil ferment.
Hawkin lui ayant demandé pourquoi
donc elle avoit follicité ce Jugement,
elle

elle lui répondit : » Oh ! quant à cela ,
» la cérémonie ne m'a paru jusqu'ici
» qu'une bagatelle méprisable , & ma
» conscience est fort en repos ; mais
» j'aurois aussi peu de goût à jurer que
» je suis mariée, qu'à jurer que je ne
» le suis pas «.

Après ce témoin, Sophie Fettiplace
déposa qu'elle avoit entendu dire à
l'Accusée qu'elle étoit mariée avec M.
Hervey.

Le Lord Vicomte Barrington fut
ensuite appelé & interrogé. Ce Lord
connoissoit depuis trente ans la Duchesse de Kingston, avoit été assez inti-
mement lié avec elle , & sa déposition
devoit être importante ; mais il s'éleva
une espece d'incident sur ce qu'il devoit
à la Loi & à la vérité, & sur ce qu'il devoit au secret & à l'honneur.

» Milords , dit ce témoin , je me
» suis rendu ici pour obéir aux somma-
» tions de la Cour, prêt à donner témoi-
» gnage sur tout ce que je sais de ma
» propre science, ou que je pourrois
» avoir appris par les voies ordinaires;
» mais ce qui m'aura été confié , ou
» dit sous le secret, je pense , en me

Tome V. X

» foumettant à vos jugemens, qu'en
» homme d'honneur, en homme qui
» refpecte les Loix de la Société, je dois
» le taire.

» Si l'on m'objecte que M. Hawkin
» a donné, à peu près les mêmes rai-
» fons que moi, pour être difpenfé de
» répondre, & qu'on n'a point accepté
» fes raifons, parce qu'un témoin doit
» répondre à toutes les queftions qui
» lui font faites dans une Cour de Juf-
» tice, je dirai que je ne doute point
» que les queftions qui me feront faites
» n'ayent pour objet l'affaire préfente.
» Mais, Milords, je penfe qu'un homme
» doit agir d'après fes propres fentimens,
» & je fens que, fi une converfation par-
» ticuliere m'a été confiée, je ne dois
» pas la révéler, & que je pourrois re-
» fufer de répondre à la queftion qui
» m'a été faite fans bleffer mon fer-
» ment, fans être parjure. Cependant,
» fi l'opinion des Pairs eft que mon
» ferment m'oblige de déclarer tout
» ce que fais, & que je ferois coupa-
» ble de parjure en ne le faifant point,
» dans ce cas, Milords, je déclare que
» je veux tenir mon ferment «.

Alors la Duchefle de Kingfton fe le-

vant avec fermeté : » Je décharge Mi-
» lord Barrington, dit-elle, de toute
» obligation de secret envers moi, &
» je désire que tous les témoins qui
» seront entendus pour ou contre moi,
» puissent donner librement leur témoi-
» gnage. Je suis venue de Rome au
» péril de ma vie, pour comparoître
» devant cette Cour. Je me soumets à
» tous les Jugemens qu'elle voudra pro-
» noncer; je ne me plains point de ce
» qu'une Sentence Ecclésiastique, ren-
» due en ma faveur, ait été jugée non
» valable, quoiqu'une pareille Sentence
» n'ait jamais éprouvé le même sort «.

» Milords, dit Lord Barrington, je
» déclare solennellement devant vous,
» sur le serment que j'ai fait & sur mon
» honneur, que je ne m'attendois point
» à la générosité de la Duchesse de King-
» ston. Il y a plus de trois mois que
» je n'ai eu aucune espèce de commu-
» nication avec Sa Grace, soit par let-
» tres, visites, messages, soit par tout
» autre moyen, & je n'ai su que de-
» puis peu que je devois porter témoi-
» gnage dans cette affaire : ainsi la géné-
» rosité de Sa Grace est due au moment
» présent & à son bon gré ; mais, Mi-

X ij

» lords, j'ai un doute que vous feuls
» pouvez réfoudre : je penfois, avant
» que Sa Grace m'eût délivré de toute
» obligation, qu'il ne convenoit point
» de trahir les fecrets obtenus par une
» longue confiance ; & maintenant
» qu'elle me rend libre, fa générofité
» ne doit-elle pas me lier plus fortement
» à ma première réfolution « ?

Alors le Duc de Richemond donna
fon avis fur cet incident, & dit » qu'il
» ne penfoit pas qu'il convînt au noble
» Lord de trahir les fecrets de la confian-
» ce, mais qu'il s'en rapportoit à l'avis de
» la Chambre, & qu'il penfoit que le
» Lord Barrington n'étoit tenu de dé-
» clarer que les faits qu'il avoit pu fa-
» voir d'ailleurs «.

Le Lord Mansfield fut d'avis qu'on
appelât les autres témoins , & qu'on
laifsât au Lord Barrington cet intervalle
pour le décider à répondre , fi le Confeil jugeoit encore à propos de l'interroger.

Si le Confeil de l'accufation , dit le
Lord High Steward , n'a pas de queftion à faire au Lord , il peut fe retirer.

Le Solliciteur-Général répondit qu'il
n'avoit aucun défir de l'interroger, quoi-

qu'il eût fait ferment de répondre; mais que la Prisonniere pouvoit l'interroger.

Le Défenseur de la Duchesse, M. Wallard, répliqua que le Lord Barrington n'étoit point à la barre comme témoin de la Prisonniere; qu'elle avoit aussi ses témoins, qu'elle produiroit à son tour.

Le Lord Radnor dit qu'il ne regardoit point les témoins qui étoient à la barre, comme ceux des Accusateurs ou ceux du Prisonnier, mais comme les témoins de la Cour : » Je ferai par con-
» séquent, dit-il, une ou deux ques-
» tions au Lord Barrington, sans blesser
» la délicatesse de ses sentimens, ni
» vouloir pénétrer dans les secrets livrés
» à la confiance. La premiere de ces
» questions est s'il a connoissance de
» quelque fait qui prouve que M. Her-
» vey fût marié à Miss Chudleigh ?

» Je ne connois par moi-même, dit
» Lord Barrington, aucun fait qui puisse
» me prouver le mariage de la Duchesse
» de Kingston avec M. Hervey. — Le
» noble Lord doit laisser à la Chambre
» la faculté de juger si les faits, dont il
» a connoissance, prouvent ou non ce

X iij

» mariage ; mais connoît-il quelque
» fait relatif à ce mariage ?

» Je ne connois , répondit-il ; par
» moi-même , aucun fait qui tende à
» prouver ce mariage ; je ne fais que ce
» que j'ai entendu dire dans le monde « ?

Lord Radnor dit : » Je crains, Mi-
» lord , que , par votre facilité , vous
» n'ayez admis une maniere de procé-
» der qui ne feroit point reçue dans la
» Cour la plus inférieure du Royaume.
» Je défire , noble Lord , que vous me
» difiez affirmativement fi vous ne favez
» rien qui puiffe prouver le mariage du
» Comte de Briftol avec la dame qui
» eft à la barre (a) « ?

Lord Barrington répondit : » Milords,
» fi je fais quelque chofe , je ne puis le
» révéler , & je ne puis répondre à la
» queftion qu'on me fait , fans abufer
» de la confiance qui m'a été donnée «.

Lord Radnor fut d'avis d'ajour-

(a) Un Procès criminel eft , en Angleterre, une véritable fcene dramatique , &
un combat intéreffant pour la Nation, qui
juge elle-même les faits, les preuves & le
Jugement.

ner (*a*). Après une conférence de quelque temps, les Pairs font rentrés dans
la falle de Weftminfter.

A leur retour, le Lord High Steward dit : » Milord Vicomte Barring-
» ton, je fuis chargé par les Pairs de
» vous faire favoir que leur opinion eft
» que vous êtes forcé par la Loi de ré-
» pondre à toutes les queftions qui vous
» feront propofées. Le Confeil de l'ac-
» cufation a-t-il des queftions à faire au
» témoin qui eft à la barre ?

» Nous ne ferons, répondit le Solli-
» citeur-Général , aucune queftion au
» noble Lord « ?

Le Lord High Steward : » le Confeil
de la Prifonniere a-t-il quelques queftions à faire au témoin qui eft à la barre « ?

M. Vallace : » aucune «.

Lord Radnor. » Le témoin fait-il ,
» par des faits ou par des converfations
» entre la dame qui eft à la barre &
» lui, qu'elle fut mariée au Comte de
» Briftol « ?

Lord Barrington : » Milord, j'ai déjà

(*a*) *Ajourner* fe dit des Juges qui fe retirent dans une chambre féparée pour délibérer & donner leur opinion fur un point.

X iv

» donné les raifons qui m'empêchoient
» de répondre aux queftions dont l'objet
» eft de me faire révéler des confidences
» fecretes. En même temps, j'ai dé-
» claré que je ne voulois pas être par-
» jure, fi mon ferment me forçoit à ré-
» pondre à toutes les queftions qu'on
» me propoferoit; mais, Milord, quoi-
» que perfonne ne puiffe marquer mieux
» que moi la ligne qui fépare mon obéif-
» fance à la Loi, & mon honneur, ma
» probité, ma confcience; cependant,
» fur ce point délicat, j'ai befoin de
» confulter les favans Jurifconfultes qui
» m'environnent, & j'aime mieux me
» confier à leur jugement qu'au mien
» propre «.

Lord Radnor : » Je ne crois pas qu'en
» préfence de la Cour on puiffe prendre
» confeil à la barre en matiere de Loi «.

Lord Barrington : » Milord, j'ai pro-
» pofé la queftion à l'Avocat-Général,
» & je le remercie. Il dit qu'il me croit
» obligé, par mon ferment, de répon-
» dre à toutes les queftions qui me fe-
» ront faites, & n'ai plus qu'à m'excu-
» fer, Milord, du trouble que je vous
» ai donné «.

Lord Radnor : » Milord, fait-il

» par des converſations avec la dame
» qui eſt à la barre, qu'elle étoit mariée
» au Comte de Briſtol « ?

Lord Barrington : » Ma mémoire eſt
» bien foible & ſe rappelle difficilement
» les faits éloignés. Autant que je peux
» m'en ſouvenir, la Ducheſſe ne m'a
» pas honoré, depuis nombre d'années,
» d'aucune converſation ſur ce ſujet ; je
» crois même, depuis plus de vingt ans ;
» ainſi, Milord, je ne puis répondre
» d'une maniere bien certaine.

» La Ducheſſe de Kingſton m'a con-
» fié, il y a au moins trente ans, une
» circonſtance de ſa vie, qui avoit
» quelque rapport à un engagement de
» mariage entre elle & le Comte de
» Briſtol, alors M. Hervey. Si c'étoit
» un mariage légal, ou s'il n'y avoit pas
» eu de mariage, c'eſt ce que je ne puis
» pas décider. Autant que ma mémoire
» peut me ſervir, je puis conſerver mes
» doutes ſur ce que la Ducheſſe a bien
» voulu me communiquer, ſoit par
» ignorance de la Loi, ou de ce qui
» conſtitue dans la Loi, un mariage
» valide. La Ducheſſe m'a dit, il eſt
» vrai, qu'il y avoit entre elle & M.
» Hervey un engagement de mariage ;

X v

» mais ce mariage eft-il légal ? ne l'eft-il
» pas ? Je ne fuis pas affez bon Jurif-
» confulte pour l'affirmer.

» Milord n'a-t-il jamais entendu dire,
» ou appris qu'il étoit né de ce mariage
» un enfant ?

» Sur ma parole, répondit Milord
» Barrington, je ne puis pas affirmer ce
» fait. Je ne me fouviens pas que la
» Ducheffe m'ait jamais fait aucune
» confidence de cette efpece ; j'en ai
» entendu parler dans le monde ; mais
» je ne me fouviens pas que la Ducheffe
» m'en ait jamais rien dit «.

Judith Philips, veuve du Miniftre
M. Ames, qui avoit marié la Prifonniere & M. Hervey, parut ; & on lui
demanda fon témoignage. Elle dépofa
qu'elle fe fouvenoit très-bien du jour
où fon mari avoit célébré ce mariage ;
qu'elle n'y étoit point préfente, mais
qu'elle l'avoit entendu dire à fon mari ;
que quelque temps après, la Prifonniere lui fit dire qu'elle feroit charmée
de la voir ; que, fur cette invitation,
elle alla chez elle, où elle lui demanda
fi elle ne pourroit obtenir de M. Ames
qu'il lui donnât un certificat de fon
mariage, montrant en même temps

à Judith Philips un morceau de parche-
min écrit ; qu'elle répondit qu'elle ne
doutoit point que M. Ames le fît.
Qu'alors M. Merril, qui étoit avec la
dame Hervey, lui dit qu'elle feroit
mieux de consulter son Avocat de Wor-
cester ; qu'on manda en effet cet Avocat, qui se fit apporter un certain registre, & voulut que M. Ames écrivît le
certificat du mariage dans ce livre, où
étoit la date de quelques morts arrivées
depuis peu dans la Paroisse. (Ce livre
lui fut représenté ; elle avoua qu'elle le
reconnoissoit très-bien, & dit : Voilà le
livre & l'écriture de feu mon mari.)

Telle fut la déposition de ce témoin,
qu'on questionna ensuite sur son revenu,
sa demeure dans Londres ; sur-tout si
elle avoit vu M. Meadowes, celui qui
poursuivoit le Procès contre la Duchesse
de Kingston ; si elle n'en avoit pas reçu
quelque promesse de services : ce qu'elle
nia, comme de l'avoir vu deux ou trois
fois chez elle, & plus souvent à la promenade. Le registre fut présenté à M.
Inchir & M. John Dennis, Ministres
de Hampshire ; ils reconnurent & certifierent l'écriture de M. Ames.

M. Purvech de Sainte-Marguerite

X vj

de Weftminfter , produifit le regiftre
qui contenoit le mariage du Duc de
Kingfton & de la dame préfente à la
barre , fait le 8 Mars 1769. Tous les
témoins eurent ordre de fe retirer ; &
huit heures ayant fonné , le Lord High
Steward dit que tous les témoins des
pourfuivans avoient été entendus , &
Sa Grace fit appeler la Prifonniere à la
barre pour qu'elle donnât fa défenfe.

La Ducheffe de Kingfton lut un papier contenant le difcours qui fuit :

» Milords , je me flatte que ma ref-
pectueufe défenfe fera favorablement
accueillie de vous. Mes paroles vont cou-
ler librement de mon cœur , fans autre
ornement que l'innocence & la vérité.

» Milords , j'ai fouffert des perfécutions inouies ; mon honneur & ma
réputation ont été cruellement atta-
qués ; j'ai été accablée de reproches ;
toutes les indignités , toutes les peines
m'ont prefque ôté la force de me défendre devant cette augufte Affemblée ,
contre une pourfuite fi extraordinaire &
fi peu méritée.

» Milords, je ne puis , fans émotion,
envifager combien ma tâche eft difficile
d'avoir à parler de moi-même , à éviter

d'en dire trop ou trop peu. Je suis dé-
gradée par mes Adversaires ; ma famille est méprisée ; les titres honorables, auxquels j'attachois un prix inef-
timable, parce que je les avois reçus de
feu mon noble & cher époux, on a tenté
de me les ravir. Vous jugez maintenant
combien j'ai besoin de votre protection
& de votre indulgence.

» Milords, si je n'avois à défendre ici
que ma vie & ma fortune, nulles paroles de moi ne frapperoient l'air : la
perte que j'ai éprouvée en perdant le
tendre compagnon de mes jours, mon
tendre époux, m'a rendue plus qu'indifférente pour la vie ; & quand il plaira
au Dieu tout-puissant de m'appeler, c'est
de bon cœur que j'en déposerai le fardeau. Je ne parle devant vous que pour
défendre ma réputation & mon honneur.

» Ce tableau que je vois suspendu
aux murs de cette Cour, & qui représente la Logique, la peint sous des
traits bien vrais, & avec ses justes attri-
buts. C'est un talent de l'esprit humain
& non du corps : cette clef, qu'elle
tient à sa main, signifie qu'elle n'est
pas la science, & qu'elle n'est que la
clef qui en ouvre l'entrée ; cette clef dé-

signe à mes yeux la sagesse éclairée de
mes Juges. A sa main gauche est peint
un marteau, & devant est une piece
de monnoie fausse, & une autre d'or
pur. Le marteau est l'emblême de votre
Jugement pénétrant, qui, si Dieu a
pitié de moi, frappera avec force sur
les faux témoins qui ont déposé contre
moi, & fera voir que mes intentions,
dans cette affaire, sont aussi pures que
l'or le plus pur, & entiérement éloignées des sophismes du mensonge.

» Milords, votre infortunée Prisonniere est née d'une ancienne & honnête
famille, où les femmes furent distin-
guées par leur vertu, & les hommes
par leur valeur, pendant une succession
non interrompue de trois siecles & demi.
Le sieur Jean Chudleigh, le dernier de
ma famille, a péri au siége d'Ostende,
à l'âge de dix-huit ans, préférant glo-
rieusement de mourir son enseigne sur
son sein, aux offres d'un brave Officier
François, qui, touché de sa jeunesse,
lui offrit, par trois fois, la vie, s'il vouloit lui céder cette enseigne; elle fut
percée sur son cœur. Heureuse mort!
qui lui a sauvé la honte qui le feroit
rougir aujourd'hui, s'il savoit les ou-

trages inouis & le déshonneur dont on a couvert sa malheureuse parente, qui est maintenant à la barre de cette auguste Cour.

» La fortune du feu Duc de Kingston m'est précieuse, en ce qu'elle est un témoignage à tout l'Univers de la haute estime qu'il avoit pour moi. C'est mon orgueil d'avoir été l'objet de l'affection de cet homme vertueux, & je mettrai ma gloire à sacrifier cette fortune à l'honneur de l'époux qui me l'a donnée; bien persuadée que le suprême Dispensateur de tous les biens ne lui auroit pas inspiré l'idée de me préférer à tous les autres parens, s'il n'avoit pas été convaincu que je serois aussi fidele économe que j'avois été fidele épouse, & que j'admettrois d'autres Associés plus dignes que moi au partage de ces riches dons de la fortune.

» Milords, j'en appelle maintenant aux sentimens de votre cœur; jugez s'il n'est pas bien cruel pour moi, de me voir traînée comme une criminelle, & chargée d'une accusation publique, pour un acte fait sous la sanction des Loix; pour un acte que Sa Majesté a honoré de son approbation »

& qui avoit été auparavant connu &
approuvé de ma royale Maîtresse, la
feue Douairiere, Princesse de Galles;
pour un acte qui a été également autorisé de la Jurisdiction Ecclésiastique.
Vous ne voudrez pas jeter du discrédit
sur une Cour aussi respectable, & faire
un affront à des Juges qui la président
avec tant d'honneur & de fidélité aux
Loix. Les Juges de la Cour Ecclésiastique ne reçoivent pas leurs provisions de
la Couronne, mais des Archevêques &
Evêques; leur Jurisdiction est compétente dans les cas ecclésiastiques, &
leurs Procédures sont conformes aux
Loix & aux Coutumes du pays, suivant le témoignage du savant Juge
Blakstone, qui en parle en ces termes :
» Il faut avouer, à l'honneur des Cours
» spirituelles, que, quoiqu'elles conti-
» nuent encore aujourd'hui de décider
» plusieurs questions qui appartiennent
» aux Tribunaux temporels; cependant
» la justice est en général si judicieu-
» sement & si impartialement adminis-
» trée, sur-tout dans les Tribunaux su-
» périeurs, & les bornes de leur pou-
» voir sont si bien connues & si bien
» établies, qu'on ne voit plus aucun

» inconvénient naître de leur Jurifdic-
» tion ; & fi on effayoit d'y introduire
» des changemens, on ne le feroit fans
» doute qu'en rifquant d'introduire le
» défordre, qui fuit ordinairement le
» renverfement des formes établies de-
» puis long-temps ; défordre qui ne
» manqueroit pas d'arriver, fi l'on vou-
» loit fubftituer une Procédure nou-
» velle à celle qui a prévalu depuis
» fept fiecles «. » Je puis encore ajouter ici, comme une maxime fondée fur
la vérité, que cette Cour, dont Sa
Majefté eft le Chef, ne peut être arrêtée par aucune autorité quelconque,
tant qu'elle ne fort pas de la fphere de
fa Jurifdiction. Le Lord Chef-Juftice
Hale dit : » Lorfqu'il y a une Sentence
» de divorce (ce qui eft un cas crimi-
» nel), fi cette Sentence eft fufpendue
» par un appel à la Cour des Arches (a),
» comme à une Cour fupérieure, &
» que, tandis que cet appel eft pen-
» dant, une des Parties fe remarie, la
» Sentence lui fervira toujours de jufti-

(a) La Cour des Arches eft la Cour Eccléfiaftique, dont l'Evêque de Cantorbery
eft le Chef.

» fication & jouira de l'exception portée
» dans l'acte du Parlement, malgré
» l'appel interjeté de cette Sentence,
» qui l'expose à être cassée par une Cour
» supérieure « ; » à combien plus forte
raison la Sentence qui me concerne
doit-elle jouir de la même exception,
puisqu'on n'en a jamais appelé ?

» Milords, je compte sur votre protection, puisque tous les maux que je
souffre aujourd'hui ne viennent que de
la confiance que j'ai eue dans l'autorité
de la Cour Ecclésiastique. Je vous con-
jure, avec respect, de protéger la Jurisdiction spirituelle & toutes les Loix re-
ligieuses, & moi, malheureuse Prisonniere, qui ai entrepris l'instance en examen de mon mariage (a), sur l'avis d'un
savant Légiste, qui a engagé l'instance,
sur laquelle j'ai obtenu la Sentence qui
a autorisé le mariage de votre Suppliante
avec le noble Evelyn, Duc de Kingston,
Sentence solennellement prononcée par
Jean Bettesworth, Docteur ès Loix,

(a) *A suif of jactitation*, nom d'une procédure qui se fait à la Cour Ecclésiastique,
pour examiner s'il y a mariage ou non entre deux conjoints.

Vicaire-Général du Révérend Richard,
Evêque de Londres, & Official-Prin-
cipal de la Cour Confiftoriale de Londres, dont le Juge, invoquant Dieu,
n'ayant que Dieu feul devant les yeux,
& après avoir pris confeil dans la Caufe,
a prononcé que votre Prifonniere, alors
honorable Élifabeth Chudleigh, aujourd'hui Elifabeth Douairiere Ducheffe de Kingfton, étoit libre de tout
engagement matrimonial, autant qu'il
lui paroiffoit, & fpécialement envers
ledit honorable Jean-Augufte Hervey.

» Milords, fi ce Procès avoit été in-
tenté par amour pour la juftice, & pour
le bon exemple de la Nation, pourquoi
mes Parties n'ont-elles pas commencé
leurs pourfuites pendant les cinq années que votre Prifonniere a été reçue
& reconnue pour l'époufe inconteftable
& légitime du feu Duc de Kingfton?

» Le préambule même de l'acte, en
vertu duquel je fuis ajournée, eft conçu
dans des termes qui exemptent votre
Prifonniere de fon application. Voici
comme il eft conçu : » Comme plufieurs
» perfonnes mal intentionnées errent,
» quoique mariées, de Province en
» Province, ou dans des lieux où ils ne

» font pas connus, & là fe remarient
» une feconde fois, quoiqu'ils aient une
» autre femme ou un autre mari vi-
» vant, & cela au mépris de Dieu qu'ils
» déshonorent, & à la ruine de plufieurs
» enfans d'honnêtes Citoyens, &c. «.
» Si ce préambule n'a pas páru fuffifant
pour m'exclure de cette accufation, je
vous prie du moins d'obferver combien votre Prifonniere eft léfée, en étant
citée devant cette noble Cour, d'après
la difpofition pénale d'un acte du Parlement, fans jouir du bénéfice porté
dans le préambule, qui eft toujours
fuppofé renfermer toute la fubftance,
l'étendue & le véritable efprit de l'acte
même.

» Milords, dans votre fage Jugement
fur ma malheureufe affaire, vous voudrez bien rappeler à votre fouvenir
que la veuve & l'orphelin font l'objet
particulier de vos foins; que vous devez être jaloux de l'honneur du feu Duc
& Pair votre frere; que vous voyez en
moi fa veuve & fon repréfentant; &
vous réfléchirez combien il eft aifé à un
collatéral de pourfuivre la veuve ou les
filles, non feulement de chaque Pair,
mais même de tous les fujets de la

Grande-Bretagne , ſi cela ne dépend
que du ſerment d'une vieille femme
caduque & intéreſſée, qui déclaroit,
il y a ſept ans , qu'elle n'étoit pas en
état de donner le témoignage qu'elle a
porté depuis, comme on le verra dans
la preuve qui en ſera miſe ſous les yeux
de la Cour. Je puis même avancer que
l'eſpece de ma Cauſe eſt placée dans la
clauſe d'exception du ſtatut ſur le fondement duquel on m'a attaquée. Au
troiſieme article eſt cette reſtriction :
» Pourvu que cet acte ne s'étende pas
» à aucune perſonne, dont le premier
» mariage a été ou ſera enſuite déclaré
» nul & de nul effet , par Sentence de
» la Cour Eccléſiaſtique «.

» S'il y a eu un premier mariage , le
mariage eſt ou faux ou vrai, réel ou
ſuppoſé. S'il eſt réel , il ne peut être
déclaré nul ; s'il eſt ſuppoſé, ou qu'il
reſſemble à un mariage ſuppoſé, ce n'eſt
que dans ce cas , & non autrement,
qu'il peut être déclaré nul. Ainſi cette
clauſe de l'acte ne peut regarder que
les mariages prétextés , & jamais d'autres ; & ce ne ſont que les premiers
qui peuvent être l'objet des Cauſes de
jactitation.

» Le crime porté dans l'accufation
n'étoit point originairement un crime
de félonie, ni même une offenfe temporelle ; il ne l'eft devenu qu'au temps
où a été porté l'acte de Jacques premier.
Jufqu'alors il n'étoit du reffort que de
la Cour Eccléfiaftique ; & quoiqu'on
pût intenter une accufation pour une
légere voie de fait, cependant, jufqu'à
cette époque, la Loi n'avoit point accordé la pourfuite criminelle contre la
polygamie. En forte que, fi l'efpece en
queftion fe trouve placée dans le cas de
l'exception portée par la claufe du feul
& unique ftatut qu'il y ait fur cette matiere, il n'y a aucun délit, & le Docteur Sherlock, Evêque de Londres, a
dit qu'en pareil cas la Loi du pays eft la
Loi de Dieu.

» Milords, j'ai déjà obfervé que j'a-
vois beaucoup fouffert dans mon honneur & ma réputation, des imprécations
de M. Hervey ; & je vous demande la
permiffion de vous en donner la preuve.
Votre Prifonniere poffédoit, dans ce
temps-là, une petite terre dans le Comté
de Devon, où George Chudleigh, frere
aîné de mon pere, avoit de vaftes domaines. L'acquifition de mon petit pa-

trimoine fut vivement recherchée dans ce Comté ; & dans les fréquentes occasions qui s'offrirent d'en disposer, l'acquéreur fut toujours arrêté par une objection insurmontable : c'est que je ne pouvois transmettre un titre assuré à la propriété de cette terre, après la réclamation que M. Hervey faisoit de moi pour sa femme.

» Votre Prisonnière avoit aussi plusieurs terreins propres à bâtir, dont les mêmes raisons ont également empêché l'emploi, ce qui lui a fait une perte de 1200 liv. sterl. par an.

» Comme ma santé, qui déclinoit de plus en plus, me mettoit dans la nécessité de chercher du soulagement dans des climats étrangers, ce qui augmentoit mes dépenses bien au dessus de la proportion de ma fortune médiocre, qui décroissoit encore tous les jours par les emprunts que j'étois forcée de faire ; ma royale Maîtresse, qui étoit aussi sur le déclin de ses jours, & dont la mort menaçoit de me faire perdre 400 liv. de pension par an ; les persécutions qui s'annonçoient déjà de la part de M. Hervey, tous ces objets ne présentèrent à mes regards qu'une perspective

affreufe pour le déclin de mes jours ;
alors votré Prifonniere fut engagée à
fuivre l'avis du Docteur Collier , &
elle préfenta fa Requête en *jactitation* ,
foufcrivant entiérement à fon opinion ,
obéiffant en tout à fes avis & à fes
inftructions ; conduite qu'elle regarde
comme une juftification complette de
toute accufation de félonie ; car enfin ,
vous ne pouvez , dans votre bonne foi ,
penfer ni exiger qu'une femme foit
mieux inftruite des Loix civiles , que
les favans Docteurs qui la guidoient.

» Et comme il faut néceffairement
une intention criminelle & de félonie
pour fonder le délit dont je fuis accufée , certainement je ne puis être coupable pour avoir fuivi l'avis que j'ai reçu,
& pour avoir fait un acte que dans ma
confcience je croyois être autorifé &
légitime.

» Milords, quoique je fois inftruite
que toute perfonne peut pourfuivre , au
nom de la Couronne , un délit contre
un acte du Parlement , cependant je me
hafarderai à dire qu'il y a bien peu
d'exemples , fi même il y en a eu , de
pareils Procès fuivis fans le confentement de la Partie outragée ; & c'eft
avec

avec toute la déférence que je dois à votre Jugement, que je me permettrai d'avancer que, dans l'affaire présente, personne n'a été outragé, ni léfé, fi ce n'est moi peut-être, qui me vois, en ce moment, l'objet de l'injuste ressenti-ment de mes ennemis. Il est évident, aux yeux du monde entier, que le feu Duc de Kingston ne s'est jamais cru ou-tragé, puisque, dans le court espace de cinq années, il a fait successivement trois testamens, où il a toujours plus favorisé votre Prisonniere que ses autres parens, & m'a donné la preuve la plus généreuse & la plus incontestable de sa tendresse & de sa follicitude pour ma fortune & mon honorable existence ; & il est très-probable, d'après l'amitié ré-ciproque & bien connue qui régnoit entre nous, que, si j'avois été intéres-sée, j'aurois pu faire passer dans ma propre famille toute la masse de sa for-tune : mais je respectois son honneur, je chériffois ses vertus, & j'aurois plu-tôt abandonné la vie, que d'employer aucune suggestion illégitime pour faire tort à sa famille ; & quoiqu'on ait ré-pandu, avec une malignité cruelle, & dans la vûe de me nuire, que c'étoit

Tome V.   Y

par mes infinuations que le fils aîné de
la fœur du Duc de Kingſton avoit été
privé de fa fucceſſion, les teſtamens
qui ont été faits à trois périodes différens, & qui tous l'excluent, démon-
trent aſſez la calomnie de ces rapports.

» Pour me juſtifier des vûes intéreſ-
fées dont on m'a accufée, j'obſerverai
encore, que, fi j'avois eu, ou que j'euſſe
exercé cet afcendant illégitime qu'on
m'impute fur l'efprit du feu Duc, j'aurois fans doute obtenu plus qu'un ufufruit fur fa fortune : ce n'eſt que par
l'affection que je porte à fa mémoire,
que je me fuis défendue de déclarer la
raifon qui l'a porté à déshériter fon neveu ; mais il fuffit de voir que Charles,
le fecond fils, avec fes héritiers, font
appelés immédiatement après moi à la
fucceſſion ; viennent enfuite Guillaume
& fes héritiers, après encore Edouard
& fes héritiers ; & jufqu'à l'infortuné
Thomas, le plus jeune des fils de Lady
Françoife n'eſt pas exclu, quoiqu'il foit,
à l'âge mûr, retombé dans les infirmités de l'enfance, & qu'il foit incapable de fe conduire lui-même : & le
noble Duc de Kingſton me répétoit fouvent : » Je ne l'ai point exclu, car il ne

» m'a jamais offenfé ; & qui fait fi Dieu
» ne lui rendra pas la fanté «? » Milords, cet homme de bien faifoit honneur à la Pairie, honneur à fon pays,
honneur à la nature humaine.

» Sa Grace le noble Duc de Newcaftle
fe préfenta avec le teftament, dont fon
ami lui avoit confié l'exécution pendant
quatre années. Par honneur pour Lady
Françoife Meadows, le pourfuivant fut
requis d'affifter à l'ouverture du teftament. Il fe retira mécontent, voyant
que le fils aîné étoit déshérité, & fans
reconnoiffance pour le Duc qui avoit
pourtant concentré fa fortune entre les
quatre autres enfans & leur poftérité.

» Milords, confumée par le chagrin,
& dans une fanté déplorable, je quittai
l'Angleterre, fans faire un vœu pour
cette vie, que les Loix divines & humaines me faifoient un devoir de chercher à prolonger : car votre Prifonniere
peut dire avec vérité, que les chagrins
avoient foumis fon ame & l'avoient réduite à la réfignation la plus parfaite
aux volontés de la Providence. Et, Milords, tandis que votre malheureufe Prifonniere faifoit fes efforts pour rétablir,
fous un ciel étranger, une fanté déla-

brée, mon Accufateur dreffoit un Bill
à la Chancellerie fur les motifs les plus
injuftes & les plus déshonorans. Votre
Prifonniere ne fe plaint point de fes
efforts pour établir fes prétentions à la
fucceffion : mais elle fe plaint de ce
qu'il a fondé fon action fur l'opinion la
plus inique & la plus injurieufe à fon
noble & généreux bienfaiteur, au grand
préjudice de fon affligée veuve, fur qui
rejaillit l'outrage ; de ce que, non côn-
tent de cette pourfuite, il a cherché à
l'étayer d'une autre, comme d'une efpece de boulevart : il a eu la cruauté
d'intenter un Procès criminel, dans l'efpérance que l'accufation d'un crime ferviroit à établir fes prétentions au civil ;
fyftême qui a été renverfé par l'opinion
du feu Lord Northington.

» Milords, je me fuis abftenue jufqu'ici, par amour pour mon époux,
d'expliquer les vrais motifs qui l'ont
porté à déshériter fon neveu ; & j'avois
expreffément exigé de mes Défenfeurs
de ne fe permettre aucunes réflexions,
aucun trait contre mes Adverfaires,
quoiqu'ils ne les aient que trop mérités
par la nature de leurs pourfuites contre
moi : cependant je fuis encore fâchée

de ne pouvoir garder plus long-temps le
même secret & le même silence. Mais,
comme l'amour de sa conservation est la
première loi de nature, que je suis de
plus en plus persécutée dans ma fortune
& dans mon honneur, & que mes ennemis font circuler des billets clandes-
tins pour m'insulter dans toutes les sociétés, & qu'avec des langues à deux
dards ils me percent jusqu'au cœur, je
me vois réduite à la triste nécessité de
déclarer enfin, que le feu Duc de
Kingston avoit été instruit de la funeste
cruauté avec laquelle M. Evelyn Meadows avoit traité une femme infortunée, qui étoit aussi aimable qu'elle étoit
belle & vertueuse, & que, pour couvrir cet affront, il eut l'ingratitude &
la perfidie de déclarer qu'il n'avoit rompu ses engagemens avec elle que par la
crainte de désobliger le Duc : propos
qu'on lui a entendu souvent répéter. Ce
procédé, joint à ses procédés barbares
envers sa sœur & sa mere, & aux efforts qu'il a faits pour quitter le service
dans la guerre actuelle, ont vivement
offensé le Duc ; & il lui seroit difficile,
à M. Meadows ou à son pere, de citer
aucunes preuves d'une correspondance

Y iij

amicale entre eux & le Duc depuis plus de dix-huit ans.

» Milords, dans l'état le plus fâcheux, lorsqu'on désespéroit de ma vie, j'ai reçu une lettre de mon Procureur, qui me mandoit que, si je ne retournois pas en Angleterre pour répondre au Bill de la Chancellerie dans le délai de vingt-un jours, j'aurois des Receveurs établis sur mes terres ; & que si, au mépris de l'accusation formée contre moi, je persistois à ne pas revenir, je serois proscrite par les Loix. Il étoit évident à mes yeux, & vous en auriez jugé comme moi, que si, dans l'inclémence de la saison, je me risquois à passer les Alpes, ma vie ne manqueroit pas d'être en danger, & que la famille ne tarderoit pas à entrer bientôt en possession de ma fortune ; &, d'un autre côté, que si mes craintes, si excusables dans une femme, l'emportoient sur ma volonté, je me verrois bannie & proscrite. Ainsi je devois être à la fois dépouillée de ma fortune & de la vie, sous l'apparence des Loix ; & afin d'empêcher mon retour & de m'ôter la faculté de faire face à ces persécutions, on a, par une procédure cruelle &

vexatoire, arrêté mon crédit de 4000 l.
sur mon Banquier, lorsque j'avois avec
lui un compte ouvert de 75,000 livres,
& que, dans ce temps-là même, il avoit
dans les mains plus de 6000 livres de
fonds à moi, attendu qu'on versoit ré-
guliérement tous mes revenus dans sa
caisse, pour me les faire passer. C'est
ainsi qu'on me sommoit de retourner
dans ma patrie, au péril manifeste de
ma vie, & qu'en même temps on mettoit tout en œuvre pour m'ôter tous les
moyens de revenir travailler à ma justification. Sentant au fond de mon ame
la pleine innocence de mes intentions,
& convaincue que les Loix de ce Royaume ne pourroient jamais être assez in-
conséquentes pour autoriser un acte,
& cependant me diffamer & me punir
d'avoir obéi à ces mêmes Loix, je quittai
l'Italie au risque de mes jours : ce ne
fut pas l'intérêt de ma fortune qui me
fit revenir, mais le devoir de prouver
que j'étois une femme d'honneur. Ac-
cordez-moi seulement, Milords, votre
estime; prononcez seulement que je suis
justifiée dans l'innocence de mes intentions, & vous ne pouvez plus après
me dépouiller d'aucun bien dont je

faſſe cas, quand vous m'ôteriez toute
ma fortune ; car je me ſuis déjà aſſiſe
ſur le ſiége où l'aveugle & infortuné
Béliſaire s'aſſit, dit-on, lui-même, &
a demandé l'aumône aux paſſans, après
avoir vaincu les Goths & les Vandales,
les Africains & les Perſans (*a*). Je ſuis
prête à ſubir ſon ſort ſans plainte ni
murmure, ſi vous voulez ſeulement
prononcer, comme j'eſpere que vous y
ſouſcrirez ſans peine, que je ſuis une
femme d'honneur.

» Milords, eſt-ce que votre frere,
l'honorable & feu Duc de Kingſton,
dont la vie fut ornée de toutes les vertus
& de toutes les qualités, eſt-ce que ſon
reſpectable caractere ne plaident pas ſuf-
fiſamment ma Cauſe, & ne prouvent
pas mon innocence ?

» Milords, la preuve d'un mariage
clandeſtin avec M. Hervey, n'eſt fondée que ſur la dépoſition d'Anne Cradock.

(*a*) On montre, en Italie, une chaiſe ou
ſiége où l'on prétend que Béliſaire étoit
aſſis, lorſque l'ingratitude d'un Maître ré-
duiſit ce brave Général à la néceſſité de
mendier ſon pain.

» Je fuis perfuadée que déjà vos efprits, d'après la forme de fa dépofition,
ont conçu de violens foupçons fur la
véracité de fon témoignage. Elle prétend parler d'une célébration de mariage où on ne l'avoit pas requife d'affifter, & elle ne peut affigner aucune
raifon de fa préfence à la cérémonie.
Elle prête à madame Hammer, qu'elle
prétend y avoir été préfente, une conduite qui eft inconciliable avec l'idée
d'un mariage réel : elle avoue qu'elle
étoit à Londres, ou aux environs, pendant le cours de l'inftance en jactitation, & que M. Hervey, dans cette circonftance, s'adreffa à elle ; & elle jure
qu'elle eut alors, qu'elle a toujours
confervé un fouvenir parfait de ce mariage, & qu'elle étoit prête à en donner
la preuve, fi on l'eût appelée ; qu'elle
n'a jamais déclaré à perfonne qu'elle ne
fe fouvenoit pas parfaitément de ce mariage, & qu'on ne lui a jamais demandé
ni de donner fon témoignage, ni de le
fupprimer : &, par cette affertion que
M. Hervey ne fit pas appeler cette
femme, on infinue qu'il s'en abftint
par collufion avec moi. Elle jure encore
que j'ai offert de lui affurer une penfion

Y v

de vingt guinées par an, à condition
qu'elle iroit demeurer dans l'une des
trois provinces qu'elle a nommées ; & ,
d'un autre côté, elle avoue qu'elle n'a
jamais reçu de moi aucune penſion.
Pouvez-vous croire que ſi j'avois eu la
foibleſſe d'entamer un Procès de jactitation avec l'intime conviction d'un
mariage légitime & réel entre M. Hervey & moi, je n'euſſe pas pris ſoin,
quoi qu'il m'en eût coûté, de faire
diſparoître cette femme ? Mais, Milords, je me flatte que vous êtes bien
perſuadés qu'une grande partie de ſa
dépoſition eſt travaillée & dreſſée pour
les fins de mes Accuſateurs : malgré ſes
proteſtations qu'elle n'a rien à attendre
de l'événement du Procès, on vous
donnera la preuve qu'elle a déclaré que
de là dépendoient ſes reſſources pour
l'avenir. Quoiqu'elle vienne de haſar-
der le ferment qu'elle a aſſiſté à la cérémonie du mariage, il ſera prouvé
qu'elle a déclaré elle-même qu'elle n'y
avoit pas aſſiſté ; & il ſera prouvé encore que M. Hervey s'eſt donné beaucoup de mouvemens pour établir la
réalité de ſon mariage avec moi ; qu'on
s'eſt adreſſé à cette même femme, &

qu'elle a répondu au Solliciteur, que
fa mémoire étoit affoiblie, & qu'elle
n'en avoit aucune idée ; raifon pour
laquelle elle n'avoit pas été appelée en
témoignage.

» Milords, fi elle fe contredit ainfi
dans les détails, & qu'il vous paroiffe
affez clair qu'elle eft dominée par l'ef-
poir de quelque récompenfe à l'événement de ce Procès, vous n'ajouterez
aucune foi à fon témoignage ; vous ne
croirez, fur fa parole, ni la célébration
des cérémonies du mariage, ni aucune
des autres circonftances qui dépendent
de fa dépofition.

» A l'égard de ce que vous avez entendu dire aux témoins, fur le défir
que j'ai quelquefois montré d'être ré-
putée la femme de M. Hervey, vous
vous rendrez aifément raifon à vous-
mêmes de cette circonftance, fi vous
voulez feulement réfléchir à la malheureufe liaifon qui a fubfifté entre nous
deux.

» Milords, j'attefte le Dieu tout-
puiffant, qu'au temps de mon mariage
avec le Duc de Kingfton, je portois
en moi-même la forte conviction qu'il
étoit légitime. Cet illuftre Duc, devant

Y vj

qui le livre entier de ma vie fut ouvert, par tendreffe pour moi, autant que par refpect pour fon honneur, n'auroit jamais confenti à m'époufer, s'il n'avoit pas, ainfi que moi, reçu du Docteur Collier les affurances les plus folennelles, que la Sentence prononcée par la Cour d'Eglife étoit définitive & péremptoire, & que j'étois pleinement libre de contracter un autre mariage. Si j'ai péché contre la lettre de l'acte, je l'ai fait fans aucune intention criminelle ; & où cette intention n'eft pas, votre juftice & votre humanité vous diront qu'il ne peut y avoir de crime : & alors, lorfque vous jetterez un œil d'indulgence fur ma trifte fituation, vous me plaindrez comme une femme infortunée, qui a été déçue & égarée par de fauffes notions de la Loi, dont il étoit impoffible à une femme de juger la jufte application.

» Milords, avant de me retirer, qu'il me foit permis de vous exprimer toute la vivacité de ma reconnoiffance pour l'indulgence & la bonté de mes Juges, qui m'ont donné l'affurance qu'ils ne me regarderoient jamais comme coupable, pour avoir confenti à un acte où je n'avois pas le moindre foupçon qu'il y eût rien d'illégal ni d'immoral.

» Milords, j'ai perdu ou égaré un papier où j'avois raffemblé mes idées, pour les expofer devant vous. Mon deffein étoit de vous informer que mon Avocat, le Docteur Collier, qui a engagé cette inftance en *jactitation*, eft maintenant en danger de fa vie; je lui ai donné hier deux Médecins, pour avoir foin de fon état, & ils ont ordre de moi d'infifter auprès de lui., pour qu'il prenne les moyens de vous faire connoître que je n'ai agi que d'après fes inftructions; que c'eft d'après fon avis que j'ai époufé le Duc de Kingfton, & fur l'affurance qu'il me donna que le mariage étoit valable; qu'il alla lui-même trouver l'Archevêque de Cantorbery, pour obtenir une permiffion & lui expliquer tous les détails de l'affaire; que Sa Grace eut la juftice & la complaifance de demander le temps d'y réfléchir, pour favoir s'il nous accorderoit une permiffion fpéciale pour le mariage : après un mûr examen, après avoir pris confeil de plufieurs Jurifconfultes éclairés & diftingués, il donna les pouvoirs au Docteur Collier, avec

pleine permiſſion de nous marier. Le
Docteur Collier fut préſent à ce mariage : le Docteur Collier ſigna le regiſtre de l'Egliſe de Saint-George. M. la
Roche a pluſieurs fois accompagné le
Duc de Kingſton chez le Docteur Collier, où il l'entendit conſulter lui-même
le Docteur, & lui demander ſi le mariage ſeroit valide ; & la réponſe du
Docteur, qu'il le ſeroit, & qu'il ne
pourroit jamais être conteſté.

» Dans ces circonſtances, je déſirois
produire mon Avocat devant vous ;
pour appuyer ma défenſe. Il eſt prêt à
faire & à donner ſon certificat, pour
être examiné par le Conſeil de mes ennemis, & à le ſoumettre à tout ce qu'il
vous plaira ordonner, voulant juſtifier
ſa conduite ; mais il a eu le malheur,
depuis la fin d'Août, de ne pouvoir re-
poſer un inſtant dans ſon lit : j'ai craint,
en le voyant hier, qu'il ne fût attaqué
du feu Saint-Antoine ; mais les deux
Médecins qui l'ont vu peuvent vous
rendre un compte plus exact de ſon
état, afin de vous ôter toute idée qu'il
recule, & que je crains de le produire.
Si ſon témoignage ne peut me ſervir ju-
diciairement, je ne demande point de

grace à cet égard. Mais je demande, & je vous le demande à genoux, que vous daigniez entendre le témoignage qu'il donnera à la justification de mon honneur, quand même il ne pourroit servir dans le Procès.

» Milords, je requiers que le Docteur Collier soit examiné dans toute la rigueur, & par tous les ennemis que j'ai au monde «.

La Duchesse fut si affectée en débitant ce discours, qu'elle s'évanouit, & dans cet état elle fut transportée hors de la chambre. Après quelques momens d'intervalle, ayant repris ses sens, elle revint.

On entendit plusieurs témoins pour la Prisonniere, dont les dépositions tendoient à atténuer les faits annoncés par Anne Cradock, César Hawkins, &c. D'abord on produisit une lettre écrite, en 1771, par le mari de Judith Philips au Duc de Kingston, où il lui marquoit son regret de l'avoir désobligé, & qui démentoit les bruits qui avoient couru sur le dessein où étoit sa femme de relever des faits relatifs au mariage de la Duchesse avec M. Hervey.

Il résultoit de cette lettre, que Philips

ne s'étoit pas retiré volontairement du service du Duc de Kingston, comme l'avoit dit sa veuve dans sa déposition, mais qu'il avoit été renvoyé par le Duc. Anne Pritchard déposa qu'Anne Cradock lui avoit dit qu'elle étoit bien présente à la cérémonie du mariage; mais que, quoiqu'elle fût dans la Chapelle, elle n'étoit pas assez près pour entendre la célébration & la lecture des actes.

M. Barclay déposa qu'il avoit été envoyé par M. Hervey vers Anne Cradock, & qu'elle lui avoit dit qu'elle ne savoit rien sur ce mariage; que pressée par M. Hervey, elle répondit qu'elle étoit vieille & infirme, & n'avoit pu charger sa mémoire de ces faits, ni répondre de leur fidélité; que cette réponse avoit causé une grande surprise à M. Hervey, qui savoit qu'elle avoit été présente à la cérémonie de son mariage.

Après que les témoins de la Prisonniere furent entendus, le Solliciteur-Général fut sommé par le Lord High Steward de répondre. Il dit que toute la défense de la Prisonniere se réduisoit aux faits contenus dans le papier qu'elle avoit lu devant la Cour, & à trois ou quatre témoins produits pour affoiblir les dépofitions des témoins de l'accufation ; que l'écrit ne renfermoit que l'aveu pofitif du crime, avec quelques argumens qui ne le juftifioient pas ; & que les témoins entendus en fa faveur s'étoient bornés à contredire quelques faits particuliers, étrangers à la queftion principale & au Procès ; qu'ainfi, il ne voyoit rien qui exigeât de fa part une réplique férieufe ;. & qu'il reftoit dans l'entiere perfuafion que la preuve de l'accufation étoit complette.

Après ce difcours, le Lord High Steward ajourna les Pairs à la Chambre du Parlement.

Après une féance de trois quarts-d'heure, Sa Grace & les Pairs étant rentrés dans la falle, & la Prifonniere étant à la barre, le Lord High Steward s'adreffa au plus jeune des Barons, Lord Sundrige, Duc d'Argyle, en Ecoffe, & lui demanda fi la Prifonniere étoit coupable ou non. Le Lord fe levant de fa place, & mettant fa main droite fur le cœur, dit : *Coupable, fur mon honneur.*

Sa Grace pourfuivit ainfi ; faifant la même queftion à tous les bancs, commençant toujours par les plus jeunes &

les Barons, Vicomtes, Comtes, Marquis & Ducs : tous déclarerent, au nombre de cent vingt-huit, de la même maniere, la Prisonniere coupable. Il n'y eut que le Duc de Newcastle qui ajouta : *Coupable par erreur, & non par intention, sur mon honneur.* Tous les suffrages étant recueillis, le Lord High Steward dit à la Prisonniere, que tous les Pairs la trouvoient coupable, & lui demanda si elle n'avoit plus rien à dire pour sa défense avant que le Jugement fût prononcé. La Duchesse n'ayant fait aucune réponse, le Lord *Chef-Justice* de la Cour des plaids communs, après en avoir conféré avec ses confreres, déclara leur opinion unanime sur ces deux questions de la Cause.

1º. Si une Sentence de la Cour spirituelle, portée contre un mariage, dans un Procès *en jactitation* de mariage, est une preuve assez concluante pour interdire au Conseil de la Couronne le droit de prouver la réalité de ce mariage dans une accusation de polygamie ?

2º. Si, en admettant que cette Sentence fût une preuve concluante dans un pareil Procès, le Conseil de la Couronne peut être admis à annuller l'effet de cette Sentence, en prouvant qu'elle a été obtenue par fraude & collusion ?

Il expliqua les motifs de leur avis dans le discours suivant, dont nous donnons ici l'extrait.

» Milords, le Lord Chef-Baron & mes autres confreres m'ont chargé de déclarer leur réponse aux questions qu'il vous a plu de nous proposer.

» Pour que notre avis soit mieux compris, il est nécessaire de faire, avant tout, quelques observations. C'est un principe certain que, dans les procédures judiciaires, une transaction entre deux Parties ne doit pas en lier une troisieme; car il seroit injuste qu'elle fût obligatoire pour un tiers qui ne pourroit être admis à se défendre, ou à examiner les témoins, ou à appeler d'un Jugement qu'il croiroit pouvoir taxer d'erreur. Cependant cet axiome général est susceptible de quelque exception fondée sur des raisons particulieres.

» De la variété des cas relatifs aux Jugemens dépendans de la preuve dans les Procès civils, naissent deux conséquences généralement vraies. La premiere, que le Jugement d'une Cour qui a une jurifdiction, en concurrence

avec une autre, rendu directement sur
le même point de fait, est concluant
dans une autre Cour entre les mêmes
Parties, dans la même matiere, & sur
la même question précise. La seconde,
que le Jugement d'une Cour qui a une
jurisdiction exclusive, rendu sur un
point de fait, est également concluant
entre les mêmes Parties & sur la même
matiere, lorsque, dans une autre Cour,
il vient à former une question incidente,
quoiqu'à des fins différentes ; mais le
Jugement de l'une ni de l'autre de ces
jurisdictions ne peut servir de preuve
d'un fait qui a formé une question accessoire, quoique la matiere soit de la
compétence de la jurisdiction, ni d'un
fait incidemment soumis à sa connoissance, ni d'aucun fait déduit de ce
Jugement comme une conséquence.

» En matiere de mariage, la Cour
spirituelle est seule exclusivement compétente pour examiner & décider directement la légitimité du mariage, &
pour donner la force aux droits & obligations qui en dépendent relativement
aux personnes : mais les Cours temporelles ont seules le droit de connoître &
de juger de tous les droits temporels de

la propriété ; & , dans tout ce qui intéresse ces droits, elles ont le pouvoir de
prononcer incidemment, soit sur le fait,
soit sur la légitimité du mariage. Lorsque
l'une ou l'autre question se trouve liée
aux objets du ressort de leur jurisdiction,
elles n'ont pas besoin de requérir le con-
cours des Tribunaux spirituels, & la Loi
n'a pourvu à aucun moyen de se procurer
l'opinion de ces Tribunaux, excepté dans
certains cas particuliers qui sont spécia-
lement réservés à leur connoissance.

» Il y eut un temps où les Cours spirituelles demanderent que leurs décisions
pussent, dans tous les cas, être reçues
comme authentiques dans les Cours temporelles ; & dans l'Assemblée solennelle
du Roi, des Pairs, des Evêques & des
Juges, tenue par Edouard II, pour régler
les demandes de l'Eglise, ce fut une
de leurs pétitions : elle reçut pour réponse la distinction que je viens d'exposer.

» Le Lord Coke en donne cette raison : » Les procédures des Juges Ecclé-
» siastiques ont pour objet la correction
» du for intérieur, le salut de l'ame,
» & d'enjoindre la pénitence. Les Juges
» de la Loi commune sont établis pour

» adjuger les dommages & les répara-
» tions qui font dues pour l'injure & le
» tort qui ont été faits «. La même demande fut propofée de nouveau, &
reçut la même réponfe, la troifieme année du regne de Jacques Premier.

» En conféquence, lorfque dans les
Caufes civiles, les Cours temporelles
trouvoient la queftion du mariage directement décidée par les Cours Eccléfiaftiques, elles recevoient leur décifion
comme une autorité réfultant d'une
procédure judiciaire faite par une Cour
dont la jurifdiction étoit compétente;
mais elles ne l'admettoient que fur les
mêmes principes, & comme fujette aux
mêmes regles qu'elles fuivent dans l'admiffion des actes émanés des autres
Cours.

» D'après cela, une Sentence de nullité & une Sentence confirmative d'un
mariage ont été reçues comme une
preuve concluante dans une queftion de
légitimité, née incidemment d'une inftance en réclamation d'héritages.

» On en pourroit citer plufieurs autres exemples dans des cas différens.

» Mais, dans tous ces cas, les Parties
au Procès, ou du moins les Parties contre

lefquelles la preuve étoit reçue, étoient Parties dans la Sentence, & y avoient acquiefcé.

» Mais fi telle eft la Loi par rapport aux Procès civils, les procédures en matiere de crime, & fur-tout de félonie, fe reglent par d'autres confidérations. D'abord les Parties ne font pas les mêmes ; car le Roi, en qui réfide la fonction de pourfuivre les délits publics, ce qui s'exécute par fon ordre immédiat, ou par quelque Procureur en fon nom, n'eft point Partie dans ces procédures de la Cour Eccléfiaftique : il ne peut y être admis pour donner fes moyens de défenfe, y intervenir, ou en appeler en aucune maniere.

» 2.°. Une telle doctrine tendroit à donner aux Cours fpirituelles, auxquelles il n'eft pas permis de prendre aucune connoiffance judiciaire des matieres criminelles, une influence immédiate dans les Procès criminels, & le droit de tirer leurs décifions des difpofitions de la Loi commune.

» Le fondement du pouvoir judiciaire, donné aux Juges eccléfiaftiques, roule uniquement fur des confidérations fpirituelles, *pro correctione morum & fa-*

lute animæ. Elles ont donc pour objet
la conscience des Parties , & c'est à elles
que s'adresse leur procédure. Mais un
des grands objets de la jurisdiction temporelle , c'est la paix publique ; & les
crimes qui offensent cette paix publique,
sont, dans toutes leurs circonstances, du
ressort unique de la jurisdiction temporelle. Les Cours temporelles seules peuvent expliquer la Loi , juger du crime
& de ses preuves ; & , en le faisant,
il faut que les Juges voient par leurs
yeux, qu'ils examinent par leurs regles,
c'est-à-dire, sur la Loi commune du
pays ; c'est-là leur charge & leur office,
qu'ils ont juré de remplir.

» Lorsque les actes d'Henri VIII
déclarerent, pour la premiere fois, quels
étoient les mariages qui seroient ré-
putés légitimes, qui seroient incestueux ;
les Cours temporelles , quoiqu'elles
n'eussent eu auparavant aucune jurisdiction, & que les actes ne leur en attri-
buassent aucune en termes exprès sur ce
point , déclarerent & jugerent quels
étoient les mariages qui tomboient dans
les degrés lévitiques, & défendirent aux
Cours spirituelles de procéder & de juger
sur d'autres principes.

» Il

» Il exiſtoit un autre ſtatut, qui portoit une punition corporelle contre ceux qui avoient tenu des doctrines hérétiques : les Cours temporelles prenoient connoiſſance de ce cas incidemment, & décidoient ſi l'opinion étoit hérétique ou non : car la Cour du Roi a droit de connoître de tout ce qui eſt ordonné par un ſtatut.

» Si un homme étoit actionné pour avoir pris une femme de force & l'avoir épouſée après, ou pour avoir épouſé une mineure ſans le conſentement de ſon pere, ou pour un rapt ; cas où la défenſe eſt, que la femme eſt ſon épouſe : dans tous ces cas, les Cours temporelles ſont obligées de juger le priſonnier d'après les regles & les principes de la Loi commune, & incidemment de déterminer ſi c'eſt un mariage dans le cas du ſtatut, ſi c'eſt un mariage ſans le conſentement requis, & dans la derniere eſpèce, ſi la femme eſt l'épouſe de l'homme. Mais s'il ſe trouvoit, dans ces cas, que les Cours Eccléſiaſtiques euſſent rendu un Jugement ſur l'héréſie, ſur le mariage par force, le mariage ſans conſentement & le mariage par rapt, & que les Cours temporelles fuſſent obligées de recevoir

Tome V.   Z

leurs Sentences comme des preuves concluantes & définitives, dès l'entrée de la Cause, & sans avoir droit d'examiner l'espece & d'approfondir le fait, ce seroit revêtir les Cours Ecclésiastiques de toute la puissance effective de juger de ces crimes, & ne laisser aux Pairs & aux Cours séculieres qu'une vaine procédure de nom, sans réalité ni substance, qui se réduiroit à examiner le résultat du Jugement de la Cour Ecclésiastique ; ce qui équivaudroit à une prohibition réelle d'en connoître après elle, puisqu'il seroit absolument inutile d'intenter un procès, où l'acte antérieur d'une Cour étrangere fermeroit la bouche aux témoins, aux Pairs & à la Cour, & arrêteroit invinciblement tout le cours du procès.

» Et c'est une vérité, que les Cours spirituelles n'ont ni directement ni indirectement aucune jurisdiction sur aucune matiere qui ne soit aussi spirituelle ; & il est également vrai que les Cours temporelles ont seules l'entiere connoissance des crimes, qui sont entiérement temporels par leur nature.

» Et si la regle de l'autorité de la chose jugée est, comme elle doit l'être, réciproque, & que, dans tous les cas où les Jugemens de la Cour Ecclésiastique sont favorables au prisonnier, ils doivent être admis comme Jugement définitif en sa faveur ; ils doivent l'être également, lorsqu'ils se trouvent défavorables au prisonnier : & alors quelle sera la condition des accusés, dont la vie, la liberté, les biens & l'honneur dépendront du Jugement de Tribunaux qui n'ont sur eux aucune jurisdiction pour cet objet ? & quelle sera la condition des Juges de la Loi commune, qui seront forcés de condamner sur la parole d'un Juge Ecclésiastique, sans exercer en rien leur propre Jugement ? » Quelle seroit d'ailleurs la raison qui feroit admettre pareille Sentence pour une autorité définitive ? Seroit-ce parce que c'est le Jugement d'une Cour qui est compétente pour l'examen de l'affaire portée devant elle ? Mais, d'après ce principe, le Jugement de deux Juges de paix, sur le fait ou la validité du mariage, donné dans une Cause où il s'agit de fixer leur domicile, pourroit être offerte ensuite comme une autorité définitive, & faire la loi à la plus haute Cour de jurisdiction criminelle. Mais en admet-

tant même pareille Sentence dans toute
son étendue, elle ne peut prouver autre
chose, sinon qu'il ne paroissoit pas encore alors que les Parties fussent mariées,
& non pas qu'ils ne fussent pas mariées ;
& l'on ne peut conclure qu'il n'y ait
jamais eu de mariage entre elles dans
aucun temps ni dans aucun lieu, parce
que la Cour Ecclésiastique n'a pas eu
alors de preuve concluante qu'il y en
ait eu dans tel temps & dans tel lieu.
Cette Sentence & le fait contraire peuvent très-bien subsister ensemble, & les
deux propositions être également vraies ;
il peut être vrai à la fois, & que la
Cour Ecclésiastique n'eut pas alors de
preuve suffisante du mariage en question, & que vous aujourd'hui, Milords,
ayez le malheur de trouver des preuves
suffisantes du même mariage. Mais
quand cette Sentence feroit un Jugement direct & positif sur la question,
& qu'elle devroit être admise comme
autorité définitive & inattaquable en
elle-même, elle feroit toujours sujette,
comme tous les actes de la plus haute
autorité judiciaire, à être attaquée par
des moyens extrinseques : s'il n'est pas
permis de prouver qu'une Cour s'est

trompée, il l'est toujours de prouver qu'elle a été trompée & surprise.

» La fraude est un acte collatéral & extrinsèque, qui vicie les procédures les plus solennelles des Cours de Justice ; & elle annulle tous les actes judiciaires, eccléfiastiques ou temporels. Et cette exception est universelle ; elle a lieu dans les Procès civils, dans les Procès criminels, & dans les Cours Eccléfiastiques.

» Dans les cas les plus récens, il paroît qu'on a mis en question seulement, si les parties seroient admises à prouver la collusion, sans qu'on parût douter que des tiers y fussent autorisés. En sorte que la collusion étant un fait extrinsèque de la Cause, elle peut être objectée par une tierce Partie, examinée par les jurés, & Jugée par les Cours temporelles.

» Si la fraude vicie les actes judiciaires des Cours temporelles, il n'y a pas moins de raison pour prévenir les maux & les injustices qui peuvent naître de la collusion dans les Cours Eccléfiastiques, qui, par la nature de leurs procédures, sont pour le moins autant

Z iij

exposées à être surprises par les fraudes des Parties, que les Cours de Westminster ; l'espece présente en est une preuve.

» Nous sommes donc tous unanimement d'avis :

» 1°. Qu'une Sentence de la Cour Ecclésiastique, portée contre un mariage dans une Cause en jactitation de mariage, n'est pas une autorité assez décisive pour interdire au Conseil de la Couronne le droit de prouver la réalité du mariage dans une accusation de polygamie.

» 2°. Qu'en supposant que cette Sentence fût une autorité concluante dans un Procès de cette nature, le Conseil de la Couronne peut encore être admis à annuller l'effet de cette Sentence, en prouvant qu'elle a été obtenue par collusion & par fraude «.

La Duchesse de Kingston, déclarée coupable, se trouvoit condamnée par la Loi, à perdre ses biens, à avoir la main brûlée, & à être emprisonnée. Pour se soustraire à ces peines, elle invoqua le privilége clérical ; nouvelle question qui fut discutée dans le discours suivant.

Extrait du discours du Lord Chef-Baron de la Cour de l'Echiquier.

» Milords, vous vous feriez peut-être attendus, qu'avant de nous expliquer fur une queftion de cette importance, mes confreres & moi, nous aurions demandé du temps pour l'examiner ; mais, comme il étoit aifé de prévoir, dès le commencement du Procès, qu'on y éleveroit, felon toute apparence, une queftion de ce genre, nous avons tous ouvert & confulté les ftatuts qui pouvoient promettre quelques lumieres fur cette matiere ; &, comme nous avons tous été en état de former une opinion unanime, nous avons penfé qu'il étoit de notre devoir de l'expofer fur le champ, & de ne pas retarder plus long-temps le cours des affaires publiques, en prolongeant inutilement un Procès qui vous a déjà dérobé tant de momens. Je fuis donc autorifé, par mes confreres, à déclarer que nous fommes tous réunis à l'avis, qu'une Paireffe convaincue par fes Pairs d'une félonie *clergiable*, a droit, par la Loi, au privilége des ftatuts, & en confé-

Z iv

quence eſt exemptée de la peine capitale, ſans ſubir priſon, & ſans avoir
la main brûlée.

» Milords, la queſtion dépend de
pluſieurs actes du Parlement.

» Le premier, eſt l'acte du regne
de Henri VI, vingt-neuvieme année,
ch. 9, qui porte : » que, d'après la grande
» Charte, nul homme libre ne ſera ſaiſi,
» ou empriſonné, ou dépouillé de ſa
» liberté, droits & franchiſes, ni banni,
» ni détruit en maniere quelconque,
» c'eſt-à-dire, condamné à perdre la
» vie ou quelque membre, ou mis à
» mort, & ne ſera condamné au ban
» du Roi, ni à ſa requête, ni devant
» toute autre Commiſſion ou Tribunal
» quelconque, que par le Jugement
» légal de ſes Pairs, ou par la Loi du
» pays ; & dans ce ſtatut de la grande
» Charte, il n'eſt fait aucune mention
» des femmes, ni porté comment les
» femmes, les Ladys, Ducheſſes, Com-
» teſſes ou Baronneſſes ſeront interro-
» gées, ou devant quels Juges elles
» ſeront jugées ſur les accuſations de
» trahiſon ou fénolie commiſes par
» elles ; en conſéquence, c'eſt un doute

» dans la Loi d'Angleterre, de favoir
» devant qui, ou par qui, les Ladys
» ainfi accufées, feront interrogées &
» jugées. Et notre Roi, voulant ôter
» ces ambiguités & ces doutes, a dé-
» claré que ces Ladys ainfi accufées,
» ou qui le feront par la fuite, d'au-
» cune trahifon ou félonie par elles
» commife, foit qu'elles foient mariées
» où non, feront examinées & jugées
» par les mêmes Juges & Pairs du
» Royaume, que le feroient les Pairs
» du Royaume, s'ils étoient accufés de
» félonie ou trahifon femblable, & dans
» la même forme & maniere, & non
» autrement «.

» Vous obferverez que ce ftatut n'introduit point une Loi nouvelle, mais
que ce n'eft qu'une Loi déclarative,
qui ne fait qu'expliquer quel étoit le
fens de la grande Charte. *Pairs*, dans
le ftatut, veut dire *égaux* : ainfi tout
Noble doit, par la grande Charte, être
jugé par la Nobleffe, qui font les Pairs ;
& tous les Nobles, depuis le plus petit
des Barons jufqu'au plus haut Duc,
font, fous ce rapport, tous égaux.

» Le mot *Pair*, quoique dans l'o-

Z v

rigine il fût confacré à fignifier des
égaux, eft maintenant, par l'ufage,
appliqué à une portion particuliere de
la nation, diftinguée des autres citoyens
par a fupériorité de rang, & par les
priviléges émanés originairement du
Roi par refcrit ou Lettres patentes accordés à eux ou à leurs ancêtres; & en
cas que les Ladys ne puiffent pas fe
vanter de cette nobleffe perfonnelle,
elles l'obtiennent par leur mariage avec
des hommes qui la poffedent.

» Le ftatut fuivant parle du bénéfice
ou privilége du Clergé. Le Lord Hale,
dans le fecond volume de fon Hiftoire
des Plaids de la Couronne, dit qu'an-
ciennement les Princes & les Etats con-
vertis au Chriftianifme accorderent au
Clergé des exemptions de lieux con-
facrés aux Offices de la Religion, &
dans lefquels on ne pourroit arrêter
pour crimes; d'où vint l'origine des
fanctuaires.

» 2°. Des exemptions pour leurs perfonnes, d'être pourfuivis criminellement
dans certains cas capitaux devant les Juges
féculiers, ce qui fut la véritable origine
du *privilége clérical*. Le Clergé venant à

croître en richesses, en pouvoir, en honneur, en nombre & en cupidité, réclama comme un droit ce qu'ils n'avoient d'abord obtenu des Princes & des Etats que comme une pure faveur, & par degrés il étendit ces exemptions à tous ceux qui avoient quelque ministere subalterne dépendant de l'Eglise.

,, Jamais ces exemptions n'ont été poussées, dans le Royaume, au degré où elles sont parvenues chez les autres Nations de l'Europe : en Angleterre, le Clergé n'en a jamais eu pour les Procès civils, & ce privilége clérical n'a jamais eu lieu dans les délits moins graves & qui ne sont pas capitaux, ni dans les cas où il n'étoit question de perdre ni la vie, ni aucun membre, ni dans la haute trahison qui attaque le Roi ou sa Royale Majesté. Mais, par le statut 25, Edouard III, c. 4, *de Clero*, dans toutes les autres félonies, l'*Ordinaire* pouvoit revendiquer le prisonnier comme Clerc, ou le prisonnier lui-même pouvoit réclamer le privilége des Clercs. La Loi canonique ne l'accordoit qu'aux Clercs qui étoient dans les Ordres sacrés : notre Loi, en faveur des Lettres, & fur la réquifition des Evêques d'Angleterre, l'étendit aux Clercs Laïques, c'eft-à-dire, à tout Laïque qui favoit affez bien lire pour être en état de pouvoir être fait Prêtre.

» La maniere de juger s'il avoit droit à ce privilége étoit la lecture; s'il favoit lire, il étoit renvoyé à l'Ordinaire, c'eft-à-dire, à l'Evêque ou à la perfonne qui exerçoit la jurifdiction ordinaire du lieu. Mais l'Ordinaire n'étoit que le Miniftre des Cours temporelles; il leur étoit tellement fubordonné, que, s'il refufoit de laiffer lire le prifonnier, la Cour temporelle pouvoit l'y contraindre, & ordonner qu'on donneroit un livre au prifonnier; & fi l'Ordinaire difoit qu'il favoit lire lorfqu'il ne le favoit pas, ou réciproquement qu'il ne favoit pas lire, lorfqu'en effet il le favoit, les Cours temporelles donnoient leur Jugement conformément à la vérité du fait. Ces mêmes Cours décidoient également fi le prifonnier feroit renvoyé à l'Ordinaire avec *purgation* du crime, ou fans *purgation*.

» Dans le dernier cas, il devoit être détenu pour la vie dans la prifon de l'Ordinaire : s'il étoit renvoyé avec la faculté de purger son crime, l'Ordinaire le faisoit juger pour le fait dont il étoit accusé, par un Conseil de douze Clercs; & s'il étoit absous, comme c'étoit le cas le plus ordinaire, il étoit élargi des prisons. On appeloit *purgation*, la facilité qu'avoit le convaincu de se purger du crime par son propre serment, & par le serment & le résultat d'une enquête formée de douze Clercs, en qualité de copurgateurs. La procédure se faisoit devant l'Ordinaire, & il s'y commettoit, disent les Statuts, de grands abus.

» Le Statut 4, Henri VII, c. 13, après avoir annoncé que, sur la foi du privilége de l'Eglise, plusieurs personnes avoient été enhardies à commettre le meurtre, le rapt, le vol, & autres crimes, parce qu'ils avoient été reçus à faire valoir ce privilége autant de fois qu'ils s'étoient rendus coupables, porte : » que toute personne qui ne sera pas » dans les Ordres, & qui aura été admise » une fois à jouir du privilége clérical, » n'y soit plus reçue, si elle récidive une » seconde fois «.

» Venons maintenant au Statut 1 ;
Ed. VI, c. 12. Il porte, » que dans tous
» les cas où un sujet du Roi jouiroit,
» à sa priere, du privilége clérical, &
» dans tous les cas de félonie, le Lord
» & les Lords du Parlement, le Pair
» & les Pairs du Royaume, ayant voix
» au Parlement, sera, en vertu du pré-
» sent acte de commune grace, sur leur
» requête ou priere, en alléguant qu'il
» est Lord ou Pair du Royaume, &
» réclamant le bénéfice de cet acte,
» quoiqu'il ne sache pas lire, traité
» comme un Clerc, sans avoir la main
» brûlée, sans perdre son héritage ni
» son sang, pour la premiere fois seu-
» lement, & sans qu'il puisse réclamer
» le même privilége une seconde fois
» dans aucun temps ni aucun cas,
» nonobstant toute Loi, Statut, ou Cou-
» tume à ce contraire ; à condition
» toutefois que ce Lord ou Pair, s'il
» est accusé de quelqu'un des délits
» portés dans cet acte, aura son Pro-
» cès jugé par les Pairs, comme il a
» été pratiqué jusqu'ici pour les cas de
» trahison «.

» Depuis l'époque de ce Statut, tout

Pair qui a été convaincu de quelque félonie, pour laquelle un homme du peuple auroit pu obtenir le privilége clérical, dès qu'il invoquoit le bénéfice de ce Statut, a toujours été déchargé fans avoir la main brûlée, & fans être renvoyé à l'Ordinaire; & il y en a une fuite nombreufe d'exemples, depuis l'affaire de Lord Morley en 1666, jufqu'au dernier Procès de 1765. Perfonne, je crois, ne conteftera que ce ne foit-là la Loi. Toute la queftion fe réduit donc à favoir fi une Paireffe a droit au même privilége, & notre avis eft l'affirmative.

» *Pairs* eft un mot capable de comprendre tout le Corps de la Pairie, les femmes auffi bien que les mâles, & tout privilége perfonnel conféré aux Pairs, eft, par la force de la Loi, communiqué aux Paireffes, foit qu'elles le foient de naiffance, ou par alliance, quoiqu'il n'y ait que les mâles d'expreffément nommés. Si les priviléges des Pairs fe communiquent aux Paireffes, celui qui fait l'objet de la queftion eft de nature à l'être auffi; & il eft conforme à la juftice & à la raifon, qu'une

femme coupable d'un crime, ne fu-
biffe pas un plus grand châtiment qu'un
mâle qui auroit commis le même crime.

» On a objecté que le Statut 1, Ed.
VI, c. 12, n'accorde ce privilége qu'aux
Lords du Parlement & aux Pairs du
Royaume qui ont place & voix dans le
Parlement, & qu'une Paireffe, n'ayant
ni place ni voix dans le Parlement, ne
peut conféquemment jouir du privilége
de ce ftatut. Mais ces mots, *qui ont
place & voix dans le Parlement*, font
purement defcriptifs & non exclufifs.
Ils fervent à défigner quelques attri-
buts de la pairie, ou à comprendre
les Evêques, qui font Lords du Parlement, quoiqu'ils ne foient pas
Pairs. Car fi ces termes bornoient le
bénéfice de ce Statut à ceux qui ont
aujourd'hui place au Parlement, ils ex-
cluroient les Pairs mineurs & les Pairs
papiftes (a), qui, par le Statut 30, Car.
11, Stat. 2, c. 1, font devenus incapables de fiéger ou de voter au Parlement. Lady Somerfet a été jugée par fes

_____

(a) Papifte, nom que les Proteftans donnent aux Catholiques Romains.

Pairs, pour avoir trempé dans le meurtre du sieur Thomas Overbury.

» Nous concluons donc, d'après les Loix & d'après le Statut 1, Éd. 6.: qu'un Pair, convaincu d'une félonie susceptible du privilége clérical, a droit, par son titre, d'être déchargé sur le champ, sans lecture, sans avoir la main brûlée, & sans être sujet à l'emprisonnement. Par le Stat. 18, Elisab., ce privilege accordé par le Statut, étant de nature à être partagé par une Pairesse, lui est communiqué par l'opération de la Loi, & il la met précisément dans le même état qu'un Pair «.

Les Pairs s'ajournerent, & après une heure de délibération, ils revinrent, & dès qu'ils furent assis, le Lord High Steward, s'adressant à la Prisonniere, lui dit : » Madame, vous êtes admise » au bénéfice *de clergie* ; mais je dois » vous prévenir que, si vous retombez » dans le même crime, vous ne pourrez » plus réclamer ce droit, & que vous » serez punie d'une peine capitale. Je » dois donc aussi vous informer de la » faveur que la Loi accorde aux per- » sonnes de votre rang. Vous êtes ac-

» quittée de toute amende, & vous n'ê-
» tes plus Prisonniere.

Ce Jugement fut rendu le 22 Avril 1776, après quatre séances.

Le terme de la commission du Lord High Steward étant expiré, il se leva, il rompit le bâton blanc, & la proclamation fut faite à tout le monde de se retirer, avec la paix de Dieu & du Roi.

Fin du Tome cinquieme.

TABLE

DES CAUSES

Contenues dans ce cinquieme Volume:

Fin de la Table du cinquieme Volume.

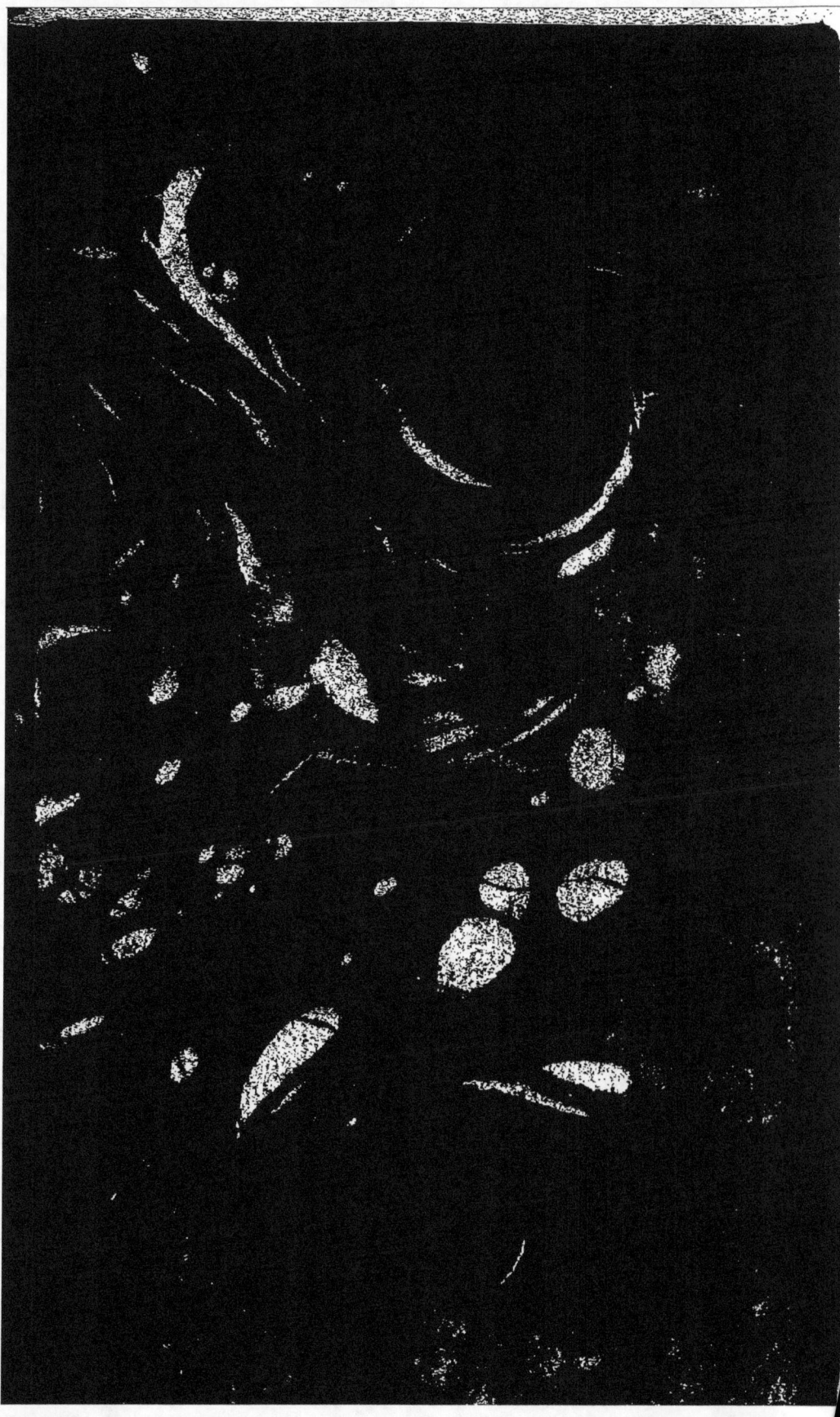